광장에서는 궁녀들이
한껏 신이 난 얼굴로
천막 앞을
돌아다니고 있었다.

"즐거워
보이네."

아직 앳된 느낌이 남아 있는 궁녀
샤오란 이 말했다.

는 머리까지 뒤집어썼던 천을 내리고 불을 얼굴 앞으로 가져왔다.

"이건 머나먼 동쪽 나라의 이야기인데…."

마오마오는
등을 곧게 펴고
미소를 지으며
인사하는
교쿠요 비를 보고
정말 대단하다고 느꼈다.

황태후의 시선은
한순간 교쿠요 비의
배에 머물렀다가
금세 원래 위치로
돌아갔다.

"오랜만에
뵙사옵니다,
안시 님."

할머니의 등장에
링리 공주 는
처음에는 낯을 가렸지만,
황태후가 자애롭게 대해 주자
금방 잘 따르게 되었다.

"진시 님도
벗어 주셨으면 합니다."

마오마오는 그렇게 말하며
자기 옷을 비틀어 짰다.
아무리 그래도
위아래 속옷까지
다 벗을 수는 없으니
포기하기로 했다.

빈약한 갈비뼈라도
가릴 수 있다면 가리고 싶었다.

약사의 혼잣말

INTRODUCTION

읽는 보람이 최고

대호평에 힘입어 『약사의 혼잣말』 3권을
발매하게 되었습니다.
독 시식 담당 소녀 마오마오가 궁중을 무대로
속속 어려운 사건을 해결해 나가는 모습에,
"속이 다 후련해진다."
"가슴이 너무나 두근거린다."
"츤데레 마오마오가 너무 좋다." 등등,
다양한 미스터리 팬들로부터
대호평을 받았습니다.
3권에서는 주인공이 다시 후궁으로 돌아옵니다.
여자들끼리 서로 탐색전을 벌이는 사이,
마오마오는 또다시 새로운 문제에
맞서게 됩니다.
그리고 수수께끼의 인물은
목숨의 위협을 당하는데.
제3막도 무조건 대만족 보장입니다!!

약사의 혼잣말

3

휴우가 나츠 지음
시노 토우코 일러스트

Carnival

약사의 혼잣말

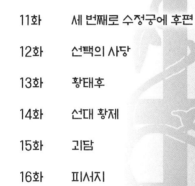

KUSURIYA NO HITORIGOTO 3

ⒸNatsu Hyuuga 2015
All rights reserved.
Originally published in Japan by Shufunotomo Co., Ltd.
Translation rights arranged with Shufunotomo Co., Ltd.
korean Translation rightsⒸ2018 by HAKSAN PUBLISHING CO., LTD.

이 책의 한국어판 저작권은 일본 Shufunotomo와의 독점계약으로
(주)학산문화사에 있습니다.
저작권법에 의해 한국 내에서 보호를 받는 저작물이므로 불법 복제와 스캔 등을 이용한
무단 전재 및 유포·공유 시 법적 제재를 받게 됨을 알려 드립니다.

서 장

복도에 터벅터벅 발걸음 소리가 울려 퍼졌다.

공 튀는 소리와 자신의 발소리, 그 이외에 들리는 소리가 있다면 감시 역을 맡은 여자가 하품을 하는 소리 정도뿐인데. 평소 늘 곁에 있는 유모는 휴가를 갔고, 지금은 새로 들어온 시녀밖에 없다. 그런 가운데 발소리의 주인은 자신 쪽으로 다가왔다. 나타난 것은 한 노인이었다.

감시인이 몸을 일으키며 자신을 감싸듯 앞으로 나섰다. 그리고 노인에게 정중한 말투로 말을 걸었지만, 노인은 그것을 무시하고 휘청휘청 걸어와 이쪽으로 손을 내밀었다. 백발 섞인 머리카락은 산발이 다 되어 있었고, 눈은 움푹 들어가 있었다. 하지만 손에는 그렇게까지 주름이 많지 않았기에 얼굴에 나타난 노화만큼 실제 나이가 들지는 않았다는 사실을 알 수 있었다.

감시인의 목소리가 들렸는지 방에서 여자가 나타났다. 어머니였다.

어머니는 종종걸음으로 다가와 자신의 앞에 서서 노인을 노려보았다.

노인은 신음했다. 어머니를 보고 겁을 먹은 모양이었다. 그 모습에 자신은 가지고 있던 공을 집어 던지고 감시 역을 맡은 여자에게 매달렸다.

그래도 노인은 마치 뭔가 하고 싶은 말이라도 있는 듯 이쪽으로 다가오려 했다. 뻗은 손은 주먹을 부르쥐고, 무언가를 꽉 쥐고 있었다.

어머니는 그것을 견제하듯 커다란 부채를 움켜쥐고 노인을 노려보았다. 그 눈에는 평소의 다정한 얼굴에서는 상상도 할 수 없을 정도의 뜨거운 불꽃이 활활 타오르고 있었다. 노인은 마치 짐승처럼 그 불길이 두려운 듯, 꼼짝도 하지 못하고 얼어붙었다.

얼마 지나지 않아 복도 너머에서 남자들이 다가왔다. 다들 옅은 수염을 기른 남자들이며, 이들이 '환관'이라는 존재라는 사실은 알고 있었다.

그 뒤에서 유난히 차분한 표정의 노파가 나타났다. 화려한 비녀가 방울처럼 찰랑찰랑 울리자 그 소리에 맞춰 주위 시종들도 함께 모습을 드러냈다.

감시 역을 맡은 여자도 어머니도 무릎을 꿇었다. 거기에 맞춰 자신도 무릎을 꿇었다. 노파는 노인보다 한층 더 나이가 많아 보였다. 눈빛이 너무도 날카로워 눈을 마주치기만 해도 찔릴 것 같았다. 피부가 찌릿찌릿했다.

이 노파는 전에도 여러 번 봤다. 아주 높은 분이라는 게 기억났고, 아무도 그 말을 거역할 수 없다는 이야기를 젊은 시녀들끼리 나누던 걸 들었다.

"자아, 방으로 돌아가자꾸나."

노파가 노인에게 손을 댔다. 다정하게 달래는 그 목소리에 노인은 또다시 겁을 먹은 표정을 지으며 벽에 매달렸다. 몸을 웅크리고 덜덜 떠는 바람에 이가 딱딱 부딪는 소리가 났다. 꽉 움켜쥔 노인의 손에서 무언가가 흘러나왔다. 반짝반짝 빛나는 그 무언가에 저도 모르게 시선을 빼앗겼다. 붉은색 같기도 했고, 울금鬱金처럼 샛노란 색 같기도 한 돌이었다.

본 적이 있는 것 같았다. 도대체 저게 뭘까.

몹시도 인상에 남는 선명한 색깔이었으나 잘 떠오르질 않았다.

노파는 미간에 주름을 잡으며 이쪽으로는 눈길도 주지 않고 등을 돌렸다. 노파를 대신하여 환관들이 노인을 부드럽게 달래며 궁 밖으로 데리고 나갔다.

자신은 감시 역을 맡은 여자에게 매달린 채 그 모습을 끝까지 지켜보았다. 도대체 이게 무슨 일인지 알 수가 없어, 그저 겁을 먹고 떠는 수밖에 없었다.

하지만 자신의 옆에 무릎을 꿇고 있는 어머니는 펄펄 끓는 듯 뜨거운 시선을 노파 쪽으로 보내고 있었다. 언제나 온화한 어머니가 이런 표정을 짓다니. 저 노인과 노파는 대체 누구일까. 그 진상을 알게 된 것은 그 뒤로 시간이 상당히 흐른 후의 일이었다.

노인은 아버지이고, 노파는 할머니라고 했다.

그리고 자신이 줄곧 아버지라고 생각하던 그 사람은 사실 형이라고 했다.

더워서 잠을 못 이루기에는 아직 이른 시기다. 하지만 진시의 잠옷은 땀으로 흠뻑 젖어 있었다. 찝찝한 기분에 침대에서 일어난 진시는 탁자 위의 물 주전자를 집어 들고 바로 입으로 가져갔다. 물에 과일즙과 꿀을 약간 탄 그 음료는 땀을 흘려 수분이 부족한 몸에 상쾌하게 스며들었다.

창 틈새로 달빛이 보였다.

악몽을 꾼 다음에는 항상 나쁜 일이 일어나곤 하던데, 그렇게 생각하는 건 미신에 불과한 걸까. 진시는 한숨을 내쉬며 물 주전자를 테이블 위에 올려놓았다.

날이 밝기까지는 아직 시간이 있으니 한숨 자는 편이 좋을 듯했다. 게다가 자지 않으면 감시인인 가오슌이 눈을 세모꼴로

뜨고 야단을 칠 테니 말이다.

하지만 잠이 안 오니 잘 수가 없다. 그건 어쩔 수 없는 일이다.

잠이 오지 않는 밤에는 잠이 들 때까지 몸을 움직이면 된다.

진시는 방 선반에 기대어 세워 두었던 모조 도끼를 집어 들었다. 수련용이어서 칼끝이 뭉툭한 그것은 특별히 짧고 무겁게 만들어져 있었다. 진시는 그것을 한 손에 들고 크게 휘둘렀다. 사실은 방 밖에서 하고 싶었지만 호위가 눈치채면 상황이 귀찮아진다. 여기서 칼을 휘두르더라도 밖에서는 다 눈치를 채겠지만, 밖에 나가서 하지만 않으면 대부분 봐주곤 한다.

실내는 칼을 휘두르기에 적당한 공간은 아니다. 그래서 진시는 그것을 보완하기 위해 한 발로 검무를 추는 방법을 택했다. 배웠던 순서를 한차례 끝내고 나자 진시는 다리 자세와 칼 쥔 손을 바꾸었다. 그것을 몇 번 반복하다 보니 어느덧 밖이 밝아지기 시작했다.

진시는 달아오른 몸을 식히기 위해 바닥에 대자로 드러누웠다. 목욕물을 준비해 달라고 해야겠다.

그런 생각을 하다 보니 문득 불쾌한 표정을 한 어느 궁녀 얼굴이 떠올랐다. 아침부터 목욕을 하느라 귀한 향유를 낭비하는 모습을 보면 어떻게 생각할지, 표정만 봐도 알 수 있다. 그렇다고 땀을 잔뜩 흘린 채 바로 일을 시작할 수도 없다.

겉모습만이라도 완벽한 환관 진시를 연기하기 위해서 그 정도 일은 꼭 필요하다.

그 말을 할 수가 없으니 너무나도 안타깝다.

하지만 언제까지고 입을 다물고 있을 수는 없다고 진시는 생각했다. 엉뚱한 곳에서 둔한 그 궁녀도 슬슬 이상하다고 생각하고 있을 터였다. 또는 이미 눈치를 챘으면서도 모르는 척하고 있을 수도 있다.

그렇다면 얘기가 빠르겠지….

진시는 자리에서 일어나 모조 도를 원래 자리로 되돌려 놓고 나서 침대 위에 도로 누웠다. 옷 갈아입는 일은 어찌 되든 상관없었다.

시녀 스이렌이 깨우러 올 때까지 아직 시간이 좀 있다. 그동안만이라도 눈을 붙여야겠다.

또 일하다 말고 하품이 날 것 같다고 생각하면서 진시는 다시 잠이 들었다.

1 화 : 글

　"뭐 하는 거지?"

　늘 그렇듯, 아름다운 환관 진시는 지극히 의아하다는 듯한 말투로 그렇게 물었다. 뒤에는 종자인 가오슌이 서 있었다.

　"뭐라고 말씀드려야 할까요."

　마오마오는 아궁이 앞에서 땀을 뻘뻘 흘리며 대답했다. 옆에서는 마찬가지로 더운 듯 얼굴에 손부채질을 하며 돌팔이 의관이 열심히 작업을 하고 있었다. 다리 부상이 아직 다 낫지 않은 마오마오를 대신하여 일을 도와주러 왔지만, 움직임이 답답하다고 느껴지는 건 마오마오의 사치스러운 불평일까 싶다.

　두 사람은 의국에 있던 아궁이를 이용하여 냄비로 무언가를 찌고 끓이고 하느라 바빴다. 냄비에는 기묘한 모양의 뚜껑이 씌워져 있었고, 거기에서 길고 가느다란 대롱이 뻗어 나와 있었다. 중간에는 그것을 식히기 위해 차가운 물을 놓아두었다.

대롱 끝에서 물방울이 뚝뚝 떨어져, 작은 그릇에 모였다.

지난번 의국 대청소를 했을 때 나온 증류 장치였다. 이렇게 거창한 물건을 창고에서 썩히고 있었다니 아깝기 그지없는 일이다.

주위에는 꽃향기가 가득했다. 냄비 속에서는 꽃잎이 하나 가득 끓고 있었다.

"향유를 만들고 있습니다."

지난번 파란 장미를 만들 때 피웠던 장미들을 이용한 작업이었다.

"냄새가 대단하군."

"야생 장미에 비하면 옅은 편입니다. 추후 기름과 물을 넣어 향을 약하게 만들 예정입니다."

여러 세대에 걸쳐 인간이 원하는 모양대로 개량된 장미는 가냘프고 아름다운 겉모습과 맞바꾸어 향기를 잃어버렸다. 둘 다 갖고 싶다고 욕심을 부려도, 세상일은 마음먹은 대로 되지 않는 법이다.

진시는 흥미로운 표정으로 증류 장치를 가만히 들여다보았다.

장작을 열심히 날라 온 돌팔이 의관은 진시를 발견하더니 마치 꽃다운 나이의 소녀처럼 옷에 붙어 있던 먼지를 탈탈 털고 미꾸라지 수염도 얌전히 다듬었다.

"무슨 볼일이라도 있으신가요?"

그 질문에 진시가 얼굴을 살짝 찌푸렸다. 마오마오는 딱히 무슨 의도가 있어서 그렇게 물은 건 아니었으나, 어쨌든 그리 정중한 질문 방식은 아닌 듯했다.

"이렇게 냄새가 풀풀 풍기는데 신경이 안 쓰일 수가 있나?"

신시가 부루퉁한 얼굴로 입술을 삐죽 내밀며 대꾸했다. 그 모습을 본 종자 가오슌이 미간을 찌푸렸다.

'좀 위엄 있게 행동하지.'

가오슌은 그런 말을 하고 싶은 건지도 모른다. 여기 있는 돌팔이 의관의 눈은 그냥 옹이구멍에 불과하기 때문에 신경 쓸 필요는 없을 것 같지만, 또 높은 분 입장에서는 그럴 수도 없는 노릇이다.

마오마오는 의자에서 일어나, 서랍에서 다과를 꺼내 탁자 위에 올려놓았다. 돌팔이 의관이 다실 서랍장 맨 위 칸에 비싼 간식을 넣어 두고 있다는 사실은 이미 파악한 지 오래다. 진시가 의자에 앉자 마오마오는 월병을 집어 들고 만일을 대비하여 독시식을 한 뒤 진시에게 건넸다.

"굳이 여기 와서 하는 걸 보니 비취궁에서는 하기 힘든 일인가 보지?"

"네, 그것도 그렇지만….."

마오마오는 돼지기름이 묻은 손가락을 닦고 아궁이 앞으로 가서 섰다. 그리고 대롱 앞에 놓아두었던 그릇을 새것으로 교체했다. 한동안 가만히 내버려 두니 액체 표면에 기름 같은 것이 떠올랐다. 이것이 향유다.

"향유 중에는 배 속의 아이를 유산시키는 작용을 하는 종류도 있습니다. 어지간히 진한 것을 직접 마시지 않는 한 별문제는 없을 거라 여겨지지만…."

마오마오는 근처에 돌팔이 의관이 없다는 사실을 흘끗 확인한 뒤 말했다. 돌팔이 의관은 사람은 좋지만 아무래도 입이 너무 가볍다. 비취궁 주인인 교쿠요 비가 임신했다는 사실을 알리는 건 아직 시기상조다.

"…그럼 후궁 안에서 사용되는 향수 같은 것을 딱히 규제할 필요는 없겠군."

"네, 문제없을 겁니다."

일일이 규제를 걸다 보면 번거로운 일들이 자꾸만 생겨난다. 후궁은 워낙 대규모 집단이기 때문에 그렇게까지 신경을 쓰기는 어렵다.

진시는 다시 한번 아궁이에 올려놓았던 냄비 쪽을 돌아보았다. 장미와는 다른, 맡으면 머리가 어질어질해지는 냄새를 느낀 모양이었다.

"저건 뭐지?"

"그쪽은 주정*을 모아 놓은 냄비입니다."

맡기만 해도 취할 것처럼 독한 냄새였다. 술을 여러 번 증류

시키다 보면 아주 진한 주정을 얻을 수 있다. 이것은 식용이 아니라 소독용으로 사용하기 위해 만드는 물건이다. 날이 따뜻해지다 보면 아무래도 나쁜 기운이 쌓여 몸을 상하게 만들곤 한다. 마오마오는 어린 공주가 있는 비취궁을 가능한 한 청결하게 관리하고 싶었다.

게다가 넉넉히 만들어서 의국에도 놔두면 두고두고 쓸 일이 많다.

"그런 곳에 사용한다고?"

"네, 서방에서는 그렇게 사용한다고 합니다."

마오마오의 양아버지는 서방의 나라에 유학을 다녀온 경험이 있고, 마오마오도 어깨 너머로 주워들은 것이긴 하지만 어느 정도는 지식이 있다. 자신에게 타인보다 나은 점이 있다면 그런 양아버지에게서 물려받은 지식일 거라고 마오마오는 생각한다.

"그러고 보니 네 양부는⋯."

진시가 무어라 말하려 하는데 갑자기 쿵, 하는 큰 소리가 들렸다.

무슨 일인가 싶어 가오슌이 의국 밖을 내다보았다. 환관 둘이 커다란 짐을 의국 앞에 내려놓고 있었다.

"이게 뭐죠?"

※주정 : 알코올.

가오순이 고개를 갸웃거리며 돌팔이 의관에게 물었다.

"아, 이건 아가씨가…."

마오마오가 눈을 번득이며 돌팔이 의관을 노려보았지만 이미 늦었다.

진시는 흥미로운 듯 짐을 풀기 시작했다. 아니, 마음대로 만지지 말란 말이다.

"진시 님, 차가 다 되었으니 의자에 앉아 주십시오."

"이게 대체 뭔데?"

"집에서 보낸 짐입니다. 별로 대단한 건 아닙니다."

진시는 어째서인지 기대된다는 표정으로 이쪽을 쳐다보았다.

'도대체 왜 저래?'

마오마오도 여자인데, 이럴 경우 웬만하면 배려해서 안을 안 들여다본다는 선택지는 없는 걸까.

"소, 속옷이 들어 있어서…."

마오마오가 고개를 숙이며 말하자 진시는 민망한 듯 손을 뗐다. 그래, 그냥 그대로 손을 떼란 말이다. 마오마오는 고개를 숙인 채 그렇게 생각했지만 현실은 마음대로 잘 안 되는 법이다.

"남자 둘이 끙끙거리면서 간신히 들고 올 정도로 무겁다니, 도대체 무엇으로 만들어진 속옷일까요?"

가오순이 몰라도 되는 사정을 눈치챈 모양이었다.

진시가 "아!" 하고 입을 딱 벌렸다.

그냥 무심히 넘겨 버렸으면 좋았을 것을, 결국은 짐의 내용물을 다 들키고 말았다.

"지금 후궁의 가장 큰 문제는 그 결벽성이라고 생각합니다."

마오마오는 등을 곧게 편 자세로 지극히 당연한 말을 했다.

후궁에 모여 사는 궁녀들은 결국 황제의 승은을 입을 것을 고려하여 전부 남자 경험이 없는 처녀들로 구성되어 있다. 그렇지 않은 자도 어느 정도 있긴 하지만 소수파다.

만에 하나 어느 궁녀가 황제의 눈에 들었는데 그 궁녀가 성경험이 없는 소녀였다고 치자. 그렇지 않아도 황제 앞에서는 위축될 수밖에 없는데, 그런 상황에서 미지의 경험까지 해야 하는 꼴이 된다.

"만일 무슨 실수라도 하게 될 경우 너무 가엾어서 견딜 수가 없습니다. 사전에 학습을 할 필요가 있다고 생각합니다."

"그래서 이런 걸 준비했다고?"

눈앞에는 진시가 떡 버티고 서 있었다. 마오마오는 마룻바닥에 무릎을 꿇고 앉아 있다.

뭐랄까, 전에도 이런 식으로 야단을 맞았던 것 같은 기분이 든다.

짐을 풀자 안에서는 엄청난 양의 서적들이 쏟아져 나왔다. 무슨 책이냐 하면 그거다, 그거. 밤에 좀 쓸쓸해 보이는 황제를 위로하기 위해 마오마오가 때때로 가져다주던 바로 그 책 말이다. 황제 말고 리화 비도 애독하고 있다. 이번에는 판매 경로를 좀 늘려 보겠다는 생각에 넉넉하게 부탁했는데, 하필 들어온 때가 나빴다.

잔소리쟁이 홍냥의 눈을 피하기 위해 일부러 의국으로 가져다 달라고 부탁하기까지 했는데 말이다.

마오마오도 딱히 돈이 모자라서 그런 건 아니다. 하지만 이런 식으로 돈을 벌어 두지 않으면 유곽에 남겨 두고 온 아버지가 밥을 굶게 되는 수가 있다. 사람 좋은 아버지는 녹청관 할멈의 세 치 혀에 놀아나서 거의 공짜나 다름없이 일을 해 주고 있을 게 뻔했다.

진시는 어처구니없어하긴 했지만 마오마오의 말이 아주 틀렸다고 느끼지는 않은 모양이었다. 마오마오가 황제에게도 부탁받았다고 이야기하자 진시는 몹시 복잡한 표정을 지으면서도 납득은 해 주었다.

가오슌은 진지한 표정으로 팔락팔락 책장을 넘기며 열심히 보고 있었다. 그 어마어마하게 기묘한 광경에 마오마오는 저도 모르게 실눈을 뜨고 그 모습을 쳐다보고 말았다.

"아주 깔끔하게 잘 만들어진 책이군요."

'뭐야, 그런 거였나.'

사실은 은근히 엉큼한 데가 있었던 건가, 하고 의심할 뻔했지만 가오슌이 흥미를 가진 부분은 그쪽이 아닌 모양이었다.

"좋은 종이를 사용했네요."

밤일에 관한 이야기가 적혀 있는 책은 비싼 값에 팔린다. 딸이 시집갈 때 들려 보내는 물건이기도 하고, 또 취미로 읽는 자라면 이런 책을 사는 데 돈을 아끼지 않는다. 내용은 거의 그림이기 때문에 글을 못 읽는 사람도 재미있게 볼 수 있다. 제작 비용이 많이 들긴 하지만 그만큼 큰 이익을 얻을 수 있기 때문에 수지 타산은 맞는다.

"판화인가?"

진시도 책의 삽화를 물끄러미 들여다보았다. 하지만 그려져 있는 그림을 보면 그야말로 우스꽝스러운 풍경이라고밖에 말할 수 없다. 돌팔이 의관은 부끄러운 듯 이쪽을 흘끔흘끔 곁눈질하고 있었다.

"목판화가 아니라 금속을 이용한 인쇄라고 합니다."

"그거 대단하군."

서방의 기술이라고 들었다. 마오마오는 그 책이 어떻게 만들어지는지 모르지만 진시가 칭찬하는 걸 보니 상당히 희귀한 기술인 모양이었다.

"네. 그렇게 좋은 물건이기 때문에 되도록 많은 사람들에게 읽혔으면 하는 바람입니다."

마오마오는 당당하게 말했다.

"그것과 이것은 별개의 문제다."

진시도 딱 잘라 말했다.

하지만 책의 내용이 궁금하긴 한지 자꾸 책장을 넘겨 보며 안을 확인하고 있었다. 이렇게 대놓고 보는 모습도 좀 난감하기에 마오마오는 저도 모르게 또 실눈을 뜨고 쳐다보고 말았다.

그 사실을 알아차렸는지 가오슌이 진시를 쿡쿡 찔렀다.

"마음에 드셨다면 한 권 드릴까요?"

"아, 아니, 결코 그런 건 아니다!"

진시는 책을 탁 덮었다. 마오마오는 책을 펼쳐 본 자국이 남지 않도록 다시 잘 놓아두었다.

진시는 "아니란 말이다." 하고 덧붙이다가 흠, 하며 턱을 어루만졌다.

"이번만은 봐주지 못할 것도 없지."

잘난 체하는 거만한 태도였지만 사실상 윗사람이니 어쩔 수 없다.

"정말 괜찮을까요?"

마오마오의 눈이 반짝 빛났다.

"이것을 파는 가게를 가르쳐 줬으면 좋겠는데."

반짝이던 마오마오의 눈이 금세 미적지근한 눈빛으로 바뀌었다.

가오슌이 또다시 진시를 쿡쿡 찔렀다.

"아니, 이 인쇄 기술에 대해 알고 싶을 뿐이다."

진시는 다급히 덧붙이듯 말했다. 도대체 뭐지, 이 대화는.

"그렇습니까."

마오마오는 미적지근한 눈빛 그대로 이런 종류의 책들을 취급하는 책방의 이름을 장부에 슥슥 적어 내려갔다.

"진짜라니까."

"네, 잘 알고 있습니다."

이렇게 평면 위의 그림을 쳐다보며 히죽거리지 않아도, 진시라면 얼마든지 실제 광경을 볼 수 있을 텐데 말이다. 아니, 때로는 실물보다 종이로 보는 편이 나을 때가 있다고 하던데 혹시 그런 걸까.

마오마오는 제멋대로 그런 생각을 하면서 장부 종이를 뜯어서 건넸다. 아무래도 돌팔이 의관이 사용하는 장부인 만큼 쓰는 맛이 좋다며 마오마오는 그 감촉에 감탄했다.

뭐, 농담 섞인 이야기는 이제 그만하더라도 혹시 진시가 새로운 장사를 시작하려는 건 아닐까 하고 마오마오는 생각했다. 정치란 결국 어떻게 백성들에게 최대한 불만거리를 주지 않고 세금을 뜯어낼까를 궁리하는 일이다. 그러기 위해서는 백성들의 수입을 늘릴 필요가 있고, 그러기 위해 우선은 백성들에게서 거둬들인 세금을 초기 투자로 사용하게 된다.

'어떻게 할지 나는 모르는 일이지만.'

그보다 흩어져 있는 책들을 정리해 둬야만 한다. 진시가 이곳에 온 덕분에 구경꾼들이 슬슬 몰리고 있는 상황이었다. 이런 책을 읽었다는 사실이 알려지면 아름다운 환관이 어떤 시선을 받게 될지 참 볼만할 거라는 생각도 들긴 했지만, 마오마오도 실제로 그런 짓을 저지를 만큼 성격이 나쁜 건 아니다.

마오마오가 바지런히 책을 정리하고 있는데 가오슌이 슬그머니 고리짝 위에 손을 짚었다.

"왜 그러시죠?"

가오슌은 다소 망설이다 말했다.

"검열이 필요한 물건도 있을 것 같은데요…."

무슨 소리를 하는가 했더니 책의 내용이 문제였다. 좀 정도가 지나치고 특수한 것들이 몇 권 섞여 있었다. 황제의 취향 때문이었다. 정말이지 취향 한번 고상하시다.

"주상께서 지금까지 보시던 것들로는 부족하다고 하셨습니다."

"안 됩니다."

가오슌이 거부했다. 녹청관 할멈이 열심히 엄선해 준 품목인데.

마오마오는 할 수 없이 수위 높은 것들을 가오슌에게 건넸다.

그 후로 열흘쯤 지났을 무렵, 마오마오는 평소와 다름없이 빨래터에서 농땡이를 피우고 있었다.

"도대체 뭐가 묻혀 있는 걸까?"

샤오란이 다소 앳된 목소리로 그렇게 말했다. 샤오란은 한 손에 세탁 바구니를 들고 멍하니 벽에 기대서 있었다.

오늘은 날씨가 좋았기에 빨래터도 상당히 붐볐다. 환관들이 열심히 물을 퍼다 첨벙첨벙 소리를 내며 빨래를 하고 있었다. 하녀 옷은 잿물에 담갔다가 발로 밟아서 빨고, 비들의 의복은 조합된 세제를 이용하여 손빨래를 했다.

"글쎄."

마오마오는 품에서 죽순 껍질로 싼 구운 과자를 꺼내 샤오란에게 건넸다. 샤오란은 생긋 웃으며 그것을 받아 들었다.

뭐가 묻혀 있는 걸까. 그것은 소설의 한 구절이라고 한다. 후궁 내에서 최근 유행하고 있는 물건은 바로 소설책이었다.

"아름다운 꽃이 피어 있는 그 아래에, 나는 무엇을 갈구하고 있는가."

가슴이 두근거린다는 표정으로 눈을 반짝이며 샤오란이 말했다. 샤오란은 농촌 출신이기 때문에 글을 읽지 못한다. 그렇다면 누가 대신 읽어 주고 있다는 말이 된다.

"도대체 뭘까?"

입가에 구운 과자 부스러기를 묻힌 채 샤오란이 말했다. 마치 다람쥐 같았다.

"말똥?"

마오마오의 대답에 샤오란은 픕 하고 먹던 과자를 뿜었다. 그리고 눈물을 글썽이며 콜록거리다가 마오마오를 노려보았다. 마오마오는 물가에서 물을 떠 와서 샤오란의 등을 쓸어 주며 물을 먹였다.

"너무 급하게 먹으니까 그렇지."

"마오마오 너 때문이잖아!"

샤오란은 분개했지만 마오마오가 딱히 틀린 말을 한 건 아니었다. 채소를 키우는 데 필요한 것은 물뿐만이 아니다. 영양가 없는 토지에서는 영양가 없는 채소가 자랄 수밖에 없다. 그러니 반드시 비료가 필요하다. 아름다운 꽃을 피우기 위해서는 그에 상응하는 비료를 주어야만 한다.

하지만 이야기에 완전히 마음을 빼앗긴 젊은 처녀에게 그런 건 너무 인정사정없는 대답이었을지도 모른다. 마오마오는 다음부터 주의해야겠다고 생각했다.

이런저런 대화를 나누는 사이 빨래할 차례가 돌아왔다.

샤오란이 말하는 소설은 후궁 안 전체를 나돌고 있었고, 비취궁 역시 예외는 아니었다. 마오마오는 돌아가자마자 세 시녀들이 잔뜩 들뜬 표정으로 책을 펼치고 들여다보고 있는 모습을 발견했다.

"마오마오, 어서 와."

태평하고 느긋한 궁녀 구이위엔이 마오마오에게 말했다. 나머지 두 명, 잉화와 아이란은 책 내용에 완전히 푹 빠져 있었다. 책장을 잡고 있는 구이위엔의 소맷자락을 잡아당기며 빨리 다음 장으로 넘기라고 채근을 할 정도였다. 마오마오가 몸을 기울여 표지 그림을 들여다보자 거기에는 꽃이 흐드러지게 피어난 나무와 사람 그림이 그려져 있었다. 샤오란이 말했던 바로 그 책인 모양이었다.

"마오마오도 나중에 읽을래?"

구이위엔은 책 읽는 속도가 빠른지, 다른 두 사람에 비해 여유가 있었다.

"아뇨. 그런데 그 책은 어디서 난 건가요?"

마오마오가 고개를 갸웃거리며 물었다.

"주상께서 주신 거야. 의외로 꽤 재미있더라."

주상이란 즉, 황제를 말한다. 구이위엔이 '의외로'라고 말한 이유는, 상류 계급 사회에서 소설은 그리 품위 있는 물건으로 취급받지 못하기 때문이다. 창작된 이야기는 아무래도 역사적 사실보다 열등하다는 인식이 있었다.

"비전하들 모두 다 받으셨다나 봐. 다 읽으면 다른 사람에게 보여 줘도 괜찮다고 하셨대."

구이위엔은 교쿠요 비만 특별하게 받은 게 아니라는 사실이 다소 불만스러운 듯 뺨을 살짝 부풀렸다.

"그렇군요."

마오마오는 흠, 하고 생각하면서 표지를 바라보다가 문득 거기에 눈에 익은 도장이 찍혀 있다는 사실을 발견했다. 자신이 얼마 전 진시에게 알려 주었던 책방에서 찍은 도장이었다.

'아하, 그렇구나.'

그렇게나 춘… 아니, 참고서를 흥미진진하게 들여다보던 이유를 겨우 알 수 있었다. 책의 종이 질만 보면 황제가 내릴 선물로서는 흠 잡을 데 없는 품질을 자랑하고 있다. 비 전원에게 나누어 주었다면 백 권 정도는 찍었을 것이다. 판을 만들면 더 많이 인쇄할 수 있다. 시정市井에 내다 팔 생각이라면, 종이 질을 조금 더 낮춘다면 더 많은 이익을 얻을 수 있다. 책방에서 중개료를 뜯어낼 걸 그랬다는 생각에 마오마오는 뒤늦게 혀를 찼다.

아마도 진시가 황제에게 부탁한 모양이었다.

'역시 무슨 꿍꿍이가 있나 보네.'

친숙하고 이해하기 쉽긴 하지만 별로 품위 있는 글이라는 인식은 없었던 소설을, 굳이 높은 가문 출신의 비들에게 읽히다니. 보통 황제가 하사한 물건이라 하면 비들도 소중히 잘 보관해 두겠지만 비들 전원에게 똑같이 나누어 주었다면 아무래도 가치가 좀 떨어진다. 게다가 하사받은 것은 심지어 대중 소설이다. 아마 손을 대지 말아야겠다고 생각하는, 모자란 비들도 몇 명 정도는 있을 것이다.

게다가 다른 사람들에게 보여 줘도 상관없다고 한다면, 자신은 읽지 않더라도 시녀들에게 읽어 보라고 해서 내용만 알아 두려 하는 비도 있을 터였다.

'흐응, 그렇구나….'

마오마오는 진시의 의도를 파악했다. 내용을 아는 시녀들은 그것을 다른 궁녀들에게도 가르쳐 줄 것이다. 그렇다면 샤오란이 내용을 알고 있다 해도 전혀 위화감이 느껴지는 상황은 아니다.

"아~ 벌써 끝이야?"

잉화는 근질근질하다는 표정을 지었다. 마치 먹이를 코앞에 두고 먹지 말라는 명령을 받은 개 같았다. 책은 이미 덮여 있었고, 구이위엔과 아이란 역시 비슷한 얼굴들이었다.

"뒷이야기 읽고 싶어, 계속 읽고 싶어~"

잉화는 어린애처럼 보챘다. 오락거리가 별로 없는 후궁에서는 소설 하나만으로도 상당한 자극이 되는 모양이었다.

"가오슌 님 말씀으로는 지금 새로운 책을 또 찍어 내고 있대. 그게 완성되면 또 나눠 주실 거래."

"알고는 있지만 그때까지 기다리기가 힘들단 말이야~"

구이위엔이 눈썹을 축 늘어뜨리고 잉화를 쳐다보았다. 잉화는 복어처럼 뺨을 부풀리고 있었다.

그런 가운데 아이란이 책을 집어 들고 물끄러미 들여다보았다.

"왜 그러세요?"

"으응, 그게… 이거 말이야."

세 시녀들이 쉬는 동안에는 시녀장 홍냥이 링리 공주를 돌보고 있다. 세 사람의 휴식 시간이 끝나면 교대로 홍냥이 휴식 시간을 얻는다.

"비취궁에는 시녀가 우리밖에 없잖아. 교쿠요 님께서 읽어도 좋다고 허락해 주셨는데 우리끼리만 다 읽어 버리는 건 너무 아깝지 않을까?"

아이란의 말이 무슨 뜻인지 마오마오는 대충 이해가 되었다. 재미있는 것을 발견했을 때 다른 누군가와 공유하고 싶어지는 마음은 인간의 본성이다. 마오마오도 처음 보는 신기한 뱀을 발견했을 때 주위를 열심히 돌아다니며 이 사람 저 사람에게 보여 주었기 때문에 그 마음을 알 수 있었다. 물론 그 후 사람들에게 야단을 맞긴 했지만 말이다.

아이란은 더 많은 사람들이 책을 읽었으면 하는 생각일 것이다.

비취궁 시녀들은 비취궁 밖과도 어느 정도 교류가 있다. 하지만….

"아… 하지만 다른 궁녀들한테 보여 주면 안 돼. 소중하게 다뤄야 한단 말이야."

"그래, 맞아. 잃어버릴지도 몰라."

잉화와 구이위엔이 말했다.

"그러게…."

아이란도 안타까운 표정으로 동의했다.

'흐음….'

마오마오는 살며시 책 쪽으로 손을 뻗었다.

'사실 별로 좋은 일은 아니긴 한데.'

이것을 나눠 준 진시를 비롯한 상층부의 생각을 따르면 결국 이렇게 될 거라는 생각에, 마오마오는 한마디 거들기로 했다.

"이 책 자체를 빌려주는 건 어렵다 해도, 베껴 써서 보여 주는 건 괜찮지 않을까요?"

말단 궁녀라면 몰라도 아이란은 상급 비에게 딸린 시녀다. 옮겨 쓸 종이와 필기도구는 얼마든지 손에 넣을 수 있다. 수고와 종이 값이 아깝다면 안 하면 될 일이다.

"응?"

생각지도 못한 마오마오의 발언에 아이란은 고개를 갸웃거렸다.

"삽화는 좀 어려울지도 모르지만, 아이란 님은 글씨가 아름다우니 필사가 그리 어렵지는 않으실 걸로 생각되는데요."

책을 만든 사람 입장에서는 그냥 같은 것을 한 권 사 줬으면 하겠지만, 그것이 어려운 입장이니 그럴 수밖에 없다. 삽화까지 깨끗하게 옮겨 그릴 수는 없겠지만 이야기를 읽는 것 자체는 충분히 가능하다.

"그, 그렇구나!"

아이란이 묘하게 눈을 빛냈다.

"우와, 그렇게 귀찮은 일을 하겠다고…?"

"잉화, 그런 말은 하는 것 아니야."

구이위엔이 잉화를 타일렀다.

마오마오는 살며시 책을 아이란 앞에 내려놓고 다시 일하러 돌아가기로 했다. 슬슬 휴식 시간이 다 끝나 가니, 어서 일하러 가지 않으면 훙냥에게 불벼락을 맞을 것이다.

그나저나 참 멀리도 에둘러 가는 방법을 택했다고 마오마오는 생각했다.

어떤 형태로든 후궁 안에 책이 나돌면 조금이나마 글자를 읽고 싶어 하는 사람이 늘어난다.

마오마오는 진시의 개인 하녀였을 때 진시가 일하는 자료를 볼 기회가 몇 번 있었다. 어디까지나 참고로 삼고 싶으니 의견을 말해 달라는 이유에서였다.

그것은 후궁 궁녀들의 식자율 향상에 관한 이야기였다.

진시를 비롯한 상층부의 시도는 아직까지 잘되어 가고 있는 것 같다고, 마오마오는 한 손에 작은 나뭇가지를 든 채 생각했다. 땅바닥에는 '샤오란小蘭'이라고 적혀 있었다. 샤오란 본인은 그것을 물끄러미 바라보며 흉내를 내서 글자를 써 보고 있었다.

지금까지는 간식과 소문 말고는 별로 관심이 없는 줄 알았던 이 소녀가 '글자를 가르쳐 달라'고 처음 말했을 때, 마오마오는 깜짝 놀랐다. 이유를 물으니 지금까지 이야기를 읽어 주던 궁녀가 샤오란에게 낭독해 주기를 그만두었다고 했다.

그 궁녀는 글자를 읽지 못하는 다른 궁녀들에게 부탁을 받아 책을 여러 번 읽어 주었으나, 결국 너무 많이 읽은 탓에 목이 다 쉬어 버렸다는 모양이었다. 그러나 어느 인심 좋은 궁녀가 필사본을 만들어 주었으니, 자신이 열심히 글을 배워서 그것을 직접 읽고 싶다고 샤오란은 말했다.

아이란과 같은 생각을 가진 사람이 그 외에 또 있었던 듯했 다. 종이 값도 보통 많이 든 게 아닐 텐데, 정말이지 선량한 사 람이다.

그렇다면 마오마오가 읽어 준다는 방법도 있긴 했지만, 샤오 란은 그 제안에 고개를 가로저었다.

"그 사람은 자기 시간을 들여서 열심히 옮겨 써 줬는데 내가 그렇게 치사한 방법을 쓸 수는 없어."

마오마오는 저도 모르게 샤오란의 머리를 쓰다듬어 주었다. 하지만 결국 머리가 다 헝클어져 버렸기에 샤오란은 불쾌한 표 정만 지었다.

그런 연유로 두 사람은 늘 수다를 떨던 시간에 글자 연습을 하게 되었다.

샤오란은 미간에 깊은 주름을 잡은 채 나뭇가지를 집어 들었다. '샤오小'는 마치 지렁이 세 마리가 다 죽어 가는 모습 같긴 했지만 그래도 어찌어찌 읽을 수는 있었다. 하지만 '란蘭'에는 상당히 애를 먹었다.

마오마오는 땅바닥에 다시 한번 커다랗게 '란蘭' 자를 썼다. 이번에는 부수마다 띄엄띄엄 간격을 두고 세 토막으로 나눠서 알아보기 쉽게 했다. '풀 초艸'에 '문 문門'에 '동녘 동東'. 각각을 따로따로 연습시키는 데서부터 시작해야 할 것 같았다.

"내 이름은 이렇게 어려운 글자였구나."

'풀 초艸'는 아슬아슬하게 합격점, '문 문門'과 '동녘 동東'은 다시 쓰라는 처분을 받은 샤오란이 말했다. 솔직히 샤오란이라는 이름의 한자가 '小蘭'인지도 확실하게 알 수는 없다. 아마도 샤오란의 부모 역시 문자 교육을 받지는 않았을 것이다. 하지만 일반적으로 '샤오란'이라는 이름에는 그런 한자가 사용되고 있으므로 마오마오는 그렇게 가르쳐 주었다.

마오마오는 글자를 처음 배울 때 자신의 이름을 쓰는 법에서부터 시작했다. 우선 자신의 내력을 알아야 한다는 의미에서 중요한 일이긴 하지만, 그 때문에 마오마오는 길고양이처럼 귀염성 없다는 소리를 자주 듣곤 했다.

"쓸 수 있어야 읽을 수도 있게 되긴 하지만, 그냥 읽기만 연습할래?"

마오마오가 묻자 샤오란은 고개를 가로저었다.

"기왕이면 쓰는 법도 배우고 싶어. 그러면 편리하잖아?"

그도 그렇다. 글을 쓸 수 있고 없고에 따라 할 수 있는 일의 폭 또한 달라진다. 후궁에서도 글을 쓸 수 있는 자에게는 그와 관련된 일이 주어지고, 단순노동인 세탁 담당보다 보수도 더 후하게 받을 수 있다. 소문에 의하면 능력 있는 궁녀는 후궁 밖의 사무 처리 일을 맡게 되는 경우도 있다고 한다.

"후궁을 나간 다음에는 내 스스로 일을 찾아야 하니까, 지금 글 쓰는 법을 배워 둘래."

샤오란도 자기 나름대로 장래에 대해 생각하고 있었던 모양이다. 샤오란이 후궁에 온 것은 마오마오와 거의 비슷한 시기의 일이다. 봉공 기간이 2년이니 앞으로 1년 남았다. 부모에 의해 팔려 온 샤오란은 기간이 끝났다고 다시 집으로 돌아갈 수도 없을 것이다.

"그래, 그럼 더 열심히 하자."

마오마오는 바닥에 글자를 술술 적었다.

"아, 고마워. 어, 저기, 그런데 이건 어떻게 읽는 거야?"

"동충하초冬蟲夏草."

"그, 그럼 이건?"

"만다라화曼荼羅華."

"…이건?"

"갈근葛根."

샤오란은 뭔가 하고 싶은 말이 있는 눈빛으로 마오마오를 쳐다보았다.

"그거 정말 평소에 자주 쓰는 말 맞아?"

"……."

마오마오는 썼던 글자들을 군소리 없이 다 지우고 평소에 잘 쓰는 인사말들을 다시 적어 내려갔다.

약사의 혼잣말

2 화 : 고양이

　태어난 지 1년 하고도 반을 지난 링리 공주는 굉장한 말괄량이로, 아니 건강하게 잘 자라고 있었다.

　마오마오는 어린아이를 썩 좋아하지 않았으나 공주는 귀엽다고 생각했다. 창관에 팔려 온 여동들을 돌보라는 지시를 받았을 때보다 지금이 훨씬 편했다. 열 살쯤 된 여자아이들만큼 건방진 생물은 흔치 않다.

　공주는 붙잡고 일어나는 단계를 지나 손을 놓고 걷기 시작했고, 요즘 들어서는 종종걸음으로 뛰어다니기까지 했다.

　그렇게 활기찬 공주를 보며 교쿠요 비는 고개를 갸웃거렸다.

　"슬슬 궁 안이 너무 좁다고 느끼고 있는 걸까?"

　비취궁은 제법 넓은 곳이나, 실내에서만 놀게 하는 건 건강에도 별로 좋지 않다. 중앙 정원이 있긴 하지만 계속 그곳에만 데려가면 공주도 금세 질려 버릴 것이다.

"산책 나갈 때 데리고 나가도 되려나?"

교쿠요 비는 융통성이 있는 사람이다. 보통 귀한 집안 출신의 아가씨라 하면 그야말로 금이야 옥이야 예뻐하면서 집 안에만 가둬 키울 거라고 생각하게 되지만 교쿠요 비는 그렇지도 않은 모양이었다.

"마오마오는 어떻게 생각하니?"

교쿠요 비가 갑자기 묻는 바람에 마오마오는 천장을 올려다보며 신음했다.

"…건강을 생각하면 밖에 나갈 기회를 늘리는 편이 나을 것 같습니다."

마오마오는 교쿠요 비의 발을 바라보았다. 전족을 하지 않아 제법 큼직한 발이었다. 서쪽 건조한 지역 출신인 이 비는 다른 비들보다 비교적 규제가 덜한 교육 환경에서 자란 모양이었다.

기본적으로는 어머니의 교육 방침을 따르는 편이 좋다고 생각하지만 공주는 이 나라에서 가장 높으신 분이 사랑해 마지않는 보물이다. 생모의 말이라고 전부 다 고분고분 긍정해 줄 수만은 없었다.

그것은 교쿠요 비 스스로도 잘 아는 사실이었다.

"그럼 상의를 좀 해 봐야겠네."

교쿠요 비는 긴 의자에 누워 잠들어 있는 공주의 머리카락을 쓰다듬어 주며 말했다.

며칠 후 공주는 환관 두 명의 호위를 받으며 외출하는 일을 허락받았다. 시녀장 홍냥과 마오마오도 함께 나가게 되었다. 고작 산책일 뿐인데 정말이지 황제도 상당한 팔불출 아버지다. 뭐, 지금까지 황제의 자식들이 모두 어린 나이에 죽었던 일을 생각하면 어쩔 수 없는 일인지도 모른다.

"마오마오는 꽃과 생물에 대해 자세히 알고 있으니까 좀 가르쳐 주지 않겠니?"

교쿠요 비가 공주의 머리를 쓰다듬으며 말했다. 배가 잔뜩 부른 비는 만일을 대비하여 궁에 남아 있기로 했다.

"교쿠요 님, 그건 안 됩니다. 얘는 멀쩡한 걸 가르쳐 주지 않아요."

홍냥이 딱 잘라 말했지만 교쿠요 비는 그 말에 고개를 갸웃거렸다.

"어머나, 내 생각엔 큰 도움이 될 것 같은데."

비는 입꼬리를 올리며 우아한 미소를 짓고,

"장래에 어디로 시집갈지 모르는 일이잖니?"

라고 말했다.

'음, 역시 만만치 않은 사람이야.'

공주는 아직 어리지만 그 입장을 생각하면 앞으로 10년쯤 후에는 어딘가로 시집을 갈 가능성이 있다. 황제의 신하에게 시집간다면 그나마 낫지만 타국으로 가게 될 가능성도 염두에 두어야 한다.

그런 곳에서 공주가 반드시 환영받을 거라고 생각할 수는 없다. 그러니 약과 독에 대한 지식이 있으면 도움이 될 수도 있다고, 교쿠요 비는 생각하는 모양이었다.

홍냥은 영 석연치 않다는 표정을 지으면서도 알겠다고 대답하며 한숨을 내쉬었다. 결국 이 시녀장도 그 가능성에 대해 잘 알고 있다는 이야기다.

교쿠요 비가 손을 흔들며 배웅하자 공주도 마찬가지로 손을 흔들며 밖으로 나섰다.

공주는 비취궁 바깥의 풍경을 처음 보고는 크게 소리를 질렀다. 중앙 정원에서 보이는 바깥 풍경에는 한계가 있었으니 말이다. 공주는 아직 단어 몇 개밖에 구사할 줄 모르는데, 지금은 그중에서도 도대체 뭐라고 하는 건지 알 수가 없었다. 궁에 있던 인원들보다 훨씬 많은 궁녀들을 보고 흥분한 모양이었다.

혹시 무서워서 울음을 터뜨릴지도 모른다고 생각했지만 그건 쓸데없는 걱정이었다. 대담한 성격은 교쿠요 비를 꼭 닮았다.

공주는 아장아장 걸어 다니며 괴성을 질러 댔다. 가끔 마오마오나 홍냥 쪽을 돌아보며 저게 무엇이냐는 듯 손가락으로 가리키곤 했기에 이름을 알려 주었다. 이해를 했는지 어떤지는 모르겠지만 "아우아우⋯." 하고 강아지처럼 대답하는 걸 보면 알아듣긴 한 모양이었다. 호위로 따라 나온 환관들은 너무 멀지도 가깝지도 않은 거리에서 걷고 있었으나, 후궁에 어린아이는 드물다. 아니, 열 살을 넘지 않은 아이는 링리 공주 한 명밖에 없었기 때문에 자연스럽게 일하던 궁녀들의 시선이 집중되었다.

오랜만에 어린아이를 보고 저도 모르게 미소를 짓는 자, 공주라는 사실을 깨닫고 황송해하며 한 걸음 물러나는 자, 무어라 형언하기 힘든 표정으로 바라보는 자 등 각자 공주를 바라보는 관점은 다 달랐다.

아직 어린 공주는 모르겠지만 성장하다 보면 그 시선의 의미를 점점 알아 가게 될 것이다.

링리 공주는 주위의 온갖 것들을 흥미진진하게 둘러보며 정신없이 이리 뛰고 저리 뛰고 야단이었다. 그러니 손을 잡고 함께 걷고 있는 홍냥은 보통 힘든 게 아니다. 원래 예정대로라면 비취궁 서쪽에 있는 앵도원櫻桃園까지 가서 버찌를 따고 놀 계획이었는데 계속 샛길로 새고만 있다. 그래도 간신히 서측으로 향하는 문이 보였기에, 목적지에 도달한 홍냥이 안심한 그때였다.

아옹! 하는 높은 소리가 들렸다. 갓난아기 같은 소리였기에 공주가 낸 소리인 줄 알았으나 공주는 주위를 두리번거리기만 할 뿐이었다.

의아해하던 공주가 갑자기 어딘가로 마구 뛰어가기 시작했다. 홍냥은 놀라서 공주의 뒤를 따라갔다. 공주는 창고로 사용되는 건물의 틈새에 얼굴을 들이밀고 있었다.

"공주님, 그러시면 안 돼요!"

다급한 홍냥의 목소리 위로 "야옹~" 하는 높은 소리가 겹쳐 들렸다. 공주가 안으로 들어가려 했기에 대신 마오마오가 그것을 가로막으며 건물 틈새로 몸을 눕혔다.

"보고 올게요."

"마오마오!"

"먀우먀우!"

홍냥과 공주가 동시에 외쳤다. 할 수 없이 홍냥이 물러서자 마오마오는 건물 틈새 안쪽으로 들어갔다.

어두컴컴한 가운데 금빛으로 두 눈이 빛나고 있었다. 마오마오가 손을 내밀자 그것은 마오마오의 발밑을 스쳐 지나갔다.

"먀우!"

"공주님!"

홍냥이 공주를 막았다. 튀어나온 것은 지저분한 털 뭉치였다. 털 뭉치는 느닷없이 나타난 인간들을 경계하며 도망치려 했다. 털이 온통 거꾸로 서고 꼬리가 파르르 떨리고 있었다.

"먀우!"

공주가 털 뭉치를 가리키며 잡아 달라는 기색을 보였다. 마오마오는 벽 틈새로 기어 나오려 했지만 쉽게 빠져나올 수가 없었다.

'이러다 도망치겠네.'

그렇게 생각한 순간이었다.

털 뭉치 앞을 누군가가 가로막았다. 마오마오 일행에게만 주의를 기울이고 있던 털 뭉치는 그 손에 금세 사로잡히고 말았다.

털 뭉치를 잡아 준 것은 낯선 궁녀였다.

"이거 필요해?"

묘하게 말투가 앳됐다. 키는 크지만 생김새는 아직 어려 보였다. 나이는 마오마오와 비슷하거나 더 어릴지도 모른다. 샤오란과 마찬가지로 상복尚服 소속의 복장을 하고 있는, 어딘가 모르게 부자연스러운 분위기가 풍기는 궁녀였다.

"고맙습니다."

궁녀는 털 뭉치를 내밀었다. 지저분한 털 뭉치는 궁녀의 손안에서 발발 떨고 있었다. 마오마오는 품에서 손수건을 꺼내 그 털 뭉치를 감싸며 받아 들었다. 손수건 너머로도 떨림이 느껴졌고, 털 뭉치는 도움을 요청하듯 "야옹~" 하고 울었다.

무서워서 도망치고 싶지만 그러기에는 체력이 부족한지, 축 늘어져 있었다.

"배가 고픈가 보네. 뒷일은 맡길게. 그럼 안녕."

부자연스러운 분위기의 궁녀는 손을 흔들며 가 버렸다.

일단 목표물이던 털 뭉치가 손에 들어왔으니 만족하기로 한 마오마오는 그것을 들고 공주에게로 돌아갔다.

"…마오마오, 그건 설마?"

홍냥이 털 뭉치를 들여다보며, 한쪽 눈썹을 치켜 올리고 영 못마땅한 표정을 짓고 있었다. 공주가 "먀우, 먀우." 하고 불렀다. 자기한테 보여 달라고 보채는 모양이었다.

"네, 고양이입니다."

손수건 안에서는 양손 안에 쏙 들어갈 정도로 자그마한 고양이가 떨고 있었다.

링리 공주는 작은 미지의 생물에 상당한 관심을 보였다. "먀우먀!" 하고 우는 소리를 흉내 내면서 마오마오에게 계속 고양이를 보여 달라고 졸라 댔지만, 홍냥이 지저분한 털 뭉치를 만지는 일을 허락할 리가 없었다. 그렇다고 고양이를 그냥 방치해 놓을 수도 없었기에 결국 일행은 산책을 중단하고 궁으로 돌아가기로 했다.

공주는 새끼 고양이에게서 눈을 떼지 못했지만 그렇게 지저분한 것을 궁에 들여놓을 수는 없었다. 할 수 없이 공주에게는 좋아하는 간식을 줘서 잠시 달래고, 마오마오가 고양이를 의국으로 데려가기로 했다. 이대로는 새끼 고양이가 죽고 말 것이다.

하지만 정말이지 이상한 일이다. 마오마오는 고개를 갸웃거렸다.

계절이 따스하니 짐승들도 활발하게 번식하겠지만, 그것은 후궁 바깥 세계의 이야기다. 후궁에는 애완동물이라고 할 만한 것이 거의 없다. 극히 일부지만 새장 속에 사는 이국의 새를 키우는 비도 있긴 하나, 개와 고양이 종류는 없다. 애완동물을 키우려면 허락을 받아야 한다. 또한 암놈과 수놈을 함께 키울 수는 없고, 밖에서 데리고 들어왔을 경우 수놈이라면 동물이라도 거세를 시킨다. 엄격해 보이지만 만일 도망쳤을 경우 뒷일이 골치 아파진다는 이유가 있다. 광대한 부지 내에서 제멋대로 번식이라도 했다가는 큰일이다.

일단 데려와서 보호하긴 했지만 위에 연락은 해 두겠다고 홍냥이 말했다. 그것이 타당한 판단일 것이다.

"아니, 별일이 다 있군."

돌팔이 의관은 여전히 태평한 태도였고, 왜 고양이가 이곳에 있는지 깊이 생각하지 않았다. 의관은 고양이가 떨고 있는 모습을 보고는 불쌍하다고 눈썹을 축 늘어뜨리면서 물을 끓여 왔다. 그리고 그 더운물을 물병에 담고, 그것을 손수건으로 감아서 새끼 고양이가 들어 있는 바구니 속에 넣었다.

"고양이에 대해 잘 아시나 보네요."

"옛날에 주운 적이 있었거든. 귀여운 삼색 고양이였지."

우연인지 이 고양이도 삼색이었다. 지저분한 털을 물에 적신 손수건으로 문질러 주니 적갈색과 검은색 반점이 나타났다. 젖니는 났지만 몸을 건드려 보니 갈비뼈가 만져졌다. 상당히 야윈 상태였다.

"우유 같은 건 없나요?"

어미 고양이 젖이 있으면 좋겠지만 지금 찾으러 나갈 수는 없었다. 그 장소에는 다른 고양이가 있었던 흔적도 없었다.

"으음, 좀 얻어 와야겠네."

돌팔이 의관은 그 말 한마디에 잽싸게 밖으로 나갔다. 직업상 식당에 가면 어느 정도 얼굴이 통한다.

마오마오는 젖이 고파 칭얼거리는 새끼 고양이를 수건으로 닦으며, 털 속에 붙어 있던 벼룩을 잡아서 기름에 담가 죽였다. 따뜻한 물에 목욕을 시키며 하나하나 천천히 잡아 주고 싶었지만 새끼 고양이의 체력을 생각하면 아직은 수건으로 닦아 주는 것이 최선이었다.

잠시 후 돌팔이 의관이 냄비를 들고 허둥지둥 돌아왔다.

"산양 젖이 있었어."

의관은 냄비를 보여 주며 말했다. 손가락을 넣어 보니 딱 적당한 온도로 데워져 있었다. 산양 젖이 묻은 손가락을 새끼 고양이의 주둥이 쪽으로 들이밀어 주었더니 고양이는 손가락을 쪽쪽 빨기 시작했다. 마오마오는 그러기를 여러 번 반복했다. 돌팔이 의관은 눈썹을 축 늘어뜨린 채 새끼 고양이를 바라보고 있었다.

"세상에, 귀엽기도 하지."

한창 흐뭇해하고 있는데 미안하지만 돌팔이 의관에게는 한 가지 더 심부름 시킬 일이 있었다.

"가축 내장을 좀 얻을 수 있을까요?"

후궁의 인원수를 생각하면 매일같이 가축을 몇 마리씩 잡아 먹고 있다고 생각할 수 있다. 내장에 속을 채운 요리가 식사에 오른 적이 몇 번 있었으니 내장을 그냥 버리지는 않을 것이다.

"내, 내장? 그건 또 왜? 어디다 쓰려고?"

새끼 고양이는 몸이 너무 쇠약해져서, 그릇에 담긴 우유를 핥아 먹을 수 있게 되기까지는 시간이 좀 걸릴 것 같았다. 그렇다고 매번 이렇게 손가락에 조금씩 묻혀서 먹이기는 너무 번거롭다.

마오마오는 가축 내장이라면 어미 고양이의 젖꼭지 대신 사용할 수 있을 거라고 생각했다.

돌팔이 의관에게 그렇게 설명하자 의관은 또다시 식당으로 달려갔다. 정말로 사람 좋은 환관이었다.

마오마오는 열심히 산양 젖을 손가락에 묻혀 새끼 고양이에게 먹였다.

며칠이 지나자 볼품없던 새끼 고양이는 털결이 많이 풍성해졌다. 산양 젖을 먹고 배탈이 나지 않을지 걱정이 되었지만 그 점에서는 문제가 없는 모양이었다.

원래는 후궁 밖으로 빨리 쫓아내야 했지만 다행인지 불행인지 새끼 고양이를 주운 날 밤 황제가 비취궁에 행차했다. "먀우, 먀우….." 하고 공주가 새끼 고양이를 달라고 보채는 바람에 황제는 거절할 수가 없었다. 그리고 새끼 고양이를 보살피는 역할을 맡게 된 건 말할 필요도 없이 마오마오였다.

"이름과 딱 맞는군그래."

황제의 농담에 웃어도 되는지 알 수가 없었지만, 교쿠요 비가 웃었기에 마오마오도 억지로나마 웃었다. 조만간 돌팔이 의관한테라도 강제로 떠넘겨야겠다고 생각했고, 사실 이미 거의 떠넘긴 상태나 다름없었다.

하지만 공주에게 보여 주고 싶어도 벼룩이 붙어 있으면 안 될 노릇이고, 게다가 아무리 작아도 짐승은 짐승이다. 조금 더 건강해진 다음에 보여 주겠다는 다짐만 간신히 받아 냈다.

새끼 고양이에게 체력이 조금 붙자 마오마오는 대야에 따뜻한 물을 가득 받아 고양이를 씻겼다. 얼핏 보기에는 깨끗해진 듯 보였지만 비누콩을 찧어 만든 세제로 씻겨 주자 물이 금세 탁한 회색으로 변했다. 표면이 아니라 털가죽 속이 더러웠던 모양이었다.

하얀 털이 부드러워 보여 붓 재료로 괜찮을 것 같다고 마오마오가 말했더니 돌팔이 의관은 새끼 고양이를 품에 안고 눈물을 글썽이며 고개를 가로저었다. 농담으로 들리지 않았던 모양이지만, 나중에 의관이 새 붓을 두 자루나 주었기에 신경 안 쓰기로 했다.

한동인은 젖을 주었으나, 기운을 차린 새끼 고양이는 곧 으깬 닭고기를 먹을 수 있게 되었다. 나무 상자에 모래를 넣어 그 위에 올려놓아 주자 배설도 알아서 할 수 있게 되었다. 하지만 큰 변을 보는 일은, 아직은 항문을 자극해 주지 않으면 어려운 모양이었다. 돌팔이 의관이 그 주위를 젖은 천으로 톡톡 두드리며 열심히 보살펴 주었다.

치아는 아직 작으니 그렇다 치고, 발톱은 깎고 정성스럽게 다듬어 주어야 했다. 새끼 고양이는 귀찮아했으나 혹시 실수로 할퀴기라도 하면 곤란해진다.

'말은 쉽지.'

한숨을 내쉬며 마오마오가 고양이를 돌보고 있는데 의국에 누군가가 찾아왔다.

"아이 키우기는 잘되어 가고 있나?"

나타난 진시가 태평하게 말했다. 어김없이 뒤따라온 가오슌은 겨드랑이에 어떤 봉투를 끼고 있었다.

"슬슬 공주님께 보여 드려도 문제없을 것 같습니다. 하지만 할퀴거나 도망칠 때는 저도 대응할 수가 없습니다."

"그렇게 사소한 일은 일일이 말 안 해도 돼."

하지만 막상 무슨 일이 생겼을 때 처분을 받는 건 그 자리에 있던 사람들이다.

문득 새끼 고양이 쪽을 쳐다보니, 가오슌이 들고 온 봉투에서 말린 잔 생선을 꺼내 새끼 고양이 앞에서 흔들고 있었다. 평소 미간에 잡고 다니던 주름도 사라지고, 눈꼬리도 축 처져 있었다.

"가오슌 님, 그건 새끼 고양이에게는 아직 딱딱하니 살짝 삶아 줘야 합니다."

생김새와는 다르게 장난기가 있는 종자다.

마치 기다렸다는 듯 돌팔이 의관이 잔 생선을 삶을 냄비를 가지고 왔다. 일은 시원찮아도 이럴 때만은 의욕적으로 나서는 게 이 의관이다.

진시가 새끼 고양이의 양 겨드랑이를 안아 올렸다. 새끼 고양이가 몸을 길게 뻗자 살짝 부푼 배가 보였다.

"암놈인가?"

"네, 거세할 필요가 없어서 다행입니다."

아무 생각 없이 그렇게 말해 버린 마오마오는 문득 진시 쪽을 쳐다보았다.

"죄송합니다."

"아니, 신경 쓸 필요는 없다."

진시는 뭐라 형언하기 힘든 표정으로 말했다. 미안해진 마오마오가 뭐 과자 대신 내줄 거라도 없는지 의국 안을 다 뒤져 보니, 나온 것은 지난번에 받아 와서 쓰고 남은 내장으로 만든 향장*이었다. 남은 게 아까워서 고기와 향초로 속을 채워서 삶아 두었던 음식이다.

"……."

"왜 그러지?"

"아무것도 아닙니다."

마오마오는 향장을 슬그머니 선반 속에 집어넣고 대신 전병을 가지고 왔다. 참고로 돌팔이 의관은 아련한 표정을 지으면서도 향장을 먹기는 다 먹었다.

진시는 새끼 고양이와 재미있게 놀고 있었다. 허리를 숙이고 술 장식이 달린 노리개를 새끼 고양이 앞에서 살랑살랑 흔들어 주는 중이었다. 맞은편에서는 가오슌이 근질근질한 표정으로 그쪽을 흘끔흘끔 쳐다보고 있었으나 그 모습은 그냥 못 본 척해 주기로 했다.

마오마오의 시선을 느꼈는지 진시가 술 장식을 내밀었다. 너도 같이 놀겠느냐고 묻고 있는 듯했다.

"저는 고양이를 썩 좋아하지 않습니다."

"이름에 고양이가 들어가는데*?"

※향장 : 소시지.

진시의 그 말은 귀에 못이 박이도록 들은 질문이었다.

"진시 님이야말로 고양이를 좋아하셨나 보네요."

"뭐 그렇지도 않아."

진시는 가오슌 쪽을 쳐다보았다. 가오슌은 돌팔이 의관과 함께 물을 끓여 잔 생선을 삶고 있었다. 아저씨 둘이서 새끼 고양이 하나 먹이려고 참 애쓰네, 하고 마오마오는 무심한 눈길로 쳐다보았다.

"구체적으로 어디가 좋은지 난 잘 모르겠다."

진시는 자신은 저렇게는 못 하겠다고 눈으로 말하고 있었다. 아저씨 둘의 목소리가 멀쩡하다가도 때때로 어린아이 어르듯 혀짤배기소리로 바뀌곤 했다. 솔직히 소름 끼친다.

"저도 그렇습니다."

마오마오는 그렇게 말하며 새끼 고양이를 바라보았다.

"하지만 고양이를 좋아하는 사람들 말에 의하면 고양이가 무슨 생각을 하는지 통 모르겠다는 점이 좋다고 합니다."

"그래?"

"보고 있어도 질리지 않고, 눈을 뗄 수가 없다는군요."

"음."

"그리고 보다 보면 쓰다듬어 보고 싶어지고."

※이름에 고양이가~ : 마오마오의 이름은 한자로 猫猫.

"그렇군."

"평소에는 쌀쌀맞은 주제에, 먹이를 줄 때만 갑자기 아양을 떠는 부분은 울컥 화가 치솟는다던데요."

"아, 으응."

"거기까지 가면 그냥 모든 것을 다 용서하고 받아들이게 된다고 합니다."

"……."

그러다 보면 싫어하는데도 억지로 뽀뽀를 하고 싶어지고, 말랑말랑한 발바닥을 괜히 만지고 싶어지고, 할퀼 거라는 사실을 알면서도 억지로 부드러운 배털에 얼굴을 들이밀고 싶어진다고 한다.

어디서 뭘 하다 왔는지 모를 생물에게 그런 짓을 하는 건 위생적으로 좋지 못하다고 마오마오는 생각했지만 도저히 멈출 수가 없다고 한다. 마오마오가 고개를 절레절레 저으며 진시 쪽을 쳐다보자, 그 얼굴 위에 새끼 고양이가 얹혀 있었다.

"…왜 그러고 계시죠, 진시 님?"

보드라운 배털의 감촉을 만끽하는 건 좋지만 혹시 지나가다 누가 볼까 싶어 마오마오는 창밖을 내다보았다.

"아니, 왠지 이해가 갈 것 같은 기분도 들어서."

진시는 마치 깨달음을 얻은 듯한 표정으로 말했다. 무슨 깨달음을 얻었는지는 뭐 아무래도 좋다.

"그렇군요. 생선이 다 익은 것 같네요."

"아, 으응."

가오슌과 돌팔이 의관이 이쪽을 쳐다보는 시선을 느낀 진시는 재빨리 새끼 고양이를 내려놓았다.

"뭘 하고 계셨던 겁니까?"

가오슌이 실로 부럽다는 표정으로 노려보았다.

결국 새끼 고양이가 도대체 어디서 왔는지에 대해서는 진시도 알아내지 못했다. 하지만 식료품을 보급하기 위해 후궁 안으로 들어오는 짐수레는 제법 많다. 새끼 고양이가 먹이 냄새를 맡고 그 속으로 들어갔다가 그만 길을 잃어버렸다는 추측을 할 수밖에 없었다.

새끼 고양이는 후일 황제의 명으로 관직까지 얻게 되었다. '도적단속관'이라는 과장스러운 직함을 받았다고 하는데, 요컨대 의국 창고의 쥐를 잡는 일이었다.

황제도 결국 딸에게는 무른 데가 있다.

이래저래 별로 상관은 없지만 이름이 마오마오毛毛가 되어 버렸다는 사실만큼은 통 납득할 수가 없다. 마오마오猫猫는 실로 납득할 수가 없었다.

계절은 어느덧 미지근하고 불쾌한 습기로 가득한 시기로 옮겨 갔다. 마오마오는 시간 가는 게 참 빠르다고 생각하면서 방충용 향초를 마련했다.

"방 정리를 좀 해야 할 것 같은데."

시녀장 홍냥이 그렇게 말하니 따를 수밖에 없다. 그리하여 시녀들은 의상 방을 정리하게 되었다.

"시대에 뒤처진 옷들이 너무 많아."

잉화가 옷장 앞에 버티고 서서 거친 콧김을 내뿜으며 말했다. 구이위엔은 공주를 돌보고 있었기에 여기에는 잉화와 마오마오, 아이란까지 세 사람밖에 없었다.

"아이란, 그 서랍 맨 위에 있는 것 좀 꺼내 줘."

잉화가 고개를 들고 올려다보며 말했다. 아이란은 별로 달갑지 않은 눈치이긴 했지만, 키가 큰 덕에 높은 곳에 있는 물건을 꺼내기 쉬우니 편리하긴 하다. 몸집이 작은 마오마오와 잉화는 아이란에게서 고리짝을 받아 들고 내용물을 확인했다. 분류된 물건들은 장대에 걸어 그늘에서 말리게 된다.

"이건 아직 쓸 만하네."

잉화는 하나하나 확인하면서 쓸 만한 것과 못 쓰는 것을 구분해 나갔다. 마오마오의 눈에는 전부 고급스러운 물건으로 보였으나, 물건 볼 줄 아는 잉화는 차이를 아는 모양이었다.

"이건 한때 엄청나게 유행했던 물건이네. 유행을 심하게 타던 물건은 유행이 지나가면 전혀 안 쓰게 되니까 문제야."

마오마오는 분류가 끝난, 못 쓰는 물건들을 고리짝에 도로 집어넣어서 복도로 가지고 나갔다.

낡은 옷이라도 상급 비가 입던 물건이다. 소재가 고급이기 때문에 그 옷감을 이용하여 새 옷을 만들어 아랫사람에게 내린다고 한다. 그것은 비취궁 시녀들이 받아 가는 게 아니라 비들 본인의 고향 집으로 보내진다.

비녀 등의 장식품이라면 시녀들에게 줄 때도 있지만, 옷의 경우 시녀들이 후궁 내에서 당당히 입고 다닐 수는 없기 때문에 직공들이 수선을 해서 모양을 바꿔 교쿠요 비의 고향으로 보내서 나눠 갖게끔 한다.

"그러고 보니 며칠 후에 새 시녀들이 온대."

갑자기 생각난 듯 아이란이 고리짝을 내리며 말했다.

"교쿠요 님이 회임하셔서 사람 손이 더 필요하게 됐거든. 하지만 여기만 시녀를 늘리면 주위에서 의심을 살 수가 있어서, 모든 비들에게 시녀를 늘릴 기회를 주자는 얘기를 지난번에 들었어."

그 말을 들은 잉화가 입을 떡 벌렸다.

"반가운 얘기이긴 한데 너무 갑작스럽네."

"이유를 들으면 이해가 가긴 해. 비 하나가 쉰 명이 넘는 하인들을 데리고 입궁했으니 아무래도 다른 비들도 자극을 받긴 했을 거야."

"아, 그것 때문이구나."

그 말을 들은 잉화의 낯빛이 흐려졌다.

마오마오도 그게 누구 이야기인지 금세 알았다. 갖은 위세를 다 부리며 요란하게 입궁한 러우란 비를 가리키는 말이었다. 그에 반해 황제의 총비에게 시녀가 다섯 명밖에 없다면 세간에서 보기에 썩 바람직한 모습은 아니다.

"그쪽에서는 줄이려는 노력은 안 한대?"

"잉화, 그런 소리를 했다간 너 또 홍냥 님한테 눈물 쏙 빠지게 혼난다."

아이란이 말하자 잉화는 아차 싶은 표정으로 입을 틀어막았다.

마오마오는 계속해서 쓸모없는 물건을 고리짝에 담아 밖으로 날랐다. 그렇게 수다를 떨며 작업을 하다 보니 여름옷은 절반 정도로 줄어들었다.

"이렇게 많이 줄었는데 괜찮을까요?"

마오마오가 보다 못해 고개를 갸웃거리며 묻자 아이란이 "괜찮아." 하고 웃었다.

"옷은 이미 재봉 직공들에게 여러 벌 맡겨 놓았는걸."

"게다가 이제 곧 대상隊商이 올 테니까 그때 사면 돼."

잉화도 덧붙였다. 할 말을 빼앗겼는지 아이란이 다소 뾰로통한 표정을 지었다.

"대상이라고요?"

"응, 대상."

잉화는 비단의 촉감을 확인하듯 옷을 어루만지며 말했다.

"이번에는 규모가 꽤 크대."

기대감으로 잔뜩 들떠 있다는 사실은 목소리만으로도 충분히 알 수 있었다. 흥분한 탓인지 일하던 손까지 멈춰 있었다.

대상이란 본래 사막을 건너는 상인 집단을 말하지만, 이곳에서는 교역품을 취급하는 이동 상점을 가리키는 모양이었다. 취급하는 물건 중 이국의 신기한 상품들이 포함되어 있으니 아주 틀린 말이라고 할 수도 없지만, 왠지 이상한 느낌이 들었다.

예전에 대상이 왔을 때 마오마오는 후궁에서 쫓겨난 상태였고, 그 전에는 허드렛일이나 하는 하녀였기 때문에 그런 축제 같은 일에 참여할 기회가 없었다. 마오마오는 유곽에서 그런 상인들을 접대한 일도 있었기 때문에 그렇게까지 신기하게 느껴지진 않았지만 오락거리가 별로 없는 후궁에서는 가장 큰 낙인 모양이었다.

"마오마오도 시간 내서 보러 가자. 교쿠요 님은 이럴 때는 항상 용돈도 주시거든."

잉화가 히죽 웃으며 말한 그 순간, 마오마오와 아이란의 움직임이 딱 멈췄다. 왜 그러냐는 듯 잉화가 고개를 갸웃거리는 모습을 보고 마오마오는 그 뒤를 손가락으로 가리켰다.

잉화가 살그머니 뒤를 돌아보니 등 뒤로 무겁게 먹구름을 띄운 홍냥이 굳은 얼굴로 미소를 짓고 있었다.

"?!"

잉화는 몸을 뒤로 젖히며 머쓱하게 웃었다.

"수다만 떠느라 일은 안 하고 있었나 보네?"

"네? 네?!"

잉화가 당황하는 동안 마오마오와 아이란은 열심히 옷을 갰다. 이런 배신자들, 하고 잉화가 입을 딱 벌렸다.

'용돈은 받아야 해서요.'

그런 연유로 잉화의 용돈은 다소 줄어들었다고 한다.

후궁은 넓다. 웬만한 동네 하나보다 훨씬 넓다.

그곳에 사는 궁녀들은 오로지 비를 모시기 위해, 후궁 건물을 유지하기 위해, 그리고 가능성이 거의 없는 거나 마찬가지이긴 하지만 혹시라도 황제의 승은을 입기 위해 존재한다.

특수한 환경이기 때문에 생활 양식도 평범한 마을의 삶과는 전혀 다르다. 궁녀들은 역할을 청소, 세탁, 요리로 분담해서 맡기 때문에 마을이라기보다는 거대한 하나의 집에 모두 함께 살고 있다고 생각하는 편이 오히려 옳을 수도 있다.

그런데 본래 이렇게 커다란 장소라면 있어야 할 것이 없다.

무엇이 없는가 하면 바로 상점이다.

"즐거워 보이네."

"그런가?"

아직 앳된 느낌이 남아 있는 궁녀 샤오란의 말에 마오마오는 의문형으로 대꾸했다.

광장에서는 궁녀들이 한껏 신이 난 얼굴로 천막 앞을 돌아다니고 있었다. 커다란 천막 여러 개가 세워져 있긴 하지만, 후궁에는 궁녀가 한 2천 명쯤 되는 탓에 하급 궁녀들은 들어갈 틈도 없어 물건을 볼 수조차 없다. 그래서 즐거워 보이는 상급 궁녀들의 모습만 구경해야 했다.

마오마오와 샤오란도 하급 궁녀들이 사는 방의 난간에서 그 모습을 지켜보고 있었다. 오늘은 계급이 높은 비와 시녀들이 잔뜩 들떠 있어서 그 아랫사람들도 전부 개점휴업 상태였다.

"좋겠다. 나도 새 옷 갖고 싶어."

난간에 턱을 걸친 샤오란이 입을 삐죽이며 말했다.

"딱히 입고 갈 데도 없는데?"

"그건 그렇지만, 그래도 갖고 싶단 말이야!"

하급 궁녀들의 옷은 기본적으로 여름에 세 벌, 겨울에 두 벌 지급되는 작업복이 전부다. 너무 오래 입어 낡아서 해졌을 때에 한해 새 옷이 지급된다. 그 외에도 머리끈과 속옷, 일용품까지도 전부 지급품이다. 식사는 매일 식당에서 제공된다.

출신 집안이 조금 나은 궁녀라면 집에서 편지와 함께 물건을 보내 주곤 한다. 비에게 딸린 시녀는 비에게서 옷과 장식품을 하사받기도 하고, 간식을 얻어먹을 수도 있다. 아이란도 책 사본을 만들 때 교쿠요 비가 종이를 제공해 주었다.

가게가 없으니 그런 물건들을 쉽게 손에 넣을 수가 없다.

아무런 뒷배도 없는 샤오란으로서는 개인 소지품을 늘릴 기회가 거의 없었고, 있다 해도 저 난리니 소용이 없다. 다른 궁녀들이 물건을 싹쓸이해 가고 난 뒤, 얼마 안 되는 용돈으로 어떻게든 살 수 있는 것들을 찾아보는 수밖에 없다.

후궁에는 보통 가게가 없다. 그런데 그것이 지금 저렇게 늘어서 있는 모습을 보니 왠지 신기한 기분이 들었다.

새삼 특수한 공간이라는 사실이 실감 났다.

'의사도 돌팔이 의관 한 명밖에 없고 말이야.'

이런 대규모 공간에서 혹시 누가 병이라도 났다가는 금세 퍼질 것 같지만, 의외로 그렇지도 않다.

일단 위생 관리가 아주 철저하다. 궁녀들이 하는 일 중 청소의 비율이 매우 높고, 오물 처리도 아주 잘되고 있다. 오물이 어느 정도 쌓이면 지하 수로로 흘려보내게 되는데, 그러면 해자에서 냄새가 날 것 같지만 사실은 해자를 통하지 않고 바로 큰 강으로 내보내는 구조라고 한다.

서방에 전해지는 수로 기술을 이용한 건축이라고 하며, 원래 있었던 지하 수로를 이용하여 선제 때 만들어진 시설이다. 이야기를 듣자하니 사실 현재 후궁이 있는 장소는 원래 통째로 하나의 마을이었는데 그것을 개조해서 후궁을 만들었다고 한다. 외벽도 해자도 기존에 있던 것을 기반으로 삼아 만들었기 때문에 후궁의 이 광대한 넓이에 비하면 건설 비용은 꽤 절약할 수 있었다는 모양이다. 역시 거만하긴 하지만 유능하기로 유명했던 여제답다.

위생 관리가 확실하면 그것만으로도 병의 발생을 막을 수 있다. 그래도 무거운 병에 걸렸을 경우에는 집으로 돌려보내진다.

돌팔이 의관이 돌팔이라도 후궁이 큰 탈 없이 잘 돌아갈 수 있는 이유는 거기에 있다.

"마오마오, 나 마지막 날에는 시간이 조금 있을 것 같아."

샤오란이 눈을 반짝반짝 빛내며 말했다. 함께 돌아보자고 꼬

드기는 말이었다. 마오마오도 이런 식으로 같이 놀자고 불러주는 건 썩 기분이 나쁘진 않았다. 그래서 샤오란의 머리를 톡톡 두드리는 것으로 대답을 대신했다.

비취궁에 돌아가니 잔뜩 만족한 표정의 시녀들이 있었다.

마오마오가 농땡이, 아니 개점휴업을 하고 있는 사이 궁에 상인들이 왔던 모양이다. 일부러 천막을 쳐 놓은 곳까지 찾아가지 않아도 상급 비의 궁에는 상인들이 직접 찾아온다.

후궁에 들어오는 상인들은 당연히 모두 여성이다. 그래도 만에 하나의 사태를 대비해 평소보다 많이 배치되어 있는 호위 환관들이, 차를 마시며 쉬고 있었다. 호위들은 모두 낯익은 얼굴들이었고 가정적인 비취궁 분위기에 익숙해져 있는 모습이었다.

"주상께서 원하는 걸 뭐든지 골라도 된다고 말씀하셨어."

잉화는 마치 자기 일처럼 자랑스럽게 말했다. 용돈이 반으로 줄어드는 바람에 풀이 죽긴 했지만, 그 충격에서 이미 회복한 모양이었다.

교쿠요 비의 눈동자처럼 아름다운 비취 목걸이가 탁자 위에 놓여 있었다. 유리로 된 잔, 나전 장식이 붙은 상자도 있었다.

링리 공주는 비단으로 된 예쁜 공을 손에 넣어 잔뜩 신이 났다. 비의 의복 외에도 공주가 입을 자그마한 옷도 벽에 한가득 걸려 있었다.

"너무 많이 샀나?"

교쿠요 비가 고개를 갸웃하며 말했다.

"아뇨, 더 사셔도 좋을 정도인걸요."

시녀장 홍냥이 다소 거친 콧김을 내뿜으며 말했다.

"다른 궁에서는 더 많이 샀을 겁니다."

홍냥은 점잖게 말했지만, 마오마오는 그 모양새를 쉽게 상상할 수 있었다.

수정궁에서는 리화 비의 입만 산 시녀들이 요란하게 물건들을 사 댔을 것이다. 리화 비도 사실은 통이 큰 사람이기 때문에 엄청나게 샀을 게 분명하다.

금강궁에서는 시녀들이 리슈 비를 부추겨서 자기들이 사고 싶은 걸 사게 만들었을 게 뻔하다. 횡령이나 안 했으면 다행이다.

석류궁의 러우란 비는 본인 스스로가 그렇게 화려한 걸 좋아하는 사람이니 더 말할 필요도 없다.

그렇게 생각하면 방 하나에 다 들어갈 수 있을 양으로 구매를 끝낸 교쿠요 비는 총비치고는 꽤 경제적인 사람인 것 같다고, 마오마오는 생각했다.

비들은 각각 급료를 받으며 비라는 '직책'에 종사하고 있는데, 후궁 내에서 입는 옷과 방에 놓아두는 장식품 등은 필요 경비로 처리된다. 비는 상급, 중급, 하급까지 전부 합치면 대략 백 명 정도 된다. 국고는 괜찮긴 한지, 마오마오는 쓸데없는 걱정까지 되었다.

"아무튼 내일도 새로운 물건이 올 테니 오늘 몫은 정리해 두지요."

홍냥이 벽에 걸려 있던 옷들을 하나하나 집어 드는 모습을 보고 마오마오는 옆으로 다가가 그것들을 받아 들었다. 하나같이 감촉이 좋고 염색된 모습도 아름다웠다.

'어?'

문득 마오마오는 깨달았다. 항상 교쿠요 비가 즐겨 입는 옷과는 계통이 조금 다른 느낌이었다. 교쿠요 비는 소매가 없고 치맛자락이 긴 의상 위에 커다란 소매가 달린 상의를 걸쳐 입는 것을 좋아하지만, 이번에 산 옷들은 몸통에 긴 소매가 붙어 있고 가슴 바로 아래에서 띠로 묶는 치마가 많았다.

이유는 알 수 있었다. 교쿠요 비는 이제 슬슬 아랫배에 허리띠를 두르는 의상을 입기 힘들어질 시기에 돌입했다.

"…이런 것 말고 다른 옷은 없었나요?"

"응? 이런 게 유행이라던데."

"그러게. 이런 것밖에 없었지?"

시녀들은 서로 얼굴을 마주 보며 의아해했다.

비취궁 시녀들은 교쿠요 비의 몸을 고려하여 옷을 구입했다.

하지만 아마 평소였다면 다른 계통의 옷을 고르지 않았을까.

이런 상황임을 알고, 상인들이 옷을 가져왔다면….

마오마오의 생각이 너무 지나친 걸까.

'내 생각이 지나친 거라고 생각하고 싶다.'

일부러 이런 옷만 골라서 교쿠요 비에게 가져온 건 아닐까. 그렇다면 누군가가 탐색을 하고 있다는 가능성도 생각할 수 있다.

"내일은 띠로 허리를 꽉 묶는 옷이 있는지 물어보는 게 좋겠습니다."

마오마오는 자신이 너무 나서는 게 아닌가 생각하면서도 말했지만, 교쿠요 비와 홍냥도 그 말의 의미를 금세 알아들은 듯했다. 세 시녀들은 얼굴을 마주 보며 고개만 갸웃거리고 있었다.

"그러게. 다른 옷도 사 둬야겠어."

교쿠요 비는 그렇게 말하며 상자 위에 옷을 쿵 내려놓았다. 한순간 그 눈이 날카롭게 빛난 듯 보인 건 착각일까.

대상은 닷새간 체재한다. 그 사이 후궁 궁녀들은 평소 못 사는 물건들을 실컷 산다.

상급 비는 굳이 밖에 나갈 필요도 없으니 맨 처음에 중급 비, 하급 비와 그 시녀들이 먼저 들어가고 그다음으로 직분을 갖고 있는 궁녀들이 천막 안으로 들어가 각자 좋아하는 물건들을 산다. 지위가 낮은 궁녀들은 맨 마지막 날이 되어서야 겨우 들어가서 팔다 남은 물건들을 구경하는 정도지만 그조차도 즐거워하는 걸 보면 이 후궁에 얼마나 오락거리가 없는지를 알 수 있다.

이번에 온 대상은 사막 길을 건너온 사람들이었기에 가져온 물건 중에는 이국의 신기한 물건들도 많았다. 교쿠요 비의 고향도 통과해 온 덕분에 비취궁 시녀들도 그리운 얼굴로 공예품들을 구경했다고 한다.

마오마오는 그런 것들보다 약 종류를 보고 싶었지만 아무리 그래도 궁내에 그런 물건들을 직접 들여올 수는 없었던 듯, 기껏해야 찻잎이나 향신료 정도가 그냥 덤 수준으로 팔리고 있었다.

마오마오도 교쿠요 비에게서 용돈을 받았기에 마지막 날 약속대로 샤오란과 함께 천막 안을 구경하러 갔다.

"굉장해, 정말 대단해!"

샤오란은 돈이 없어서 그냥 둘러보기만 할 뿐이었지만 그래도 눈을 반짝이며 서방에서 온 유리 세공품들을 구경했다. 마오마오도 샤오란의 해맑은 모습이 딱히 거슬리진 않았다.

"이거 주세요."

마오마오는 예쁜 색깔의 머리끈을 하나 사서 슬그머니 샤오란의 머리를 묶어 주었다. 활기찬 샤오란에게 진분홍색 머리끈은 무척이나 잘 어울렸다. 금세 머리에 위화감을 느낀 샤오란이 갑자기 덥석 끌어안는 바람에 마오마오는 자빠질 뻔했다.

만일 자신에게 여동생이라는 게 있다면 아마 이런 생물이 아닐까 마오마오는 생각했다.

"마오마오는 옷 안 사?"

"필요가 없는걸."

샤오란 앞에서 보란 듯이 마구 살 수도 없는 노릇이고, 무엇보다 관심도 없었다. 그보다 찻잎과 향신료가 더 궁금했다. 머리끈을 선물 받고 기분이 좋아진 샤오란은 마오마오가 물건을 고를 때 계속 옆에 있어 주었다. 짐수레를 개조해 만든 간이 점포를 구경하는 것만으로도 충분히 즐거운지 샤오란은 시종일관 생글생글 웃고 있었다.

마오마오는 찻잎과 향신료를 사기로 했다. 비취궁 궁녀들은 사흘째에 교대로 가게를 보러 왔었는데 그때 마오마오는 자신은 그냥 마지막 날 오겠다며 사양했었다.

그 이유가 바로 이것이었다.

'마지막 날 오면 싸게 파니까.'

마오마오가 원하는 것은 유행하는 옷도 보석도 아니었다. 옷을 파는 김에 덤으로 가져온 찻잎과 향신료에 궁녀들이 우르르 몰려들 일은 없으니 당연히 마지막 날까지 안 팔리고 남아 있을 것이다. 게다가 후궁이란 본래 특수한 장소이기 때문에 물건을 적정 가격에 팔아 줄 거라는 생각도 들지 않았다.

'그렇게 쉽게 바가지 씌울 수 있을 거라고 생각하면 곤란해.'

그것이 마오마오라는 생물이다. 녹청관 할멈의 등을 몇 년이나 바라보며 자랐는지 모른다.

마오마오는 차를 파는 가게 앞에 멈춰 섰다. 공 모양의 아름다운 꽃봉오리가 유리로 된 어항 속에 담겨 있었다. 말리화* 차였다. 따뜻한 물을 부으면 꽃이 피어난다. 향이 좋고 눈으로도 즐길 수 있는 차였다. 안타깝게도 이제 재고가 별로 없어서 꽃봉오리는 세 개뿐이었다.

"이거 주세요."

"이거 주세요~"

마오마오와 누군가의 목소리가 겹쳤다. 옆을 보니 마오마오와 마찬가지로 말리화 어항을 가리키는 자가 있었다. 마오마오보다 머리 반 정도 큰 궁녀였는데, 키가 큰 것치고는 얼굴 생김새와 목소리가 묘하게 앳된 느낌이 들었다.

왠지 모르게 부자연스럽다는 인상을 느낀 마오마오는 고개를 갸웃거렸다. 자꾸만 어디서 본 것 같은 기분이 들었다. 상대방 궁녀 역시 마오마오를 흉내 내듯 고개를 갸웃하나 싶더니 "아…!" 하고 소리를 질렀다.

※말리화 : 재스민.

"고양이는 잘 있어?"

그 한마디에 마오마오도 겨우 생각이 났다. 지난번에 '도적단 속관'이라는 직책에 취임한 새끼 고양이를 발견했을 때 도와주었던 이름 모를 궁녀였다.

"건강하게 잘 있어. 지금은 의국에서 지내."

마오마오가 말해 주자 궁녀는 환한 미소를 지었다. 알기 쉬울 정도로 표정이 풍부한 소녀였다.

"앗, 시스이子翠잖아. 휴식 시간이야?"

마오마오와 궁녀가 대화를 나누고 있는데 샤오란이 빼꼼 얼굴을 내밀었다. 두 사람은 원래 아는 사이였던 모양이다. 그러고 보니 이 시스이라는 궁녀는 샤오란과 마찬가지로 상복 소속의 옷을 입고 있었다. 마오마오가 우연히 마주치지 못했을 뿐, 평소 빨래터를 자주 이용하는 궁녀였던 듯했다.

"응. 이 정도는 쉬어 주지 않으면 우리도 못 견디잖아."

"응, 맞아. 진짜 그래."

앳된 분위기의 두 사람은 사이가 좋아 보였다.

마오마오는 차 가게 안에 서 있던 판매원 여자의 시선을 느끼고 일단 남은 말리화 차를 전부 구입해서 셋으로 나누어 포장해 달라고 부탁했다. 처음에는 판매원도 싫은 표정을 지었지만 마오마오가 딱 하나 안 팔리고 남아 있던 찻잎도 함께 포장해 달라고 하자, 고분고분 부탁을 들어주었다.

마오마오는 따로따로 포장한 차를 샤오란과 시스이에게 하나씩 건네주고,

"여기 있으면 방해가 되니까 다른 곳으로 가서 얘기하자."

의국 쪽을 가리키며 그렇게 말했다.

의국에서는 여전히 한가해 보이는 의관이 부러운 표정으로 가설 시장 쪽을 바라보고 있었다. 아무도 찾아오지 않는다 해도 직업상 자리를 아주 비울 수는 없는 노릇이니 안타깝긴 하다. 의관은 털 고르기 하는 새끼 고양이를 쓰다듬으며 시간을 때우고 있었다.

그런 가운데 손님이 찾아오면 최선을 다해 접대를 해 주니, 아주 사람 좋은 돌팔이라 할 수 있겠다.

"아가씨한테 친구들이 있을 줄은 몰랐는걸."

돌팔이 의관은 몹시 무례한 소리를 했지만 사실이니 어쩔 수가 없다.

샤오란은 의국으로 들어오면서 다소 안절부절못하는 눈치였지만, 새끼 고양이가 "야옹~" 하고 울자 눈을 빛냈다. 시스이의 눈도 마찬가지로 반짝반짝 빛났다.

"귀엽다~ 얘 이름이 뭐야?"

"…도적단속관."

"뭐? 이상한 이름이네."

"그냥 새끼 고양이라고 불러."

'마오마오모모'라는 이름이 훨씬 이상하다. '새끼 고양이'로 충분하다.

평소에는 둘 다 일하느라 바쁘기도 하고, 의국이란 그리 쉽게 들를 수 있는 장소도 아니다. 하지만 오늘은 다들 축제 같은 분위기에 한껏 들떠 있는 특별한 날이다. 마오마오는 만일을 대비해서 중요한 약이 놓여 있는 창고 문은 잠가 두었다. 아니, 관계자도 아닌 마오마오가 창고 열쇠가 어디 있는지 아는 것도 문제이긴 하지만 의관이 열쇠를 감춰 버리면 더 난감해지니 아무 말도 하지 않았다.

돌팔이 의관이 과자를 준비하는 사이 마오마오는 차를 끓였다.

마오마오는 찻잔 대신 유리잔을 꺼냈다. 이것은 사실은 식기가 아니라 약을 다룰 때 쓰는 도구이지만 말리화 차 같은 공예차를 마실 때 다기를 사용하는 건 너무 아까운 짓이다. 마오마오는 차가운 유리잔을 미지근한 물로 덥혔다. 그리고 잔에 든 물을 버린 뒤, 동그란 공 같은 봉오리를 넣고 끓기 직전의 물을 천천히 부었다.

"흐어엉!"

샤오란이 바보 같은 소리를 질렀다. 꽃봉오리가 벌어짐과 동시에 짙은 향기가 피어올랐다.

"마오마오, 이거 아까 그거야?!"

샤오란의 물음에 마오마오는 고개를 끄덕였다. 그에 반해 시스이는 뜻밖에도 차분한 태도였다. 전에 본 적이 있는 모양이었다.

"물은 미지근한 걸로 넣어야 해. 평소에는 이런 차를 우릴 기회가 별로 없긴 하지만."

찻잎이니 한동안은 보존할 수 있을 터였다. 돌팔이 의관이 시원스런 태도로 전병과 월병을 가지고 왔다. 월병은 큼직한 놈이었기 때문에 철판에 구멍을 뚫어 만든 식칼로 팔등분해서 잘랐다. 샤오란은 눈을 빛내며 어느 조각이 제일 큰지 눈어림으로 찾고 있었다.

처음에 샤오란은 자신이 정말 의국에 들어가도 좋을지 어떨지 알 수가 없다는 듯 미묘한 표정을 짓고 있었지만 아직 어려서 그런지 적응이 빨라, 지금은 돌팔이 의관과 아무렇지도 않게 대화를 나누고 있었다. 시스이도 태도가 자연스러웠다.

돌팔이 의관은 두 궁녀의 그런 반응이 정말로 기쁜 모양이었다. 환관이라는 이유만으로 자신을 백안시하는 궁녀들도 많은 가운데, 샤오란 같은 존재는 그 자체만으로도 고맙고 반가울 터였다.

"아가씨들, 여긴 놀이터가 아니야. 이번 한 번만 봐주는 거야."

돌팔이 의관은 몇 번이나 그렇게 말했다. 빙 둘러서 한 번 더

와도 좋다고 말하고 있는 모양이지만, 솔직히 그러면 안 되는 일이다.

"그나저나 매번 이래? 꼭 축제라도 벌어진 것처럼 난리네."

시스이가 월병을 먹으며 말했다. 그 말에 마오마오는 시스이가 가장 최근에 들어온 궁녀라는 사실을 알아차렸다. 리우란 비의 입궁과 함께 궁녀도 늘어났으니, 아직 궁에 들어온 지 반년 정도밖에 되지 않았을 것이다.

"으음, 이번에는 평소보다 긴 것 같아."

샤오란이 그렇게 말하며 무릎에 새끼 고양이를 얹은 채 월병을 입 안 가득 베어 물었다. 거기서 떨어지는 부스러기를 새끼 고양이가 받아먹으려 하는 통에 마오마오는 고양이를 빼앗아 들고 대신 잔 생선을 주었다.

"그게 있잖니? 조만간 외국에서 특사가 온다나 보더라."

돌팔이 의관이 미꾸라지 수염에 과자 부스러기를 묻힌 채 잘난 척하며 말했다.

'그런 얘기를 그렇게 막 해도 되나?'

마오마오는 차를 찻잔으로 옮기며 생각했다. 아무리 따뜻한 물이 필요했다고는 하나 이 두 사람까지 의국으로 데려온 건 실수였는지도 모른다고 마오마오는 반성했다.

"높은 사람이 오는구나."

샤오란의 눈이 살짝 빛났지만, 마오마오가 접시 위에 월병을 한 조각 더 올려놓자 금세 그쪽으로 시선이 옮겨 갔다. 마오마오는 뭔가 다른 화제가 없을까 생각했다. 그러자 마오마오 대신 시스이가 새로운 화제를 꺼냈다.

"그러고 보니 말이야, 요즘 들어 북측에서 이상한 냄새가 나던데 혹시 알아?"

"이상한 냄새라…. 그쪽은 물이 흐르고 있으니까 수로라도 막힌 게 아닐까?"

돌팔이 의관이 말했다. 오물을 내보내는 지하 수로가 막혔다면 지상에 냄새가 나는 것도 이해가 된다.

"북측에는 잘 안 가니까 난 모르겠네. 그쪽에 갈 일이 있었어?"

샤오란이 월병을 두 개째 집어 먹으며 말했다.

"헤헤, 그쪽엔 풀숲이 많거든."

시스이는 히죽히죽 웃으며 품에서 종이 다발을 꺼냈다. 간식을 쌌던 종이인 모양인데, 거기에는 먹으로 그림들이 잔뜩 그려져 있었다.

마오마오는 그 종이를 흥미롭게 들여다보았고 샤오란과 돌팔이 의관은 떨떠름한 표정을 지었다. 거기에는 정밀한 벌레 그림이 빽빽이 그려져 있었다. 면상필面相筆*로 아주 세세한 부분

※면상필 : 가늘고 작은 글씨를 쓰는 붓의 하나.

까지 그려 놓았으며, 오른쪽 위에는 벌레의 이름이 적혀 있었다.

"잘 그렸다."

마오마오는 진심으로 말했다. 그림에 쓸데없는 선이 없고, 그야말로 도감에 실려 있는 것 같은 벌레 그림이었다. 뒤쪽 다리가 튀어나온 부분까지 빠짐없이 꼼꼼하게 그려져 있었다.

"응. 여기엔 벌레가 많아서 잔뜩 그릴 수 있어."

시스이는 마오마오가 자신을 이해해 주자 기쁜 듯 웃었다. 그에 반해 돌팔이 의관과 샤오란은 너무 사실적인 벌레 그림을 보고 끔찍하다는 듯 시선을 돌렸다.

벌레 또한 약의 재료가 된다. 유곽에서는 기녀들이 싫어했기 때문에 겉으로 드러내 보여 주진 않았지만 잘 듣는 것들이 많다. 사마귀 알집은 정력제가 되고, 지렁이에는 해열 효과가 있다.

"남쪽 과수원은 너무 관리가 잘되어 있어서 별로 갈 일이 없지만 북측 폐허 같은 곳은 괜찮아. 커다란 거미도 잔뜩 있어."

"거미?!"

거미줄에는 지혈 효과가 있다고 하지만 모으는 게 힘들어서 마오마오는 아직 시도해 본 적이 없었다. 그래서 그 말을 듣고 마오마오는 눈을 반짝반짝 빛냈다.

"갈래? 가 볼래?"

"갈래! 가 볼래!"

엉뚱한 곳에서 마음이 잘 맞는 두 사람을 샤오란과 돌팔이 의관이 떨떠름한 눈길로 쳐다보았다.

새끼 고양이는 배가 부른지 뒷다리로 귀 뒤를 긁고 있었다.

4 화 : 향유

대상이 가고 난 뒤 후궁 내에서는 향유가 크게 유행했다.

궁녀들이 지나다닐 때마다 다양한 향기가 풍겼다. 하나만 맡으면 아주 좋은 냄새가 나지만, 불특정 다수의 인원이 온갖 종류의 향기를 달고 다니는 통에 코가 민감한 마오마오는 조금 괴로웠다.

심지어 향을 피울 때처럼 희미한 향기가 나는 게 아니라, 강렬한 냄새가 특징인 서방의 수입품을 뿌리고 다니고 있으니 더욱 문제였다.

그런 건 마오마오 혼자만이 아닌 모양이었다. 빨래터에 가면 온통 향유 범벅이 된 옷들이 겹겹이 쌓여 있어, 빨래 담당 환관이 얼굴을 찌푸리며 대야에 물을 담는 모습도 보이곤 했다.

유행이란 항상 갑자기 우르르 몰려오는 법이다. 그리고 눈 깜짝할 사이 사라지곤 한다.

손톱물 유행이 한풀 꺾이자 다들 새로운 것을 발견하고 뛰어든 상태였다. 그래도 책과 향은 전혀 종류가 다르기 때문인지, 아직까지 소설 이야기는 끊이지 않았다.

샤오란은 마오마오와 마찬가지로 향유 냄새를 지긋지긋하게 여기는 입장이었지만, 새롭게 베낀 소설을 읽기 위해 공부는 열심히 이어 가고 있었다.

솔직히 작심삼일일 줄 알았던 마오마오는 그 모습에 감탄했다.

"진짜 냄새 너무 독해."

마오마오는 냄새를 견디지 못하고 저도 모르게 혼잣말을 중얼거리며 세탁 바구니를 내려놓았다. 이 자리에 있기만 해도 향기에 취할 것 같았다.

나른한 기분으로 가만히 서 있는데 길에 방해가 되었는지 내용물이 가득 찬 세탁 바구니를 들고 오던 어떤 하녀가 느닷없이 부딪치는 바람에, 마오마오는 빨랫감을 뒤집어쓰고 말았다.

"죄송해요!"

하녀가 큰 소리를 내고 옷을 치웠다.

이 옷의 주인 또한 유행에 민감한 사람인 듯, 어마어마하게 장미 향기가 배어 있었다.

'장미라….'

얼마 전 만들었던 장미수를 지금 팔면 꽤 큰 돈벌이가 될지도 모른다고 생각한 마오마오는 사실 이미 글러 먹었는지도 모른다. 만들 수 있는 만큼 잔뜩 만들어 두었던 장미수는 사실 딱히 쓸 데가 없어서 그냥 보존만 해 두고 있었다. 장미 정유는 임산부에게 악영향을 미치기 때문이다.

교쿠요 비가 직접 대량으로 뿌리지만 않는다면 문제가 없을 것 같긴 하지만, 그래도 무슨 일이 일어날지 모르는 일이니 조심할 필요는 있다.

그런 연유로 물건의 품질이 떨어지기 전에 유곽에 팔아 치울 기회를 노리고 있었는데 말이다.

마오마오는 세탁물을 집어 들고 눈을 껌뻑거리며 한참 쳐다보다가, 코를 들이밀고 세탁물의 냄새를 킁킁 맡았다.

그 모습을 본 하녀가 어쩔 줄 몰라 하며 당황했다.

마오마오는 그런 하녀는 무시하고 넘쳐 나온 세탁물들을 다시 바구니에 집어넣은 뒤, 다른 세탁 바구니에 얼굴을 처박았다.

이번에는 가까이 있던 환관이나 다른 하녀들까지 눈을 휘둥그레 뜨고 쳐다보았지만 마오마오가 알 바는 아니었다.

마오마오는 세탁 바구니들에 차례차례 얼굴을 들이밀었다가 빼내서는 다시 다른 바구니에 들이박기를 반복했다.

그렇게 한바탕 냄새를 맡고 난 마오마오는 자기 바구니를 가지고 가는 것도 잊고 어떤 장소로 향했다.

유행에 가장 휩쓸리기 쉬운 장소가 어디인지, 마오마오는 아주 잘 알고 있었다.

그날 수정궁 시녀들의 비명이 온 후궁 안에 울려 퍼졌다.

아마 올 거라고 생각은 했지만 예상대로 그날 밤 아름다운 환관이 비취궁을 찾아왔다. 그 손에는 투서인 듯 보이는 항의문이 들려 있었다.

"나는 그래도 네가 정도를 아는 인간이라고 생각했었다."

진시의 어처구니없는 표정에는 약간의 분노도 섞여 있었다.

그 뒤에는 어처구니없는 얼굴에 고생의 빛이 섞여 있는 가오순, 난감해하면서도 왠지 모르게 들뜬 교쿠요 비, 야차 같은 표정을 간신히 얼굴 가죽 한 장으로 가리고 있는 홍냥이 서 있었다. 링리 공주는 이미 잠들어 있었기에 다른 시녀들은 모두 그 옆에 붙어 있었다.

'음, 맞는 말이야.'

마오마오는 생각했다. 하지만 때는 이미 늦었다.

추정을 확신으로 바꾸기 위해서는 많은 실증이 필요하다. 그러기 위해 딱 좋았던 곳이 수정궁이었고, 마오마오는 그만 호기심에 패배하고 말았다.

"죄송합니다. 너무 흥분한 나머지 상대의 허락을 받지 않고 저지르고 말았습니다."

"무슨 그런 변태 아저씨 같은 변명이 다 있나?"

진짜 변태한테 그런 소리를 듣고 싶진 않다고 마오마오는 생각했지만, 그래도 일단은 고개를 숙이고 반성하는 척을 했다.

"다음에는 꼭 허락을 받고 냄새를 맡도록 하겠습니다."

"왜 자꾸 냄새를 맡으려는 거냐고!"

거친 목소리가 튀어나왔다. 교쿠요 비가 '어머나' 하는 표정으로 눈을 깜빡거렸다. 진시는 아차 싶었는지 다소 치켜 올라갔던 눈매를 평소의 부드러운 표정으로 되돌렸다.

마오마오도 뭐 반성은 하고 있다. 반성하는 부분은 상대에게 허락을 받지 않고 억지로 냄새를 맡았다는 점에 대해서였다. 조금 흥분해서 거의 옷을 벗기려 덤벼들었다는 점에 대해서도 반성해야 한다고 생각했다. 그 상대로 수정궁 시녀들을 골랐다는 것까지.

덕분에 지금까지 받았던 귀신과 요괴 취급에서 한층 더 격상된 기분이 든다.

그럼에도 마오마오 입장에서는 꼭 확인해야 하는 일이었다.

'반성은 이 정도 해 두면 되겠지.'

마오마오는 고개를 들고 진시를 빤히 쳐다보았다. 항의가 들어온 덕분에 진시가 이쪽으로 상당히 빨리 찾아왔으니, 오히려 이것은 낭보라고 볼 수도 있었다. 마오마오는 신속한 판단이 필요하다고 느꼈다.

"하지만 거기엔 다 이유가 있습니다."

진시를 빤히 쳐다본 채 몇 초가 흘렀다.

진시는 무표정한 얼굴로 입을 움직였다.

"그에 상응하는 이유인가?"

"물론 그렇습니다."

마오마오는 딱 잘라 말했다. 그리고 종이가 있는지 묻자 교쿠요 비가 홍냥에게 시선을 보냈다. 홍냥은 금방 가져다주었다.

마오마오는 종이 위에 가볍게 글자를 써 내려갔다. 교쿠요 비가 준 종이인 만큼 솔직히 지나치게 질이 좋다고 느껴질 정도였다.

'쓰고 남은 종이 뒷면이라도 상관은 없는데.'

이곳에 그런 가난한 사고방식을 가진 사람은 마오마오 한 명밖에 없다. 다들 책상에 앉아 있는 마오마오를 둘러싸고, 종이에 계속 쓰이는 글자들을 바라보았다.

"장미, 안식향[*], 벽오동[*], 유향, 계피? 전부 다 향과 관련된 것들 아니니?"

교쿠요 비의 말에 마오마오는 고개를 끄덕였다.

"오늘 제가 냄새를 맡은 시녀들에게서 난 향료와 정유 이름입

※안식향 : 때죽나무과에 속하는 갈잎큰키나무. 안식향이라는 명칭은 향기가 높고 모든 사악한 기운을 쫓아낸다고 하여 붙여진 것이다.
※벽오동 : 벽오동과에 속하는 낙엽활엽교목. 벽오동나무 열매는 볶아서 커피 대용으로 이용하고, 여기서 추출한 기름은 식용유로 사용한다.

니다."

"그게 뭐 어쨌다는 거지?"

진시는 소맷자락 속에 손을 넣은 채 고개만 갸웃거렸다. 마오
마오는 손을 멈추고 붓을 벼루 위에 올려놓았다.

"네, 하나같이 미량이긴 하지만 임산부에게 해가 되는 향들입
니다."

마오마오의 말에 모든 사람들이 입을 다물었다.

마오마오는 말을 이었다.

"대상은 향유 외에 향신료와 찻잎도 판매했습니다."

마오마오는 자신이 산 차와 향신료들을 꺼냈다. 차는 말리
화, 향신료는 단것을 좋아하지 않는 마오마오답게 겨자, 다소
고가인 후추, 암염, 그리고 향료로도 사용되는 계피였다. 용돈
을 받은 덕분에 생각보다 더 많이 사 버리고 말았다. 그 시점에
서 알아차렸어야 하는데 마오마오도 축제 분위기에 휩쓸렸던
모양이었다.

"말리화는 자궁을 수축시키는 작용을 합니다. 소량이라면 문
제없을 거라고 생각하지만, 그래도 유산 가능성을 피하기 위해
서는 마시지 않는 편이 좋습니다."

지난번에 샤오란과 시스이와 함께 의국에서 마셨던 차였다.

"그리고 향신료. 겨자는 유녀의 낙태약으로 자주 사용되는 재
료입니다."

마오마오는 교쿠요 비 쪽을 흘끔 쳐다보았다. 교쿠요 비는 이야기의 내용을 듣고 장난 칠 분위기가 아니라고 생각했는지 심각한 표정으로 고개를 끄덕이며 "계속하렴." 하고 말했다. 옆에 있던 홍냥은 교쿠요 비에게 너무 불온한 이야기를 들려주고 싶지는 않은 눈치였지만 비의 의견을 존중한 듯 아무 말도 하지 않았다.

"즉, 그것을 사용하면 유산 가능성이 높아진다는 말인가?"

진시의 질문에 마오마오는 애매한 표정을 지었다. 그것은 틀린 말이기도 하고, 맞는 말이기도 했다.

"하나같이 가능성을 높이는 물건일 뿐, 확실한 효과를 발휘하는 건 아닙니다. 실수로 향유를 마시거나, 대량으로 섭취하지 않는 한은."

지금 향으로 사용하는 정도로는 아무 문제가 없기 때문에 후궁 안으로도 가지고 들어올 수 있었다. 그리고 물건은 얼마든지 용도를 바꿀 수 있다.

그냥 눈앞에 놓아두기만 해도, 혹시 무슨 착오가 벌어져서 누군가가 마셔 버릴 수도 있다. 그리고 만일 그것이 우연히도 임신을 하고 있던 비였다면.

자신이 더 빨리 알아차렸어야 하는 일이라고 마오마오는 생각했다.

"후궁에 드나든 업자들의 정체를 조사할 수 있으신가요?"

"조사는 가능하지만 상품을 자세히 적어 두지는 않았을 텐데."

향료는 향료, 향신료는 향신료, 찻잎은 찻잎이라고 구분해서 적어 놓는 데까지는 해 놓은 모양이다. 그 하나하나의 종류까지는 기록해 놓지 않았으리라. 그래도 물건은 전부 검품이 되었을 것이고 관리하는 입장에서는 충분히 세 역할을 했을 것이라고 생각하니, 마오마오로서는 무어라 형언하기 힘든 기분이었다.

게다가 마오마오는 한 가지 더 마음에 걸리는 일이 있었다.

"이 일은 그것과 비슷하다고 느껴지지 않으시나요?"

"그것?"

마오마오의 애매한 말에 진시가 반응했다.

상품으로서 후궁에 가지고 들어와도 아무 문제가 없지만, 그 뒤에는 알려지지 않은 부작용이 따르는 물건.

"독이 든 백분 말입니다."

마오마오의 말에 모든 사람들의 표정이 변했다.

작년 여름에 벌어진 일이다. 링리 공주가 원인 불명의 병으로 중태에 빠졌다. 동시에 당시 동궁이었던 리화 비의 아들도 앓아누웠고, 결국 죽고 말았다.

현재 백분은 납 성분이 없는 물건으로 골라서 사용하고 있기에 독이 든 백분은 후궁 안에 들어올 수 없다. 하지만 반대로 말하면 다른 물건이라면 괜찮다고 생각할 수도 있다.

"즉, 그것은 굳이 후궁 안에 독을 들여놓고자 하는 사람이 있다고 봐도 좋다는 말이군."

진시가 확인하듯 말했다. 마오마오는 고개를 끄덕이지도 가로젓지도 않았다.

지금은 아직 추정 단계일 뿐이지 확증은 없다. 거기에 지극히 가깝긴 하지만 그렇지 않을 가능성도 아직 완전히 버리진 못한다.

예전에 벌어졌던 어떤 사건과 비슷하다. 또한 죽음에서 되살아난 관녀 스이레이를 찾아내지도 못했고, 그 배후 관계도 아직 수수께끼에 싸여 있다. 어쩌면 진시는 무언가를 알아냈을 수도 있지만, 마오마오에게 이야기할 만한 것은 아닌지도 모른다.

"저는 이 안에 들어온 것들 중 독이 될 가능성이 있는 물건이 그만큼 많다는 사실을 알아냈을 뿐입니다. 그것 하나만 가지고 독으로 취급되는 상품은 아닙니다."

치사한 어법이다. 마오마오는 자신의 말 한마디 때문에 후궁을 드나드는 업자들이 벌을 받는 건 싫었다. 그래서 어디까지나 그저 하나의 의견으로서 말할 뿐, 판단은 위에 맡긴다.

"하지만 다른 비전하들께서도 주의하시는 편이 좋겠습니다."

마오마오가 할 수 있는 말은 그뿐이었다.

이야기가 끝나고 나니 마오마오는 완전히 지쳐 버렸다.

아버지의 말이 떠올랐다. 억측만 가지고 말을 해서는 안 된다는, 노파 같은 노인의 목소리가 귓가에 맴돌았다.

마오마오가 내뱉은 말들은 하나같이 억측일 뿐, 어디까지가 확신일지 알 수 없다. 그렇게 생각하니 뒷맛이 조금 찝찝했다.

마오마오는 주방으로 들어가 물을 끓였다. 그리고 끓인 물을 살짝 식혀서 말리화를 넣은 유리잔에 따랐다. 유리잔은 고가의 물건이지만 나중에 깨끗이 씻어서 돌려 놓으면 되니 잠깐만 쓰기로 했다.

마오마오가 샀던 말리화는 이미 써 버렸지만 시스이가 자신의 것을 돌려주었다. 이미 차를 마셨으니 충분하다는 이유였다. 그냥 고분고분 받아 주는 게 더 고마웠겠지만 본인이 그렇게 말하니 어쩔 수 없었기에 마오마오는 그것을 받아 들었다. 마오마오가 이 차를 좋아하기 때문이기도 했다. 손님이 없을 때면 언니들이 이 차를 끓여 주곤 했다. 그 풍경이 조금 그리워졌다.

꽃이 따뜻한 물에 풀어지자 봉오리가 활짝 피어났다. 마오마오는 의자에 앉아 그 모습을 멍하니 바라보았다. 향기가 주위에 피어올랐다.

"그건 독이 아닌가?"

아름다운 목소리가 머리 위에서 들렸다. 고개를 드니 눈앞에는 아름다운 얼굴이 있었다. 밖은 이미 상당히 어두워졌고, 주방을 밝히는 것은 사방등[※] 하나뿐이었다.

까물거리는 붉은 빛에 비춰진 그 얼굴은 정말이지 얄미울 정도로 아름다웠다.

"독도 소량이면 약이 됩니다. 무엇보다 고작 차 한 잔으로 어떻게 될 일도 아니고요. 이곳은 주방입니다. 진시 님이 들어오실 만한 곳은 아닙니다."

"사소한 일에는 연연하지 마."

"가오슌 님은 어디 가셨나요?"

"전령으로 나갔다."

거만한 환관님의 말씀에 마오마오는 살짝 입술을 삐죽였다.

마오마오는 완전히 꽃봉오리가 피어난 차를 사방등 불빛에 비춰 바라보았다. 따뜻한 물속에서 흔들리는 꽃의 모습을 즐기던 마오마오는 문득 차를 한 모금 마셨다. 진시에게 차를 내주지 않는 건 실례가 아닐까 생각했지만 지금은 근무 시간도 아니다. 진시도 빨리 돌아가야 할 시간이다.

"게다가 저는 임신을 하지 않았으니까요."

"그건 그렇군."

진시는 어째서인지 고개를 슬며시 돌리며 말했다. 진시는 어

※사방등 : 네모반듯한 등. 네 면에 유리를 끼우거나 또는 종이나 헝겊을 바르고, 그 안에 등잔이나 촛불을 켜서 들고 다닐 수 있게 만들었다.

느샌가 마오마오의 대각선 맞은편에 앉아 있었다.

"나한테는 차 안 주나?"

진시가 유리잔에 든 꽃을 보며 말했다.

"어떤 차가 좋으신지요?"

마오마오는 속으로 '이 자식, 귀찮아 죽겠네.' 하고 생각하면서 의자에서 일어섰다. 선반에는 손님용 찻잎이 늘어서 있었다. 무난하게 백차白茶면 되려나 싶다.

진시는 유리잔을 가만히 바라보았다.

"이것과 똑같은 걸로 줘."

"그 차는 그게 마지막입니다."

이미 잔에 한번 따라 버렸으니 끝이다. 뜨거운 물을 또 부으면 재탕이 된다.

"그래도 상관없어. 이 차에는 그 외에 어떤 효능이 있지?"

진시는 의자에 앉아 찻잎을 바라보았다.

"마음을 편안하게 해 줍니다. 불면증에도 잘 듣고, 잠에서 깨게 해 주는 효과도 있습니다. 그리고 임신 중에는 좋지 않지만 출산을 할 경우 분만을 촉진하는 효과가 있다고 들었습니다."

"좋은 작용이 더 많군."

"네. 그래서 부작용이 더욱 눈에 들어오지 않게 되지요."

이번만 이렇게 많이 들어온 걸까, 아니면 예전에도 같은 상품들이 들어왔을까. 마오마오는 알 수 없는 부분이다. 우연일지도 모르고 필연일지도 모른다. 그조차 알 길이 없다.

어쩌면 옷 문제까지 합쳐서 생각해 볼 때, 후궁 안에서 누가 임신했는지를 찾아내려 하는 자가 있는지도 모른다.

마오마오는 예전에 대상이 왔을 때는 진시의 개인 하녀로 일하거나 수정궁에서 리화 비를 간병하는 중이었고, 교쿠요 비 소속 시녀가 되기 전에는 돈이 없었기 때문에 아무런 흥미도 느끼지 못해서 물건을 사러 갈 생각조차 하지 않았다.

이번에 향유가 유행하지 않았다면 마오마오도 알아차리지 못할 뻔했다. 하나같이 한쪽 면만 보면 다 좋은 물건들일 뿐이다.

"백차면 되겠지요?"

"……."

진시가 불만스러운 표정을 지었지만 어쩔 수 없다.

마오마오는 주전자를 다시 한번 불 위에 올리고 사기로 된 찻주전자에 찻잎을 넣었다. 미지근한 물이면 되겠지, 하는 생각에 물이 끓기 전에 주전자를 내려 찻잎을 담은 찻주전자에 천천히 따랐다. 그것을 찻잔에 부어, 진시 앞에 내려놓았다.

진시는 불만스러운 얼굴로 찻잔을 집어 들었다.

마오마오는 마치 자랑이라도 하듯 유리잔을 흔들어 꽃차를 보여 주었다.

"그 외에도 다른 효능이 있습니다."

"뭐지?"

"불임에 좋죠. 특히 남성 쪽이 원인일 때."

"……."

질척한 시선이 마오마오의 얼굴에 푹 꽂혔다.

'앗, 이건 실수했다.'

비아냥거린 말이 지나치게 잘 먹혀든 듯했다. 등골에 살짝 식은땀을 흘리며, 마오마오는 상대의 비위를 맞추기 위해 선반에서 부스럭부스럭 과자를 찾았다.

차를 마시는 소리가 나나 싶더니,

"내 입맛엔 영 아니군. 그만 가 봐야겠다."

하고 진시는 잽싸게 나가 버렸다.

마오마오는 입술을 묘하게 뒤틀며,

'당했다….'

하고 반성했다.

할 수 없이 다기를 정리하러 가 보니 진시에게 따라 주었던 백차는 손을 대지 않은 채 그대로 남아 있었다.

대신.

아직 한 모금밖에 마시지 않았던 마오마오의 말리화 차가 반으로 줄어들어 있었다.

마오마오는 어이가 없다는 표정으로 손을 대지 않은 백차를 후루룩 마셔 버렸다.

약사의 혼잣말

5 화 : 동인하초(冬人夏草) 전편

빨래터에서 마오마오가 샤오란에게 글자를 가르치는 일은 두 사람의 일과가 되어 있었다. 그 외에도 읽고 쓰기를 배우고 싶다는 하녀가 있는 듯, 땅바닥에 쓰는 글자를 슬그머니 들여다보고 가는 자도 늘어났다. 하지만 그래 봤자 샤오란까지 합쳐서 다섯 명 정도에 불과했고, 다른 사람들은 평소와 다름없이 수다로 이야기꽃을 피웠다.

최근 들어 샤오란은 몹시도 성실한 학생이 되어 버렸기에 마오마오는 소문 이야기를 들을 일이 별로 없었다. 그래서 마오마오가 어떤 소문을 들은 것은 돌팔이 의관을 통해서였다.

"궁녀가 행방불명이 되었다고요?"

"그런가 봐. 참 난처한 일이야."

돌팔이 의관은 볼품없이 비쩍 마른 얼굴에 난 수염을 쓰다듬으며 말했다. 마오마오는 잡차를 마시며 이야기를 들었다.

"봉공 기간도 채웠고, 결혼 지참금도 다 모았으니 이제 퇴직만 하면 되는 아이였는데 도대체 어떻게 된 일인지 알 수가 없어."

이야기에 따르면 사라진 궁녀는 재작년 원유회 때 어떤 관리의 눈에 들었고, 그 뒤로 두 사람은 편지를 주고받는 사이가 되었다고 한다. 비녀를 선물하는 그 방법을 통해서 말이다. 유능한 궁녀는 상급 비의 시녀가 아니라 해도 심부름 때문에 후궁 밖으로 나갈 때가 간혹 있다. 그런 유능한 궁녀가 사라지다니 참 이상한 일이다.

"뭐, 아주 드문 일도 아니긴 해."

돌팔이 의관은 말문을 흐렸다. 마오마오는 그 말에서 문득 후궁이라는 장소의 어둠을 느꼈다. 2천 명이나 되는 여자들이 우글거리는 화원이니 그에 상응하는 어둠도 존재할 수밖에 없다. 마오마오의 주위에는 없지만, 여자들끼리의 인간관계에 고민하다가 자살하는 사람도 드문드문 있는가 하면 아무런 전조도 없이 **가정** 사정으로 그만두는 사람도 생긴다.

인사도 없이 사라지는 사람에 대해 깊게 캐묻지 않는 것은 후궁 내의 암묵적인 규칙이었다. 하지만 곧 결혼을 앞두고 그것을 이유로 그만둘 예정이었던 궁녀가 사라진 일은 쓸데없는 억측을 부른 모양이었다.

"원래 궁관장도 높이 평가하던 아이여서, 그만두지 말라며 붙잡기도 했다던데."

돌팔이 의관은 한숨을 내쉰 뒤 전병을 한입 깨물었다.

"그랬군요."

마오마오는 자신과 아무런 상관도 없는 이야기였기에 그냥 평소와 다름없이 일을 할 뿐이었다.

그럴 터였는데.

마오마오가 비취궁으로 돌아가자 중앙 정원에 우아한 귀인들이 자리를 잡고 있었다. 가구를 밖에 내놓고 그야말로 상류 계급 그 자체인 분위기를 풍기며 차를 마시는 중이었다. 탁자를 둘러싼 맞은편에는 교쿠요 비가 앉아 있었다. 부른 배가 상당히 눈에 띄었지만, 주위 나무들이 가려 주었고 체형을 감추는 옷을 입고 있었기에 얼핏 보면 임산부라는 사실을 알기가 힘들었다. 옆에서는 홍냥이 날카로운 표정으로 서 있었다.

계속 방 안에만 틀어박혀 있으면 반대로 의심을 살 수 있기 때문에 이렇게 가끔 밖에 나오기도 한다.

그래도 알아차릴 사람은 이미 다 알아차렸을 거라고 마오마오는 생각했다. 문제는 그 상대가 유해한지 무해한지였다.

교쿠요 비는 마오마오가 돌아온 것을 보고는 장소를 옮기자면서 의자에서 일어섰다. 그때 교쿠요 비의 몸을 감추듯 홍냥이 옆에서 함께 걸었다. 교쿠요 비가 어느 방향에서 보일지를 확실하게 알고 있는 모양이었다.

진시가 이쪽으로 흘끔흘끔 눈짓을 했다.

'무슨 일이 있나?'

마오마오는 진시 일행의 뒤를 따라 궁 안의 응접실로 들어갔다.

"실례합니다."

교쿠요 비는 평소보다 훨씬 기대에 들떠 두근거리는 표정으로 마오마오를 보고 있었다. 홍냥은 그 옆에서 잔뜩 지친 표정을 짓고 있었다.

그리고 마오마오를 부른 당사자는 의자에 앉아 우아하게 차를 마시고 있었다. 시종인 가오순은 떨떠름한 표정으로 옆에 서 있었다.

"부르셨습니까?"

마오마오는 교쿠요 비와 진시 사이를 보며 물었다.

"그래, 이분이."

교쿠요 비는 손바닥으로 진시 쪽을 가리켰다. 여기까지는 늘 있는 일이다.

"네, 그럼 장소를 옮기도록 하지요."

진시가 정중하게 말하자 빨강머리의 비는 마음에 안 든다는 듯 입술을 삐죽 내밀었다.

"여기서 이야기하셔도 별다른 문제는 없을 텐데요."

"아뇨, 그럴 수는 없습니다. 오랜 시간 이곳에 있을 수도 없고, 무엇보다도 공주님께서 푹 주무셔야 할 테니 말이지요."

방 밖에서 아이 울음소리가 들려왔다. 링리 공주는 이제 곧 낮잠을 잘 시간이지만, 그 전에 항상 교쿠요 비의 젖을 빨곤 했다. 슬슬 젖을 떼어야 할 나이였지만 아직 그러기에는 시간이 조금 더 걸릴 모양이다.

교쿠요 비가 다소 앳된 표정을 지었다. 아무리 둘째를 임신하고 있는 어머니라도 이제 겨우 세는나이로 스무 살밖에 되지 않은 어린 아가씨다. 이국의 피가 섞여 있어 어른스러워 보이는 외모를 갖고 있고 성격도 만만치 않기 때문에 항상 제 나이보다 더 들어 보이지만, 그래도 아직까지는 호기심이 왕성한 시기다.

"교쿠요 님, 그만 포기하시지요."

항상 일이 최우선인 훙냥은 마침 잘되었다는 듯 방문을 열었다. 밖에서는 난처한 표정의 구이위엔이 공주를 안고 서 있었다. 훙냥은 구이위엔에게서 공주를 받아 들고는 교쿠요 비 앞으로 내밀었다. 공주는 비의 목덜미를 향해 손을 뻗었다.

시무룩한 표정을 짓고 있던 교쿠요 비도 귀여운 딸아이를 굶길 수는 없었기에, 결국 물러나 주었다.

비취궁을 나와 찾아간 곳은 늘 그렇듯 궁관장의 방이었다.

'자기 방을 하나 만들지.'

그렇다. 의국에 있는 창고 방을 개조하면 된다. 그러면 자연스럽게 돌팔이 의관도 눈치를 채고 차라도 가져다줄 것이다. 마오마오는 마음이 편하고, 궁관장에게도 폐를 끼칠 일이 없다. 일석삼조쯤 되는 해결 방안 아닐까.

간소한 궁관장의 방은 넓지만 딱히 별로 특별한 것은 없었고, 사람을 전부 내보냈기에 차를 가져다주는 사람도 없었다.

마오마오는 가오슌이 권하는 대로 수수한 의자에 앉았다.

"어떤 용건이신가요?"

"최근 들어 주상께서 비들에게 오락 소설을 나눠 주셨다는 사실은 알고 있겠지?"

진시는 마오마오가 이미 알고 있다는 것을 전제로 질문을 던졌다. 당연히 마오마오는 알고 있는 일이었기에 고개를 끄덕였다.

"네, 비전하들께서 읽으신 뒤 시녀들이 읽고 그 밑의 궁녀들까지도 이야기를 듣고 있다고 합니다. 사본도 나돌고 있고, 개중에는 글을 배우려 하는 자도 생겨났습니다."

마오마오의 대답에 진시는 다소 부드러운 표정을 지었다. 예상대로 그것은 진시의 계획이었던 모양이다.

가오슌이 진시에게 슬그머니 두루마리 하나를 건넸다. 진시는 그것을 탁자 위에 펼쳐서 보여 주었다.

"이게 무엇인가요?"

"아직 초기 단계이긴 하지만 이런 것을 만들 생각인데."

그것은 후궁의 겨냥도*였다. 하지만 본래 광장이 있어야 할 공간에는 어떤 건물이 그려져 있었다.

"시정에서는 교습소라고 부르더군."

즉, 학교를 말한다.

마오마오는 놀라서 눈을 동그랗게 떴다. 그 방법을 아마 염두에 두고 있을 거라고 생각하긴 했지만, 의외로 행동이 빠르다. 평소에는 벌레나 오물을 보는 듯한 시선을 보내곤 했으나 이번 만큼은 말馬을 보는 시선으로 바뀌었다.

즉, 감탄했다는 뜻이지만….

어째서인지 진시와 가오순은 둘 다 놀라서 몸을 뒤로 젖혔다.

"왜 그런 반응이시죠?"

"아니, 왠지 마음이 불편해서."

"네. 평소 눈빛은 어디로 갔습니까? 어디 몸이라도 안 좋은 건가요?"

가오순까지 이 모양이다.

마오마오가 눈꺼풀을 나른하게 내리깔자 진시는 안도의 한숨을 내쉬며 원래 자세로 돌아갔다. 어째서인지 만족스러운 표정이었다. 이 환관은 정말로 뼛속부터 피학성애자였던 모양이다.

※겨냥도 : 건물 따위의 모양이나 배치를 알기 쉽게 그린 그림.

"어떻게 생각하지?"

다시 정색을 한 진시가 마오마오에게 의견을 물었다.

마오마오는 흠, 하면서 턱을 어루만졌다. 발상치고는 나쁘지 않다. 오히려 감탄이 나올 정도다. 처음에는 황제를 통해 후궁에 소설을 퍼뜨린 뒤 반응을 본다. 일부러 신경 써서 젊은 아가씨들의 흥미를 끌기 쉬운 이야기를 고른 걸 보면 단순히 반 장난으로 행동한 건 아니라는 사실을 알 수 있었다.

"괜찮을 것 같습니다. 실제로 글을 배우고 싶다는 자들도 있고, 무엇보다 후궁에서 봉공 기간을 마친 후에도 도움이 됩니다."

"그렇군."

진시는 살짝 미소를 지었다. 사람을 전부 내치지 않았더라면 기절하는 자가 생겼을지도 모른다.

하지만 마오마오는 한 가지 마음에 걸리는 점이 있었다. 두루마리에 그려진 겨냥도를 물끄러미 바라보았다.

"왜 그러지?"

진시도 무슨 문제가 있나 싶어 옆에서 들여다보았다.

마오마오는 겨냥도를 가리켰다. 교습소 예정지 용도로 비워 놓은 곳은 후궁의 남측, 즉 정문 근처의 광장이었다.

넓이는 충분하고 자재 반입 등의 편리성도 좋다. 공사 중 황제의 눈에 띌 수는 있겠지만, 원래 황제도 관련되어 있는 건이라고 생각하면 되니 그 점에서는 아무 문제도 없다.

하지만 모든 사람들이 다 새로운 일에 찬성할 만큼 세상은 평화롭지 않다.

마오마오는 진시를 빤히 바라보았다. 진시가 발언을 허락한다는 듯 고개를 끄덕이자 마오마오는 입을 열었다.

"남측에는 상급 비와 중급 비들이 모여 살고 있습니다. 모든 분들이 다 그렇다고 하긴 어렵겠지만, 자존심 센 분들이 많으십니다."

그런 비들의 코앞에서, 황제의 눈에 가장 띄기 쉬운 장소에서 읽고 쓰기도 못 하는 하녀들이 모여서 교육을 받다니. 그것을 흔쾌히 받아들일 수 있는 사람이 과연 전체 중 몇 할이나 될까.

"……"

진시는 입을 다물었다. 환관이라고는 하나 진시 역시 이 후궁에 대해서는 잘 아는 사람이다. 마오마오의 말이 무슨 의미인지 이해했을 것이다.

겉으로는 아무렇지 않은 척하는 비들도 뒤에서는 어떤 식으로 괴롭힐지 모른다. 본인이 직접 손을 쓰지 않아도 시녀나 하녀들을 동원하여 괴롭힐 가능성도 부정할 수 없다. 아마 교습소 건물이 아니라 그곳에 다니는 궁녀들을 노릴 것이다.

"…북측으로 하는 편이 좋겠군."

북측은 지금 제일 방치되어 있는 구획이다. 굳이 그곳까지 찾아오는 비는 없다.

"네. 그리고 굳이 특별한 장소를 만들진 않아도 좋을 것 같습니다. 이곳엔 이미 건물이 많으니, 있는 것을 개축하기만 해도 충분합니다."

마오마오는 오히려 새롭게 건설하는 건 아까운 일이라고 생각했다. 진시에게도 체면이 있겠지만, 경비 절감을 위해서는 그 멋진 콧대라도 꺾을 수밖에 없다.

"그리고…."

마오마오는 한 가지를 더 덧붙였다.

"겉으로는 학교라는 형태가 아니라 새로운 부서를 만들기 위한 직업 훈련 과정이라고 하는 편이 낫겠습니다. 학교라고 하면 공부라는 인상이 더 강합니다. 그보다는 나중에 밥줄이 될 수 있는 수단이라는 먹잇감으로 낚는 것이 더 많은 인원을 모을 수 있겠습니다."

"그래?"

"네. 농민 출신들 중에는 특히 그런 위기감을 가진 자가 많습니다. 그리고 휴식 시간에는 가끔 간식을 주는 게 어떨까요?"

"간식이라. 그건 날마다 줘도 좋겠군."

진시는 납득한 듯 고개를 끄덕였다.

"아뇨, 가끔 주시면 됩니다. 날마다는 안 됩니다."

"왜지?"

간식을 날마다 주면, 먹고 싶은 날만 찾아오는 잇속 빠른 사람이 생겨난다. 하지만 가끔 주게 되면 반드시 간식을 얻어먹을 수 있다는 보장이 없으니 매일 올 수밖에 없다.

"그런가?"

"매번 돈을 딸 수 있는 도박에 몰두하는 인간은 없습니다."

"……."

진시의 생각은 그리 나쁘지는 않지만 아무래도 좋은 집안 출신의 도련님인 만큼 뒷심이 다소 무르다. 본인도 그 점을 잘 알고 있기 때문에 이렇게 마오마오에게 의견을 구하러 찾아오는 것이리라.

"이것은 제 주관에 불과하니 다른 사람들에게도 의견을 물어보시는 게 좋겠습니다."

계속 말하라고 한다면 얼마든지 할 말이 있긴 하지만, 마오마오는 일단 여기까지만 해 두기로 했다. 괜히 진시가 마오마오가 했던 말을 전부 있는 그대로 받아들여 버리면 곤란해지기 때문이다.

이런 이야기를 할 예정이었다면 굳이 장소까지 바꿀 필요는 없었던 게 아닐까, 하고 마오마오는 생각했다. 이제 그만 나가도 되지 않을까 하는 생각에 진시의 눈치를 보고 있는데 가오슌이 다른 자료를 가지고 왔다.

"용건이 한 가지 더 있다. 버섯에 대해 좀 아는 바가 있나?"

무슨 일인가 싶어 마오마오는 눈살을 찌푸렸다.

"식용으로도 쓸 수 있고, 약 조제에도 사용하는 것이 있기 때문에 일 년에 몇 차례 정도 산에 드나들긴 합니다."

버섯에는 독이 있는 종류가 많지만 귀중한 약이 되는 버섯도 적지 않다.

"그런데 왜 그러시죠?"

마오마오는 얼굴에 자꾸 히죽히죽 웃음이 나려는 것을 꾹 참으며 물었다.

"해마다 이 시기가 되면 식중독에 걸리는 궁녀가 생긴다. 주의를 주고는 있지만 무시하는 자가 반드시 나타나지."

"식탐 많은 사람은 어디나 있기 마련이니까요."

마오마오는 고개를 끄덕이며 말했다. 후궁에서 생활하면 굶주릴 일이 없지만, 그래도 사람에 따라서는 식당에서 배식 받는 양만 가지고는 모자랄 때가 있다. 간식을 먹을 수 있는 궁녀는 비들에게 딸린 전속 시녀나 특별히 어디서 간식을 나눠 받은 자들뿐이다.

"작년에는 의국에서 의관과 함께 먹은 자도 있었다."

"……."

"게다가 과수원 과일도 자주 없어진다고 하던데."

"……."

마오마오는 아무 말도 할 수가 없었다. 그건 독버섯이 아니고 아주 맛있는 버섯이다. 그리고 과수원 과일은 그냥 너무 많이 열린 것을 솎아 주었을 뿐이라고, 마음속으로 변명했다.

"그러니 궁녀들이 실수로 먹지 않도록 미리 독버섯을 조사하고, 가능한 한 전부 처리해 주었으면 한다. 그리고 그때 어떤 독이 있는지에 대해 알려 줬으면 해. 비취궁 일은 독 시식을 제외하면 쉬어도 좋다."

'흐음….'

마오마오는 고개를 끄덕이며 약간 이상하다고 생각했다. 이 정도라면 딱히 교쿠요 비가 들어도 큰 문제가 될 이야기는 아닐 텐데. 오히려 그쪽 조사에 시간을 빼앗기게 된다는 사실을 차라리 눈앞에서 설명해 주는 편이 나을 것 같은데 말이다.

'뭔가 있나 보네.'

마오마오도 그 말을 굳이 입 밖으로 낼 만큼 분위기 파악을 못 하는 건 아니다. 무엇보다 진시의 요청은 마오마오에게 아주 반가운 일이었다. 이렇게 재미있는 일이 또 있을까.

"알겠습니다."

마오마오는 입술을 살짝 뒤틀며 그렇게만 말했다.

그건 그렇고, 후궁 안에 버섯이 날 만한 곳은 매우 많다. 말로는 여자로 이루어진 화원이라고는 하지만 후궁 사람들이 꽃과 나무를 보면서 경치를 즐길 수 있는 장소도 있고, 과수원과 소나무 숲도 있다. 계절상 기온이 올라가면서 습기도 많아지기 때문에 앞으로도 더 많은 버섯이 돋아날 것이다.

버섯의 문제점은 먹을 수 있는 버섯과 독버섯이 매우 비슷하게 생겼다는 것이다. 특히 사람들이 자주 헷갈리는 버섯이 느타리버섯과 화경버섯인데, 유곽에서도 손님에게서 받은 버섯을 먹고 유녀가 식중독에 걸린 사건이 여러 번 있었다.

버섯도 잘 자라는 장소와 통 자라지 않는 장소가 있다. 느타리버섯은 비교적 다양한 곳에서 잘 자라지만, 화경버섯은 굳이 따지자면 산속에 많다. 아마 후궁 안에 화경버섯은 없을 것이다.

몰래 버섯을 따 올 경우, 정원사가 자주 드나드는 장소는 아마 선택하지 않을 것이다.

황제가 와서 가끔 꽃구경을 가는 곳 역시 일단 제외시켜도 좋겠다. 그런 장소는 대부분 남측에 집중되어 있다. 남측에는 상급 비와 중급 비들의 궁과 건물이 모여 있기 때문에 자존심 강한 궁녀들도 많다. 우선 제쳐 놓아도 좋을 장소다.

그 외의 다른 장소에는 과수원과 숲 등이 드문드문 있다. 버섯을 찾으려 들기만 하면 얼마든지 찾을 수 있을 것 같은 장소다.

'자, 어디부터 가 볼까.'

마오마오는 진시에게서 받은 겨냥도를 보며 가슴이 잔뜩 두근거리는 것을 느꼈다.

"오, 어서 와."

잉화가 다소 떨떠름한 표정으로 맞이해 주었다.

"다녀왔습니다."

"아! 그냥 들어오면 안 돼."

잉화는 마오마오의 머리와 옷을 탁탁 털어 주었다. 머리에는 이파리가, 옷에는 잔가지들이 꽂혀 있었다. 나무타기를 좀 한 탓이리라.

"명령인지 뭔지는 모르겠지만 지지 묻은 채로 들어오지 마."

'지지….'

잉화가 평소처럼 거리낌 없이 말했다. 어린아이와 임산부가 있는 궁 안의 위생을 유지하기 위해서라면 충분히 납득이 가는 일이었기에 마오마오는 고개를 끄덕이며, 빨리 옷을 갈아입어 야겠다는 생각에 온몸을 두들겨 먼지를 탈탈 털어 냈다.

마오마오는 오늘 굉장히 충실한 하루를 보냈다. 버섯을 바구 니 하나 가득 땄고, 그중에는 약으로 사용할 수도 있는 것이 잔 뜩 포함되어 있었다. 물론 비취궁으로 가지고 돌아올 수는 없 었기에 돌팔이 의관네 의국에 숨겨 놓고 왔다. 돌팔이 의관에 게는 독버섯이라고 말해 놓았으니 아무리 돌팔이라 해도 손을 대진 않을 것이다. 손가락을 빨며 쳐다보긴 했지만 그래도 그 부분에서는 신용해 주자.

그 점에서는 새끼 고양이 마오마오가 더 똑똑한 듯, 고양이는 버섯 쪽을 쳐다보지도 않았다.

신기한 버섯의 군생지를 찾아낸 것만으로도 마오마오는 상당히 만족스러웠다.

"마오마오, 너한테서 이상한 냄새 나지 않아?"

"그런가요?"

그러고 보니 버섯을 채집할 때 코를 찌르는 독한 냄새가 났는데, 그 주위를 마구 뛰어다닌 탓이었는지도 모른다. 전에 시스이가 말했던 그 장소일까. 마침 버섯 군생지가 있던 장소였는데, 근처에서 새어 나온 오수가 오히려 영양분을 공급해 준 걸지도.

"옷 갈아입고 나면 바로 교쿠요 님 저녁 식사 시간인데 괜찮겠어?"

그렇구나, 오늘 일은 아직 다 끝나지 않았다. 평소보다 식사시간이 이른 것 같지만 거기에 늦어서는 안 된다.

"바로 갈게요."

마오마오는 잰걸음으로 자기 방에 돌아갔다.

교쿠요 비의 방에 들어가자 비는 검은 끈을 손목에 묶고 있었다. 후궁 안에서 고귀한 사람이 세상을 떠났을 때 하는 관습이지만, 예전에 동궁이 죽었을 때보다는 훨씬 간소했다.

교쿠요 비의 차림새는 평소와 큰 차이가 없었지만 대신 홍냥이 평소보다 수수한 옷차림을 하고 있었다.

"미안. 평소보다 일렀지?"

"아뇨, 괜찮습니다."

무슨 일이 있었나, 하는 마오마오의 표정을 바로 읽었는지 홍냥이 말해 주었다.

"오늘은 저녁 식사가 끝나면 바로 외출할 일이 있어. 미안하지만 너도 같이 가야 해."

"네."

홍냥의 옷차림이 수수한 이유를 알 수 있었다. 마오마오에게도 검은 끈이 주어졌다.

아마 저녁 식사 후에 장례식이 있을 예정인 모양이었다. 본래 그런 의식은 천자가 태어나는 후궁에는 어울리지 않는 일이지만, 이름을 바꿔 비슷한 의식을 거행하곤 한다.

교쿠요 비 대신 홍냥이 출석한다면 아마 하급 비나 중급 비가 죽은 모양이었다.

"옷은 그대로 입고 가도 상관없지만 머리 장식 끈은 떼어 놓고 가렴."

"알겠습니다."

마오마오는 독 시식용 그릇을 건네받으며 대답했다.

홍냥에게 이끌려 온 장소는 북측에 있는 제사장이었다. 제례에 민감한 국가 정서상 후궁에도 소규모지만 그런 시설이 있다. 평소 그리 관리가 잘되지 않는 제사장에는 환관들이 급히 와서 열심히 정리해 놓은 흔적이 엿보였다.

교쿠요 비도 일 년에 한 번 정도 사제 일을 하곤 하는데, 마오마오가 있는 동안에는 아직 그 역할이 돌아온 적이 없다. 본래는 남자가 하는 일이지만 후궁이라는 장소의 특성 때문에 여성이 그 일을 도맡아 하게 된 것이다. 사제 일은 상급 비들이 돌아가며 하고 있다.

참석한 사람들은 제단 앞에 두 줄로 서서 헌화를 했다. 꽃은 죽은 비의 시녀로 보이는 궁녀들이 바구니에 담아서 나눠 주었다. 마오마오는 홍냥의 뒤에 서서 궁녀에게서 꽃을 받았다. 꽃에는 본래의 향기와는 다른 향이 칠해져 있었다. 이것도 후궁 안의 독특한 관습일까.

'응?'

마오마오는 꽃을 내미는 궁녀의 손이 빨개져 있다는 사실을 알아차렸다.

'뭔가에 물든 건가?'

하지만 그렇다고 하기에는 피부가 불그스름하게 부어올라 있었다. 마오마오는 자신의 왼팔을 내려다보았다. 거기 있는 흉터와 아주 비슷한 자국이었다.

생각에 잠긴 채 마오마오는 제단에 꽃을 바쳤다. 커다란 관이 놓여 있었고, 그 위에는 하얀 천이 덧씌워져 있었다. 나중에 다른 곳으로 옮길 예정인지 관 바닥에는 천 너머로 희미하게 사람 모습이 비쳐 보였다.

홍냥에게서 들은 말에 의하면 죽은 비는 고관의 딸인데, 중급 비들 중에서는 비교적 상위에 속했던 사람이라고 했다. 하지만 홍냥의 말투로 미루어 볼 때 그리 성품이 좋은 인간은 아니었다는 사실을 추측할 수 있었다.

이 비는 일 년쯤 전부터 건강이 나빠졌다고 했다. 내내 방에 틀어박혀 지내기만 했으나 친정으로 돌아가진 않았다고 한다. 황제가 처소에 드나들지도 않았으니 돌아가려고 마음만 먹으면 얼마든지 돌아갈 수 있었을 거라고, 홍냥은 조금 가시 돋친 말투로 말했다.

이 비는 몸이 한창 약해져 있는 상황에서 기온이 올라가는 바람에 식중독에 걸렸다고 했다.

평소에는 훨씬 차분한 홍냥이 죽은 사람에 대해 이렇게까지 감정적으로 말하는 모습은 왠지 기묘하게 느껴졌다. 마오마오는 줄에서 벗어났을 무렵 슬쩍 홍냥에게 귓속말로 물었다.

"무슨 큰 잘못이라도 한 비였나요?"

어디까지나 가볍게, 뭐 가르쳐 주지 않는다면 그래도 상관없다는 태도로 던진 질문이었다. 시녀로서는 지나치게 주제넘은 질문이라고 생각했지만 의외로 홍냥은 마오마오에게 살그머니 가르쳐 주었다.

"예전에 교쿠요 님이 독을 드신 적이 있었잖아. 그때의 범인을 아직 못 잡았는데…."

홍냥은 그렇게 말하며 슬며시 관 쪽을 눈짓했다.

'그렇구나.'

마오마오도 눈치를 챘다. 충성심이 유달리 강한 홍냥이 교쿠요 비에게 해를 끼쳤을 가능성이 있는 비를 좋게 생각할 리가 없다. 오히려 지금 상황에서는 죽은 것을 보고 안도하고 있는지도 모른다.

'응?'

마오마오는 뭔가 마음에 걸리는 것을 느꼈다.

식중독으로 죽은 이 중급 비는 교쿠요 비의 생명을 노린 적이 있다. 지금 교쿠요 비는 임신 중이고, 그 점 때문에 다른 비나 궁녀들을 경계하고 있다.

그리고 어제 진시는 마오마오에게 독버섯을 찾으라는 지시를 내렸다. 그러면서 교쿠요 비와 시녀들에게는 그 내용에 대해 자세히 가르쳐 주지 않으려 했다.

교쿠요 비와 시녀들에 대한 개인적 감정을 배제하고 객관적으로 생각하면, 죽은 중급 비가 또다시 독을 먹이기 전에 교쿠요 비가 선수를 쳐서 상대에게 독을 먹였다고 생각할 수도 있다. 식중독이라고는 하지만, 먹고 식중독을 일으켰던 음식이 버섯이라면 앞뒤가 맞는다.

진시가 그런 생각을 하고 있었다는 사실을 비취궁 사람들이 알면 어떻게 될지, 마오마오는 쉽게 상상할 수 있었다. 아무리 상대가 아름다운 환관이라 해도 앞으로의 내응은 달라질 것이다.

마오마오는 사실 진시가 지나치게 교쿠요 비 편을 드는 게 아닌가 하는 생각을 한 적이 있었다. 하지만 확실히 평등하게 대응하고 있었던 모양이다.

'설마 교쿠요 비가 그러진 않았겠지.'

비 입장에서는 짜증나는 상대일 수도 있지만, 콧대를 꺾어 재기 불능으로 만들어 버릴 수 있는 방법은 얼마든지 있다. 또다시 독에 당한다 해도 그 전에 독살해 버리는 건 손이 너무 많이 가는 일이고, 들킬 가능성도 있다. 홍냥과 세 시녀들은 그런 암약에는 어울리는 인재가 아니다.

그렇다면 비취궁에서 가장 독살에 잘 어울리는 사람은 마오마오다.

'오호라.'

혹시 독버섯 일도 사실 마오마오의 반응을 보기 위해 일부러 한 일이라면, 마오마오는 진시에게 실망은커녕 오히려 감탄이 나올 정도였다.

물론 말할 필요도 없이 마오마오는 손을 더럽히지 않았지만.

'도대체 어떤 중독 증상을 일으켰을까?'

그것을 알 수 있다면 좋겠지만 알 길은 없겠지. 마오마오는 후우, 하고 한숨을 내쉬었다. 그리고 홍냥의 뒤를 따라 돌아가려 할 때였다.

쨍그랑! 하는 요란한 소리가 들렸다. 뒤를 돌아보니 얼굴에 흰 천을 감은 여자가 제단을 뒤집어엎고 있었다. 제사상에 바쳐져 있던 쌀과 술이 바닥에 쏟아졌다.

여자의 붕대 틈새로 붉게 짓무른 피부가 엿보였다. 입고 있는 옷은 하녀들이 입는 옷이 아니라, 수수하지만 고급스러운 것이었다.

단순한 궁녀가 아니었다. 아마 시녀도 아닐 것이다.

한 궁녀가 여자에게 매달렸다. "이러시면 안 됩니다!" 하고 제지하는 궁녀를 뿌리치고 관 앞에 선 여자는 그 위에 씌워져 있던 흰 천을 훌렁 벗겨 냈다.

줄을 서 있던 궁녀들이 마구 비명을 지르며 거미 새끼들처럼 도망쳤다. 다부진 홍냥조차 "헉!" 하고 소리를 질렀을 정도였다.

관 속에는 흰 옷을 입은 여자가 누워 있었다. 그 얼굴은 피부가 붉게 짓물러 있었고, 머리카락은 반쯤 빠진 상태였다. 마치 기름을 붓고 불을 지른 듯했다. 후궁의 꽃이라고 하기에는 너무나 처참한 몰골이었다.

얼굴에 감은 붕대 틈새로 입이 커다랗게 히죽 벌어졌다.

"아하하하하하, 자업자득이구나!"

소리 높여 웃는 여자를 쫓아온 환관들이 제압했다.

"나보다 훨씬, 훨씬 더 추하지 않느냐!"

여자의 웃음소리가 어스름한 저녁 어둠 속에 울려 퍼졌다.

마오마오는 물끄러미 그 모습을 지켜보며, 시체의 얼굴과 붕대 속으로 보이는 여자의 얼굴을 번갈아 관찰하고 있었다. 그 화상 같은 자국은 어디서 본 적이 있는 것 같았다.

약사의 혼잣말

6 화 : 동인하초(冬人夏草) 후편

어제 소동을 일으킨 여자가 하급 비였다는 사실을 마오마오 는 나중에 들었다.

유복한 상인 가문의 딸로 자존심이 강하고, 황제도 그 비의 처소에 몇 번 드나든 적이 있다고 한다. 하지만 재작년 이맘때 쯤 얼굴이 붉게 짓무르고 머리카락이 빠지는 수수께끼의 병에 걸렸다. 비 자리에서 쫓겨날 수도 있다는 이야기도 있었으나, 그 추한 모습으로는 후궁을 나가 친정으로 돌아간다 한들 달리 시집갈 곳도 없을 터였다.

하급 비 신분을 유지하고, 녹봉도 계속 내려 주고 있는 것은 황제 나름대로의 배려였다.

자, 여기서 문제는 왜 그 하급 비가 죽은 중급 비에게 저주를 퍼붓게 되었느냐는 것이다.

답은 간단하다. 하급 비의 얼굴이 문드러지는 병의 원인을 그

중급 비가 제공했다고 생각하면 된다.

하급 비가 병에 걸린 것은 작년 이맘때쯤. 그리고 중급 비가 죽은 것도 이 계절이다.

마오마오는 그 증상을 전에 본 적이 있었다. 그리고 짚이는 곳으로 가 보니 역시 예상했던 것이 있었기에, 예상은 확신으로 바뀌었다. 마오마오가 찾아낸 것은 그야말로 누가 보기에도 독살스러운 붉은색을 자랑하는 독버섯이었다. 마오마오는 그것을 천으로 여러 겹 감아서 채집했다.

진시가 찾던 버섯이 바로 이것이라는 확신을 얻을 수 있었다.

환관에게 부탁해 가오슌에게 편지를 보냈더니 다음 날 진시도 덩달아 따라왔다. 가져온 물건이 물건인 만큼 이번에는 의국에 자리를 빌리기로 했다. 돌팔이 의관은 잔뜩 들뜨고 긴장한 얼굴로 차 준비를 해 주었다. 새끼 고양이 마오마오는 털 고르기를 하며 침상 한구석에 웅크리고 앉아 있었다.

약 조합 실력은 엉망이지만 돌팔이 의관이 내려 주는 차는 맛있다. 하지만 독버섯을 늘어놓고 있는 옆에서 생글생글 웃으며 다과를 내놓는 풍경이 벌어지는 것도 곤란하기 때문에 이번에는 거절했다. 돌팔이 의관은 풀이 죽어 수염을 축 늘어뜨린 채나갔다. 미안하지만 어쩔 수 없는 일이다. 밖에서 섭섭한 표정으로 자꾸 안을 흘끔흘끔 들여다보는 통에 아예 문을 꼭 닫아

버렸다. 돌팔이는 아, 하고 슬픈 표정을 지었으나 마오마오가 알 바는 아니다.

"진시 님, 이것을 손에 감아 주십시오. 그리고 입은 이것으로 막으셔야 합니다."

마오마오는 진시와 가오슌에게 삼각 천과 천 주머니를 건넸다. 그리고 자신도 삼각 천으로 입을 가리고 천주머니를 손에 꼈다. 사실은 장갑이 있었으면 했지만 두툼한 장갑을 찾기가 쉽지 않았다. 진시와 가오슌이 의아해하면서도 일단 마오마오를 따라 준비를 끝내자, 마오마오는 나무 상자를 꺼냈다.

"그건⋯."

삼각 천 너머로 진시의 목소리가 흐릿하게 들렸다.

"네, 맹독을 갖고 있는 버섯입니다."

마오마오는 뚜껑을 열었다. 그리고 여러 겹으로 감겨 있는 천을 풀자 안에서는 새빨갛고 독살스러워 보이는 버섯이 나타났다. 마치 새빨갛게 짓무른 손가락처럼 생긴 그것은 실수로라도 입에 대서는 안 되는 것이 명백한 모양과 색깔을 갖고 있었다.

아주 작은 한 조각이라도 입에 넣는 순간 치사량을 넘는다. 말라 죽은 활엽수에 나는 버섯으로, 골치 아픈 점은 건드리기만 해도 독성을 발휘한다는 것이었다.

"북쪽 잡목림에서 발견했습니다."

후궁 남측과 다르게 북측은 웬만해선 황제가 발을 들이지 않

는 구역이다. 따라서 경관에도 크게 신경을 쓰지 않고, 황폐해
진 건물들도 드문드문 있다.

원래는 아름다운 경관이 유지되던 숲도 지금은 완전히 방치
되어, 눈 뜨고 못 볼 꼴이 되어 있었다. 하지만 이 빨간 버섯은
그 기회를 틈타 쑥쑥 자라났다.

운이 나빴다고밖에 할 수 없는 일이다. 마오마오도 후궁 안
을 구석구석 탐색해 보았지만 전부 다 파악할 수는 없었다. 미
리 알았다면 진시에게 조언 정도는 했을 것이다. 그만큼 위험
한 버섯이다.

원래 발생 자체가 드물기 때문에 마오마오도 이번 사건이 벌
어지기 전까지 이것이 돋아났을 거라는 생각조차 하지 못했다.
이번에 발견한 것도 그나마 운이 좋았다고 봐야 한다.

"이것은 건드리기만 해도 손이 짓무릅니다. 얼굴을 가까이 들
이대지 마십시오."

마오마오는 자신의 왼팔 소매를 걷어서 이렇게 된다고 보여
주었다. 팔에 감았던 천을 조금 풀고 손목을 드러내자 붉게 짓
물러서 두 번 다시 원래 모습으로 돌아가지 못할 흔적이 나타났
다. 그렇다. 저 하급 비의 얼굴처럼. 그리고….

꽃을 나눠 주던 시녀의 팔에 나 있던 흉터처럼.

"흥미 본위로 살짝 건드리기만 해도 이렇게 됩니다."

마오마오는 평소와 다름없이 독을 시험해 보았을 뿐이었다.

130

한 해에 몇 번, 아버지와 산에 들어가 약초를 채집할 때 발견했던 이 버섯을 이용해서 말이다.

그것이 문제였다. 살짝 건드리기만 했는데 피부가 붉게 짓물러 버린 것이다. 그것을 발견한 아버지는 다급히 마오마오의 팔을 흐르는 물에 씻었으나 이미 붉게 짓무른 흔적은 사라지지 않았다.

"항상 천을 감고 있는 이유가 뭔가 했더니…. 혹시 그 밑에도 다른 흉터가 또 남아 있는 건가?"

진시가 물끄러미 마오마오를 응시했다. 묘하게 굳어진 표정이었다. 생각해 보면 흉터를 이 환관에게 보여 준 것은 처음 있는 일이었다는 사실이 떠올랐다.

"아뇨, 이건 평소 스스로 실험해 본 흔적입니다."

마오마오는 다시 천을 감고 마치 닭 볏처럼 생긴 버섯을 조심스럽게 감싸서 상자 속에 넣었다. 나중에 확실하게 처분해야 한다.

"뭐? 실험이란 건 또 뭐지?"

"제 취미입니다."

"취미는 또 뭐고!"

진시는 얼굴이 새파래져서 추궁하듯 물었지만 마오마오는 이 이야기를 빨리 끝내고 싶었다. 그래서 못 들은 걸로 하고 이야기를 진행시켰다.

"관에 들어 있던 시체는 얼굴이 짓무르고 머리카락이 다 빠져 있었습니다. 아마 이 버섯의 독에 당했을 것입니다. 진시 님께서는 이 독에 대해 알고 싶으셨던 게 아니었던가요?"

"…여전히 눈치가 빠르군요."

진시 대신 가오슌이 조금 쓸쓸한 표정을 지었다. 중급 비의 사인이 버섯 중독이라는 사실이 알려지는 일은 원치 않는 바였던 모양이다.

하지만 마오마오는 그것이 굉장히 부자연스럽다고 느껴졌다.

"자세한 이야기를 들려주실 수 있으신지요."

묻지 않는 편이 나을지도 모른다. 하지만 자꾸만 마음에 걸리니 어쩔 수가 없다.

진시는 버들가지 같은 눈썹을 찌푸리며 슬며시 가오슌 쪽을 쳐다보았다. 가오슌은 여전히 무표정한 얼굴이었다. 진시는 커다랗게 한숨을 내쉬었다.

"1년쯤 전부터 징靜 비가 병으로 앓아누웠다. 얼굴이 문드러지는 병에 걸려 목소리도 제대로 나오지 않는 상태였지."

진시는 중급 비들의 처소를 한 달에 한 번 방문한다. 병에 걸린 여성, 징이라는 이름의 비도 빠짐없이 찾아갔다. 가 보면 징 비는 항상 딱하고 불쌍한 모습으로 침상에 누워 있었다고 했다.

같은 증상을 보이는 하급 비도 있었는데, 황제의 재량으로 징 비와 마찬가지로 후궁에 머무르게 되었다. 다양한 소문이 떠도는 징 비였지만 얼굴이 추해졌다는 이유만으로 고향에 되돌려 보냈다가는 부모인 고관이 어떻게 항의할지 알 수 없는 일이었 다.

병 때문에 기운이 빠졌는지 징 비는 그 후로 상당히 얌전해 졌다. 그때까지는 부모의 권력을 업고 오만방자하게 행동하는, 엄청난 성격의 비였다고 한다.

'흐응….'

진시 입장에서는 상당히 주의해서 지켜보고 있었던 인물인 모양이다. 교쿠요 비나 장례식 때 나타났던 하급 비도 얽혀 있 으니 눈을 뗄 수가 없었으리라.

징 비는 하급 비에게 사용했던 독을 또 다른 누군가에게 사용 하려다 실수로 자기가 건드리는 바람에 결국 추한 얼굴이 되고 말았다. 그리하여 황제의 승은은 기대할 수 없게 되었다.

앞으로 문제만 일으키지 않는다면, 거의 가택 연금 처리라고 할 수 있겠지만 그래도 후궁에 놔두는 편이 제일 간단했을 것이 다. 너무한 이야기지만 그렇게 해야 하는 경우도 있는 게 정치다.

하지만 징 비는 자존심이 강한 비였다.

"자신의 상황을 용납할 수가 없어, 결국 스스로 독을 마시고 자살했다는 게 시녀들의 증언이다."

징 비의 시녀는 전부 다섯 명이었고 그 모두가 같은 증언을 했다고 한다.

얼핏 보기에는 앞뒤가 맞는 이야기 같았다.

하지만 진시는 입장상 다양한 방향에서 매사를 생각할 필요가 있다. 교쿠요 비에게 이야기를 하지 않았던 이유도 거기에 있다.

"그래서 독을 어디서 입수했는지를 알고 싶으신 거죠?"

마오마오의 질문에 진시는 고개를 끄덕였다.

징 비의 부모가 딸의 죽음에 어떤 반응을 보였는지는 모르지만, 그런 뒤가 켕기는 사정이 있다면 하고 싶은 말이 있어도 입을 다물 것이다.

마오마오는 얼굴에 감았던 삼각 천을 풀고 턱을 어루만지며 생각에 잠겼다.

"한 가지 질문이 있는데요. 그 비는 독버섯을 먹고 죽은 거죠?"

"그렇지."

그렇다면 이상한 일이다. 비의 얼굴은 붉게 짓물러 있었다. 예전부터 짓무르고 문드러졌다면 모를까, 그것은 새롭게 난 상처였다.

"이 버섯은 틀림없이 건드렸을 때 염증을 일으킵니다. 하지만 먹었을 때 입 안이라면 모를까 얼굴에 염증이 퍼진다는 사실은 알려져 있지 않습니다."

"그게 사실인가?"

"네. 복통과 구토, 마비 등의 증상을 일으키긴 합니다. 하지만 저렇게까지 얼굴이 다 썩어 문드러질 정도라면 독버섯을 온 얼굴에 문질러 댄 결과라고밖에 생각할 수가 없습니다."

그리고 마오마오는 알아차렸다. 관에 누워 있던 비의 손은 전혀 이상이 없었다. 자포자기해서 자기 얼굴에 버섯을 문지르는데 지금의 마오마오처럼 일부러 손에 무언가를 둘둘 감지는 않았을 것이다.

마오마오는 또다시 이마에 손을 짚고 끙끙거렸다. 이게 무슨 일이람. 거의 대부분의 대답이 나와 있는데 뚜렷한 증거가 없다. 그것이 없으면 마오마오 입장에서는 이 이상 진시에게 조언을 할 수가 없다.

"어쩐지 말투가 의미심장한데."

고민에 빠진 마오마오를 진시가 물끄러미 바라보았다. 얼굴이 너무 가깝다. 이마와 이마 사이가 한 치* 정도밖에 되지 않는 거리까지 다가와 있었다.

"하고 싶은 말이 있으면 다 하도록 해."

진시는 그렇게 말하지만, 마오마오는 쉽게 말할 수가 없었다. 그래서 시선만 슬며시 아래로 내렸다.

"며칠 정도 시간을 주실 수 있으시겠습니까? 그리고 가능하

※한 치 : 약 3센티미터.

면 힘이 센 환관 몇 명을 빌려주셨으면 합니다. 입이 무겁고 담이 센 사람들이면 좋겠습니다."

"알겠다. 그걸로 사건이 밝혀질 수만 있다면 준비하도록 하지."

진시는 묘한 주문에 고개를 갸웃거리면서도 납득해 주었다.

"확신은 없습니다."

"그래도 해."

뚜렷한 명령조였다.

'그래, 그러는 편이 좋아.'

마오마오는 말단 궁녀다. 그런 식으로 대해 주는 게 마오마오 입장에서도 훨씬 편하다.

"알겠습니다."

마오마오는 천천히 고개를 숙였다.

그로부터 사흘 동안 마오마오는 후궁 겨냥도를 바탕 삼아서 탐색을 이어 갔다. 징 비가 살던 건물의 위치를 확인하고, 후보로 꼽은 장소를 중심으로 어떤 목표물을 찾아 샅샅이 뒤져 나갔다.

덕분에 온몸이 엄청나게 더럽고 지저분해지고 말았다. 비취궁으로 돌아갈 때마다 시녀들이 비명을 질러 대는 통에, 마오마오는 의국에 옷을 놔두고 옷을 갈아입고 다니게 되었다.

그리고 돌팔이 의관이나 수다 떠는 장소, 즉 빨래터에 늘 있는 궁녀들에게서 어떤 이야기를 들었다. 얼마 전 소문으로 돌았던 이야기와 상관이 있는 일이었다.

그래도 확신은 없었다. 하지만 징 비의 시녀들이 한 증언보다는 훨씬 앞뒤가 맞는 추론을 할 수 있었다.

준비가 다 된 다음 날, 세 환관이 마오마오를 맞이하러 왔다.

그중에는 가오슌도 있었다. 힘이 센 환관을 부탁했으니 확실히 조건에는 부합하기 때문에 마오마오는 납득했다. 이번에 진시는 다른 용무가 있어서 직접 오지는 않았다. 그 환관은 한가해 보이지만 사실은 몹시 바쁘다는 사실을 마오마오는 알고 있었다. 쓸데없이 우아하게 생긴 것도 알고 보면 손해라고, 마오마오는 때때로 생각하곤 했다.

"그러면 잘 부탁드립니다."

마오마오는 고개를 숙이고 한 사람 한 사람에게 둥근 삽을 건넸다. 환관들은 의아해하는 표정이었지만 가오슌이 아무 말도 하지 않았기에 나머지 두 사람도 별다른 질문을 하지 않았다. 가오슌이 눈치 빠른 사람들을 잘 골라 온 것을 보고 마오마오는 감탄했다.

마오마오는 이들과 북측 숲으로 향했다. 문제의 독버섯을 찾아냈던 곳과는 다른 숲이었지만, 이곳 또한 낙엽이 가득 쌓인 채 방치되어 있는 장소였다. 독한 냄새가 바람에 섞여서 실려

왔다.

마오마오는 한 군데를 가리켰다. 쌓인 낙엽 틈새로 버섯이 고개를 내밀고 있었다.

"이곳을 좀 파 주시겠습니까?"

마오마오가 후궁 겨냥도 위에 그린 동그라미 세 곳 중 맨 처음으로 이곳에 온 이유는, 가능성이 가장 높은 곳이라고 생각했기 때문이다.

낙엽을 삽으로 밀어내고 환관들이 열심히 구멍을 팠다. 축축하고 부드러운 흙은 쉽게 파헤쳐졌다. 마오마오도 도울까 했지만 가오슌이 마오마오의 다쳤던 다리를 염려하여 물러나 있으라고 했기 때문에 그냥 그 말에 따르기로 했다. 참고로 지금 다리는 완치된 상태다.

환관 중 한 사람이 갑자기 얼굴을 찌푸리며 코를 틀어쥐었다. 이 환관뿐만 아니라 그 자리에 있던 모든 사람이 코를 막았다.

무어라 형언하기 힘든 자극적인 냄새가 파낸 구멍 속에 맴돌고 있었다. 아까부터 바람에 실려 풍겨 오던 것과는 비교도 안 될 정도로 짙은 냄새였다.

가오슌이 눈을 부릅떴다. 흙 속에 천 조각 같은 것이 묻혀 있었다.

"…담이 센 사람이 필요하단 말은 이런 뜻이었습니까?"

가오슌이 평소보다 훨씬 깊은 주름을 잡으며 삽을 땅바닥에

꽂았다. 그리고 삽날을 깊이 밀어 넣어 흙을 뒤집어엎었다.

'사람 참 잘 골라 왔네.'

환관 중 한 명은 무표정한 채, 나머지 한 명은 쓴웃음을 지은 채 파헤쳐진 흙과 함께 나온 것을 내려다보았다.

주위에 아무도 없어서 정말로 다행이었다. 만약 누가 있었다면 큰 소리로 비명을 지르거나, 놀라서 제자리에 주저앉아 꼼짝도 하지 못했을 것이다. 어느 쪽이든 귀찮은 일이다.

그것은 인간의 손뼈였다. 본래 붙어 있어야 할 살점이 조금 남아 뼈에 드문드문 말라붙어 있었다. 꽤나 오랜 시간 동안 땅속에 묻혀 있었던 그것은⋯ 인간의 시체였다.

"이게 증거라는 말입니까?"

가오슌의 물음에 마오마오는 고개를 숙이는 것으로 답했다.

"정말로 한 번에 찾아낼 거라고는 생각 못 했지만요."

마음속으로 이곳 외에도 몇 군데 더 후보지를 갖고 있었으니 말이다.

마오마오는 무어라 형언하기 힘든 찜찜한 기분을 안고, 땅속에 묻혀 있던 시체가 파헤쳐져 나오는 모습을 지켜보았다.

나온 시체가 누구인지 마오마오가 굳이 말해 줄 필요는 없었다. 시체가 몸에 지니고 있던 장식품은 하나같이 화려하고 아름다웠으며, 그중에는 비 한 사람 한 사람에게 주어지는 문장이 붙어 있는 것도 있었다.

그것은 징 비의 문장이었다.

1년 전, 징 비는 이미 죽었다.

관 대용으로 가져온 나무 상자에 시체를 넣은 가오슌은 잔뜩 지친 표정으로 마오마오의 이야기를 듣고 있었다. 환관 두 사람은 볼일이 끝났으니 그만 돌아가게 했다. 어서 목욕을 하고 싶은 기분일 것이다. 다른 사람들에게 이 일에 대해 떠들어 댈 자들은 아니라고 가오슌이 말했으니 그 말을 믿기로 했다.

"1년 전, 징 비는 이미 죽었습니다. 그것이 살해인지 사고인지는 모릅니다. 하지만 그 사실을 징 비의 시녀들은 알고 있었을 겁니다."

마오마오와 가오슌은 의국의 방을 빌려 대화를 나누고 있었다. 가오슌은 찻잔을 들고 있었으나 그것을 입에 대지도 않았다. 그저 복잡한 표정으로 마오마오에게 물을 뿐이었다.

"그럼 지난번 장례식 때의 시체는 누구였단 말이죠?"

"시녀들 외에도 한 명 더, 그 사실을 알고 있었던 인물이 있었습니다."

마오마오는 품에서 종이를 꺼냈다. 거기에는 젊은 여자의 초상화가 그려져 있었다. 빨래터에 모여 수다를 떨곤 하는 궁녀들의 이야기를 듣고, 소문으로 퍼져 있었던 어느 실종된 궁녀의 외견적 특징을 정리하여 그린 그림이었다.

"왠지 징 비의 특징을 꼭 닮은 것 같지 않으세요?"

초상화를 노려보던 가오슌이 고개를 끄덕였다.

"어떤 궁녀가 행방불명되었다는 사실은 알고 계신가요?"

"네."

실종된 궁녀는 대부분 며칠 후 자살한 채 발견되는 경우가 많다. 깊은 해자와 벽으로 둘러싸여 있는 화원에서는 도망조차 칠 수 없다. 그리고 도망은 죽음을 의미한다.

"얼굴을 망가뜨려 버리면 그게 누구인지 판별할 수 있는 사람은 늘 옆에서 함께 지내던 시녀들 정도밖에 없을 겁니다."

그리고 병에 걸린 척 얼굴을 천으로 감고, 말도 못 하는 척한다면 한 달에 한 번 오는 방문자를 속이는 일은 충분히 가능하다. 상대가 비의 처소에 오래 머무르지 않는다는 사실을 역으로 이용한 셈이다.

"즉, 실종된 궁녀도 공모자였다는 말인가요?"

"자세한 사정은 저도 모릅니다. 하지만 그렇게 생각하는 것이 타당해 보입니다."

제멋대로 한 억측이라도 상관없다면 그럴듯한 이유를 몇 가지는 댈 수 있겠지만, 마오마오는 굳이 말하려 하지 않았다.

질투가 심한 징 비는, 자신의 처소에는 황제가 와 주지 않는데 자신과 체격이 비슷한 궁녀가 관리에게서 구애를 받는다는 사실이 마음에 들지 않았다. 그래서 평소 툭하면 시비를 걸고 괴롭혔고, 그것이 다툼으로 번지는 바람에 사건인지 사고인지 모르겠지만 비가 죽었다.

본래 징 비를 별로 좋아하지 않았던 시녀들은 자기 보신과 궁녀에 대한 동정심 때문에 비가 죽었다는 사실을 숨기기로 했다. 궁녀는 죄책감으로 인해 그 계획에 가담할 수밖에 없었다.

하지만 궁녀의 결혼 이야기가 진행됨에 따라 그것은 불가능해지고 말았다. 궁녀의 봉공 기간이 끝나면 매달 진시 앞에 나타나 대신 징 비를 연기할 사람이 없어지고 만다.

마음이 급해진 시녀들은….

'아니, 그만하자.'

동기 같은 건 어차피 나중에 높은 사람들이 알아서 갖다 붙일 일이다.

마오마오는 그렇게 생각하며 차를 한 모금 마셨다.

가오슌도 마오마오의 진의를 읽었는지 깊이 추궁하진 않았다. 하지만 한 가지 질문은 해야겠다며 마오마오를 바라보았다.

"그런데 그 장소에 비가 묻혀 있다는 사실은 어떻게 알았지요?"

땅바닥에 마오마오가 파헤쳤던 흔적은 없었다. 여차하면 시체를 묻은 범인으로 마오마오가 몰렸을지도 모를 일이다.

"파헤쳐 보지 않아도 알 수 있는 증거가 남아 있었으니까요."

묻혀 있던 장소에는 버섯 군생지가 생겨나 있었다. 버섯은 종류에 따라 돋아나는 장소가 다르다.

"양아버지가 가르쳐 주셨습니다. 그 버섯은 동물 시체나 분뇨 근처에서 잘 자란다고요."

반대로 그 외의 다른 장소에서는 거의 보기가 힘들다.

마오마오가 신기한 버섯의 군생지를 발견하고 들떴던 것도 그 때문이었다. 당연히 오수가 흘러나와서 영양을 공급해 주었기 때문에 생겼다고만 생각했다. 그것도 뭐 문제가 있는 일이긴 하지만, 사실 마오마오는 시체 위에서 즐겁게 버섯을 관찰하고 있었던 것이다.

"어쩐지 독특한 썩은 내가 난다고 생각은 했지만, 죄송합니다. 시체와는 접촉하지 않도록 해 왔기 때문에 전혀 몰랐습니다."

수로가 망가진 게 아니라 날씨가 따뜻해지는 바람에 땅속에서 부패가 진행되어 냄새가 흘러나왔던 모양이었다. 잉화가 냄새를 맡고 우거지상을 지은 것도 당연한 일이었다.

"……."

가오슌이 얼굴을 일그러뜨렸다. 미간에 깊디깊은 계곡이 생겨났다. 왠지 자신을 무시무시하게 노려보고 있는 것 같은 느낌이었다.

"한 가지 더 물어봐도 될까요?"

왠지 안 좋은 예감이 드는 말투로 가오슌이 말했다.

144

"요 며칠 동안 대량으로 채집한 버섯을 도대체 어디에 쓸 예정이죠?"

"⋯⋯."

이번에는 마오마오가 입을 다물었다. 흘끔 쳐다본 시선 너머에는 나중에 분류하려고 했던 버섯이 들어 있는 바구니가 오도카니 놓여 있었다.

"아주 재미있는 버섯이 많이 있거든요."

"시체에 난 버섯이 말입니까?"

"아뇨, 그런 동충하초 같은 건 발견 못 했어요."

그런 게 있긴 할까. 있다면 한번 보고 싶다. 도대체 어떤 효용이 있을까.

마오마오가 갖고 있는 건 순수한 호기심이다.

하지만 대부분의 사람들은 그것을 이해해 주지 않는다. 그리고 언제나 성실하고 배려심 많은 가오슌 역시 마찬가지였다.

버섯은 무정하게도 전부 처분되어 버렸다.

약사의 혼잣말

7 화 : 거울

　어느 더운 날 늦은 오후, 마오마오는 이국의 신기한 물건이 비취궁에 도착했으니 보러 오라는 전갈을 받았다.

　넓은 거실에 커다란 거울이 놓여 있었다. 교쿠요 비는 그 앞에 서서 얼마 전 새로 산 옷을 몸에 대 보며 즐거워하고 있었다. 홍냥은 거울을 포장했던 천을 곱게 개고 있었다. 고작 거울일 뿐이라고 생각할 수도 있겠지만, 사실 그렇지도 않았다. 전신을 다 비출 수 있는 크기도 놀랍지만, 무엇보다 마오마오는 거울 표면을 보고 가장 크게 놀랐다.

　'정말 신기한 물건이긴 하네!'

　보통 거울이라 하면 청동 거울을 말한다. 마오마오가 사용하는 것은 구리판의 표면을 반질반질하게 닦아서 만든 물건이다. 하지만 이곳에 있는 거울의 표면은 금속으로 만들어진 것이 아니었다. 잘 닦은 청동 거울 표면보다 교쿠요 비의 모습을 훨씬 또렷하게 비추고 있었다.

"후후, 무엇으로 만들어진 거울인지 알겠니?"

교쿠요 비가 재미있다는 표정으로 물었다.

"유리인가요?"

마오마오가 대답하자 교쿠요 비가 시무룩한 표정으로 얼굴을 찌푸렸다. 정답인 모양이었다.

"굉장해요! 정말로 교쿠요 님이 두 분 계신 것 같아요!"

"정말!"

잉화와 구이위엔이 들떠서 소란을 피웠다.

"전에 손거울이 있긴 했는데, 그거 잉화가 깨뜨렸잖아~"

"아이, 그 얘기는 하지 마!"

유리 거울은 흔치 않은 물건이긴 하지만 아주 없는 건 아니다. 그러나 그것을 만드는 기술 자체가 어려워서 대부분은 서방에서 들어온 수입품이기 때문에 어마어마한 고급품이다. 시녀가 깨뜨리기라도 했다가는 목이 날아가도 이상하지 않을 정도로 대단한 물건인 셈이다. 교쿠요 비가 상냥한 사람이라 망정이지 잉화는 정말 큰일 날 뻔했다.

마오마오는 그렇구나, 하고 생각하며 거울을 보았다. 구리 거울의 경우 아무래도 색깔까지는 확실하게 비치지 않지만, 이 거울은 전혀 그렇지 않았다. 유리를 얇게 펴서 만들었는데 표면에 요철이 전혀 없어서 사물의 모습을 있는 그대로 깨끗하게 비추고 있었다.

마오마오가 거울을 가만히 들여다보는 모습을 보고 잉화가 히죽히죽 웃었다.

"마오마오도 그런 쪽에 관심이 있었어?"

"네. 어떤 구조로 만들어진 물건일까요? 이쪽에서도 양산할 수 있다면 꽤 괜찮은 장사가 되겠군요."

"…그래, 그러게."

마오마오의 대답에 잉화는 어깨를 토닥토닥 두드려 주었다. 다른 관점에서 본 감상을 말할 걸 그랬다.

"주상께서 내려 주신 물건인가요?"

"아니, 이국의 특사가 가져왔단다."

교쿠요 비는 구이위엔에게 옷을 건네고는 긴 의자에 앉았다.

"특사님이요?"

그러고 보니 돌팔이 의관이 얼핏 그런 말을 했던 것 같기도 하다. 지난번에 대상 규모가 유난히 컸던 것도 이국의 특사를 맞이하기 위한 선행대라고 했다.

"그래. 다른 비들에게도 나눠 줬다나 봐."

잉화가 다소 불쾌한 표정으로 말했다. 홍냥은 그런 식으로 말하지 말라고 타이르긴 했지만, 속마음은 잉화와 똑같은 듯했다.

어쨌든 교쿠요 비와 다른 세 명의 상급 비는 모두 직위가 똑같기 때문에 특사 입장에서는 다 평등하게 대해야만 한다. 그나저나 이런 훌륭한 거울을 네 개나 가지고 오다니 정말 힘들었을 거라고 마오마오는 생각했다. 사막을 건너든 바다를 건너든 유리는 몹시 깨지기 쉽다. 충격을 받지 않도록 아주 조심스럽게 다뤄야만 한다.

비들에게까지 이렇게 신경을 쓰는 걸 보니 상당히 큰 거래라도 가지고 온 걸까, 하고 생각하며 마오마오는 거울을 바라보았다.

그다음 날의 일이었다. 가오슌이 상담할 일이 있다며 찾아왔다.

"무슨 일이신가요?"

마오마오가 차를 내오며 물었다. 방에는 시녀장 홍냥도 있었다. 환관이라고는 하나 궁녀와 단둘이 놔둘 수는 없기 때문이었다.

홍냥은 왠지 나른한 표정으로 가오슌을 보고 있었다. 서른에 접어든 이 시녀는 전반적으로 기량이 뛰어난 이 사내를 표적으로 삼고 있었던 모양이지만, 얼마 전에 가오슌에게 처자식이 있다는 사실을 알게 된 듯했다. 첩 자리를 노릴 생각은 없으니 완전히 흥미를 잃어버리고 말았다. 유능한 시녀장이 혼기를 맞이하려면 아직 멀었다.

가오슌은 홍냥이 방 안에 함께 있어도 크게 신경을 쓰지 않았다. 그렇게 중요한 안건은 아닌 모양이라고 마오마오는 생각했다.

"샤오마오의 의견을 듣고 싶은 일이 있습니다."

오늘은 진시와 상관없이 가오슌이 아는 사람에게 부탁받은 일이라고 했다. 예전에도 가오슌의 지인이 연루된 묘한 식중독 사건에 대해 상담을 한 적이 있었는데, 혹시 그와 관계가 있는 일일까.

"도움이 될지는 잘 모르겠네요."

마오마오는 미리 그렇게 말해 놓고 나서 의자에 앉았다.

훙냥은 마오마오에게도 차를 내주었다. 워낙 오래 일한 만큼 다른 시녀들보다 차를 더 맛있게 탈 줄 아는 훙냥이었으나, 마오마오가 그 말을 하면 화를 냈다. 나이를 연상시키는 말은 절대 꺼내지 말아야 한다는 사실을, 마오마오는 명심해 두기로 했다.

가오슌은 "그럼….." 하고 이야기를 시작했다.

○ ● ○

어느 이름 있는 가문에 딸이 둘 있었다. 나이도 비슷하고 생김새도 꼭 닮은 자매는 부모에게 사랑받으며 자라났지만, 그것은 다소 과보호이기도 했다. 부모는 딸들의 나이가 어느 정도

차자 혼자서 밖에 나가지 못하게 했다. 그래서 딸들은 하루 종일 집 안에만 틀어박혀 지내고, 심지어 감시 역으로 시녀가 옆에 붙어 있어야 했다.

그것을 가엾게 여겼는지 시녀들은 딸들을 동정하여 가끔 부모의 눈을 피해 밖으로 데리고 나가 주곤 했다. 하지만 그것도 오래 이어지지 못했고, 한 번 들키고 나니 이번에는 아예 방 밖에도 감시인이 배치되었다고 한다. 원래 내향적인 성격이었던 자매는 그 때문인지 하루 온종일 취미 생활로 자수만 놓는 하루하루를 보내게 되었다. 아버지 이외의 남자는 접할 기회도 없었고, 남자 감시인은 자매가 있는 저택 별채의 근방 반 정* 안으로 들어갈 수 없었다. 밤에는 부친이 딸들의 방을 직접 걸어 잠가, 밖으로 나가지 못하게 했다.

그런 하루하루가 이어지던 어느 날, 말도 안 되는 일이 벌어졌다.

자매 중 동생 쪽이 임신을 한 것이다. 남자와 접할 기회가 전혀 없었는데 도대체 어떻게 된 일이냐며 아버지는 역정을 내고, 시집도 안 간 딸이 아이를 뱄다고 어머니는 탄식했다. 또한 명의 딸, 언니만은 동생을 감싸며 어처구니없는 말을 했다.

"신선의 아이를 임신한 거예요."

※반 정 : 약 50미터.

그 기막힌 말에 부모는 격노했으나 감시인들은 일을 게을리한 적이 없었고, 예전에 딸들을 밖으로 내보내 주었던 시녀들은 전부 이미 해고한 뒤였다. 새롭게 들어온 시녀들은 자매에게 동정심을 갖지 않도록 가능한 한 접할 기회를 줄였다.

그야말로 신선의 도술이라도 사용하지 않는 한 숨어들 방법이 없었으니, 부모는 그저 어쩔 줄을 몰라 하고 있을 뿐이었다.

○ ● ○

"참 이상한 이야기네요."

마오마오는 차를 홀짝이며 가오슌에게 말했다. 홍냥도 가오슌의 권유로 의자에 앉아, 과자를 잘라 나눠 주었다. 커다란 월병을 팔등분하니 속에는 호두 앙금이 꽉 차 있었다. 홍냥은 이야기를 관심 있게 들은 듯 동생이 임신했다는 대목에서 "세상에, 수치스러운 줄도 모르고!" 하고 소리를 질렀다.

"제 지인도 굉장히 난감해하고 있어서, 뭘 어떻게 해야 할지 모르겠다고 말하더군요."

"정말 난처한 일이긴 하지만 제가 해결할 수 있는 영역은 아닌 것 같은데요."

마오마오는 솔직하게 말했다.

"남자를 만나지 않은 상태에서 임신한다는 일이 이해가 안 되는 거라면, 설명할 방법이 없는 건 아니지만요."

"그런 일이 가능해?"

"아뇨, 아이를 실제로 임신한 게 아니라 몸이 임신을 한 것처럼 착각을 하는 일이 더러 있다는 이야기예요."

인간의 육체는 참으로 신비하다. 착각 때문에 실제 증상이 나타나는 경우도 드물게 있다. 예를 들어 일하러 나가기 싫고, 그냥 쉬고 싶다고 생각하면 일하러 가야 하는 시각에 정말로 배가 아파지는 경우가 생긴다. 젊은 기녀가 좋아하는 남자의 아이를 뱄다고 주장하며 임신 초기 증상을 보인 적이 있었는데, 그것은 결국 그 생각에 너무 몰입한 나머지 몸이 착각한 것으로 결론이 내려졌다고 한다. 아버지의 말에 따르면 인간뿐만이 아니라 동물들에게도 가끔 일어나는 일이라는 모양이다.

그것을 설명하자 가오슌은 애매한 표정을 지었다.

"그 집안의 둘째 딸은 실제로 임신을 했던 건가요?"

"네, 뭐. 그렇겠지요."

마치 어금니에 무언가를 꽉 물고 있는 듯한 가오슌의 말투에 마오마오는 위화감을 느꼈으나, 일단은 무시하기로 했다.

"그럼 그 집 자매들은 어떻게 감시를 받고 있었나요?"

감시의 눈에 허점이 있었다면 거기서 끝날 이야기다.

가오슌은 품에서 종이를 꺼냈다. 마오마오에게 보여 주기 위해 준비해 왔는지, 그 종이에는 집 안 내부의 간단한 겨냥도가 그려져 있었다. 서쪽 구름다리로 본채와 이어져 있는 별채는 간단히 긴 사각형으로 표시되어 있었고, 북쪽과 동쪽에는 저택을 둘러싼 벽이 있었으며 남쪽에는 정원이 펼쳐져 있었다.

"측간에 갈 때는 어떻게 하나요?"

"별채 안에 있습니다."

측간은 원래 주거 구역 밖에 있는 법이다. 그렇게 해서까지 방 밖으로 내보내지 않으려 하다니, 마오마오는 쓴웃음이 나올 정도였다.

"밖에서 감시한다면, 창은 어디 있죠?"

"출입구가 별채 서쪽에 하나밖에 없습니다. 창은 동쪽과 남쪽에 하나씩 있고요. 그 외에는 누군가가 드나들 수 있는 통로가 없습니다."

가오슌이 휴대용 필기도구를 꺼내 두 개의 동그라미를 그렸다. 창이 있는 위치인 모양이다.

"그럼 감시는 이 부근에서 했겠군요."

마오마오가 본채를 가리켰다. 본채에서 창이 보이는 위치는 한정되어 있다. 아마 실내를 전부 내려다볼 수 있도록, 높은 위치에서 감시하고 있었을 것이다.

가오슌은 그 말을 긍정하듯 이번에는 가위표 두 개를 그렸다. 단 남쪽은 본채 3층에서, 동쪽은 본채 1층에서 감시하고 있었다는 말을 덧붙였다. 동쪽은 벽이 있기 때문에 사각이 많고, 1

층에서밖에 볼 수가 없다고 한다.

마오마오는 손가락으로 가위표와 동그라미를 이어 보았다.

"이 창에서는 볼 수 있는 범위가 상당히 제한적이네요."

"네. 하지만 낮에는 줄곧 이곳에서 자수만 놓는 경우가 많았다고 합니다."

할 일이 없으니 취미에나 몰두했다는 말이다. 낮이니 불을 켜는 것보다는 그냥 창 옆에 앉아서 자수를 놓는 게 낫다. 그래주면 감시를 하기도 더 편하다.

마오마오는 흠, 하고 고개를 갸웃거렸다.

흘끗 가오슌 쪽을 보니 딱히 이상한 표정을 짓진 않았다. 하지만 마오마오와 시선을 마주치려 하지도 않는 것 같았다.

왜 그런 생각이 드는가 하면, 마오마오에게 자꾸 마음에 걸리는 부분이 있기 때문이었다. 그리고 옆에 있던 시녀장도 그 의문을 알아차린 모양이었다.

"자수라니, 취미가 특이하네요."

마오마오와 다르게 본래 상류 계층에 소속되어 있던 홍냥이 그렇게 말했다.

"네, 원래는 방목을 하던 백성이었다고 합니다."

다소 말투가 딱딱하게 들리는데 기분 탓일까. 미리 준비해 놓았던 대사를 내뱉는 것만 같았다.

"그렇군요."

소수 민족 중에는 자수에 특별한 의미를 부여하는 부류가 많다. 그렇다면 특이한 취미라고 하긴 힘들다.

그래도 자꾸만 마음에 걸렸다.

마오마오는 겨냥도를 다시 한번 찬찬히 들여다보았다. 방 주인이 누구인지도 적혀 있었고, 남쪽과 동쪽 창은 모두 한 방에 나 있는 모양이었다. 침실은 그와 별개로 두 개 있었다.

"별채는 원래 손님맞이용으로 지은 건물인가요?"

"용케 알아차리셨군요."

가오순이 긍정의 대답을 했다.

"감시인은 몇 명 있었나요?"

"두 명입니다."

가오순은 정중하게 대답했다. 도면을 준비해 온 것도 그렇고, 상당히 자세한 정보를 알고 있는 것 같다고 마오마오는 생각했다. 하지만 한편으로 정말 중요한 정보는 일부러 빠뜨리고, 가르쳐 주지 않는 듯한 느낌이 들었다.

그렇다면 마오마오도 애매한 대답밖에 할 수가 없다.

'흐음….'

마오마오는 턱을 어루만졌다. 말을 하고 싶기도 하고 하기 싫기도 한 기분이 마음속에서 흔들리고 있었다. 그런 마오마오를 재촉하듯, 가오순이 슬며시 무언가를 꺼냈다.

"진시 님께서 보내신 전언입니다. 우황이 늦어질 것 같아, 그 점을 사과드린다고 합니다."

그러고 보니 아직 진시에게서 우황을 받지 못했다. 또 박치기를 당할까 무서워 아무 말도 하지 않았지만, 아무리 그래도 너무 늦다.

"죄송합니다. 어째서인지 갑자기 수요가 많아졌다더군요."

"갑자기 왜요?"

"……."

가오슌이 슬그머니 시선을 돌렸다.

"최근 들어 진시 님께 귀중한 영약들을 가지고 찾아오는 자가 많다고 들었는데요. 유난히도 열심히 무언가를 찾고 있다는 소문이 퍼졌다고요."

차를 마시며 홍냥이 말했다. 상대가 기혼 남성이라면 홍냥도 사정을 봐주지 않는다. 아니면 우리 시녀를 그런 먹이로 낚지 말라고 말하고 싶은 걸까. 어쨌든 가오슌의 얼굴은 얼어붙었다.

"식사 초대를 한 번이라도 받아들이면 될 텐데 말이지요."

아마 남녀를 가리지 않고 수도 없이 초대를 받았을 것이다. 물론 식사만으로 끝나지는 않으리라. 너무 아름다운 것도 문제다.

"그런 연유로…."

마오마오는 '으음?' 하고 가오슌이 슬쩍 내민 종이 꾸러미를 풀어 보았다. 그 속에서는 무슨 곶감처럼 생긴 것이 나왔다. 홍냥이 으악, 하고 얼굴을 찌푸렸다.

"⋯⋯."

평소 별로 사용할 일이 없는 마오마오의 눈물샘이 무너지려 했다. 마오마오는 눈을 계속 깜빡거리다가 가오슌 쪽을 슥 쳐다보았다.

"마음에 드는 것 같군요. 다행입니다."

마오마오의 눈빛이 바뀌었다는 사실을 알아차린 모양이었다.

"웅담입니다. 사실은 직접 건네주고 싶으셨다는 것 같지만요."

너무 바쁘니 어쩔 수가 없다. 마오마오 입장에서는 귀중한 생약을 얻을 수만 있다면 누구에게 받아도 상관없고 말이다.

웅담이란 이름 그대로 곰의 쓸개를 말린 것이다. 쓴맛이 나지만 소화 기관을 치료해 주는 약으로 굉장히 귀한 취급을 받는다.

얼굴이 환하게 빛나는 마오마오를 가만히 바라보던 가오슌이 살짝 미소를 지었다. 이 앞뒤 꽉 막힌 것 같은 환관도 사실 마오마오 다루는 법을 어느 정도 터득한 모양이었다.

"뭐 알아낸 것 없습니까?"

가오슌이 그렇게 물으니 마오마오는 뭐라도 대답을 해야 할 것 같은 기분이 들었다. 종이 꾸러미를 소중히 품에 집어넣은 마오마오는 조용히 의자에서 일어섰다.

"잠시만 기다려 주십시오."

마오마오는 필요한 것을 가지러 방으로 갔다가 돌아왔다. 그리고 탁자 위에 작은 동판과 나무 열매 두 개를 내려놓았다. 인형이 두 개 있으면 좋았겠지만 마오마오에게 그런 귀여운 취미는 없다.

마오마오는 나무 열매를 겨냥도 위, 각각의 창문 앞에 하나씩 올려놓았다.

"질문이 있는데, 감시인은 항상 같은 사람이었나요?"

"네, 기본적으로 그랬습니다."

"장소도 고정이었고요?"

"그랬지요."

"그럼 자매가 어떤 자수를 놓았는지도 기억하겠군요?"

"둘 다 동물이었다고 들었습니다. 사자나 토끼 같은."

역시 가오슌은 이 일에 대해 너무 자세히 알고 있다고 생각하면서, 마오마오는 동판을 동쪽 창 근처에 세웠다. 동판은 평소에 마오마오가 거울로 사용하던 물건이었다.

대신 동쪽 창 앞에 있던 나무 열매를 치우고 시선을 내려 빤히 거울을 들여다보았다. 그리고 거울을 소정의 장소로 살짝 민 뒤 가오슌에게 말했다.

"이 위치에서 거울을 한번 봐 주십시오."

가오슌은 엉거주춤한 자세로 고분고분 거울을 보았다. 아마 또 하나의 열매가 비치고 있을 터였다.

"아마 이 위치에서 거울에 비치는 배경은 방 안의 벽 정도뿐일 겁니다. 가까운 곳에서 본다면 몰라도, 멀리서 보면 차이를 모르겠지요. 물론 그 별채에 그만큼 큰 거울이 있는데, 창에 가려 테두리가 보이지 않는다는 전제 조건이 붙습니다."

그만큼 큰 거울은 매우 귀중하다. 그것도 상대가 진짜 사람과 착각할 정도라면 단순한 구리 거울은 아닐 터였다. 마오마오는 극히 최근에 그렇게 훌륭한 거울을 본 적이 있다.

"…즉 방에 있던 건 한 명뿐이고, 다른 하나는 거울에 비친 모습이었다는 뜻입니까?"

마오마오는 고개를 끄덕였다. 꼭 닮은 자매라면 구분하기도 힘들었을 것이다. 아마 모양이 똑같고 색이 다른 물건을 몸에 지니게 하여, 그걸로 두 사람을 구분했을 것이다. 좌우에 서로 다른 색의 노리개 끈을 달고 있었다면, 거울에 비친 모습과 창에서 보이는 실제 모습을 서로 다른 인물이라고 착각하게 되었을지도 모른다.

하지만 홍냥은 그 말에 고개를 갸웃거렸다. 홍냥은 의외로 이 이야기에 흥미를 느낀 듯, 오늘은 자주 끼어들었다.

"하지만 그럼 자수는 어떻게 되는데? 두 사람이 서로 다른 자수를 놓고 있었던 것 아니야?"

"그건 이런 그림이었을 수 있지요."

마오마오는 가오슌에게 붓을 빌려 사람의 웃는 얼굴을 그려

내려갔다. 그리고 그것을 뒤집어 보여 주었다. 그랬더니 웃는 얼굴이 아니라 화난 얼굴로 바뀌었다.

"?!"

이것은 착시 그림이라고 한다. 보는 방향에 따라 다른 그림이 보이게 된다.

"거울상이니 거꾸로 보였을 수 있지요."

"…그랬군."

창가에 두 사람이 있으면 감시인은 그쪽에만 시선을 집중하게 된다. 그러는 사이 서쪽을 통해 슬그머니 빠져나가는 일도 가능하지 않았을까.

납득하는 가오슌과 홍냥 옆에서 마오마오는 또 다른 방향으로 궁리해 보았다.

상류 계급 자녀가 자수를 놓는 일은 사실 그리 드문 일이 아니다. 하지만 이 나라에서 일반적인 일은 아니고, 저 먼 서쪽 나라의 교양이라고 한다. 옛날 아버지가 유학을 갔던 나라에서는 그랬다고 들었다.

또한 이국에서 온 특사가 커다란 거울을 가져왔다는 이야기도 떠올랐다. 그렇게나 깨끗한 거울이라면 멀리에서 봤을 때 틀림없이 착각할 것이다.

가오슌은 좋은 집안의 자녀가 집을 몰래 빠져나가 아이를 임신했다고 했지만, 그것이 어디까지 진실인지는 알 수 없는 노릇이다. 실제로 아이를 임신한 건지, 아니면 다른 꿍꿍이를 품은 건지는 모른다. 때로는 간첩 의심이 드는 자를 손님으로 대해야 하는 일도 있으니 말이다.

하지만 마오마오도 그런 말을 꺼낼 만큼 눈치가 없지는 않았기에 그냥 자기 품만 한 번 꾹 눌렀다. 그 속에는 웅담이 들어 있었다.

'자, 그나저나 이걸 어쩔까.'

어쩌면 입막음 값의 의미도 포함되어 있을 수도 있겠지만, 마오마오는 이 웅담으로 뭘 만들지에 대해 생각하면 그저 즐겁기만 했다.

약사의 혼잣말

8 화 : 달의 요정

소문이란 꼬리에 꼬리를 물고 퍼지는 법이다. 게다가 넓고 멀리 전파될수록 현실과의 괴리가 커진다. 때로 소문은 단순한 소문의 범위를 벗어나곤 하며, 인간은 그렇게 잔뜩 과장된 이야기를 전승이나 신화라고 부르는 모양이다.

마오마오가 지금 현재 그 상황을 몸으로 실감하고 있는 데에는 다 이유가 있었다.

평소와 다름없이 주기적으로 비취궁을 방문한 진시가 마오마오에게 물은 것이다. 그런 식으로, 소문이 전설로 바뀐 무언가에 대해서….

"진주의 눈물을 손에 넣으면 절세미인이 된다는 이야기를 혹시 아나?"

진시는 몹시도 진지한 표정으로 그렇게 물었다. 그 말을 들은 교쿠요 비는 웃음을 꾹 참았다. 느닷없이 무슨 소리를 꺼내나 했더니, 뭐 그렇게 허무맹랑한 말을 다 한단 말인가.

'절세미인이라면 바로 눈앞에 있는데요?'

그런 식으로 모르는 체하고 싶긴 했지만 마오마오는 입을 다물었다. 아름다운 환관이 마오마오에게 꺼낸 그 화제는 무척이나 오래된 이야기였다. 옛날 유곽에 그 누구보다 아름다운 달의 요정 같은 미녀가 있었다고 하는데, 그것이 누구인지 모르냐고 말이다.

왜 그런 이야기가 나왔는가 하면 이런 정황에서다.

"지금 와 있는 특사의 부탁이다."

어린 시절 특사는 증조부에게서 이국의 미녀에 대한 이야기를 끝없이 들었다고 한다. 유년 시절의 기억이란 유난히 오래가는 법이어서, 특사는 성장한 뒤에 그 미녀를 한번 만나 보고 싶어졌다고 한다.

아주 어려운 문제이긴 하지만 외교 상대 입장에서는 최대한 접대를 해야 할 필요가 있다. 그래서 진시는 유곽 출신인 마오마오에게 그런 인물에 대해 혹시 짚이는 데가 없는지 물으러 온 것이다.

"물론 몇 십 년 전의 이야기니까 이미 노인이 되었을 테고, 살아 있을지 어떨지도 모르는 일이지만."

"살아 있어요."

마오마오가 너무나 아무렇지도 않게 말하는 바람에 진시는 얼빠진 표정으로 입만 딱 벌렸다. 가오슌도 같은 표정이었고, 교쿠요 비는 눈을 반짝반짝 빛냈다. 말할 필요도 없이, 홍냥은 호기심이 왕성한 비를 보고 혼자 깊은 한숨을 내쉬고 있었다.

진주의 눈물을 손에 넣었다고 일컬어지는 절세미인의 이야기를 마오마오는 알고 있다. 아주 잘 알고 있다.

"그게 정말인가?!"

"정말이고 뭐고, 진시 님께서도 이미 만나신 적 있으시잖아요."

진시는 마오마오의 고향 집이라고도 할 수 있는 녹청관을 방문한 적이 있다. 그곳에서 틀림없이 보았으리라. 곰방대를 입에 물고, 빈틈없는 눈길로 사람의 값어치를 매기는 교활한 노파를….

"……."

진시와 가오슌은 오묘한 표정을 지었다. 그들의 기억 속에 거기에 해당하는 인물은 한 명밖에 없었다.

녹청관 할멈이었다.

시간이란 참으로 잔혹하여, 아무리 아름다운 여자도 시간과 함께 그 용모를 잃고 마음은 황폐해지고 그저 돈의 망자가 되어 버린다.

교쿠요 비는 아직도 눈을 반짝반짝 빛내고 있었지만 그냥 모르는 편이 행복할 것이다.

"금만 잔뜩 갖다주면 얼마든지 데려올 수 있을 거라 생각하는

데, 어떻게 하시겠습니까?"

"…아니, 그건 좀…."

단순히 한 사람의 꿈을 망가뜨리는 정도가 아니라 외교 문제로 발전할 위험성까지 있다. 상대는 미녀를 보고 싶은 거지 다 말라비틀어진 노파를 보고 싶은 게 아니다.

진시도 당사자를 데려온다고 그 상대가 만족할 거라고는 생각하지 않은 모양이었다. 하지만 마오마오에게 굳이 물어본 데에는 무슨 이유가 있을 것이다.

"그쪽에서도 연령 문제 정도는 감안하고 있을 텐데요. 게다가 지금까지도 그에 상응하는 접대를 해 오지 않으셨나요?"

"아니, 그게…."

듣자하니 이미 미녀들을 잔뜩 긁어모아서 연회를 열었다고 한다. 하지만 상대는 만족하는 기색도 없었고, 오히려 코웃음만 쳤다는 이야기였다.

'도대체 어떤 인간이지.'

동방과 서방 사이에 아름다움에 대한 감각 차이는 있을 테지만, 그래도 나름대로 상당한 미인들만 골라서 데려갔을 텐데.

"실례지만 밤 상대는요?"

마오마오가 뻔뻔하게 묻자 홍냥은 얼굴을 찌푸렸다. 하지만 외교에서는 그 또한 한 가지 수단으로 존재한다.

"그건 불가능하다."

진시는 뒷목을 슬쩍 긁적거리더니 속눈썹을 내리깔았다.

"특사는 여성이니까."

영 상대하기 어려워하는 이유를 겨우 알 것 같았다.

그 후 이야기를 대충 듣자하니 접대 담당자인 고관이 진시에게 제발 좀 도와 달라고 애원했다고 한다. 하기야 먼 과거에 존재했다는 미녀의 그림자를 쫓는 일만 해도 너무나 벅찬데 심지어 특사가 여성이라니 더 골치가 아플 것이다. 동성의 시선으로 보면 판정 기준이 아무래도 엄격해지니 말이다.

그 점에서 진시라면 누가 봐도 홀릴 정도로 아름다운 용모를 갖고 있는 데다 성별도 일단 남자이긴 하다. 상대를 구워삶기에는 충분한 인재다. 오히려 지금 이때를 위해 진시가 존재해 온 게 아닌가 하는 착각마저 느껴질 정도다.

하지만 그 때문에 더욱 처지가 귀찮아지는 건 다름 아닌 진시 본인이다.

상대가 진시에게 반해서 무슨 조건을 요구할지도 모른다는 주제넘은 상상도, 이 환관이라면 결코 농담으로 들리지 않는다. 혹시 밤 시중을 요청할 경우 진시는 쓸모가 없다.

물론 여성의 몸으로 특사라는 지위까지 올라간 사람이라면 그런 얄팍한 짓거리는 하지 않을 테지만, 그래도 피할 수 있는 일이라면 피하는 편이 낫다.

"그 특사님이라는 분이 그렇게 중요한 상대인가요?"

"서방과 북방 교역의 중간 지점을 확보하고 있는 곳이라고 하면 알겠지?"

그렇구나. 마오마오는 고개를 끄덕였다. 이번에 온 대상의 규모가 컸던 이유도 거기에 있었던 모양이다. 쌍방이 모두 새로운 교역로를 뚫고 싶었겠지.

즉, 서로 눈치를 보고 있는 단계라는 소리다. 이 나라의 영토에는 다양한 자원이 있다. 가끔 이민족들이 이 나라를 침입하거나 타국이 시비를 거는 일도 드물지 않다. 그런 가운데, 특사의 국가는 얼음 위에 세워져 있는 존재나 다름없었다. 하지만 몇 백 년이나 그 어느 국가에도 병합되지 않는 데에는 그만한 이유가 있기 때문이다.

게다가 타국과의 혼혈이 흔한 그 나라에는 미남 미녀가 상당히 많다고 한다. 흙투성이가 된 채 고구마를 캐는 농민이 인기 배우나 다름없을 정도의 미남자인 경우도 드물지 않다고, 여행하는 교역상에게서 들은 적이 있다.

'그 할망구, 도대체 무슨 사기를 친 거지?'

그런 나라 사람에게 달의 요정이라는 소리까지 듣다니, 어마어마한 짓을 저지른 게 분명하다.

"향에 환각제라도 섞었던 걸까요?"

"…그런 짓까지 하나?"

170

"실제로 하진 않지만, 아마 그게 제일 손쉽고 빠른 방법일 겁니다."

마오마오의 담담한 말에 진시는 고개를 절레절레 저었다.

'그야 그렇겠지.'

그런 짓을 저질렀다가는 정말로 외교 문제가 된다.

"지푸라기라도 좋아. 당시 일에 대해 뭔가 아는 정보는 없고?"

어지간히 난처한 상황인 모양이었다. 평소와 다르게 무척이나 절박해 보였다. 교쿠요 비는 부채로 입가를 가리고 키득키득 웃고 있었다. 뭔가 사정을 알고 있는 걸까.

"그럼 지푸라기라도 잡는 심정으로 한번 해 보겠습니다."

마오마오는 녹청관에 편지를 보내기로 했다.

며칠 후, 진시의 부하인 환관과 함께 녹청관 할멈이 찾아왔다. 아무리 여자라 해도 외부인인 할멈을 후궁 안에 들일 수는 없다. 할 수 없이 마오마오는 예전에 무관 리하쿠를 만날 때 쓰던 방을 빌리기로 했다.

"갑자기 무슨 일이냐? 별 이상한 이야기를 다 가지고 왔구나."

할멈은 여전히 오만불손한 태도로 값어치를 매기듯 방 안을 둘러보았다. 더 그럴듯한 방은 없었냐고 얼굴에 쓰여 있었다. 이미 일흔이 넘은 노파지만 이 정도라면 백 살까지는 충분히 살 수 있을 것 같을 정도로 민첩한 움직임이었다.

"옛날에 이국의 특사를 접대한 적이 있었다면서?"

"그래. 벌써 오십 년도 더 된 얘기지만. 전전 주상 시절 얘기다."

할멈은 입술을 비틀어 히죽 웃으며 이야기를 늘어놓기 시작했다.

그때는 아직 당시 주상이 이곳으로 천도한 지 얼마 안 되었을 때였다. 이곳은 원래 있던 유적을 이용해 만들어진 도시였으며, 입지적으로도 큰 강과 바다가 가까워 매우 편리했다. 관광 도시로서 꽤 번영하고 있었던 이 장소에 느닷없이 도읍을 옮기게 되는 바람에 한바탕 실랑이가 벌어지긴 했지만 결국은 결행되었다.

원래 사람이 쉽게 모이는 장소였기 때문에 유곽은 이미 형성되어 있었다. 할멈은 그중에서도 최상급 기녀로 취급되었다고 한다. 지금 모습만 보면 꽃이라기보다는 말라비틀어진 나뭇가지 같지만 말이다.

"지금처럼 훌륭한 성이 있었던 것도 아니어서 윗분들도 이래저래 고민이 많았다더라. 그래서 결국 접대 장소로 남아 있던 유적을 고른 거지. 과수원으로 일부 사용되던 장소가 있었는데, 그 근처에 예쁜 연못과 건물이 있었던 거야. 원래는 무슨 제의祭儀를 지내던 곳이었는데 거기가 명소가 되었던 거지."

그리고 젊은 시절의 할멈은 연무演舞를 선보이기 위해 유곽에서 불려 왔다고 한다. 그 외에도 기녀 십 수 명 정도가 함께 왔다고 하지만, 주역은 할멈이었다. 기녀로서의 기량은 물론, 가장 큰 이유는 체격이었다고 한다. 혼혈이 많은 특사의 나라 사람들은 대부분 체격이 훌륭하다. 키가 크고 몸의 굴곡이 뚜렷하지 않으면, 아무리 어른이라도 그 나라 사람들 눈에는 어린 아이로 보이는 경우가 많다. 무대에 서려면 더더욱 그렇다.

"뭐랄까, 그런 여흥 장소라는 이유도 있었던 탓에 준비에 꽤나 애를 먹었다더라."

과수원에서 밤의 연회를 벌이려니 벌레 퇴치 작업도 퍽 고생스러웠다고 한다. 이파리에 붙은 애벌레까지 하나도 남김없이 잡아 죽이고 주위를 날아다니는 벌레들도 싹 없애야만 했으니 말이다.

연회석에서 보이는 풍경을 더욱 아름답게 만들기 위해 장애물들도 전부 치우고, 달의 차고 이지러짐까지 전부 계산했다.

부족한 부분을 채우기 위해 최대한 머리를 짜냈다.

그만큼 담당자들이 노력했는데, 세상에는 항상 남의 발목을 잡는 인간이 나타나는 법이다.

"글쎄 당일에 내 의상에 장난을 쳐 놓은 못된 놈이 있었던 거야."

누군가가 할멈의 의상에 죽은 벌레를 짓눌러 비벼 놓았다고 했다. 물론 아무리 젊었다고는 해도 할멈은 그런 일 가지고는 결코 좌절하지 않았고, 더럽혀진 부분을 장식품과 얇은 날개옷으로 최대한 가려서 결국 접대를 성공적으로 끝냈다. 주위 사람들은 입을 모아 칭찬했고, 악의를 가졌던 자는 손수건만 깨물고 이를 갈았으리라.

"알았어, 할멈. 그 얘기는 벌써 몇 번이나 들었어. 뭔가 다른 얘기는 없어?"

마오마오는 졸린 듯 하품을 하며 말했다. 할멈은 그 자리에서 주먹을 휘둘렀다.

"하여튼 고분고분하지 않은 애라니까."

할멈은 흥, 하고 코웃음을 치고는 발밑에 놓아두었던 천 꾸러미를 집어 들었다. 그것을 펼치자 안에서는 한 장의 그림이 나왔다.

나무틀에 두툼한 천을 붙여 놓은 그것은 훌륭한 액자였고, 먹과는 완전히 다르게 색채가 풍부한 그림이 그려져 있었다. 물이 아니라 기름을 녹여 그림을 그리는 서방의 화풍이었다.

옅은 남색이 여러 겹으로 덧칠되어 있는 배경에 뿌옇게 빛나는 보름달이 떠 있고, 수면이 그것을 비추고 있었다. 그 중심에는 기나긴 어깨천을 흩날리는 여자 한 명이 그려져 있고, 여자 주위에는 반사된 달빛인지 빛의 가루가 섬세하게 흩뿌려져 있었다.

할멈도 소중히 아끼던 그림이었으리라. 마오마오는 그 그림을 처음 보았다.

마오마오는 그림 속 주인공인 미녀의 얼굴을 바라보았다. 그리고 눈앞의 말라비틀어진 나뭇가지 같은 할멈을 보았다.

긴 한숨이 흘러나왔다.

그리고 다시 한번 달의 요정 같은 미녀를 보고, 또다시 세월의 풍화 속에 황금의 망자가 되어 버린 노파를 보았다.

"무슨 말이 하고 싶은 게야?"

"아무것도 아니야."

아무 말 안 해도 알아들었을 것이다. 시간이란 잔혹하다.

할멈은 다시 정색을 하고 이야기를 이어 갔다.

"그 특사라는 인간이 자기 나라로 돌아간 뒤 일부러 화가를 시켜서 그리게 한 그림이야. 당사자는 두 번 다시 이 땅에 발을 들일 일이 없었지만, 대상에게 맡겨서 이리로 보냈지."

'어쩐지 잔뜩 미화되어 있더라 했지.'

"지금 뭐라고 했어?"

"아무것도 아니야."

할멈은 단순히 귀만 밝은 게 아니라 눈치까지 빠르니 문제다.

"할멈은 평소랑 다름없이 그냥 자기 할 일을 했을 뿐인 거 아냐? 왜 그 사람이 그렇게 마음에 들어 한 거야?"

"글쎄다. 나도 잘은 모르겠지만 통역 이야기를 듣자하니 나를 보고 '달의 여신'이라고 했다더라."

"……."

"그러니까 왜 자꾸 그런 눈으로 쳐다보는 거냐고!"

할멈은 매사를 객관적으로 볼 수 있는 사람이다. 잘 팔리는 기녀였던 시절도 틀림없이 존재하지만, 상대가 그런 식으로 자신을 추어올린 이유가 무엇인지에 대해 스스로 의문도 가지고 있다.

마오마오는 머리를 긁적거리며 입을 삐죽 내밀었다.

설령 이 그림과 꼭 닮은 기녀를 만들어 내서 특사 앞으로 데려간다 해도, 상대는 만족하지 않을 것이다. 결정적인 무언가가 부족했다. 상대가 여자라는 점을 생각하면 난이도는 전보다 훨씬 높다고 봐야 한다.

"…할멈, 그 연회에서 특사한테 유난히 칭찬받은 부분 같은 게 혹시 있어?"

"생각이 안 나는데."

"아무거나 좋으니까 말해 봐."

마오마오는 무심코 평소와 다름없이 말꼬리를 늘였다가 할멈에게 찰싹 얻어맞았다. 주위에는 아무리 환관이라고는 하나 남자가 있다. 그런 장소에서 그렇게 어리광 부리듯 말하지 말라는 뜻인 모양이었다.

"별로 좋은 기억은 없는데. 괴롭힘도 당했고, 벌레가 몰려들어서 끔찍하기만 했지."

"벌레?"

"그래. 아무리 열심히 벌레 퇴치 작업을 했어도 야외에서 횃불을 피웠으니 날벌레가 몰려들 수밖에 없었거든."

할멈은 지긋지긋하다는 표정으로 말했다.

그 후로 이야기를 한동안 더 들어 보았으나, 역시 이렇다 할 이야기는 듣지 못한 채 끝났다.

마오마오가 궁관장의 방에서 할멈이 가져온 그림을 진시와 가오슌에게 펼쳐 보여 주자 두 사람은 그저 끙끙거리는 수밖에 없었다.

"일단 비슷하게 생긴 사람을 찾아볼까요?"

가오슌이 진시에게 말했다.

"우선 부탁해."

달리 생각나는 방법이 없으니 그런 이야기를 하는 수밖에 없었다. 어쨌든 마오마오도 한마디 보충해 놓았다.

"당시 그 기녀의 키는 5척 8촌[※] 정도였다고 합니다."

"덩치가 굉장히 컸군."

"네. 춤이 자랑거리였는데 팔다리가 길어 더 아름다워 보였다

※5척 8촌 : 약 175센티미터.

고 하더군요."

지금은 많이 쪼그라들었지만 할멈도 당시에는 상당히 늘씬한 장신이었다고 한다. 하기야 할멈은 잔뜩 쪼그라든 지금도 마오마오보다 키가 크다. 솔직히 이렇게까지 키가 크면서 그림과 똑같이 생긴 여자를 찾는 일은 쉽지 않을 것이다.

"얼굴이 닮진 않아도 우선 키가 큰 여자를 찾는 게 낫지 않을까요?"

"하지만 그런 여자가 그리 흔히 있으려나?"

키도 크면서 얼굴도 아름다운 여자를 찾으려면 난이도가 더욱 높아진다.

"특사님들의 키가 그 정도 되니까, 너무 몸집이 작으면 아예 얘기가 안 될 겁니다."

가오슌은 마오마오의 의견에 찬성하듯 말했다.

역시 이국 여성은 몸집이 큰 모양이라고 마오마오는 생각했다. 마오마오만큼 조그마한 소녀라면 여동으로 착각당할지도 모른다.

그런데 방금 가오슌은 '특사님들'이라고 말했다. 그게 무슨 뜻일까.

"하지만 생김새에도 상당히 까다롭게 굴던데."

그러는 걸 보니 특사도 상당한 미녀인 모양이다. 이국의 미녀라면 교쿠요 비 같은 용모를 지녔을까, 하고 마오마오는 상상해 보았다.

두 환관은 마오마오 앞에서 끙끙 고민에 빠져 있었다.

"······."

마오마오는 두 사람을 물끄러미 바라보았다.

"왜 그러지?"

진시가 의아한 표정으로 마오마오를 쳐다보았다.

"아뇨, 그야말로 아주 적격인 사람이 있는 것 같아서요."

"누구지? 네가 있었던 창관의 기녀 말인가?"

"아뇨, 녹청관에는 안타깝게도 그렇게 키가 큰 기녀는 없습니다."

키가 5척 8촌을 넘는 미인이라면 마오마오가 아는 사람 중에 한 명 있다.

마오마오는 진시를 물끄러미 바라보았다. 그 모습을 보고 가오슌도 진시를 쳐다보다가 납득해서 "아!" 하고 소리를 질렀다.

"······."

"도대체 무슨 말이 하고 싶은 거지?"

진시가 살짝 짜증이 섞인 목소리로 말했다.

5척 8촌을 넘는 **미인**이라면 마오마오도 한 명 안다.

재미있게도 예전에 연회가 열렸다는 그 장소는 바로 후궁 안에 있었다. 당시에는 아직 후궁이 지금만큼 규모가 크지 않았고, 지금 사용되고 있는 후궁은 나중에 증축된 부분이다. 잘은 모르겠지만 이야기를 듣자하니 옛날 이 토지에는 다른 민족이 살고 있었다고 하는데, 전염병이 돌아 다 사라졌다고 한다. 발달한 건축 문화를 가지고 있던 그 민족이 남긴 흔적은 지금도 외벽과 지하 수로로 이용되고 있다.

일설에 의하면 그 옛 민족은 지금의 민족이 먼 곳에서 이쪽으로 옮겨 왔을 때 병원균을 가지고 온 게 원인이 되어 멸망했다는 이야기도 있다. 아버지는 그 이야기를 해 주긴 했지만, 어디 가서 입 밖에 내어서는 안 된다고 단단히 주의를 주었다. 어디까지나 일설일 뿐이기도 하고, 그런 이야기를 듣고 기분이 좋을 사람은 없을 테니 말이다.

장소는 북측의 복숭아밭 근처였다. 확실히 그곳에는 오래된 사당 같은 건물과 연못이 있다. 지금도 충분히 연회를 열 수 있는 괜찮은 장소다.

마오마오가 그 주위를 어슬렁어슬렁 걷고 있는데 뒤에서 활기찬 발걸음 소리가 들려왔다. 뒤를 돌아보니 양팔을 벌리고 펄쩍 날아오른 한 소녀가 마오마오의 시야를 가득 메웠다. 그리고 소녀는 그대로 쿵 떨어졌다.

"아하하, 마오마오. 이런 데서 뭐 하는 거야?"

"너야말로 여긴 웬일이야?"

소녀의 얼굴은 낯이 익었다. 다소 멍한 말투가 특징적인 그 소녀는 시스이였다. 샤오란의 수다 친구인 만큼 상당히 붙임성이 좋은 성격을 갖고 있다. 마오마오가 남 이야기를 할 처지는 아니지만, 이 소녀도 무척이나 자유롭게 후궁 생활을 즐기고 있었다.

"난 여기 볼일이 있어서."

시스이는 생긋 웃으며 복숭아밭 쪽을 가리켰다. 복숭아밭은 그리 손질이 잘되어 있지는 않았지만 자그마한 복숭아 열매가 열려 있었다.

"복숭아 따 먹으려고?"

"그게 아니고, 이거."

시스이는 복숭아밭 쪽으로 뛰어가서는 무언가를 들고 왔다.

"자!"

시스이가 마오마오의 손바닥 위에 힘차게 올려놓은 그것은 말라 오그라든 낙엽이었다. 하지만 무언가로 가득 찬 듯 생각보다 묵직했다. 마오마오는 이파리를 젖혀 보았다.

"……."

거기에는 애벌레가 붙어 있었다. 애벌레치고는 통통하니 귀여운 생김새이긴 했지만 그래도 벌레는 벌레다. 마오마오는 시스이를 빤히 쳐다보았다.

"보통 이런 짓을 당하면 사람들은 괴롭힘이라고 생각하니까 안 하는 편이 좋아."

"왜? 이렇게 귀여운데."

마오마오는 시스이에게 애벌레를 돌려주었다. 시스이는 마치 갓난아기라도 어르는 듯한 손길로 채집 상자에 애벌레를 집어넣었다. 어디서 손에 넣었는지는 모르겠지만 꽤나 멋진 채집 상자였고, 오랫동안 사용한 흔적이 있었다.

"여긴 정말 굉장한 곳이야. 한 번도 본 적 없는 벌레들이 잔뜩 있어."

"그렇구나."

마오마오는 담담하게 대꾸했다. 솔직히 약초 말고는 별로 관심이 없으니 이런 반응이 나올 수밖에 없었다. 아마 약 이야기였다면 이것보다는 훨씬 붙임성 있게 맞장구를 쳤을 것이다.

"이 벌레는 여기 와서 처음 본 벌레라 정말 깜짝 놀랐어. 도감에서밖에 본 적이 없는걸. 바다를 건너 이국에서 온 벌레야."

오래전부터 교역이 이루어졌던 땅이니, 이국에서 들어온 교역품에 섞여 벌레가 들어올 가능성도 없지는 않다. 그것이 토지에 잘 적응하여 아예 자리를 잡고 살아온 모양이었다.

그런 말을 들으니 약간 관심이 생긴 마오마오는 채집 상자 속을 들여다보았다. 아까 넣은 애벌레 말고 다른 번데기가 몇 개 더 있었다.

"이거 나비지?"

"나방이야. 성충은 야행성이니까 아마 숨어 있을 거야."

시스이는 땅바닥에 쪼그리고 앉았다. 그리고 근처에 떨어져 있던 잔가지를 주워 커다란 더듬이가 달린 나방을 그렸다.

"굉장히 예쁜 나방이야. 날개가 하얀색이어서 밤에 날면 더 잘 보여."

"흐응…."

그러고 보니 예전에 이곳에서 연회가 열렸을 때 해충 퇴치를 했다는 이야기를 들었는데, 어쩌면 이 나방도 그때 같이 퇴치당했을지도 모른다. 아무리 예뻐도 벌레는 벌레다.

"마오마오도 밤에 여기 와 봐. 달빛을 받아서 반짝반짝 빛나는 모습이 정말 예뻐. 꼭 도원향에 잘못 들어온 것 같은 기분이 들 거야."

"아무리 그래도 과장이 너무 심한…."

마오마오는 그렇게 말하다 문득 입을 다물었다.

그리고 벌떡 일어나 시스이의 채집 상자를 빤히 쳐다보았다.

"저기, 이 나방 있잖아. 우화하고 나면 바로 교미해?"

"마오마오는 말투에 거리낌이 없구나. 아마 그러지 않을까? 성충이 되면 먹이를 못 먹는다고 하니까 아마 금방 죽을 거야."

그 말에 마오마오는 문득 마른침을 꿀꺽 삼켰다. 그리고 시스이를 바라보며 진지한 표정을 지었다.

"이 나방은 암수 구별이 가능해?"

"대충은 알 수 있어."

'혹시 이건….'

잘될지도 모른다. 당시의 특사가 할멈을 유난히 마음에 들어 했던 이유를 알 것 같았다.

그것을 재현하기 위해서는 번거로운 준비 과정과 한 사람의 희생이 필요했다.

"시스이!"

"응? 왜?"

마오마오는 시스이의 어깨를 덥석 잡고는 부탁할 일이 있다고 말했다. 그 얼굴에는 아마 엄청나게 사악한 표정이 떠올라 있었을 것이다.

연회는 그로부터 닷새 후에 열리게 되어 있었다. 사실은 더 빨리 열고 싶었겠지만, 장소가 갑자기 후궁 북측으로 정해지는 바람에 준비하는 데 시간이 걸렸다. 장소가 장소인 만큼 반대하는 의견도 있었으나 특사의 희망을 들어주어야 한다는 이유를 댔더니 다들 떨떠름한 표정으로 고개를 끄덕였다고 한다.

후궁은 남자의 출입이 금지된 곳이지만 일시적으로 북측만 개방하기로 했다. 본래 그곳에 사는 궁녀 수도 적고, 고작 며칠이면 끝날 연회이기 때문에 평소 사용하지 않는 강당을 임시 숙소로 삼으면 큰 문제는 없었다.

바로 얼마 전에 북측에서 시체가 발견되었다는 것은 이미 비밀에 부치고 있었기에 상관없었다. 이상한 소문이라도 퍼졌다 간 곤란했을 것이다.

기왕 연회가 열리게 되었으니 상급 비들도 참석하게 했으나, 대신 뒤로 물러나 있는 형태를 취하게 했다. 마차의 내부를 개조해서 연회석으로 만들고 발을 내려서 그 안에 앉아 각자 연회를 즐기게 하는 방식이었다. 상급 비뿐만 아니라 참석자들 전원이 다. 그래서 연못을 둘러싸고 마차들을 죽 늘어놓았다.

모깃불을 태우기도 쉽고, 마차 안이라면 어느 정도 편한 자세로 앉아 있어도 되기 때문에 평소의 다른 연회보다 훨씬 좋다고 말하는 관리도 있었다. 기본적으로 발을 올리고는 있지만, 세 방향에 벽이 있기 때문에 남의 시선을 신경 쓰지 않아도 됐다.

비들은 마차 안에 있지만 시녀들은 밖에 나와 있다. 시녀들은 잔뜩 긴장한 채 주빈석 쪽을 지켜보고 있었다.

주빈석에는 마차 두 대가 있었고, 거기에는 금발 미녀들이 앉아 있었다. 눈동자의 색소도 옅었고, 투명하리만치 새파란 하늘 빛깔이었다. 특사라고 하기에 한 명이라고만 생각했는데 그렇지 않았던 모양이다. 미녀 두 사람은 서로 꼭 닮은 생김새를 지니고 있었지만, 쌍둥이나 친자매는 아니고 그냥 같은 할아버지를 둔 사촌 자매라고 했다.

그리고 거기서 약간 떨어진 곳에 주상이 있었다. 주상의 자리 양옆에는 상급 비들의 자리로 채워져 있었다.

'아하, 그렇구나.'

마오마오는 지난번에 가오슌이 들려준 이야기를 떠올리고 그랬구나, 하고 납득했다. 연회 자리인 만큼 특사들은 서방의 드레스를 입고 있었다. 마오마오는 그냥 호복 종류일 거라고만 생각했는데, 그보다 더욱 서방의 느낌이 짙어서 허리를 바짝 졸라매고 그 아래로 치맛자락이 넓게 펼쳐지는 옷이었다. 하기야 이 차림새라면 마차를 개조한 연회석이 편할 것이다.

동서고금에 따라 미녀의 기준은 다르지만 두 여성들은 그야말로 절세미인라고 하기에 부족함이 없었다. 가슴이 잔뜩 강조된 의상을 보고 관리들이 좋아서 침을 질질 흘리자, 특사들의 호위가 눈을 부라렸다.

'역시 웬만한 배우 가지고는 안 되겠네.'

아름답다는 점에서는 후궁의 상급 비들도 충분히 상대할 수 있었다. 하지만 특사들의 머리카락과 눈동자 색은 진기한 빛깔을 띠고 있었다. 교쿠요 비도 타 지방 출신의 공주이기 때문에 이국정서가 넘치는 빨강머리와 녹색 눈동자를 갖고 있지만, 이미 잘 알고 있는 교쿠요 비보다 처음 보는 특사들의 생김새가 관리들의 흥미를 더욱 끄는 모양이었다.

게다가 진시는 비들을 구경거리로 내놓을 생각조차 없었기에 비들을 이용하여 특사들에게서 눈을 돌리게 하는 짓은 더더군다나 하지 않았다. 마차에 발을 친 것은 교쿠요 비의 체형을 가릴 목적 외에 그런 의미도 있었다.

여자가 특사로 온 이유에서는 정치적 의도가 느껴졌다. 여성이기 때문에 능력이 부족하다는 건 아니지만, 그저 특사들 중한 명이 내뿜는 독특한 분위기에 마오마오는 피곤함을 느꼈다. 지금 주상에게서 가장 총애를 받는 비는 바로 이국의 피를 짙게 이은 타 지방의 여성이다.

'비들에게 거울을 보낸 데에는 도발의 의미도 들어 있겠군.'

표면적으로 외교관이라는 형태를 취하며 황제에게 얼굴을 보이러 왔다는 사실 자체가 도전적인 일이었다. 용모에 어지간히 자신이 있는 모양이었다.

그리고 황제뿐만 아니라 그 남동생에게까지 추파를 던지려는 계산이 있기 때문에 둘이서 온 것이다, 라는 이야기까지 나왔다. 자매가 형제에게 시집가는 예는 드물지 않다. 관리들이 기를 쓰고 덤비는 이유도 사실 거기에 있었다.

안타깝게도 늘 틀어박혀 지내기만 하는 왕제는 오늘 밤의 연회에도 불참했다.

마오마오는 교쿠요 비 옆이 아니라 조금 떨어진 곳에서 이런저런 준비를 하고 있었다. 독 시식은 이미 끝났기에, 참석자들은 술과 안주를 즐기며 연무를 구경하고 있었다.

16일 밤의 환한 달이 구름도 없는 하늘에 떠 있었고, 연못에 비쳐 위아래로 두 개가 나란히 늘어서 있었다. 연못을 배경으로 무대가 만들어져 있기 때문에 요란한 화톳불은 오히려 분위기를 해친다는 느낌이 들 정도였다.

호금胡琴*, 얼후, 양금楊琴*, 퉁소, 그리고 운라雲鑼*라는 이름의 타악기까지 동원되어 연주가 펼쳐졌다. 그 외에도 마오마오가 모르는 악기가 잔뜩 있었다. 평소에는 이보다 악기 종류가 적지만, 이번에는 손님들에게 맞춰 다소 화려한 공연을 펼치고 있었다.

연주에 맞춰 검무와 촌극도 펼쳐졌다. 마오마오는 특사들을 흘끔 쳐다보았다. 둘 다 웃는 얼굴이었고, 똑같이 생긴 것 같았으나 오른쪽에 있는 특사는 약간 코웃음을 치는 듯한 표정이었다.

'성에 안 차나 보지?'

아마 이 사람은 증조부가 동경하던 미녀의 그림자를 쫓아 여기까지 온 건 아닐 거라고, 마오마오는 생각했다. 이 미녀는 아마 자신보다 아름다운 사람은 없을 거라는 자신감을 갖고 이곳에 왔을 것이다. 실제로 그 특사는 상급 비들이 발을 친 마차 안에 앉아 있는 것을 보고 '유감'이라고 말하기도 했다. 그 유

※호금 : 중국에서 비롯한 현악기의 한 종류. 작은 울림통에 나무로 된 막대를 연결하고 현 두 줄을 연결하여 활로 켠다.
※양금 : 사다리꼴의 평평한 공명 상자 위에 금속 줄을 얹고, 대나무를 깎아 만든 가느다란 채로 줄을 쳐서 연주하는 악기.
※운라 : 구리로 둥근 접시 모양의 작은 징 10개를 나무틀에 달아 매고 작은 나무망치로 치는 악기.

감스러움이 무엇을 의미하는지에 대해서는 굳이 언급하지 말도록 하자. 그에 반해 다른 한 명의 특사는 표정이 어두워졌다.

둘 다 이 나라 말을 잘 이해하고 대화하는 데 문제가 없었지만, 그래도 얌전한 특사 쪽의 언어 구사가 비교적 더 자연스러웠다. 다른 특사가 쓸데없는 소리를 나불거리지나 않을까 조마조마해하는 표정이었다.

거만한 특사가 방금 전 마차에서 몸을 내밀었다. 다급히 주위 종자들이 단에서 내려오는 특사에게 손을 내밀었으나 특사는 그것을 거절하고 마차에서 내렸다.

특사는 굽 높은 구두를 신고 긴 옷자락을 손으로 잡아 올린 채 걸었다. 주위가 온통 웅성거리는 가운데 특사는 별로 신경도 쓰지 않고 당당한 태도였다. 익숙해 보였다. 마치 자신에게 타인의 시선이 집중되는 것이 당연하다는 듯한 걸음걸이였다.

"평안하시온지요."

주위가 술렁거리는 가운데 특사는 놀랍게도 주상의 마차 앞에서 천천히 몸을 숙였다. 굴곡이 뚜렷한 이목구비는 달빛 아래에서 아름답게 보였다. 피부도 투명하리만치 희고, 금빛 머리카락이 반짝반짝 빛났다.

"모처럼 연회가 열렸는데 이토록 멀리 떨어져 있다니 너무 안타깝습니다. 조금이라도 더 가까운 곳에서 이야기를 나누고 싶네요."

말투에서 살짝 외국인 티가 나긴 했지만 그래도 상당히 유창한 문장 구사였다. 특사로서는 흠 잡을 데 없는 어휘력이었다.

주상 옆에 붙어 있던 호위들은 어떻게 해야 좋을지 몰라 당황하고 있었다. 한 걸음 물러난 곳에서 보니 황제는 특사의 행동에 악의가 없다고 판단하고, 호위에게 물러나라고 지시한 모양이었다.

'우와, 이건….'

마오마오는 황제 주위에 있는 네 개의 마차를 둘러보았다. 무언가가 뭉게뭉게 피어나는 듯한 느낌이었다. 리슈 비라면 몰라도 교쿠요 비와 리화 비는 어떻게 생각할까. 러우란 비는 어떨지 모르지만 이다지도 당당히 황제에게 다가가다니 불경한 짓이라고 생각하더라도 이상하지 않다.

'무서워, 이거 너무 무서워.'

마차 밖에 있던 홍냥의 표정도 딱딱하게 굳어져 있었다. 시녀장으로서의 긍지 때문에 간신히 평정을 유지하고는 있지만, 사실은 잇몸을 드러내고 위협하면서 주먹을 휘두르고 싶은 기분이리라.

특사는 교태를 부리며 천천히 황제의 마차 곁으로 다가갔다. 하지만 그것을 말린 사람은 호위도, 주상도, 비들도 아닌 다른 한 명의 특사였다.

"그만 돌아오도록 해. 이런 무대를 볼 기회가 많지도 않은데,

잘 보고 즐겨야 하지 않겠어?"

특사는 부드럽게 말했다. 두 사람은 비슷한 의상을 입고 있었지만 점잖은 특사는 파란 머리 장식을 달고 있었고, 다른 한 명은 빨간 머리 장식을 달고 있었다.

빨간 머리 장식을 단 특사는 불쾌한 표정을 짓긴 했지만, 파란 머리 장식의 특사가 귀에 대고 무어라 속삭이자 얌전히 원래 있던 마차로 돌아갔다.

'뭐라고 한 걸까?'

아무튼 조마조마한 순간이었다. 상대 나라에서 특사를 두 명 보낸 이유를 알 것 같았다.

뭐 마오마오 입장에서는 특사가 여자든, 둘이든, 어떤 이유로 왔든 아무래도 상관은 없었다. 그저 일을 끝내는 것만이 최우선 사항일 뿐이다.

마오마오는 건물 안으로 들어가, 그 안에 있던 인물에게 말을 걸었다.

"잘되어 가고 있나요?"

"최대한 할 수 있는 일은 다 했습니다."

마오마오가 질문을 던진 상대 대신 가오슌이 대답했다. 어째서인지 눈빛이 퀭했다. 핏기도 없고, 마치 이 세상에 존재해서는 안 되는 무언가를 본 듯한 얼굴이었다.

"......"

마오마오는 살그머니 안을 들여다보았다. 그리고 거기 있던 인물을 본 순간 급격히 온몸의 피가 싹 빠져나가는 기분이 들었다. 가오슌의 안색이 나쁜 이유를 충분히 알 수 있었다.

이 세상에 있어서는 안 되는 존재가 거기 있었다. 간이 작은 사람이라면 심장이 입 밖으로 튀어나오고, 제자리에 얼어붙어 버릴지도 모른다.

"슬슬 연회가 끝나 갑니다."

"알겠습니다."

가오슌은 대답한 뒤 안에 있던 인물에게 가볍게 검은 천을 덮어 씌웠다. 마오마오가 지시한 일이었다. 마오마오는 딸랑딸랑 방울 소리가 들리자 검은 천을 쓴 인물의 손을 잡았다.

"그럼 가시지요."

마오마오는 그렇게 말하고 나서 무대를 향해 걸어갔다.

연회가 끝나면 보통 주빈들이 먼저 자리를 뜬다. 이번에는 마차를 연회석으로 이용했던 덕분에 바로 이동할 수 있었다. 퇴장과 함께 음악이 흐르기 시작했다. 주빈이 일어나 시야에서 완전히 사라질 때까지 다른 사람들은 나가서는 안 된다.

덜컹덜컹 마차 바퀴 소리가 퍼졌다. 마오마오는 검은 천을 뒤집어쓴 인물을 복숭아밭과 연못 사이로 데리고 갔다. 다른 마차들은 모두 연못 쪽을 바라보고 있었고, 흔들리는 버들가지에 가려 사각이 되었기 때문에 이쪽이 보이지 않았다. 지금 마오마오 일행을 볼 수 있는 위치는 특사들의 마차뿐이었다.

길을 가로막는 것은 아니다. 그저 스쳐 지나가는 길의 한구석에 있을 뿐이다. 복숭아밭 쪽에 서 있을 뿐이니 아무 문제도 없다.

특사들이 마오마오 일행의 존재를 알아차렸다. 그리고 그냥 하녀가 한 명 있나 보다, 하고 흘끔 쳐다봤을 때였다.

마오마오가 검은 천을 벗겼다.

새까만 머리카락이 스르륵 흘러내렸다. 정수리에서 두 개의 원으로 만들어 묶은 머리카락 위로 씌워져 있는, 진주가 가득 박힌 관이 반짝반짝 빛났다. 좌우 대칭으로 비녀와 머리 장식들이 꽂혀 있었고, 나머지 머리카락은 뒤로 넘겨 풀어 내렸다.

윤기가 도는 붉고 얇은 입술과 긴 속눈썹에 둘러싸인 갸름한 눈, 버들가지 같은 눈썹의 중심에는 붉은 화전花鈿˚이 그려져 있었다.

긴 어깨천이 공중에 나부꼈다. 목까지 꼭꼭 싸맨 하얀 곡거심의曲裾深衣˚ 차림이었다. 오로지 달빛밖에 없는 어둠 속에서 그 모습은 마치 느닷없이 나타난 듯 보였으리라.

※화전 : 미간에 꽃 등의 문양으로 장식하는 중국 고유의 화장 방법.
※곡거심의 : 소맷자락이 넓고, 위아래가 붙어 있는 긴 옷자락을 몸에 둘러 감는 중국의 전통 복식.

마오마오는 최대한 고개를 들지 않은 채로 특사들의 표정을 살폈다.

특사는 눈을 부릅뜨고 있었다. 옅은 달빛 속에서도 그 새파란 눈동자 색깔은 잘 보였다.

아마 특사의 눈에는 지극히 흔해 빠진 검은 머리, 검은 눈동자의 인물이 비치고 있을 것이다. 하지만 그 인물은 이 나라에서는 크게 신기하지도 않은 빛깔을 갖고 있음에도 불구하고 도저히 눈을 뗄 수 없을 정도로 아름다웠다.

마오마오는 고개를 숙인 채 방금 벗긴 검은 천을 지면에 툭 떨어뜨렸다. 그리고 그와 동시에 잡고 있던 손에 힘을 꽉 주었다.

마오마오는 확인할 수 없었지만 마차 안에 보이는 사람 그림자가 움찔하는 것 같았다. 마찬가지로 마차 안에 있는, 그 바로 뒤를 따라오던 사람도 확인은 할 수 없지만 이 모습이 보였다면 같은 반응을 했을 것이다.

보기만 해도 심장이 으스러질 것 같고 너덜너덜 찢겨질 것만 같았다. 마치 맹독 같은 존재였다.

호위들도 그 모습이 보였는지 역시 얼어붙어 있었다. 하지만 마차만은 천천히 움직여 그 자리를 벗어났다. 마부는 미리 이쪽에서 준비했던, '어떤 것'에 저항력이 있는 인물이었고 게다가 절대로 이쪽을 봐서는 안 된다고 단단히 일러두었기 때문이다. 전혀 장애물이 없는 길이라면 수십 초 정도는 눈을 감고 있어도 별문제가 없을 터였다.

호위들이 반응하면 어떻게 하나 했지만 뭐, 무슨 일이 있으면 가오슌과 부하들이 뛰어올 예정이었다.

그런 가운데 상황이 시작되었다.

어깨천이 가볍게 공중을 날았다. 그리고 옅게 반짝이는 하얀 무언가가 팔랑팔랑 날아 다가왔다. 하얀 옷을 입은 미인은 하늘하늘 어깨천을 흩날리며 걸었다. 마오마오는 잡고 있던 손을 놓으려 했지만 상대는 꽉 잡은 채 놓아주질 않았다.

'이 자식이….'

할 수 없이 마오마오는 미인 옆에서 몸을 최대한 웅크린 채 함께 걸었다. 두 대째의 마차가 벌써 옆을 스쳐 지나가고 있었다. 앞 마차와 마찬가지로 꼭 닮은 얼굴의 특사가 이쪽을 빤히 쳐다보았다.

어깨천이 춤출 때마다 옅게 반짝이는 흰 빛이 점점 늘어났다. 때로는 진주가 박힌 관에 앉고, 어깨에 멈추기도 하는 그것들은 계속해서 수가 불어났다.

마차는 멈추지 않았다. 호위들이 넋을 잃고 이쪽을 쳐다보는 모습이 보였다. 하지만 특사들이 마차에 타고 있기 때문에 그들은 그저 보기만 하는 수밖에 없었다.

수십, 수백의 옅은 빛들이 마오마오와 인간 같지 않은 아름다움을 지닌 미인을 둘러쌌다. 길을 건너 연못 앞에 서자 마차가 멈췄다. 마차에서 몸을 내민 특사들이 이쪽을 보고 있었다.

미인은 그제야 잡고 있던 손을 놓고 몸을 떼었다. 마오마오는 천천히 뒤로 물러났다.

보름달과 수면에 비친, 팔랑팔랑 춤추는 옅은 빛, 흔들리는 버들가지, 그리고 그 전부를 배경으로 어깨천을 나부끼는 미인.

아마 몇 십 년 전 특사들의 증조부가 보았다는 광경은 바로 이것이 아니었을까. 도저히 이 세상 사람이라고는 여겨지지 않는 미인. 혹시 천녀가 실수로 지상에 내려온 게 아닐까 싶은 모습이었으며, 멀리서 들려오는 관현악 소리마저 그 때문에 천상의 음률로 들렸다.

모든 이가 지켜보는 가운데 인간을 벗어난 아름다움을 지닌 미인은 천천히 손을 들어 올렸다. 붉은 입술이 호를 그리고, 그 누구보다 요염한 미소를 지었다.

어깨천이 바람에 흩날렸다. 버들가지도 마치 천녀를 가려 주려는 듯 흔들렸다. 옅은 빛이 흐트러졌다.

그 순간이었다.

음악의 끝을 알리는 징 소리와 함께 새하얀 꽃잎들이 우수수 떨어졌다. 도대체 어디서 꽃잎이 날아왔나 하는 순간, 눈앞에서 천녀가 사라졌다. 하얀 어깨천이 두둥실 떠올랐다가 땅바닥에 떨어지고, 옅은 빛은 아스라이 스러져 버렸다.

특사가 무슨 일인가 싶어 마차에서 내렸다. 도발적이고 사나운 성격을 가진 쪽인 듯했다.

'그러니까 문제라는 거야.'

처음부터 그냥 느긋하게 가만히 앉아 있으면 좋았을 것을.

특사는 마오마오를 발견하고는 냉큼 다가왔다. 몸집이 작은 마오마오보다 머리 하나는 더 컸고, 미녀의 뚜렷한 이목구비에서는 대단한 박력이 느껴졌다. 특사는 손짓 발짓까지 추가하여 빠른 말투로 무어라 말을 쏟아 냈다. 굳이 듣지 않아도 사라진 천녀에 대해 추궁하고 있는 게 분명했다. 특사는 너무 당황했는지 이국의 언어로 말을 퍼부어 대고 있었다.

하지만 마오마오는 검지를 들어 하늘의 달만을 가리킬 뿐이었다.

그리고….

"……."

머나먼 서방에 전해져 내려오는 여신의 이름을 가볍게 말했다. 발음이 맞는지 어떤지는 알 수 없지만, 통한 모양이었다.

특사는 넋이 나가서 입만 딱 벌렸다. 특사의 마음속에서 반짝반짝 빛나던 무언가가 박살이 나서 와스스 무너져 내리는 듯했다.

다른 한 명의 특사가 다가와 마오마오를 몰아세우던 특사의 어깨를 잡았다.

마오마오는 그 모습을 보고는 천천히 고개를 숙인 뒤 마치 아무 일도 없었다는 듯 자리를 벗어났다.

"일이 잘 풀린 것 같군요."

연못 반대편 건물에서 가오슌이 기다리고 있었다. 그곳에 있던 가오슌을 비롯한 여러 관리들의 손에는 벌레 채집 상자가 들려 있었다.

그 속에는 커다란 나방이 잔뜩 들어 있었다. 연초록이라고 해야 좋을지 연파랑이라고 해야 좋을지 모를 빛깔의 날개를 지닌 그 나방들은 바로 얼마 전 시스이가 모으던 벌레의 성충이었다.

마오마오는 요 며칠 동안 시스이의 도움을 받아 이 나방을 열심히 긁어모았다. 성충뿐만 아니라 금방이라도 우화할 것 같은 번데기들까지 가능한 한 많이 모았다. 방치되어 있던 복숭아밭은 해충 퇴치 작업을 전혀 하지 않았기에 생각보다 더 많은 양을 모을 수 있었다.

마오마오는 할멈이 그려져 있던 그림을 떠올려 보았다. 거기에도 옅은 빛이 그려져 있었다.

그 정체는 바로 이 나방이었다.

'무슨 이런 우연이 다 있지.'

할멈은 자기가 괴롭힘을 당했다고 했다. 게다가 유난히 벌레가 잔뜩 꼬여 들었다고도 했다. 괴롭힘을 당한 일 중 죽은 벌레를 의상에 문지른 장난도 있었다고.

벌레 중에는 이성을 끌어들이는 냄새를 풍기는 종류가 있다. 마오마오도 예전에 그걸로 벌레들을 모은 적이 있었다.

아마 당시 의상에 짓눌러 뭉갰다던 죽은 벌레는 바로 이 나방의 암컷이었던 듯했다. 그리고 그 냄새가 끌어들였던 것들이 나방 수컷이었다.

할멈 입장에서는 그저 벌레를 내쫓기 위해 연못 옆으로 가서 어깨천을 마구 휘둘러 떨구었을 뿐이다. 하지만 보는 사람 눈에는 그것이 마치 온몸에 빛을 휘감은 채 춤을 추는 신비로운 미녀 같았던 모양이다.

'우연이란 참 무섭단 말이야.'

그 덕분에 할멈은 유곽 내에서 부동의 지위를 얻었다. 괴롭힘이 오히려 호재로 작용하리라고 그 누가 생각이나 했을까.

그런 연유로 마오마오는 의상에 암컷 나방의 냄새를 잔뜩 묻혀 놓았다. 암수 구별은 시스이가 해 주었다. 이번에 이렇게 여러모로 도움을 받았으니 다음에 확실히 답례를 해야 한다.

암컷 냄새가 풀풀 피어오르는 가운데 수컷 나방들을 대량으로 풀어 놓으면 어떻게 될지는 더 말할 필요도 없다.

그렇지 않아도 헉 하고 숨을 들이켤 정도의 미인인데 그런 신비로운 효과까지 더해지면 어떻게 될까. 심지어 그 머리 위에는 16일 밤의 커다란 달이 떠 있다. 그야말로 월하의 부용이라는 말이 생각날 정도다.

"네. 이 정도면 됐겠지요?"

마오마오는 연못 반대편에 있는 마차를 바라보았다. 특사가 사라지자 다른 사람들도 하나둘 돌아가기 시작했다. 다른 사람들에게는 보이지 않도록 장면을 연출하느라 상당히 고생했던 모양이다.

그 광경을 모든 사람들에게 다 보여 줄 수는 없다. 상황에 따라서는 완전히 재기 불능이 되어 버릴 수도 있고, 도저히 일이 손에 잡히지 않는 자들이 속출할 것이다.

그야말로 나라가 기울 정도의 파괴력이었다.

"네가 시킨 대로 다 했다."

흠뻑 젖은 채 몸에 천을 둘둘 감고 있던 진시가 뚱한 목소리로 말했다. 묶은 머리를 억지로 풀어 버렸는지 머리 모양이 괴상했다.

엄청나게 고생스러운 일이었을 것이다. 무거운 의상을 입은 채 연못 바닥을 기어서 건너편으로 나와야 했으니 웬만한 체력이 없으면 너무나도 하기 힘든 과업이다.

무슨 일이 있었는지 이 이상은 묻지 말아 줬으면 좋겠다.

"뒷일은 나도 몰라. 나는 할 만큼 했어."

진시는 계속 얼굴을 벅벅 문지르기만 했다. 수건에 빨간 연지가 묻어났다.

"머리가 아직도 축축하잖아!"

진시는 다소 난폭한 말투로 투덜거렸다. 평소였다면 옆에서 할멈 스이렌이 바지런히 수발을 들어 줬겠지만, 지금 여기에 스이렌은 없다.

가오슌이 마오마오를 빤히 쳐다보았다. 이 환관은 항상 이렇게 눈빛으로 하소연을 하니 난감할 노릇이다. 심지어 이번에는 그 자리에 있던 모든 관리들이 똑같은 눈빛으로 마오마오를 쳐다보고 있었다. 왜들 이러는 걸까, 다들 그렇게 불쌍한 눈길로 이쪽을 쳐다보지 말아 줬으면 좋겠다.

'자기 손으로 하면 될 것을.'

마오마오는 새 수건을 집어 들고 진시의 머리를 천천히 닦아 주기 시작했다.

9 화 : 진료소

세상에는 항상 어두운 화제가 가득하다.

빨래터 뒤꼍에서 나무 상자 위에 올라앉은 채 마오마오는 생각했다.

오늘은 샤오란이 안 올 모양이다. 비취궁으로 돌아온 후 달리할 일이 없었던 마오마오는 한동안 이곳에서 시간을 죽이기로 했다. 교습소 운영에 조금씩 시동이 걸리고 있었고, 샤오란은 기념비적인 1기생으로 참가하게 되었다.

의국에 가서 의관에게 간식을 얻어먹을까 생각했지만 의관도 지난번 난리에 말려드는 바람에 요새 꽤 바쁜 모양이었다.

지난번 난리란 향유 소동을 말한다. 특사가 오는 바람에 정신이 없어서 깜박 잊고 있었는데, 아직 그 사건은 완전히 정리가 되지 않았다.

그때 그 일에 대해 조사하기 위해 진시는 다른 비들의 처소를 찾아갔다. 그러자 시녀들이 대상에게서 향유를 엄청나게 사들였다는 사실을 알 수 있었다.

'이해는 돼.'

머나먼 땅에서 사막을 지나고 바다를 건너 산을 넘어온 교역품. 새장 속에 갇혀 살던 젊은 처녀들이 그것을 보고 눈을 반짝이며 덤벼드는 건 당연한 일이다. 마오마오도 서방에서 넘어온 약이 천막 속에 진열되어 있었다면 할멈에게 돈을 빌려서라도 마구 샀을 것이다.

향유를 구입한 궁녀들을 책망할 수는 없다. 비취궁 시녀들도 몇 개 샀을 정도다.

모든 향유가 다 위험한 건 아니다. 하지만 아무리 미량이라도 독성이 있는 것을 후궁 안에 놓아둘 수는 없었기에, 아깝지만 다 처분했다.

하나하나는 미량이라도 그것들을 조합하면 강력한 독이 되는 종류도 있다.

자, 이제 여기서 문제가 되는 것은 도대체 '누가' 끌어들였느냐는 것이다.

'향이나 향신료 종류까지는 모르겠지만….'

상인들이 상급 비들에게 임신 중에 적합한 옷을 권한 이유는 이해가 간다. 특사들이 이 나라에 찾아온 목적 중 하나도 비의 자리를 탈취하는 일이었을 것이다. 특사들의 본국이 그것을 진짜 목적으로 삼았다고 생각하긴 힘들지만, 그 자존심 강해 보이던 특사는 틀림없이 자신감이 충만해 보였다. 안타깝게도 그 긍지는 엉망진창으로 짓밟히고, 연회가 끝난 후에는 이야기에 끼어드는 일도 줄어들었다고 했다.

향도 그쪽의 술수라고 생각할 수도 있겠지만, 한 가지 결론만 다급히 내리는 일은 좋지 않다.

현재 이 후궁에는 상급 비가 네 명 있다. 교쿠요 비, 리화 비, 리슈 비, 그리고 러우란 비.

그중 황제의 총애를 가장 많이 받고 있는 비는 교쿠요 비이고 그다음이 리화 비일 것이다. 그 외에도 중급 비들 중 황제의 승은을 입은 사람이 몇 명 있다고 들었다. 하급 비의 경우 예전에 질투에 눈이 먼 다른 비들에게 제재를 받은 적이 있었기에, 지금은 얌전히 지내고 있다는 소문이 있다.

하지만 부모의 권력과 배경을 생각하면 사실 황제가 가장 중요시해야 할 존재는 러우란楼蘭 비다.

'흠흠….'

마오마오는 마른 나뭇가지를 주워 땅바닥에 난蘭 그림을 그렸다.

그다음으로 부모의 지위가 높은 비는 리화梨花 비지만, 이쪽은 황제의 외척이라는 이유 때문에 그렇게까지 출세에 연연하는 집안이 아니다.

난 그림 옆에는 배梨를 의미하는 과일 그림을 그렸다.

반대로 리슈里樹 비의 친정은 요 몇 대에 걸쳐 성장한 집안으로, 그 아버지는 선대 황제에게 어린 딸을 바칠 정도의 야심가였다.

그 옆에는 나무樹 그림을 그렸다.

교쿠요玉葉 비의 친정은 서방과의 교역 거점에 있다. 교역으로 재산을 축적했다는 인상이 강하지만, 사실 국경 가까운 지방이기 때문에 국방비로 상당한 세금을 뜯기고 있다고 한다. 게다가 작물을 키울 수 있는 토지가 아니기 때문에 그리 풍요롭다고 하긴 힘들다.

마지막으로 잎사귀葉 그림을 그렸다.

작년에 일어난 원유회 독살 미수 사건은 예전 숙비였던 아둬의 시녀가 독단적으로 벌인 일이었다. 그 이유는 권력에 매달리려는 게 아니라, 어디까지나 아주 인간다운 동기였다.

거기까지는 알겠는데.

그 이전에 일어난 교쿠요 비 독살 미수 사건의 범인은 도대체 누굴까.

얼마 전 독버섯 사건의 중급 비일 가능성이 높긴 하다. 하지만 이 중급 비가 그 독에 대한 지식을 어디서 얻었느냐가 문제다. 모두가 은식기를 사용하고 있으니 비소 종류의 독은 아닐 것이다.

결과적으로 교쿠요 비의 시녀는 반으로 줄었고, 비를 대신하여 독을 먹은 사람은 아직도 후유증에 시달리고 있다고 한다.

너무나 뒷맛이 찜찜한 이야기다. 예전에도 이와 비슷한 감각을 느꼈던 일이 있었던 것 같다.

스스로를 가사 상태에 빠뜨리면서까지 도주했던, 그 마음에 안 드는 관녀 스이레이가 떠올랐다. 아직까지 스이레이의 정체는 알아내지 못했다.

도대체 목적이 무엇일까. 왜 진시를 노렸을까.

마오마오는 네 개의 그림 바깥으로 커다란 원을 뱅뱅 그리며 끙끙거렸다.

그러다 결국 생각하기를 포기했다.

'내가 생각해 봤자 무슨 소용이겠어.'

마오마오는 한낱 시녀에 불과하다. 독 시식을 맡은, 얼마든지 쓰다 버릴 수 있는 장기짝일 뿐이다.

그런 연유로 마오마오는 기분 전환에 나서기로 했다. 이 후궁 안에는 황제를 즐겁게 해 주기 위한 정원이 많이 있다. 소나무 숲도 있고, 대나무 숲과 과수원도 있다.

'앵두가 슬슬 끝나 갈 계절이네.'

석 달만 빨랐다면 죽순을 캘 수 있었겠지만, 어디 사는 외알 안경 때문에 그 시기를 수정궁에서 장미 재배에 바치느라 다 놓치고 말았다.

실로 짜증나는 일이다. 얼굴을 떠올리기만 해도 불쾌해지는 생물이 아닐 수 없다.

'아~ 됐어, 생각 안 할래.'

기분을 바꿔야겠다고 생각한 순간 발걸음이 가벼워졌다. 그러나 앵두나무 밭으로 향하던 마오마오는 수정궁 궁녀들과 딱 마주치고 말았다.

낯익은 얼굴들을 보고 마오마오가 살짝 고개 숙여 인사했더니 궁녀들은 굳어진 표정으로 앞 다투어 도망쳐 버렸다. 한 명은 전족을 한 듯 발이 무척이나 작았는데도 실로 재빠르게 행동했기에, 마오마오는 그 모습을 보고 저도 모르게 감탄이 나왔을 정도였다.

'옷 조금 벗긴 것 갖고 야단스럽긴.'

기루에서는 자주 벌어지는 광경이다. 어느 정도 성장을 마친 여자가 유곽의 문을 두드리면, 우선 옷부터 벗기고 그 가치를 따져 보게 된다.

묘령의 아가씨라면 무조건 가치가 높을 것 같지만 요즘의 주류는 젊음보다 지성이다. 그래서 의외로 몰락한 관리의 아내 같은 여성에게 높은 가치가 매겨진다. 어느 정도 교육을 받았기에 초기 투자가 덜 드는 데다, 세상 남자들은 이 기녀가 남의 아내였다는 사실에 반대로 구미가 당기는 모양이었다. 참 악취미다.

마오마오도 옷을 벗기고 싶어서 벗긴 건 아니었다. 유행에 민감한 수정궁 궁녀들이라면 모두 구입한 향유를 뿌리고 다니는 줄 알았는데 그렇지 않았던 궁녀가 있었던 것이다. 마오마오는 그 점이 신기했기 때문에 정말로 뿌렸는지 안 뿌렸는지를 확인하려 했을 뿐이다.

그 덕분에 아름다운 환관에게서 야단을 맞고 말았다.

'뭐, 한 명 정도는 있을 수도 있겠지.'

수정궁에는 궁녀가 많다. 시녀만으로도 열 명이 넘고, 전속 하녀까지 포함하면 서른 명 정도는 된다.

마오마오는 깊이 생각하지 않고 앵두를 따러 가기로 했다.

그날 저녁 무렵, 이른 저녁을 먹고 있을 때의 일이었다.

"몸이 조금 나른한 것 같아."

아이란이 탁자에 턱을 괴고 앉아, 무너지려는 눈꺼풀을 간신히 버티며 말했다.

마오마오는 아이란의 이마에 손을 짚어 보았다. 미열이 있는 듯했다.

"제발 감기 걸렸다고는 하지 말아 줘. 교쿠요 님한테 옮기면 큰일이잖아."

후식으로 앵두를 먹으며 잉화가 말했다. 잉화는 어디서 앵두를 따 왔는지가 궁금한 눈치였으나, 좋아하는 과일이었던 모양인지 깊이 추궁하진 않았다. 참고로 홍냥에게는 비밀이다.

"난 정말 조심했는데."

아이란은 나른한 표정으로 뚱하게 말했다.

마오마오가 감기약을 달이러 방으로 돌아가려 하는데 잉화가
붙잡았다.

"미안한데 약 만들어 주고 나서 진료소에 데려가 주지 않을
래?"

"진료소요?"

마오마오가 고개를 갸웃거렸다. 의국을 이야기하는 걸까. 그
렇다면 데려가 봤자 괜히 피곤하기만 할 거라고 마오마오가 생
각하고 있는데 눈치를 챘는지 잉화가 고개를 가로저었다.

"의국하고는 달라. 뭐라고 해야 할까? 의관은 없지만 대신 다
른 사람이 있다고 해야 하나? 아무튼 아이란이 알고 있으니까
데려가 줘."

마오마오는 일단 알았다고 고개를 끄덕였다.

그 진료소라는 곳은 후궁 북측에 있었다. 빨래터 뒤쪽에 별채
가 있었는데, 그곳에는 하얀 옷을 입은 궁녀들이 있었다.

'그러고 보니 뭐가 있긴 있었지.'

숲이나 덤불 속만 헤집고 다니느라 북측 건물에는 와 본 적이
없었다. 아이란이 기침 섞인 소리로 웃었다.

"여기 처음 왔을 때 간단히 설명했던 것 같은데, 기억 안 나?"

안타깝게도 마오마오는 이곳에 처음 왔을 때 잔뜩 부루퉁한 기분이었기 때문에 이야기를 제대로 듣지도 않았다. 분명 이리로 끌려와 설명을 듣는 동안 내내 길가에 나 있는 쑥이나 관찰하고 있었을 게 뻔했다.

원래 그런 성격이다.

옆에 있는 빨래터에서는 궁녀들이 시원시원하게 빨래를 하고 있었다. 요 같은 것을 빨고 있는 듯했다.

'합리적이네.'

빨래터가 가까우면 의복과 이불을 금세 빨 수 있다. 신변을 청결하게 관리하는 일이 중요한 의료의 현장이라면 훌륭한 입지 조건인 셈이다.

"죄송합니다. 감기에 걸린 것 같아요."

아이란이 궁녀들 중 한 명에게 말을 걸었다. 바빠 보이는 궁녀는 한순간 얼굴을 찌푸리긴 했지만 어쨌든 빨래 바구니를 옆에 내려놓고 아이란의 이마에 손을 짚어 보았다.

"미열이 있네. 혀 내밀어 봐."

연배가 제법 있는 목소리였다. 궁녀의 이마에는 깊은 주름이 잡혀 있었다. 후궁 안에서는 보기 드문, 중년의 궁녀였다.

궁녀는 눈을 가늘게 뜨며 아이란의 아래 눈꺼풀을 꾹 끌어 내려 보았다. 돌팔이 의관보다 훨씬 익숙한 동작이었다.

"흐음, 그렇게까지 심한 것 같진 않네. 이틀에서 사흘 정도 너무 무리하지 않으면 별문제는 없어 보여. 어떻게 할래?"

궁녀가 아이란에게 물었다. 진단도 확실하다.

"비전하께 옮길지도 모르니 자고 갔으면 합니다. 만일을 대비해서."

"흠⋯."

궁녀는 빨래 바구니를 들고 진료소 안으로 성큼성큼 들어갔다. 그러고는 바구니를 내려놓고 손짓했다.

진료소 안은 전혀 화려하지 않고, 그저 소박하기만 한 구조였다. 기둥은 미끈할 뿐 아무런 장식도 없었고 복도도 그냥 판자로만 되어 있었다. 창도, 네모난 창이 일정한 간격으로 나 있는게 전부였다. 하지만 장식이 없는 만큼 청소하기 쉬워 보였고 실제로 구석구석까지 먼지 하나 없이 깔끔했다. 창이 많아 환기도 잘된다. 이제부터 다가올 계절에 매우 쾌적하게 지낼 수있을 것 같은 공간이었다.

약 특유의 냄새도 나지 않았다. 그저 주정 같은 냄새만이 가득했다.

아이란은 얼굴을 찌푸렸다. 아마 이 냄새가 싫어서 여기 오기를 그렇게 주저했던 모양이었다. 하지만 마오마오가 보기에는 구석구석까지 소독이 잘되어 있다는 증거였으니 감탄이 나올 수밖에 없었다. 독한 주정을 상처에 부으면 그 표면에 붙어 있던 독을 죽일 수 있다. 잘 알려진 소독법 중에는 입에 주정을 머금고 분사하는 방법도 있다.

예전에 저런 돌팔이 의관밖에 없는 후궁에 용케 유행병이 나돌지 않는 게 신기하다고 생각한 적이 있었는데, 알고 보니 이런 곳이 있었던 덕분이었나 보다.

"그럼 난 내일 간다고 전해 줘."

"알겠습니다."

아이란은 중년 궁녀에게서 나무패를 하나 받아 들고, 그 패의 번호가 붙어 있는 방으로 향했다.

마오마오는 재미있다는 표정으로 진료소 안을 둘러보고 있었으나 느닷없이 누군가가 목덜미를 움켜쥐었다. 의국에 있는 새끼 고양이를 잡을 때 항상 이런 식으로 잡아서 들어 올리곤 하는데 말이다.

"넌 그만 일하러 가야지. 아픈 사람 따라왔다고 농땡이 피울 수 있을 거라고 착각하면 안 돼."

"······."

"뭐, 왜? 아니면 여기 있는 빨래 전부 다 해 주고 갈래?"

아줌마가 히죽 웃으면서 묻자 마오마오는 고개를 가로저으며 부정했다.

마오마오는 할 수 없이 비취궁으로 돌아가기로 했다.

할멈도 그렇지만, 역시 아줌마들한테는 도무지 이길 수가 없다.

진료소 안을 더 구경하고 싶었지만 그럴 수가 없었기에 마오
마오는 포기하고 왔던 길을 돌아갔다. 마오마오가 느긋하게 걷
는 동안 주위에서는 빨래 바구니를 든 궁녀들이 바쁘게 걸어가
고 있었다.

비가 잦은 계절이기 때문에 가끔 해가 나면 밀린 빨래를 해치
우느라 다들 정신이 없는 모양이었다. 그러고 보니 자신도 이
따가 빨랫감 가지러 가야 하는데, 하고 마오마오는 일거리를
떠올렸다.

'그나저나….'

진료소에는 아까 그 아줌마 말고도 궁녀들이 몇 명 더 있었는
데, 전부 다 나이가 제법 있는 사람들이었다.

후궁이라는 특수한 장소인 탓에 궁녀들은 나이를 먹으면 반
강제적으로 교체되곤 한다. 대부분 서른이 되기 전에 그만두라
는 지시가 내려오곤 한다. 남는 사람은 궁관장쯤 되는 지위 높
은 사람이나, 또는 비를 바로 곁에서 모시는 시녀들뿐이다.

입 밖으로 냈다가는 분명 얻어맞을 말이지만 시녀장 홍냥은
이미 후궁에서 나갈 나이를 지났다.

진료소 궁녀들은 그 익숙한 손놀림을 보면 알 수 있듯이 후궁
에 꼭 필요한 존재이기 때문에 남아 있을 수 있었던 거라고 마

오마오는 생각했다.

하지만 마음에 걸리는 점이 한 가지 있었다.

약 냄새가 전혀 나지 않는다는 사실이었다. 주정 냄새 때문에 묻혀서 안 나는 걸까.

아니, 그렇지 않으면….

턱을 문지르며 생각에 잠겨 있던 마오마오는 문득 무언가에 툭 부딪혔다. 기둥이라도 들이받았나 하고 고개를 들었더니 어찌 된 영문인지 천녀의 얼굴이 마치 반짝반짝 빛나는 태양처럼 바로 머리 위에서 나타났다.

"그렇게 혼잣말만 중얼거리면서 걷다가는 자빠진다."

"제가 뭐라고 했나요?"

진시는 큰 한숨을 내쉬며 양손을 들고는 고개를 절레절레 저었다. 어이가 없다는 그 표정을 보고 마오마오는 부루퉁해지는 바람에, 저도 모르게 물웅덩이 속에 축 늘어져 있는 지렁이라도 보는 듯한 시선을 보낼 뻔했지만 다행히도 보살 같은 표정을 짓고 있던 가오순과 눈이 마주쳤다. 마오마오는 실눈이 될 뻔했던 눈을 간신히 억지로 크게 떴다.

"무슨 볼일이라도 있으신가요?"

"아니, 볼일이 있는 건 아닌데. 그냥 지나가다가 우연히 마주쳤는데 말도 걸면 안 되는 건가?"

진시는 다소 충격을 받은 표정이었다. 가오순은 무어라 하고 싶은 말이 있는 눈치였지만, 정말 미안하게도 마오마오는 영문을 알 수가 없었다.

"어딜 갔다 온 거지?"

진시가 어깨를 축 늘어뜨리며 물었다.

"진료소에 다녀왔습니다. 그런 곳에 있는 줄 몰랐네요."

"…궁녀가 처음 들어오면 전부 안내해 주도록 지시했는데, 혹시 빠뜨렸나?"

"아뇨, 그런 건 아닙니다."

진시가 굉장히 심각한 표정을 짓는 걸 보고 마오마오는 잠시 고민에 빠졌다. 가끔 이 환관은 자신의 일솜씨에 자신감을 잃을 때가 있다. 평소에는 그렇게 자신만만한 태도를 유지하는데 말이다.

진시는 사람이 별로 없는 길 쪽으로 슬그머니 이동했다. 이 아름다운 환관님은 사람 왕래가 잦은 길 한복판에 떡하니 버티고 서 있는 것 자체가 상당히 일에 지장을 주기 때문에 그것은 현명한 판단이라 할 수 있었다.

"생각보다 잘 만들어져 있는 시설이어서 놀랐습니다. 오히려 그쪽을 의국으로 삼는 편이 나을 것 같은데요."

아니, 하지만 그러면 돌팔이 의관의 모가지가 날아간다. 그렇게 되면 마오마오가 농땡이를 피울 곳이 줄어드니 곤란해진다. 역시 방금 그 발언을 정정하는 편이 좋을 것 같다고 생각하고 있는데 진시가 또다시 눈썹을 축 늘어뜨렸다.

"그곳이 의국이었으면 좋겠다고? 그랬으면 나도 이렇게 고생을 안 하지."

"무슨 말씀이신가요?"

"의관은 남자밖에 할 수 없습니다."

마오마오가 고개를 갸웃거리고 있는데 가오슌이 대신 설명을 해 주었다.

"기본적으로 의관이 아니면 약을 달일 수가 없지. 상처를 치료할 때도, 살짝 긁힌 상처라면 모를까 큰 부상을 처치하는 일은 의관만이 할 수 있다."

'그랬구나.'

마오마오는 납득했다. 약 냄새가 풍기지 않은 데에는 그런 이유가 있었던 모양이다.

하지만 그렇다면 문제가 하나 생긴다.

"저는 어떻게 되는 건가요?"

마오마오는 제멋대로 약을 달여 대고 있다. 물론 재료를 후궁 밖에서 들여올 수는 없지만, 후궁 안에 나 있는 식물과 의국의 약은 얼마든지 사용하고 있다.

"눈감아 주고 있는 거지. 비들 중에는 약에 조예가 깊은 시녀를 옆에 두는 일도 드물지 않으니까. 하지만 진료소 같은 장소는 오히려 존재가 너무 명확하기 때문에 약을 놔둘 수가 없어."

진시의 말을 듣고 마오마오는 뭔가 복잡한 사정이 얽혀 있는 모양이라고 생각했다. 후궁 궁녀의 급료 제도처럼, 영문 모를 제도와 법률이 있는 것 같긴 했지만 마오마오는 그다지 흥미가 없기 때문에 전혀 모른다.

약은 안 되지만 술이라면 소독에 사용할 수 있기 때문에, 그 부분을 잘 살려서 의료에 이용하고 있는 듯했다.

청결한 장소에서 안정을 취하면 병도 훨씬 빨리 낫는다. 용태가 심각할 경우에는 고향 집으로 돌려보내는 방법도 있다.

'번거롭기도 하지.'

하지만 한번 정해진 제도를 뒤집는 일은 더욱 번거로울 것이다. 세상에는 그냥 좋은 게 좋은 거라고 생각하면서 사는 사람이 많다.

"앞일을 위해서라도 의관을 다른 형태로 조달할 수 있도록 하면 좋을 텐데 말이지."

진시도 마오마오와 같은 생각인 모양이었다. 상대에게 하는 말 같지만, 사실은 혼잣말이었다.

"환관이 없어도 잘 돌아갈 수 있도록."

'환관이라….'

후궁 내의 환관은 전체의 3분의 1 정도 된다. 궁녀처럼 교체되는 일이 없기 때문에 평균 연령도 상당히 높다.

'젊은 환관은 없네.'

그러고 보니 환관으로 만드는 수술은 몇 년 전에 금지되었다. 지금의 황제로 바뀐 후의 일이다.

마오마오는 진시가 언제 환관이 되었는지 모른다. 하지만 진시의 나이를 생각하면 금지되기 직전 정도에 수술이 이루어진 게 아니었을까.

'불쌍하다. 조금만 버텼으면 좋았을 텐데….'

마오마오는 저도 모르게 시선을 내려 진시의 가랑이를 보고는 살며시 두 손을 모았다.

천천히 고개를 들던 마오마오는 진시와 눈이 마주쳤다.

진시의 얼굴에는 어째서인지 상당히 복잡한 표정이 떠올라 있었다. 입술을 울퉁불퉁하게 꾹 다물고, 마오마오를 빤히 쳐다보고 있었다.

'혹시 또 생각이 입 밖으로 나와 버렸나?'

이러면 안 되겠다는 생각에 마오마오가 입을 손으로 막고 시선을 돌리자 이번에는 가오슌과 눈이 마주쳤다. 가오슌은 여전히 보살 같은 표정으로, 마오마오와 마찬가지로 연민에 찬 미소를 지으며 진시를 바라보고 있었다.

가오슌은 천천히 고개를 가로젓더니,

"진시 님, 일이 많이 밀려 있습니다."

하고 재촉했다.

"알았다. 아, 그렇지. 곧 비취궁에 찾아갈 거라고 전해 다오."

진시는 그렇게 말하고 나서 여전히 복잡한 표정으로 몸을 돌려 사라졌다. 마오마오는 입을 막고 있던 손을 떼고,

'다시 돋아나는 약을 만들면 떼돈을 벌 수 있을까?'

하고 쓸데없는 생각을 했다. 하기야 성공하면 장사는 잘될 것 같다.

다음 날 아이란이 비취궁으로 돌아옴과 동시에 마오마오는 어떤 인물에게 부름을 받았다. 어제 마오마오의 목덜미를 움켜쥐었던 중년의 궁녀였다.

"그래서 마오마오를 만나고 싶다는 거로구나."

교쿠요 비는 손으로 턱을 괸 채 아이란에게 말했다. 아이란은 거실에서 비의 시중을 들며 옆에 서 있었고, 비는 긴 의자에 누워 있었다. 배가 상당히 부푼 탓에 움직임이 많이 느려진 상태였다. 체형을 숨겨 주는 옷을 입고는 있지만, 이젠 밖에서 하는 다과회에는 가지 않는 편이 좋을 듯했다.

"죄송합니다. 여기서 마시고 갔으면 좋았을 것을…."

아이란은 어제 마오마오가 만들어 준 약을 진료소에서 마셨다고 한다. 그것을 궁녀에게 들키는 바람에, 약의 출처를 추궁당한 모양이었다.

'하긴, 그건 그래.'

의관이 없기 때문에 진료소에서는 약을 만들 수가 없는 게 뻔한데, 멋대로 약을 가지고 들어가면 안 되는 거였다. 출처를 확실히 해 두지 않으면 나중에 윗사람들이 진료소를 추궁하게 될 것이다.

마오마오는 자신이 빨리 가서 눈물 쏙 빠지게 야단을 맞고 오면 될 거라고 생각했지만, 아이란의 입에서는 의외의 말이 터져 나왔다.

"그래서 잠시 빌려 달라고 합니다."

"어머나, 그래?"

교쿠요 비는 고개를 갸웃거리며 마오마오를 바라보았다. 아이란도 곤란한 표정으로 마오마오를 쳐다보고 있었다.

마오마오는 어쩐지 귀찮은 일이 될 것 같다고 느끼면서도, 정작 머릿속은 새로운 약의 재료에 대한 생각으로 가득했다.

결국 마오마오는 감시인과 함께 다시 한번 진료소로 가게 되었다. 감시인으로는 아이란이 아니라 잉화가 따라왔다. 아이란에 비하면 몸집이 작지만 활발하고 매사에 야무진 성격이기 때문에 잉화가 감시인에 적합하다고 생각한 모양이었다.

같은 후궁 안이라고는 하나 비취궁에서 진료소까지는 거리가 상당히 떨어져 있다. 수다쟁이 잉화는 그 시간 동안 얌전히 입을 다물고 있을 성격이 아니었다.

"있잖아, 마오마오. 어제 아이란을 데려다주고 나서 정원의 등롱 있는 곳에서 뭐 했어?"

"보셨어요?"

진료소에서 돌아온 뒤, 정확히 말하면 도중에 진시 일행을 만나고 난 뒤의 일이다. 마오마오는 새로운 약을 떠올리고 재빨리 그 재료를 찾으러 갔다.

"약재료를 좀 찾고 있었어요."

어두워지면 등롱에 불을 밝힌다. 그러면 그 불빛에 벌레들이 꼬여 든다. 그것을 노리고, 어떤 생물이 접근한다.

"뭘 찾고 있었는데? 설마 벌레는 아니었겠지?"

"벌레는 아니에요."

하기야 벌레는 아니었지만, 잉화의 얼굴은 나쁜 예감을 느낀 듯 일그러져 있었다.

"마오마오, 네 방에 요즘 들어 물건이 너무 많이 늘어났잖아. 약 냄새도 너무 지독해져서 홍냥 님도 눈살을 찌푸리고 계셔."

"그거 무섭네요."

"하나도 무서운 표정이 아닌데."

그렇지 않다고 마오마오는 생각했다. 시녀장의 손은 매우 맵고 빠르다. 하지만 그만큼 성격이 사납지 않으면 후궁 안에서 버티긴 힘들다.

"그러다 방에서 쫓겨나서 정원에 있는 창고로 짐을 옮겨야 할 수도 있어."

잉화가 히죽 웃으며 말했다.

"그것도 괜찮네요."

창고라면 지금 방보다 넓고, 심지어 사람들 침실에서 멀리 떨어져 있기 때문에 한밤중에 소리를 내도 들키지 않을 것이다. 의국에서 안 쓰는 도구가 모처럼 잔뜩 나왔는데 이쪽에서는 쓸 수가 없어서 답답해하던 참이었다.

"그럼 비취궁으로 돌아가면 바로 홍냥 님께 여쭈어 볼게요."

마오마오가 눈을 빛내며 말했다.

"어? 아니. 잠깐. 저기…."

잉화가 다급히 마오마오에게 무어라 말하려는 찰나, 진료소에 도착하고 말았다.

"그럼 일단 안으로 들어갈까요?"

"저기, 방금 전에 그 말 말이야. 자, 잠깐…."

창고로 옮기면 불을 사용하는 작업도 할 수 있지 않을까 생각하니, 마오마오는 기대로 가슴이 벅차올랐다.

중년 궁녀의 이름은 셴뤼深綠라고 했다. 잘 보니 그 눈동자는 교쿠요 비와 마찬가지로 녹색 빛을 띠고 있었다. 서방의 피가 섞여 있는지도 모른다. 이름도 그 눈동자 색깔에서 따온 걸까.

마오마오는 진료소의 응접실 같은 곳으로 안내되었다.

희미하게 주정 냄새가 나는 방 안에서 셴뤼가 차를 타 주었다. 탁자는 간소했고, 주위에 있는 선반과 의자도 튼튼하고 오래 쓸 수 있는 물건 같았다.

"귀비님 처소에 계신 분인 줄 모르고 실례를 저질렀습니다."

"아닙니다."

교쿠요 비는 비취궁 외의 다른 궁녀들에게는 관명으로 불리는 일이 많다. 그나저나 다른 시녀들이라면 몰라도 마오마오의 출신은 그렇게까지 좋지는 않다. 아무리 그래도 너무 과분한 처우였다.

셴뤼의 목소리는 차분했다. 어제 빨랫감을 한 아름 끌어안고 있던 괄괄한 아줌마의 분위기는 손톱만큼도 느껴지지 않았다. 후궁 궁녀로서의 교육을 확실히 받은 사람이라는 사실을 알 수 있었다.

'역시 현명한 사람인가 봐.'

후궁 궁녀라 해도 글을 읽고 쓰지 못하는 사람도 많다. 이렇게 오랜 세월 후궁에서 지냈다면 그만큼 똑똑한 사람일 것이다. 또는 특별한 이유가 있을지도 모른다고, 마오마오는 지레짐작을 해 보았다.

교쿠요 비를 모시는 궁녀라는 사실을 밝혔기 때문인지 셴뤼의 표정이 다소 어두워진 것 같았다.

특별 대우를 받고 있다고 생각하니 마오마오는 왠지 미안한 기분이 들었다. 상급 비쯤 되면 주위 사람들은 비뿐만 아니라 그 시녀들까지도 여러모로 많이 봐주는 경향이 있다. 그런데 그 시녀를 일방적으로 불러냈으니 션뤼로서는 아무래도 불편할 것이다.

하지만 션뤼는 숨을 크게 들이마시고 나서 마오마오를 똑바로 바라보았다.

"부탁드리고 싶은 일이 있습니다."

"뭔가요?"

마오마오가 아무렇지도 않게 묻자 션뤼는 어째서인지 한순간 놀란 표정을 지었다. 하지만 금세 평상시의 표정으로 돌아와 말을 이었다.

"무례하다고 느끼실 수도 있는 일인데, 정말 괜찮으신가요?"

"네, 말씀하세요."

무례한 태도를 취하는 상대에게는 충분히 익숙하다. 오히려 자신이 더 무례한 태도를 취한 게 아닐까 생각될 정도다. 그러므로 마오마오는 무슨 소리를 듣더라도 웬만하면 한 귀로 흘려버릴 자신이 있었다.

"현비님 처소에 있는 궁녀에게 약을 지어 달라고 해도?"

"네?!"

그 말에 반응한 것은 마오마오가 아니라 잉화였다. 잉화는 탁자를 내리치며 몸을 내밀었다. 찻잔이 흔들리는 바람에 물방울이 뚝뚝 떨어져 검은 자국이 생겼다.

"그게 무슨 말인지 알고 하는 소린가요?!"

잉화가 션뤼에게 말했다.

션뤼는 다시 한번 한숨을 내쉬고,

"충분히 잘 알고 있습니다."

라고 말하며 두 사람을 똑바로 바라보았다. 마오마오는 션뤼가 농담을 하는 거라고는 도저히 생각할 수가 없었다.

"무슨 이유가 있는 모양인데요."

"마오마오!"

"죄송해요. 이야기만이라도 들어 보면 안 될까요?"

잉화는 눈살을 찌푸리면서도 의자에 앉았다. 그리고 식은 차를 한 모금 마시며 마음을 진정시켰다.

"사정을 말씀해 주시겠어요?"

"알겠습니다."

션뤼는 띄엄띄엄 이야기를 시작했다.

"일이 영 귀찮아졌네."

잉화가 드물게도 어깨를 축 늘어뜨리며 말했다.

"그러게요."

마오마오 또한 귀찮다고 생각하긴 했지만, 그래도 그냥 내버려 둘 수는 없는 이야기를 들어 버렸다.

현비, 즉 리화 비의 처소에서 일하는 하녀 한 명이 무거운 병에 걸렸다고 한다. 그리고 그 환자는 지금도 수정궁에 있다.

예전부터 북쪽 빨래터로 빨래를 하러 오던 하녀였기에 선뤼도 얼굴을 아는 사이였다고 한다. 얼마 전부터 심한 기침을 하고 있었기에 한차례 푹 쉬는 편이 좋겠다고 말하긴 했지만, 그 후로는 이쪽을 찾아오지도 않고 벌써 닷새나 흘렀다.

빨래터를 바꿨거나, 아니면 빨래 담당자가 바뀌었을지도 모른다고 마오마오가 말해 보았지만 선뤼는 고개를 가로저었다.

"설령 그렇다 해도 한 번 정도는 가서 봐 줬으면 해요."

그것이 선뤼의 주장이었다.

그 하녀가 하던 기침이 아무래도 영 기묘한 기침이었다는 것이다.

'기침이라….'

하녀가 기침을 하기 시작한 건 빨래터에 발을 끊기 며칠 전의 일이며, 그 이전에도 몸이 나른하거나 미열이 나는 경우가 있었다고 한다. 진료소에는 가지 않았느냐고 물었더니 글쎄, 허락을 받지 못했다는 것이다.

'그곳은 나쁜 곳이니까.'

아마 하녀라면 리화 비에게 직접 허락을 구하지도 못했을 터였다. 그리고 수정궁 시녀들은 일개 하녀의 말 따위는 그냥 무시해 버렸을 가능성이 높다.

그리고….

증상을 하나하나 따져 본 마오마오는 나쁜 예감이 들었다.

"그나저나 정말 그런 애가 있기는 할까?"

"조사해 볼 필요는 있을 것 같아요."

만일 그 말이 사실이라면 당장 처치를 해야 한다. 수정궁 안에서 끝나지 않을 커다란 문제로 발전할 우려가 있다.

잉화는 마오마오를 빤히 바라보았다.

"네가 그런 걸 자꾸 신경 쓰는 성격이란 건 잘 아는데, 그래도 장소가 장소잖아. 정식으로 허락을 받고 가야 하는 곳이라는 사실은 알지? 넌 가끔 그렇게 폭주하는 경향이 있는데 좋지 않아."

"…네."

리화 비와 약간의 인연이 있다고는 하나 그렇게 쉽게 남의 궁에 갈 수 있는 건 아니다. 마오마오는 바로 얼마 전 그 일로 큰 실수를 했다.

일단 진시가 중개해 줘야 이야기가 좀 진행이 될 것이다.

한시라도 빨리 가 보고 싶었지만, 워낙 여러 가지 일들이 얽혀 있다 보니 일이 마음대로 풀리질 않는다.

'내가 마음 졸여 봤자 아무 소용도 없지.'

마오마오가 다른 생각을 하며 잠시 마음을 돌리려 하던 바로 그 순간이었다. 시야에 어떤 것이 스쳤다.

그 순간 마오마오는 저도 모르게 그쪽으로 정신없이 뛰어갔다. 그리고 지면을 팔짝팔짝 개구리처럼 뛰어, 그것을 간신히 붙잡는 데 성공했다.

"마오마오! 방금 전에 그러지 말라고 말했잖아. 뭐 하는 거야?"

치맛자락을 붙잡은 채 잉화가 다가왔다.

마오마오는 다소 떨떠름한 표정으로, 맞잡은 두 손바닥 사이에서 그것의 존재를 느끼며 일어섰다.

"죄송해요. 마침 찾던 게 눈에 띄어서 그만."

"찾던 거라니, 그 벌레 말이야? 제발 그러지 좀 마."

"벌레 아니에요."

벌레는 아니다.

그리고 이것은 본체도 아니다.

안타깝게도 본체는 놓쳐 버렸지만, 마오마오 입장에서는 일단 원하던 것을 손에 넣긴 했다.

"보세요."

손바닥을 펼치자 도마뱀 꼬리가 아직도 힘차게 펄떡대고 있었다.

도마뱀 꼬리는 본체에서 떨어져 나와도 살아 있다. 그것이 중요하다.

'뭐든지 포기하면 안 돼.'

포기하면 거기서 끝이라고, 어딘가의 신선이 말한 적 있다. 미지의 약을 만들기 위해서는 우선 그것과 비슷한 효능을 가진 무언가를 조사하는 데서부터 시작해야 한다.

'새로 돋아나는 약을 만들고 말 거야.'

그래서 마오마오는 등롱에 꼬여 드는 벌레를 노리고, 도마뱀이 이 근처에 터를 잡고 살고 있을 거라고 예상할 수 있었다.

"떨어진 꼬리가 어떤 원리로 새롭게 돋아나는지 조사해 보고 싶었거든요."

약간 신이 난 마오마오가 그렇게 말했지만 대답은 없었다.

정면을 돌아보니 얼굴이 창백해진 잉화가 입만 딱 벌리고 있다가, 그 자세 그대로 뒤로 벌렁 자빠지고 말았다.

마오마오는 포획한 도마뱀 꼬리를 손수건으로 싸서 품에 넣은 뒤, 쓰러진 잉화를 돌봐야만 했다.

약사의 혼잣말

11화 ⋮ 세 번째로 수정궁에 후편

주위가 술렁술렁 웅성거렸다.

무슨 일인가 싶어 궁 출입구 쪽으로 걸어갔다.

화려한 현관에는 이미 궁녀들이 모여들어 있었다. 난간 닦는 것도 잊고, 걸레를 든 채 그저 우두커니 서 있는 하녀들도 있었다.

"이제 와서 무슨 볼일이지?"

눈살을 찌푸린 궁녀가 말했다. 시선 너머에는 후궁에 단 한 명밖에 없는 의관이 있었다.

별일이 다 있다.

저 의관은 웬만하면 의국 밖으로 나오지 않는다. 이 궁에 마지막으로 나타났던 것도 거의 1년이 다 된 일이다.

무능하고, 그저 유명무실한 존재에 불과한 의관은 어린 동궁이 죽은 뒤 민망하고 거북해서 아마 이쪽 궁에 오기 힘들었을 것이다. 그러나 대신할 사람이 없다는 이유만으로 의관은 아직까지 태평하게 이 여자의 화원 안에 계속 주저앉아 있었다.

그런 놈이 이제 와서 이곳에 무슨 볼일이 있기에 나타났단 말인가.

의관은 정중하게 보따리를 들고 있었고, 그 뒤에는 어떤 궁녀가 따라왔다.

비쩍 마른 궁녀였다. 당당하게 서서, 정갈한 걸음걸이로 의관의 뒤를 따라왔다. 굳게 다문 입술에는 붉은 연지를 발랐고, 뺨에도 복숭앗빛 연지를 희미하게 칠했다.

이런 궁녀가 있었던가.

문득 그런 생각이 들었다. 환관인 의관 뒤를 따라오는 사람이라면 보통 같은 환관인 경우가 많지만, 그렇지 않은 때도 있는 모양이었다.

아니, 후궁에는 궁녀가 2천 명은 있다. 자신이 모르는 얼굴 한둘쯤은 있어도 이상하지 않다.

모든 사람들이 수군수군 귓속말을 하는 가운데, 할 수 없이 자신이 앞으로 나서기로 했다.

"무슨 볼일이신지요?"

그 목소리를 들은 궁녀들이 수군거리다 말고 움직임을 멈췄다. 다급히 원래 일하던 장소로 돌아가는 하녀들을 하나도 놓치지 않고 다 지켜보았다. 후궁 전체라면 모를까, 이 궁에서 일하는 자들은 전부 다 파악하고 있다.

그것이 자신, 싱촨이 할 일이다.

리화가 비로 들어오기로 결정되었을 때 자신은 함께 입궁하여, 리화가 황제의 총애를 받을 수 있도록 최대한 노력해 왔다.

"현비님을 만나 뵙고 싶은데."

의관의 말에 눈을 가늘게 떴다. 이 남자의 입에서 '현비'라는 말은 듣고 싶지도 않았다.

"죄송합니다만 리화 님께서는 의관님을 만나고 싶지 않으실 겁니다."

부드럽게, 하지만 뚜렷한 거절의 의사를 표하자 보잘것없는 수염을 지닌 의관은 눈썹을 축 늘어뜨렸다. 이미 남자로서의 기능을 잃은 환관답게 한심한 수염이었다. 아름답고 훌륭한 수염을 지닌 황제와는 하늘과 땅 차이다.

환관은 난감한 표정으로 뒤를 돌아보았다. 가면 같은 얼굴의 궁녀가 슬그머니 환관에게 귓속말을 했다.

환관은 마지못해 품에서 무언가를 꺼냈다.

"이런 편지를 받았다네."

양피지에 쓰인 편지였다. 거기에는 아름다운 글씨로 의관을 안에 들여보내 달라고 쓰여 있었다. 마지막에 적혀 있는 이름은 '진시'였다.

'그 아름다운 환관'이라 하면 이 후궁 안에서 제일 먼저 떠오르는 사람의 이름이었다. 여자였다면 나라를 무너뜨렸을 수도 있는 미모의 소유자지만 여자는 아니다. 그리고 남자도 아니다.

싱 역시 저도 모르게 한숨을 내쉬며 감탄할 정도로 아름다운 인물이긴 하지만 여타 궁녀들과 달리 그 이상의 감정은 없다. 무엇을 위해 후궁에 들어왔는지를 생각하면 환관 따위를 신경 쓸 겨를은 없었다.

일족을 위해서도 황제의 총애를 얻어 내는 일은 매우 중요하다. 그것은 싱과 리화가 어린 시절부터 쭉 들어 온 말이었다.

싱의 어머니는 리화 아버지의 누나다. 싱은 리화와 나이가 같은 덕분에 이렇게 함께 입궁하여 지금 살고 있는 수정궁을 통솔하는 입장에 설 수 있었다.

수정궁 시녀들은 모두 명문가의 딸들이며, 황제를 모시기에 아무런 부족함이 없는 혈통을 지닌 자들이었다.

"…알겠습니다."

싱은 석연치 않은 기분이었지만 할 수 없이 안으로 두 사람을 들이기로 했다. 다른 궁녀들에게 맡길 수도 있었지만, 의관이 후궁 전체를 다스리는 자의 명령을 받고 이곳에 왔다면 이야기가 다르다.

도대체 어떻게 된 일일까.

의관이 비가 사는 궁에 오는 일은 보통 비의 건강이 나빠졌을 때뿐이다.

하지만 리화에게 그런 기색은 없었다.

내내 리화의 곁에 붙어 있었던 싱이 그 사실을 모를 리가 없다. 리화는 오늘도 매우 건강했고 아침밥도 잘 먹었다.

도대체 무슨 일일까. 싱이 고개를 갸웃거리고 있는데 뒤따라오던 발소리가 갑자기 끊어졌다. 뒤를 돌아보니 의관과 따라온 궁녀가 걸음을 멈춘 상태였다.

두 사람은 정원 너머에 있는 작은 창고를 바라보고 있었다. 리화의 방은 아직 멀었고, 궁의 가장 안쪽 최상층에 자리하고 있다. 문제의 창고는 그 도중에 있는 여러 창고들 중 하나였다.

"왜 그러시죠?"

"아뇨, 저 창고는 무엇에 쓰는 곳인지 궁금해서 그만."

"그냥 평범한 창고일 뿐입니다."

빨리 데려가고 싶은데, 왜 그런 질문을 하는지 싱은 알 수가 없었다.

수정궁은 동궁을 키우기 위해 크게 개축되었다. 별채에 목욕탕과 창고가 있다 한들 크게 이상한 일은 아니다. 게다가 작년에는 이상한 주근깨 소녀가 와서 기묘한 시설을 목욕탕 옆에 지어 놓았다. 증기 욕탕이라고 하던데, 싱은 그리 마음에 들지 않았고 간혹 리화가 사용하곤 하는 정도다.

그냥 창고에 불과하다고 대꾸했는데도 따라온 궁녀는 어째서인지 그쪽을 빤히 쳐다보고 있었다. 뭐가 그렇게 흥미로운 건지 알 수가 없다. 창 근처에 노란 꽃이 핀 정원수가 하나 있을 뿐, 크게 이상한 장소도 아닌데 말이다.

그냥 창고라고 했으면 빨리 걸어서 지나쳐야 할 텐데.

궁녀는 환관의 소매를 잡고 무언가 속닥속닥 귓속말을 했다.

환관은 또다시 눈썹을 축 늘어뜨리더니 싱에게 말했다.

"최근 들어 이 정원을 건드린 적은 없나요?"

"아뇨, 늘 오는 정원사에게 맡겨 두고 있었는데요."

"그렇군요."

싱은 어라, 하는 기분이 들었다. 그러고 보니 저런 정원수가 있었던가?

자신이 모르는 새 정원사가 새로 심어 놓은 건가?

"……."

환관이 입을 다물자 궁녀가 또다시 환관을 쿡쿡 찔렀다.

환관은 보란 듯이 뺨을 부풀렸지만 궁녀는 표정을 바꾸지 않은 채 싱 쪽을 쳐다보았다.

검은 눈동자가 싱을 빤히 쳐다보았다. 싱은 아무 말도 하지 않고 슬그머니 시선을 돌리려 했으나,

"오늘은 향유를 뿌리셨나 보네요."

어디서 많이 듣던 목소리가 들렸다.

그것은 정갈한 궁녀의 입에서 흘러나온 목소리였다.

궁녀가 입술을 일그러뜨리며 히죽 웃었다. 미소라고 하기에

는 너무나도 사악했고, 마치 맹수가 먹잇감을 찾아냈을 때처럼 사나운 웃음이었다.

"……."

"오랜만에 뵙습니다, 싱 님. 지난번에는 크게 실례했습니다."

꼼꼼히 바른 백분과 뚜렷하게 그려진 눈매의 선, 그리고 쓸데없이 긴 속눈썹이 붙은 얼굴이 자신에게로 다가왔다.

화려하게 꾸민 것에만 시선을 빼앗겨 몰랐는데 그 윤곽은 동그랗고 앳된 느낌이 들었다.

자신을 빤히 쳐다보는 그 눈빛은 낯이 익었다.

싱의 온몸이 얼어붙었다. 이 계집애와 얽히면 좋을 일이 하나도 없다는 사실은 싱 스스로가 직접 경험해서 잘 알고 있었다.

작년에 이 소녀가 수정궁에 머무른 적이 있었다. 리화 옆에 딱 붙어서 간병을 하긴 했지만, 소녀는 그러는 가운데 말도 안 되는 짓을 여러 번 저질렀다.

그 때문에 이 궁의 궁녀들 중 절반은 이 아이의 말을 결코 거스를 수 없는 상태가 되어 버렸다.

싱은 그렇지 않은 절반에 속하긴 했지만, 얼마 전 찾아온 이 소녀의 손에 하마터면 옷이 홀랑 벗겨질 뻔했다.

그런 연유로 웬만하면 상대하기 싫은 인간이었는데.

소녀는 싱을 빤히 쳐다보았다. 싱은 저도 모르게 계속 뒷걸음질을 쳤다.

그때였다.

느닷없이 환관이 정원으로 뛰쳐나갔다. 통통한 몸집을 간신히 움직여 달려가는 너머에는 문제의 창고가 있었다.

싱은 그 뒤를 쫓아가려 했지만 눈앞에는 껄끄러운 계집애가 가로막고 있었다. 그래도 어렵사리 밀쳐 내고 환관을 쫓아갔으나, 때는 이미 늦었다.

환관은 문의 빗장을 든 채 아연실색한 얼굴로 우두커니 서 있었다.

열린 문 너머에서는 독특한 냄새가 피어올랐다. 예전에 리화가 내뿜었던 것과 마찬가지로, 이미 저세상에 한 발을 걸치고 있는 병자의 냄새였다.

소녀는 싱이 밀쳐 내는 바람에 엉덩방아를 찧었는지 엉덩이를 문지르고 있긴 했지만 딱히 조급한 기색은 없었다. 그저 미간에 주름을 잡은 채 환관이 들고 온 꾸러미를 움켜쥘 뿐이었다.

"아저씨! 뜨거운 물! 뜨거운 물 좀 끓여다 주세요!"

이번에는 귓속말도 하지 않고 큰 소리로 외친 뒤 소녀는 창고 안으로 뛰어 들어갔다.

거기에는 거적만 여러 겹 쌓아 만든 보잘것없는 잠자리에 누워 있는 환자가 있었다. 빨래 담당으로 일하던 하녀였다.

"알았어, 아가씨."

환관은 턱살을 출렁출렁 흔들며 뛰어갔다.

소녀는 하녀에게 물 같은 무언가를 먹이며 싱을 쳐다보았다.

"왜 이런 식으로 처리하고 있었던 거죠?"

"달리 무슨 이유가 있겠어? 병이 주위에 옮지 않도록 격리하는 건 상식이잖아?"

소녀는 대꾸하지 않았다. 하고 싶은 말이 있지만 아무 말도 나오지 않는 모양이었다.

"그야 그렇죠. 하지만…."

소녀는 기묘한 기침을 하는 하녀의 입에 손수건을 대 보았다. 그리고 그것을 떼자 붉은 자국이 생겨나 있었다.

"이건 주위에 옮는 병이 맞습니다. 전염성이 낮긴 하지만, 이런 식으로 처치하면 금세 죽음에 이르게 됩니다. 물론 하녀 하나 죽는 것 정도야 별로 대단하지 않은 일이겠죠."

소녀는 병에 걸린 하녀를 내려놓고 창고 안쪽 더욱 깊은 곳으로 들어가려 했다.

싱은 저도 모르게 소녀의 어깨를 붙잡고 막으려 했지만, 소녀는 싱의 손길을 스르륵 빠져나갔다.

안 돼, 그 안으로는 들어가면 안 돼.

싱은 고리짝에 다리가 걸리면서도 소녀를 잡으려 했지만 이미 때는 늦었다.

소녀는 무언가를 집어 들었다. 거기에는 작은 상자가 있었다.

"이 방에 처음 들어왔을 때 그때가 떠올랐어요. 리화 비전하께서 병으로 누워 계셨을 때의 일이."

"그게 뭐 어쨌다는 거지?"

"환자 특유의 냄새를 없애기 위해 향을 피우고 계셨죠."

그게 뭐 어쨌다는 건지 알 수가 없다. 빨리 그것을 이리 내놓으라며 싱은 손을 내밀었다.

"여기 들어왔을 때도 똑같은 느낌이 들었어요. 하지만 이번에는 반대였네요."

소녀는 작은 상자를 열었다. 그 안에는 색색의 작은 병들이 들어 있었다.

"향 냄새를 지우기 위해 환자를 일부러 여기에 놔둔 것 아닌가요?"

작은 병의 뚜껑을 연 소녀가 코를 벌름거리며 냄새를 맡았다.

"수정궁 시녀들은 정말로 비밀이 많은가 봐요. 또 불쌍한 환관만 채찍질을 당하겠군요."

소녀가 연 것은 향유 병이었다. 얼마 전 대상이 왔을 때 손에 넣은 교역품이다. 하지만 그 대부분은 이미 환관들이 압수해 가고 없었다.

"하나하나는 작은 독이라도 그것들이 합쳐지면 어떻게 될지 모르죠."

소녀는 동요를 부르듯 중얼거리며 눈을 가늘게 뜨고 웃었다.

"낙태약을 만들려 하다니, 도대체 무슨 생각이신가요?"

소녀, 마오마오라는 이름의 그 하녀는 싱에게 물었다.

○ ● ○

자, 이제 어떻게 할까. 마오마오는 수건으로 손을 닦으며 생각했다.

얼굴에 바른 백분이 답답했다. 붉은 연지는 좀처럼 지워지질 않았고, 향유로 굳힌 머리카락도 나중에 깨끗이 닦아 내야 한다. 속눈썹이 별로 없는 눈가에는 머리카락 끄트머리를 짧게 잘라서 엮은 뒤 그것을 풀로 붙였다.

평소보다 긴 치마를 입고, 그 밑에는 키를 속이기 위해 두꺼운 깔창을 넣은 신발을 신었지만 굳이 그럴 필요까지는 없었을지도 모른다.

수정궁 녀석들은 하나도 눈치를 채지 못했다.

마오마오는 부루퉁한 기분으로 깔창을 깐 신발을 벗었다.

옷도 다른 것으로 갈아입었다. 좀 전에 중병에 걸린 환자를 간병하고 온 탓에 옷에 가래침이 묻고 말았다. 전염성이 낮다고는 하지만 그 옷을 입고 돌아다니는 건 곤란하다는 생각에 다른 옷을 준비해 달라고 부탁했다. 수정궁에서 준비해 준 물건이었기에 기능성이 좀 떨어지는 시녀복밖에 없었지만 어쩔 수가 없었다.

사실은 제대로 목욕을 하고 싶었지만 그럴 수도 없었기에 포기했다.

산뜻한 새 옷을 입은 마오마오는 사람들이 기다리는 방으로 향했다.

수정궁 응접실에는 어두운 표정을 한 사람들이 모여 있었다. 색색의 실내 장식품에 잘 어울리는 화려한 면면이었기에, 화장을 지운 마오마오가 들어가자 어째서인지 자리를 잘못 찾아온 것 같은 불편함이 느껴졌다.

리화 비, 진시, 가오슌, 그리고 늘씬하고 단정한 생김새의 미녀가 있었다. 리화 비에게 부탁해서 다른 시녀들은 전부 방 밖으로 나가게 했다. 돌팔이 의관도 이 안에 섞여 있고 싶은 눈치였지만 달리 할 일이 있으니 그쪽을 우선시해 달라고 부탁했다. 솔직히 안에 있어도 큰 도움이 되지 않는다.

미녀는 리화 비의 시녀장으로 이름은 싱이라 했다. 리화 비의 사촌 자매이며 혈통으로 보아도 고귀한 사람이기 때문에 자존심이 세 보이고, 후궁 안에서도 상당히 눈에 띄는 미녀였다. 피붙이이기 때문인지 리화 비와 어딘가 모르게 생김새가 비슷하게 느껴졌다.

시녀장이라고는 하지만 신분을 생각하면 사실 중급 비쯤 되어도 이상하지 않은 입장이다.

'일부러 시녀장 자리를 맡은 거지.'

황제의 총애를 받는 여성은 비단 비에만 국한되지 않는다. 황제의 눈에 들기만 하면 가끔은 하녀도 국모가 될 수 있다. 그런 일은 역사상 아주 없는 것도 아니다.

그렇다면 아름다운 꽃을 한 군데에 모아 두는 편이 더 시선을 끌기 쉽지 않을까.

상급 비를 모시는 시녀가 승은을 입었을 경우, 그 시녀의 신분이 비가 되어도 이상하지 않을 정도로 높다면 금세 직위를 얻을 수 있다.

'당사자들 생각은 어떨지 모르겠지만.'

마오마오는 리화 비의 친정이 어떻게 돌아가는지 모른다. 하지만 당사자들 사이에서는 복잡한 감정이 오가고 있을 것이다. 그럼에도 불구하고 그것을 뛰어넘을 정도로 강력한 신뢰가 있다면, 세상은 평화로울 수 있다.

'교쿠요 님은 참 복 많은 사람이야.'

시녀장 홍냥은 그럴 목적으로 보내진 인재가 아니며 그저 교쿠요 비를 모시기 위한 시녀로서의 역할에 최선을 다하고 있다. 덕분에 혼기를 놓쳐 버렸으니 언젠가는 교쿠요 비가 좋은 혼처를 알선해 주면 좋을 텐데 말이다.

다른 시녀들도 하나같이 사랑스럽고 아름다운 얼굴을 갖고 있지만, 황제의 총애를 얻으려 하는 등의 당치도 않은 야심은 없다.

그에 비해 여기 있는 리화 비의 시녀로 말하자면….

"이게 어떻게 된 일인가!"

진시가 눈을 가늘게 뜨고 탁자를 내리쳤다. 거기에는 여러 종류의 향유와 향신료들이 놓여 있었다.

좀 전에 환자가 누워 있던 창고에서 발견한 물건들이었다. 그것들 하나하나는 별로 눈에 띄는 물건이 아니지만, 여러 종류를 섞으면 냄새가 독해진다.

그 잔향이 싱이라는 시녀장 주위에서 풍겼다.

예전에는 아무런 향기도 나지 않던 시녀장에게서 말이다.

그래서 다른 시녀들과 다르게 구입한 향유를 하나도 빼앗기지 않을 수 있었던 걸까. 아니면 들키지 않고 교묘하게 잘 감췄던 걸까.

"……."

싱은 입을 다물고 눈을 감은 채 아무 말이 없었다.

'묵비권 행사인가.'

싱의 죄는 금지된 향유와 향신료들을 몰래 숨겨서 갖고 있었던 것, 그리고 그와 동시에 그 재료들을 섞어서 무언가를 만들려 했다는 점이었다.

하녀를 창고에 숨겨 둔 일에 대해서는 죄를 추궁당하지 않으리라.

전염을 막기 위해 큰 방 밖으로 내보내 격리해 둔 일 자체는 적절한 대처다. 후궁에는 의관이 한 명밖에 없기 때문에 하녀의 치료는 한참이나 뒤로 미뤄지게 된다.

'너무 한가한 나머지 환관들이 놀러 와서 차나 마시는 곳이 되어 버렸는데 말이야.'

진료소로 데려가려 해도 그것을 하녀에게 맡길 수는 없다. 여자가 의료 행위를 하는 것을 꺼리는 자들도 있다.

그런 이유 때문에 사람이 죽게 된다면 난처하지만, 어쩔 수 없는 일이다.

그만큼 하녀들의 목숨은 가볍다.

진시도 그 사실을 잘 아는 상태로 증거품을 모으고, 추궁할 수 있는 죄를 최대한 물으려 하고 있다. 하지만 싱이라는 시녀장은 자기는 전혀 모르겠다는 표정으로 시치미를 뚝 뗀 채 서 있기만 했다. 본래 고귀한 혈통을 타고난 탓에, 진시라는 환관이 무슨 말을 하든 신경 안 써도 되는 입장인지도 모른다.

그리고 신기한 것은 리화 비였다. 리화 비는 눈썹만 축 늘어뜨린 채 자신의 시녀장을 가만히 바라보고만 있었다. 수심이 가득한 얼굴이었다.

싱은 고개를 숙이지도 않고 자신에게 질문하는 환관을 똑바로 바라보았다.

'호오, 제법인걸.'

웬만한 궁녀라면 진시가 추궁을 하기만 해도 픽 쓰러져 버릴 것이다. 하지만 이 시녀장에게는 그런 요괴 같은 능력이 통하지 않는 모양이었다.

"무슨 말씀이신지 전혀 모르겠군요. 하기야 하녀를 그곳으로 옮기도록 지시를 내린 건 제가 맞습니다. 하지만 그보다 느닷없이 쳐들어와서 리화 님을 만나게 해 달라고 우긴 끝에, 이 궁의 창고까지 뒤진 일은 문제가 되지 않을까요?"

야무진 말투였다. 하기야 창고에 있던 물건이 싱의 소유품이라는 증거는 없다.

환자가 있는 장소였기 때문에 사람들은 모두 식사를 날라다 주는 일 이외에는 가급적 접촉하지 않으려 했다고들 하지만, 반대로 말하면 누가 들어가도 이상하지 않은 곳이다.

"그럼 그 자리에 있던 하녀에게 물어보면 되겠군."

"열에 들떠 몽롱해져 있던 하녀가 하는 말을 어디까지 신뢰할 수 있을까요?"

"열에 들떠 있었다는 사실은 알고 계시는군요?"

마오마오가 재빨리 끼어들었다.

싱의 안색이 순간 변했다. 쓸데없는 소리를 내뱉었다고 생각한 모양이었다.

"정말 자애로우시네요. 일개 하녀의 용태를 보러 일부러 찾아가시다니."

마오마오는 뻔뻔하게 덧붙였다.

"그렇다면 몸에 향유 냄새가 남아 있어도 이상하진 않겠군요."

마오마오는 탁자 위에 놓여 있던 작은 병을 하나 집어 들었다.

'안 돼, 이 이상 나서는 건 곤란해.'

머릿속으로는 그렇게 생각하고 있어도 몸이 먼저 움직였다. 불쾌해서 견딜 수가 없었다.

자신의 입장 운운하기 이전에 화가 나는 건 어쩔 수가 없다.

"이 향유와 같은 냄새가 납니다. 이 병은 고리짝 속에 고이고 이 들어 있었는데 말이죠. 밖으로 새어 나올 정도로 강렬한 향일까요? 만일을 대비해서 확인해 봐야겠네요."

마오마오는 싱의 소맷자락을 잡으려 했다. 하지만 싱은 마오마오의 손을 쳐 냈다. 그때 손톱이 마오마오의 뺨을 할퀴었다. 길게 뻗은 손톱이었다.

주위가 술렁이는 가운데 마오마오는 엄지손가락으로 자신의 뺨에 난 상처를 훑어서 보았다. 피가 엄청나게 많이 나는 건 아니고 그냥 얇은 피부 한 겹이 벗겨진 정도였다.

"죄송합니다. 저 같은 하찮은 것이 건드려서는 안 될 분이시지요. 다른 분께 조사를 부탁드려야겠군요."

마오마오가 담담히 말하는 가운데 방 안에 있던 모든 사람들의 시선이 싱에게 집중되었다.

싱은 입술이 잔뜩 뒤틀리고, 눈에는 핏발이 서 있었다. 불쾌한 땀 냄새가 풍기고, 동공이 크게 확장되어 있었다.

사람은 긴장하면 땀이 난다. 운동으로 나는 땀과 달리 끈적끈적한 땀이다. 냄새가 독하고, 땀을 흘린 사람도 기분이 불쾌해진다.

눈 역시 마찬가지다. 고양이만큼 요란한 변화는 아니지만 사람 또한 동공 크기가 달라진다. 눈동자의 색소가 옅은 교쿠요 비는 그 점에서 남들보다 감정 변화를 들키기 쉽기 때문에 다른 비들과 함께하는 다과회 자리에서는 눈을 가늘게 뜨고 웃는 경우가 많다.

'조금만 더.'

마오마오가 한 걸음 앞으로 나섰을 때였다.

"그쯤 해 두고, 뒷일은 내게 맡겨 주었으면 좋겠는데."

그 목소리는 자긍심으로 가득하지만 결코 거만하지 않았다.

긴 의자에 앉아 있던 리화 비가 일어섰다. 긴 치맛자락이 바닥을 스치고, 리화 비는 마오마오를 지나 그 앞에 있던 싱에게로 다가갔다.

'으음?'

리화 비가 입고 있는 옷은 교쿠요 비가 최근 입는 옷과 모양새가 비슷했다. 대상이 왔을 때 산 옷이라고 생각하면 별로 문제는 없겠지만….

"이자의 죄목은 어떻게 되지요?"

"리화 님…."

싱이 중얼거렸다. 그 눈에는 다양한 감정들이 깃들어 있는 듯했지만, 어째서인지 자비를 구하는 시선은 느껴지지 않았다.

"만일 낙태약을 만들려 했다면 황제 폐하의 아이를 죽이려 한 일과 같습니다."

진시는 그 뒤로는 말을 더 이을 필요도 없다는 듯 눈을 감았다.

"그렇군요. 그것은 어느 비나 다 마찬가지인가요?"

"상급 비든 하급 비든 똑같습니다."

리화 비는 눈을 내리깔고 싱을 바라보았다.

'그러고 보니….'

'배梨'에 '살구杏'. 마치 일부러 한 쌍으로 맞춘 듯한 이름이었다.

문득 마오마오는 생각했다.

이 싱이라는 시녀장은 머리가 나쁜 것 같지는 않다. 하지만 세상에는 머리가 좋아도 어리석은 사람이 수도 없이 많다.

그 대부분은 감정에 지배당해 실수를 범하고 만다.

마오마오는 싱 또한 그런 사람들 중 하나라고 생각했다.

그리고 그 결론을 내린 것은 리화 비였다.

"설령 이자가 노린 것이 나 하나라고 해도?"

"비전하! 그 말씀은!"

진시가 몸을 내밀었다.

가오슌도 눈을 커다랗게 떴다.

리화 비의 한마디에 마오마오는 겨우 납득이 되었다. 내내 이상하다고 생각했다. 리화 비는 비로서의 재능이 충분하다. 그런데 멀쩡한 시녀를 통 곁에 두질 못했다. 더 훌륭한 인재들을 충분히 모을 수 있었을 텐데도.

그러나 그것은 리화 비 자신의 탓이 아니었다.

그런 자들만 긁어모아서 만든 것이 바로 현재 수정궁의 시녀 집단이며, 그런 자들을 긁어모으던 것이 바로 시녀장 싱이었던 것이다.

예전에 독이 든 백분 사건이 벌어졌을 때는 시녀 한 명만 해고 처분을 받았다. 하지만 그 위에 있던 자들은 태평하게 계속 일하고 있다.

그리고 이 시녀장에 대해 리화 비는….

"싱, 너는 한 번도 나를 '비' 취급해 주지 않았지. 내가 국모에 어울리지 않는다고 생각했던 거야?"

리화 비의 말에 마오마오는 납득했다. 생각해 보면 싱은 단 한 번도 리화 비를 '비'라고 부른 적이 없었다.

"하긴. 너와 나 둘 중 누가 비가 될지는 끝까지 몰랐으니까."

리화 비의 목소리가 슬프게 울렸다.

리화 비는 싱에게 정이 있었다. 하지만 싱은 어땠을까. 싱은 입술을 깨문 채 원망이 깃든 눈으로 리화 비를 쳐다보고만 있을 뿐이었다.

"…뭐가 그렇게 잘났기에 사람을 아랫것 취급하는 거야?"

시녀장의 입에서 경멸 섞인 목소리가 흘러나왔다.

"난 너의 그런 점이 옛날부터 정말 싫었어. 공부도 내가 너 잘했는데. 그 외에도 내가 너보다 나은 점이 훨씬 많았는데, 그런데 주위 사람들은 전부…."

'가슴 크기가….'

마오마오는 그런 생각을 한 스스로가 부끄러워졌다. 싱도 크기로 말하면 웬만큼 크다. 아니, 지금은 그런 얘기를 할 때가 아니다.

그릇의 크기가 너무나도 달랐다.

"당주의 딸이라서? 그래서 내가 너보다 아래라는 거야? 그럴 리 없어. 난 아주 오래전부터 국모가 되기 위해 키워졌는데."

싱은 늑대처럼 송곳니를 드러내고 있었다. 언제 덤벼들어 물어뜯어도 이상하지 않다고 생각한 마오마오가 재빨리 리화 비 앞을 막아서려 했으나, 이미 가오슌과 진시가 둘 사이에 끼어들었다.

"그것은 자백이라고 생각해도 되겠지?"

진시의 물음에, 싱은 탁자 위에 놓여 있던 향유 병을 집어 들고 리화 비를 향해 내던졌다. 가오슌이 손으로 받아친 덕분에 작은 병은 바닥에 떨어져 깨졌다.

"석녀가 되어 화원에서 비참하게 시들어 죽어 버려라!"

마치 저주 같은 말을 내뱉는 싱의 양손을 가오슌이 붙잡고 제압했다.

"환관 따위가 나를 건드리다니! 이 더러운 것!"

싱은 날뛰었으나 아무리 환관이라 해도 남자의 힘을 이길 수는 없었다. 고귀한 그 입에서는 더러운 욕설이 끝없이 튀어나왔다.

'꼭 이런 사람이 하나씩 있다니깐.'

마오마오는 한바탕 욕설을 퍼붓고 숨을 고르고 있는 싱 앞에 서서 싱긋 웃었다.

"넌 뭐야!"

"아뇨, 아무것도. 그냥 싱 님께서는 황제 폐하를 어지간히도 흠모하고 계셨는가 보다 하고요."

"그건 당연하잖아! 무슨 뜬금없는 소리야!"

"아뇨, 제 눈에는 국모라는 자리를 사랑하는 걸로 보였거든요. 리화 비전하와는 다르게."

마오마오는 다시 한번 이를 드러내며 씩 웃었다. 싱은 넋이 나가서 입만 딱 벌렸다.

리화 비에게는 있고 싱에게는 없는 것.

그것이 무엇인지는 명백했다.

"싱, 넌 그런 식으로 생각하고 있었던 거야?"

리화 비는 눈가를 파르르 떨면서도 늠름한 태도로 물었다.

그리고 싱 앞에 다가가서는 손을 크게 치켜들고, 세차게 따귀를 때렸다.

'뭐, 저 정도로 화가 나는 것도 당연하지.'

마오마오가 그렇게 생각하고 있는데 리화 비는 마오마오의 예상을 뛰어넘는 말을 내뱉었다.

"진시 님, 나는 이 시녀장을 해고하도록 하겠어요. 자기 주인에게 폭언을 내뱉었으니 어쩔 수 없죠. 내가 못 참고 손찌검을 했을 정도로."

진시는 놀라서 입을 벌렸다.

"하지만, 비전하….."

"따귀 한 대로는 부족하다는 말이군요."

리화 비는 뺨을 얻어맞고 넋이 나간 싱의 멱살을 잡고 이번에는 주먹을 부르쥐었다.

진시와 가오슌이 다급히 끼어들어 말렸다. 마오마오는 저도 모르게 혼자 웃음을 터뜨리고 말았다.

'제법이잖아.'

리화 비는 더 이상 옛날의 리화 비가 아니다. 자신의 생명이 깎여 나가는 것을 가만히 바라보고만 있던, 힘없고 연약한 여성이 아니었다.

"이자를 해고하겠습니다. 그리고 앞으로 후궁 출입을 불허해 주세요."

리화 비는 늠름하게 말했다.

설령 국모가 된다 해도 싱이 사랑하는 것은 국가의 백성들이 아니라, 그 자리에 앉아 있다는 자기 자신의 입장뿐일 것이다. 권리만을 추구하고 의무를 다하려 하지 않는 국모는 나라에 필요치 않다.

싱은 그저 맞았다는 사실에 놀라 멍하니 있기만 할 뿐이었다.

그게 얼마나 온정을 베푼 일인지 이 여자가 과연 알기나 할까. 오히려 원한을 품지는 않을까.

'아니, 뭐 아무래도 상관없나.'

아무리 혈통이 고귀하다 해도, 추문 때문에 쫓겨난 여자가 비 자리를 얻어 후궁으로 돌아올 수 있을 리가 없다.

마오마오 눈에는 그것이 매우 가벼운 처분으로 여겨졌지만 자존심만 강한 사람이 그런 대우를 받게 되면 얼마나 굴욕적으로 느낄지도 사실 충분히 상상할 수 있었다.

"하나 물어봐도 되나?"

"뭐죠?"

진시가 수정궁 복도를 걸으며 말했다. 시선 너머에는 하녀가

갇혀 있던 창고가 있었다.

"아무리 수정궁에서 지낸 적이 있다 해도 환자가 어디 있는지는 금방 알아낼 수 없었을 텐데. 여러 번 들락거려도 이상하지 않도록 일부러 변장까지 한 것 아닌가?"

그렇다. 굳이 그런 차림새를 한 이유는 수정궁에서 마오마오의 얼굴이 너무 잘 알려져 있으므로 눈에 띄지 않기 위함이었다. 하녀가 있는 곳을 한 번에 알아내지 못할 가능성도 있었기 때문에 최대한 들키지 않도록 애썼다. 의관을 따라온 궁녀였기 때문에 아무래도 주목을 받을 수밖에 없었지만, 그래도 마오마오 본인의 원래 모습보다는 훨씬 나을 거라고 판단했다.

수정궁 하녀들은 입이 무거웠다. 아마 윗사람인 시녀들이 단단히 입막음을 해 놓았을 것이다. 리화 비의 눈이 닿지 않는 곳에서 무섭게 혼이 났을지도 모른다.

"금방 찾았습니다."

마오마오는 이미 환자가 있을 만한 장소를 골라 놓았었다. 하녀들이 자는 곳에서는 조금 떨어진 장소, 또는 눈에 띄지 않는 장소에 놓아둘 가능성이 있을 거라고 생각했다.

수정궁에서 지내면서 마오마오는 몸이 안 좋은 하녀가 있으면 다른 사람들에게 병을 옮기지 않도록 침상을 옮기라는 지시가 내려지는 모습을 보았기 때문이다. 그러기 위한 전용 장소역시 궁 안에 있었다.

'하지만 설마 창고일 거라고는….'

싱이 풍기던 냄새 때문에 묘한 느낌을 받긴 했지만, 설마 그런 상황이 되어 있으리라고는 상상도 하지 못했다. 마오마오가 창고를 발견한 건 우연이었다.

"저겁니다."

마오마오가 가리키는 방향에는 꽃이 피어 있었다. 분꽃이었다. 새로 심은 지 얼마 안 되었는지 지면의 흙 색깔이 달랐다. 정원사가 한 일이라고 하기에는 너무나 어설픈 상태였다. 위치는 창고 바로 옆이었다.

분꽃은 검은 씨앗을 품고 있는데, 그 속에는 화장용 백분으로 사용할 수 있는 하얀 가루가 꽉 차 있다.

"저게 뭐 어쨌다는 거지?"

"풍수로 볼 때 녹색이 건강에 좋다고 하죠. 흰색과 조합하면 좋다는 이야기를 들은 적이 있습니다."

피어 있는 꽃들은 하나같이 하얀색이었다. 분꽃이라면 대부분 붉은색일 텐데 말이다. 일부러 하얀 꽃이 피는 품종만 골라서 심어 놓았다는 사실을 알 수 있었다.

분명 수정궁에는 원래 없었던 꽃일 터였다. 누가 심어 놓았는지는 모른다. 하지만 환자를 걱정하는 마음에 심어 놓은 게 분명했다. 그런 사람이 있다는 사실을 안 마오마오는 왠지 모르게 마음이 놓였다.

'그나저나 분꽃이라니….'

환자와 함께 발견된 물건을 떠올린 마오마오는 참 역설적인 일이라고 생각했다. 그리고 커다란 한숨을 내쉬다가 문득 누군가의 시선을 느꼈다.

뒤를 돌아보니 기둥에 몸을 반쯤 숨긴 채 이쪽을 쳐다보고 있는 누군가가 있었다.

"왜 그러지?"

진시가 멈춰 선 마오마오를 쳐다보았다.

기둥에 숨어 있던 자가 갑자기 무척이나 멋쩍은 표정을 지었다.

"진시 님, 먼저 가 계십시오."

"왜지?"

"지장을 주게 됩니다."

마오마오가 딱 잘라 말하자 진시는 다소 뾰로통한 표정을 지었다. 하지만 가오슌이 마치 소를 달래듯 토닥거렸다.

분위기 파악을 잘하는 사람이 있다는 건 참 중요하다고 생각하며 마오마오는 감사의 마음을 담아 가오슌을 향해 두 손을 모았다.

"왜 그러시죠?"

마오마오는 기둥 뒤에 숨어 있던 소녀를 돌아보았다. 소녀는 마오마오보다 연상인 듯하긴 했지만 어딘가 모르게 겁을 먹은 눈치였다. 그것은 상대가 마오마오이기 때문일까, 아니면 다른 모든 사람들에게 다 그러는 걸까.

"아, 저어. 거기 있던 애 말인데요."

소녀의 손에는 새로운 흰 꽃이 들려 있었다. 녹색과 흰색. 뚜렷한 빛깔이었다. 말투가 어설프고 겁에 질려 있긴 했지만 심성은 착해 보였다.

"이젠 없어요. 후궁을 나가게 되었지만, 지금보다는 나은 환경에서 치료를 받을 수 있을 거예요."

리화 비가 자신에게도 책임이 있다며 치료비와 당분간의 생활비를 대 주겠다고 제안한 덕분이었다.

"…나가 버렸군요."

소녀는 고개를 숙였으나, 한편으로는 안심한 듯 보이기도 했다.

소녀는 촉촉해진 눈을 감추려는 듯 얼굴을 문지르며 마오마오를 향해 고개를 꾸벅하고는 원래 하던 일로 돌아갔다.

소녀가 사라진 자리에는 작고 하얀 꽃잎만이 남아 있었다.

약사의 혼잣말

1 2 화 ⋮ 선택의 사당

옛날 이 나라에는 다른 민족이 살고 있었다.

그 민족은 따로 수장을 뽑지 않았으나, 먼 땅에서 온 고귀한 혈통의 여성이 이 땅에 자리를 잡고 그 배에 하늘의 아이를 배었다. 그것이 이 나라 최초의 황제라고 한다.

여성은 왕모王母라 불렸고, 신선이 되었다고 전해진다. 달 없는 밤에도 어둠 속을 꿰뚫어 볼 수 있는 눈을 가진 왕모는 그 눈으로 백성들을 다스렸다.

늙은 환관이 차분하고 부드러운 목소리로 책을 읽고 있었다. 학생들 중 절반 정도는 그 목소리를 열심히 듣고 있었고, 나머지 반은 자고 있거나 졸음이 오는 것을 간신히 버티고 있거나 둘 중 하나였다.

졸린 건 어쩔 수 없는 일이라고 마오마오는 하품을 꾹 참으며 생각했다. 복도에서 보니 학생 수는 스무 명 정도 되었다. 이것은 과연 적은 수인가 많은 수인가. 마오마오가 보기에는 대략 이 정도쯤 되면 괜찮은 것 같았지만, 그에 반해 옆에 있는 환관은 다소 아쉬워하는 눈치였다.

"진시 님, 얼굴이 다 보입니다."

마오마오는 창 안으로 몸을 밀어 넣을 뻔한 진시에게 말했다. 애써 진지하게 면학에 임하고 있는데 이런 생물이 들여다보고 있다는 사실을 알게 되면 학생들도 공부가 안 될 것이다.

"처음에는 열 명 정도였는데 조금 늘었다고 합니다."

가오슌이 달래듯 말했다.

이곳은 진시를 주체로 하여 세워진 후궁 내 교습소였다. 사실은 '어쩌고 학습소' 등의 그럴듯한 간판을 달고 싶었던 모양이지만, 그렇게 일을 키우면 괜히 일이 번거로워질 거라고 예전에 마오마오가 말했기 때문에 이렇게 간소하게 운영하고 있었다.

북측에 있던 건물들 중 비교적 멀쩡한 축에 드는 건물을 골라 개축했다고 한다. 지난번에 이국의 특사가 왔을 때 이 건물을 이용한 적이 있었기 때문에 상당히 깔끔한 환경이 될 수 있었다.

학생들 중에는 샤오란도 있었다. 샤오란은 졸린 듯 눈을 비비면서 교본과 교사를 열심히 번갈아 쳐다보고 있었다.

샤오란은 최근 일상적인 말들을 어느 정도 익히고, 이제는 간단한 이야기를 읽을 수 있는 단계에 도달했다. 방금 교사가 읽고 있던 것은 이 나라의 건국 이야기이며 누구나가 한 번쯤은 들어 본 적 있는 옛날이야기였다.

마오마오는 이제 와서 그런 걸 배울 생각은 없지만, 진시가 교습소가 어떻게 돌아가고 있는지 같이 보러 가지 않겠느냐고 불렀기에 그에 응하여 이곳에 오게 되었다. 사실 관심이 없다는 것은 거짓말이다. 샤오란을 비롯하여 낯익은 궁녀들도 드문드문 보였다. 만일 진시의 계획이 성공한다면 앞으로 후궁의 모습은 크게 바뀌게 될 것이었다.

"진시 님, 시간이 되었습니다."

늘 옆에 붙어 있는 종자가 말하자, 바쁜 환관은 내키지 않는 표정으로 창에서 시선을 뗐다. 어떻게 돌아가고 있는지 조금 더 지켜보고 싶은 눈치였지만 진시에게는 그 외에도 할 일이 많았다.

"너는 어떻게 하겠느냐?"

"저는 조금 더 지켜보다 가도 될까요?"

"알았다. 그럼 신경 쓰이는 점이 있으면 나중에 보고하도록 해."

마오마오는 천천히 고개를 숙였다.

수업이 끝나자 환관들이 나타나 구운 과자를 학생들에게 나누어 주었다. 학생들은 모두 눈을 반짝반짝 빛냈다.

마오마오는 그 속에 있는 샤오란을 찾아 다가갔다.

"하오하오."

입 안에 과자가 가득한 바람에 발음이 불분명했다. 저러다 아무래도 과자가 목에 걸릴 것 같았기에 마오마오는 환관에게 물을 좀 가져다 달라고 부탁했다. 물을 받아서 돌아와 보니, 예상대로 샤오란은 가슴을 콩콩 두들기고 있었다.

책상 위에는 교본과 모래 상자가 놓여 있었다. 교본은 배부받았지만 종이와 붓은 소모품이기 때문에 받은 것은 금방 다 써 버리게 된다. 그래서 학생들은 종이 대신 모래 위에 글자를 쓰며 공부하고 있었다.

지저분해진 샤오란의 검지에서는 열심히 공부하고자 하는 기개가 엿보였다. 중간에 졸려서 어쩔 줄 몰라 하던 모습은 뭐, 못 본 척해 주자.

마오마오가 건넨 물을 벌컥벌컥 마신 샤오란은 푸하, 하고 숨을 내쉬었다.

"공부 많이 했어?"

"헤헤헤, 아직 멀었어. 이따가 선생님한테 이거 여쭤 보려고."

샤오란은 책장을 펼쳐서 보여 주었다.

아까 교사가 읽었던 부분보다 몇 장 뒤에 있는 내용이었다.

"난 머리가 나빠서 미리미리 공부해 두지 않으면 아마 쫓아가기 힘들 거야."

샤오란은 그렇게 말한 뒤 남은 과자를 입에 전부 넣고 우물우물 먹은 뒤 물을 마셔서 흘려 넣었다.

마오마오는 큰 이유 없이 그냥 샤오란을 따라가기로 했다.

교실로 사용되는 방을 나선 두 사람은 구름다리를 건너갔다. 옆 건물에는 교사가 사용하는 방이 있다고 했다. 밖에는 야간 연회 때 무대로 이용했던 연못이 보이고, 그 너머에 오래된 사당이 있었다. 후궁이 생기기 전부터 있었다는 그 사당은 마오마오가 알던 사당과 구조가 약간 달라 보였다. 남북으로 유난히 길게 뻗어 있는 구조였다.

다른 건물에 비해 상태가 좋은 걸 보니 정기적으로 관리되고 있는 장소인 듯했다.

'아직도 뭔가를 모시고 있는지도 모르겠네.'

흘끔흘끔 사당을 곁눈질하며 걸어가자 교사가 있는 방이 금세 나왔다.

"죄송합니다아~ 실례할게요~"

말꼬리를 길게 끄는 샤오란의 인사법은 사실 그리 바람직한 말투는 아니었으나 나이 든 환관은 생글생글 웃으며 두 사람을 맞이해 주었다. 샤오란의 친화력에는 정말이지 혀를 내두를 수밖에 없다. 늙은 환관은 마치 손녀라도 대하듯 다정한 태도로 샤오란에게 글을 가르쳐 주었다.

"거기 아가씨는 처음 보는 얼굴이구먼."

"저는 그냥 따라온 거예요."

"그래. 그럼 그 의자에 앉아서 좀 기다리렴."

늙은 환관이 눈을 가늘게 뜨며 말했다.

마오마오는 시키는 대로 얌전히 의자에 앉았다. 창밖으로 아까 그 사당이 보였다. 사당은 기둥 사이 간격이 좁고, 안에는 방이 촘촘하게 들어차 있는 모양이었다.

"저 사당이 궁금하니?"

늙은 환관이 마오마오에게 물었다.

"네, 조금. 건물 구조가 신기해서요."

한번 마음에 걸리기 시작하면 자꾸만 그쪽으로 신경이 쏠리는 게 마오마오의 성격이다. 아마 저도 모르는 사이 뚫어져라 쳐다보고 있었던 듯했다.

"저건 원래 이 땅에 살던 민족이 지어 놓은 사당이란다. 왕모님께서는 이 땅을 다스리실 때 백성들이 갖고 있던 신앙을 박해하지 않으셨지. 오히려 그것을 잘 이용해서 자신에게 신앙을 갖도록 만드셨단다."

왕모란 늙은 환관이 아까 수업에서 읽었던 건국 이야기에 나오는 여성을 말하며, 초대 황제의 어머니라고 불리는 분이다. 왕모에 대해서는 다양한 설이 있는데 망국의 생존자, 또는 선계에서 내려온 여선女仙이라는 것이 일반적인 견해다.

"이 땅을 다스리는 자는 반드시 저 사당을 통과해야만 하지. 그리고 올바른 길을 선택한 자만이 이 땅의 수장이 될 수 있어. 왕모님은 초대 황제 폐하께 그렇게 가르치셨단다."

그리고 왕모의 아들인 초대 황제는 거기에 합격하여 이 땅을 다스릴 수 있게 되었다.

"그랬군요."

"그래. 사실 이 땅으로 천도한 것도 저 사당이 있었기 때문이야."

늙은 환관은 다소 그리운 듯한 표정을 지으며 눈을 가늘게 떴다.

"하지만 벌써 사용되지 않은 지 몇 십 년이나 됐고, 앞으로도 사용될지 어떨지는 모르는 곳이지."

"…그게 무슨 말씀이신가요?"

"아, 그게 말이다."

늙은 환관은 샤오란의 손에 붓을 쥐어 주며 말했다. 자기 붓을 빌려주다니 정말이지 인심 후한 사람이다. 샤오란은 마음먹은 대로 붓을 쥘 수가 없어 얼굴을 찡그렸다. 이쪽 이야기에는 큰 관심이 없는 눈치였다.

"선대 주상의 형님 되시는 분들은 하나같이 돌림병으로 돌아가셨지. 그뿐만이 아니라 많은 사내아이들이 죽고, 주상을 제외하면 황위 계승권자가 하나도 남지 않게 되었어."

막내였던 선대 황제가 황위를 계승한 이유는 거기에 있다. 옛날부터 그 주위에는 혹시 여제가 손을 쓴 게 아닐까 하는 무시무시한 소문이 떠돌았다.

늙은 환관의 말투에서는 어딘가 모르게 황족에 대한 무례한 태도가 느껴졌다. 하지만 거기에서 적개심은 느껴지지 않았고, 굳이 따지자면 외골수 기질의 직공이나 연구자를 연상시켰다. 그저 담담하게 사실을 늘어놓고 있다는 인상이었다.

샤오란이 먹물이 든 항아리에 붓을 첨벙 담그는 바람에, 먹이 튀어 뺨에 동그란 무늬가 생겨났다.

일종의 통과 의례라고 생각하면 그리 드문 일도 아니긴 하지만 마오마오는 그것이 묘하게 마음에 걸려, 사당을 물끄러미 쳐다보았다.

늙은 환관은 그 모습을 보고 인상적이라고 느꼈는지 마오마오를 바라보았다.

"거참, 저기에 관심을 가져 주다니 정말 기쁘구나. 여기엔 좀처럼 그런 이야기에 흥미를 느끼는 사람이 없어서 말이야. 굉장히 오랜만이구나."

늙은 환관은 그렇게 말하며 밖을 바라보았다.

"옛날에는 저 사당에 관심을 갖고 있던 다른 분이 계셨다는 말인가요?"

"그래. 옛날에 여기 있던 의관 하나가 아주 괴짜였는데, 틈만 나면 온 후궁 안을 어슬렁어슬렁 돌아다니곤 했지. 마치 지금의 너 같은 얼굴로 그렇게 저 사당을 쳐다봤었어."

그 말을 들은 마오마오는 너무나도 쉽게 어떤 인물을 떠올릴 수 있었다.

"…그건 혹시 뤄먼이라는 의관 아니었나요?"

"아는 사람이니?"

늙은 환관이 눈을 동그랗게 떴다.

아버지 뤄먼은 얼핏 보기에는 상식적인 사람 같지만 사실 그렇지도 않다. 상식적인 사람이었다면 후궁 안에 자기 마음대로 이런저런 약초를 심어 놓지도 않았을 것이다.

'무심코 말해 버렸네.'

일단은 죄인으로서 추방당한 사람이니, 함부로 그 이름을 내뱉어서는 안 되는 거였는지도 모른다. 하지만 늙은 환관의 태도에서는 딱히 뤄먼에 대한 혐오감 같은 것은 느껴지지 않았다. 마오마오는 솔직하게 뤄먼이 자신의 가족이라는 것, 그리고 지금은 약방을 하면서 근근이 생계를 꾸려 나가고 있다는 사실을 말해 주었다.

늙은 환관은 감개무량한 표정으로 마오마오를 바라보았다. 샤오란은 어설프게나마 자기 힘으로 쓴 글씨를 뚫어져라 쳐다보고 있었다.

"그렇구나. 뭐먼이⋯."

늙은 환관은 감상에 젖은 표정으로 중얼거렸다. 아버지와 사이가 좋았던 걸까. 마오마오는 그 질문을 던지고 싶다는 충동에 휘말렸지만, 슬슬 돌아갈 시간이 되었다는 사실을 깨달았다. 어설픈 글씨가 적힌 종이를 곱게 접어 품 안에 소중히 간직한 샤오란과 함께 마오마오는 교습소를 뒤로했다.

그 이틀 후, 황제가 비취궁을 찾아왔다. 평소와 다름없이 독시식을 하고 방을 나서려는데 뒤에서 황제가 마오마오를 불렀다.

"무슨 일이신가요?"

황제가 마오마오를 직접 부를 만한 일이라면 그림 두루마리 교본 일일까. 안타깝게도 검열을 통과한 것밖에 찍어 낼 수 없기 때문에, 지금은 주상께 그리 쉽게 드릴 수도 없다. 그 사실은 진시가 황제에게 이미 말했을 텐데.

"지금부터 선택의 사당에 들어가려 한다. 너도 따라오너라."

'뭐?'

저도 모르게 입 밖으로 목소리가 튀어나오려 했으나 마오마오는 손바닥으로 간신히 입을 틀어막았다.

도대체 어떻게 된 일일까.

짙은 어둠 속, 일행은 사방등 불빛만을 의지하여 후궁 북측으로 이동했다. 황제 외에는 늘 호위로 따라오는 환관 두 명, 그리고 진시와 가오슌이 와 있었다. 진시 또한 느닷없이 불려 온 듯 다소 의아한 표정이었다.

'도대체 뭘 하시려는 거지?'

인기척이 드문 북측은 밤이 되면 한층 더 고요해진다. 풀숲과 나무 뒤에서 불건전한 사랑을 나누는 자가 없다는 사실에 마오마오는 안심했다.

사당에 도달하자 이미 대기하고 있던 인물이 있었다. 낮에 만났던 늙은 환관이었다.

"기다리고 있었사옵니다."

늙은 환관은 공손하게 고개를 숙였다. 황제는 자랑거리인 수염을 쓰다듬으며 고개를 끄덕였다.

"짐이 다시 한번 이곳을 통과해도 되겠느냐?"

"몇 번을 오셔도 결과가 똑같을지도 모르옵니다."

늙은 환관이 어쩐지 묘하게 도발하는 말투로 말하는 바람에 마오마오는 조마조마해졌다. 황제는 수염만 쓰다듬을 뿐 별로 화가 난 기색은 없었으나, 가오슌을 비롯한 다른 환관들은 노골적으로 불쾌한 표정을 지었다. 진시만은 사당을 빤히 쳐다보며 무언가 생각에 잠겨 있는 모양이었다.

늙은 환관은 사당 문을 열고 황제를 안으로 들였다.

"누구를 대동하고 가시겠습니까?"

늙은 환관이 야유하듯 묻자,

"그럼 이 두 사람으로 하지."

황제는 진시와 마오마오를 번갈아 보며 심술궂은 미소를 지었다.

'도대체 의도가 뭐지?'

마오마오는 의심스런 눈을 한 채 사당 안으로 들어갔다.

진시라면 그래도 이해가 된다. 제사를 지내는 일도 하는 사람이니 이런 장소에는 익숙할 것이다. 하지만 마오마오 자신이 따라온 의미는 도무지 알 수가 없었다.

"여자는 출입이 금지된 구역이 아닌가요?"

마오마오가 나직이 묻자 늙은 환관은 싱긋 웃었다.

"왕모도 여제도 모두 여성입니다."

"……."

마오마오는 고개를 숙이고 안으로 들어갔다.

사당 입구에 들어서니 눈앞에는 넓은 공간이 펼쳐졌다. 각기 다른 세 가지 색의 문이 있고, 그 위에는 간판 같은 무언가가 붙어 있었다.

「붉은 문을 지나가서는 안 되느니라.」

마오마오는 눈을 가늘게 떴다. 세 개의 문은 각각 파랑, 빨강, 녹색이었다. 꼼꼼히 관리를 하고 있는지 문의 색깔은 선명했다.

"어느 문을 고르시겠습니까?"

늙은 환관이 턱을 어루만지며 물었다. 황제는 뒷목을 긁으며 파란 문으로 향했다.

"지난번에는 녹색을 골랐으니."

"그러셨지요."

모두 함께 파란 문 안으로 들어갔다. 그러자 좁은 복도가 나왔고, 그곳을 통과하여 다음 방으로 들어가니 또다시 세 개의 문과 간판이 나타났다.

마오마오는 고개를 갸웃거리며 일단 간판을 확인했다.

「검은 문을 지나가서는 안 되느니라.」

이번에는 빨강, 검정, 하양의 문들이 늘어서 있었다. 전부 색을 새로 칠한 듯했다. 다른 벽과 기둥은 전부 낡아서 빛이 바래 있는데, 문만 색칠을 새로 한 모양이었다.

"매번 관리하느라 얼마나 힘이 드는지 모릅니다. 더는 안 쓰겠지, 하고 생각하면 느닷없이 찾아오는 분이 나타나시니까요."

문을 새로 색칠한 장본인이 바로 이 늙은 환관이었던가 보다. 환관은 일부러 그러는 것처럼 자기 어깨를 툭툭 두드렸다.

황제는 수염을 쓰다듬으며 이번에는 붉은 문을 열었다.

그러자 또다시 복도가 나오고, 다음 방이 등장했다. 또 세 개의 문이 있고, 마찬가지로 간판이 걸려 있었다.

그것이 몇 번 반복되었는지 모른다. 밀폐되어 있던 실내는 바람이 통하지 않아 무척 더웠다.

사당 안의 구조는 상당히 복잡했다. 뒤로 돌아가기도 하고, 때때로 계단을 올라가는 일도 있었기에 방향 감각이 이상해질 것 같았다. 중간에 다른 방문이 나와서 길이 합쳐지기도 했다.

'빨리 좀 끝났으면 좋겠네.'

그런 마오마오의 심정을 아는지 모르는지, 함께 따라온 진시는 묘하게 진지한 표정으로 간판을 물끄러미 바라보고 있었다.

「파란 문을 지나가서는 안 되느니라.」

파랑, 보라, 노랑의 문들이 보였다. 황제는 노란색 문을 골랐다.

"이것이 마지막 문인 모양이군."

삐걱 소리와 함께 문이 열리자 그 너머에는 문이 하나밖에 없었다. 하지만 간판에는 질문 대신 이런 말이 쓰여 있었다.

「왕의 아이로다. 그러나 왕모의 아이는 아니로다.」

의미를 알 수가 없었으나, 그것은 명백한 거절의 뜻을 표하고 있었다.

"전에 왔을 때와 똑같은 결과로군."

황제는 수염으로 쓴웃음을 감추고 있는 눈치였다.

진시는 그런 황제를 빤히 쳐다보았다.

"짐은 결코 하늘의 뜻을 알 수 없다는 말인가?"

"무슨 말씀이시옵니까? 후궁 안 깊은 곳에 이 사당을 밀어 넣게 되면서, 이곳을 관리하는 자도 저 하나밖에 남지 않게 되었사옵니다. 하늘의 뜻이고 뭐고, 그런 것이 있을 리가 없지요."

늙은 환관은 소맷자락 속에 손을 집어넣고 고개를 숙였다. 그 모습에서는 환관이 되었어도 결코 흔들리지 않는 긍지 같은 것이 느껴졌다.

아마 늙은 환관은 쭉 이 사당을 관리하고 있었을 것이다. 그러나 후궁이 세워지게 되자 이곳에 남아 사당을 계속 지키기 위해 거세까지 당했던 게 아닐까.

황제는 모든 간판의 지시를 따라 문을 선택했다. 그 속에 뭔가 다른 의도가 숨어 있었다는 말일까.

늙은 환관은 문을 열었다.

"자, 돌아가시는 길은 이쪽이옵니다."

마오마오 일행도 석연치 않은 기분으로 사당을 나섰다.

도대체 어떤 조건이 황제를 부정하고 있는 걸까. 마오마오는 손가락을 꼽아 가며 방이 몇 개 있었고, 황제가 어떤 문을 골랐는지를 떠올려 보았다. 그리고 땅바닥에 주저앉아 자신의 머리에 떠오르는 대로 세 개의 문이 각각 어떤 조합이었는지를 나뭇가지로 써 나갔다. 황제 앞에서 이런 행동은 실례되는 일이라는 사실을 알면서도 자신은 견디지 못하고 결국 하고 있었다.

늙은 환관이 그 모습을 보고 허리를 숙였다.

"분명 뭐먼이라면 알았겠지."

'아버지라면 알 수 있다고?'

그게 무슨 뜻일까. 아버지에게 물어보면 알 수 있다는 말일까?

커다란 조언을 얻은 것까지는 좋았지만, 한편으로 마오마오는 입을 삐죽거렸다. 네 아버지는 보면 알지만 너는 아직 모른다는 말을 들은 기분이었다. 하기야 아버지는 대단한 사람이다. 하지만 자신이 이렇게 얕보이다니, 그 부분은 납득할 수 없었다.

즉, 마오마오는 울컥했다는 이야기다.

"저희 아버지라면 알아냈을 거라고요?"

"글쎄, 어떨까."

늙은 환관은 시치미를 뚝 뗐다.

아버지는 알 수 있다. 그렇다면 아버지의 지식 중 무언가가 그 이유가 된다는 뜻일까. 아버지의 지식은 매우 폭이 넓으며, 특히 의술에 대해서는 발군의 지식을 가지고 있다. 그것과 관계되는 일일까.

황제와 진시가 마오마오를 주목했다. 등골에 오싹 소름이 돋았다.

'제발 이러지 마.'

아무리 그런 눈으로 쳐다본다 한들 마오마오는 아버지가 아니니 정답을 쉽게 끌어낼 수가 없다. 하지만 마오마오는 그 점이 답답했다. 그리고 자꾸만 생각날 듯 말 듯 하는 무언가가 머릿속에 걸려 있었다.

'세 개의 문, 세 가지 색.'

그리고 또 뭐가 있다는 걸까.

"짐이 왕모의 아이가 아니라는 말이 무슨 의미인지 알겠느냐?"

'왕모의 아이?'

그러고 보니 건국 이야기 맨 처음에 나오는 등장인물은 초대 황제의 모친이다. 부친에 대한 묘사는 없다. 그렇다면 보통 모계 쪽 혈통을 중시하게 된다. 하지만 이 나라의 왕위는 아들이 세습하고 있다. 즉, 부계 혈통이 중시되고 있다는 뜻이다.

마오마오는 마지막 간판에 적혀 있던 말을 다시 한번 떠올렸다.

「왕의 아이로다. 그러나 왕모의 아이는 아니로다.」

거기에 무슨 큰 의미가 숨겨져 있는 게 아닐까.

'왕의 아이, 그건 혹시 부계 쪽 혈통이라는 말일까?'

남자아이라면 누구나 아버지에게서 남자가 되는 인자를 물려받는다고들 한다. 모계 혈통이라면 여자아이들이 어머니에게서 여자가 되는 인자를 물려받는다는 말이 된다.

지금까지 황위는 쭉 직계 혈통의 남자가 물려받아 왔다. 도중 여자 황제가 즉위하는 일도 있긴 했지만, 그 계통이 후손까지 쭉 이어지는 일은 없었을 터였다.

그렇다면 왕모의 혈통을 남기려면 어떻게 해야 할까.

문득 마오마오는 선제 이야기를 떠올렸다. 선제는 막내지만, 형들이 모두 돌림병으로 젊은 나이에 죽었기 때문에 황위에 올랐다고 했다.

선제만 살아남고 다른 형제들은 다 죽어 버린 탓에 혹시 여제가 암살한 게 아닌가 하는 소문도 떠돌았다.

'아니, 어쩌면 그건….'

마오마오는 늙은 환관, 황제, 진시를 쭉 둘러본 뒤 진시 앞에 가서 섰다.

"진시 님. 선대 폐하의 형제분들은 모두 동복 형제이셨나요?"

느닷없는 질문에 진시는 고개를 갸웃거렸으나, 숨도 돌리지 않고 바로 대답해 주었다.

"모두 동복은 아니지만 황자를 낳은 모친들이 전부 자매였다는 이야기는 들은 적 있다. 선선대 폐하의 사촌 자매였다고 하던데."

"즉, 혈통이 가까웠다는 말이군요."

고귀한 혈통이라면 자매를 모두 아내로 맞이하거나 근친혼을 하는 일도 드물지 않다. 사실 리화 비와 현 황제도 친족 관계다.

"한 가지 더 여쭤어 보아도 괜찮겠습니까?"

마오마오가 조금 망설이며 말했다.

"뭐지?"

"무례하게 들릴 수도 있는 일입니다만."

상황에 따라서는 말 그대로 목이 달아날 수도 있다.

"허락하노라."

그렇게 말한 것은 진시가 아니라 황제였다.

마오마오는 숨을 크게 들이마셨다가 내쉬었다.

"대대로 황위를 이은 분들 중에 눈이 나쁜 분들이 많으셨던 게 아닌가 합니다."

그 말에 가장 큰 반응을 보인 것은 황제도 진시도 아닌 늙은 환관이었다.

마오마오는 히죽 웃었다.

"듣고 보니 별로 좋지 않았다는 이야기는 들은 것 같구나. 하지만 선대 폐하의 눈은 좋으셨는데."

황제의 말에 마오마오의 확신은 더욱 깊어졌다. 마오마오는 사당을 돌아보았다.

"다시 한번 저 안에 들어갈 수 있을까요?"

"아가씨에게 그 자격이 있을까?"

늙은 환관은 다소 장난기 어린 말투로 말했다.

"저 사당에 여성을 데리고 들어간 적이 몇 번 있긴 했지. 하지만 그것은 공주나 비인 경우였단다. 아까 한 번은 데리고 들

어가긴 했지만, 그렇게 여러 번 들여보내기는 나도 좀 꺼림칙
해서 말이야. 하물며 문의 선택에 반발하는 꼴이 되어서야 곤
란하지."

지나치게 야위고, 빈말로도 미인이라고는 할 수 없는 마오마
오가 사당에 여러 번 들어가려 하는 게 괘씸하다는 뜻을 돌려
말하는 모양이었다.

황제가 농담이라도 하듯 웃으며 말했다.

"그럼 비로 들일까? 라칸을 설득하는 일은 쉽지 않겠지만."

'농담이 지나치시군요.'

"농담이 지나치시군요."

진시가 마오마오 앞으로 한 걸음 쑥 나섰다.

"다른 비들이 눈을 시퍼렇게 뜨고 있사옵니다."

"그도 그렇군."

황제는 배를 쥐고 웃으며 마오마오의 머리를 몇 번 톡톡 두드
렸다. 평소 비취궁에 있을 때도 꽤 편안한 태도를 취하는 황제
였으나, 오늘의 황제는 누그러진 표정을 짓고 있긴 해도 그런
때와는 분위기가 조금 달랐다.

'왠지 지금 바보 취급당하고 있는 것 같은 기분인데.'

실제로 그랬다. 애당초 황제는 가슴둘레가 3척*이 되지 않으

※3척 : 약 90센티미터.

면 여자로 취급도 하지 않는다는 사실을 마오마오도 잘 알고 있다. 교쿠요 비도 리화 비도 그 기준을 넘어선 비들이었다.

진시가 불쾌한 표정으로 황제를 쳐다보았다. 마치 토라진 어린아이 같은 얼굴로 보인 건 혹시 착각일까.

"그렇다면 네가 대신 데리고 들어가도록 하여라."

황제는 그렇게 말하며 늙은 환관을 돌아보았다.

"그러면 불만은 없겠지?"

늙은 환관은 씁쓸한 표정을 짓더니 진시를 흘끔 쳐다보았다.

"괜찮으시겠습니까?"

"…주상께서 그리 말씀하시니 나는 거기에 따를 뿐이지. 무엇보다 저 아이가 무언가를 확인하고 싶어 하는 모양이니."

"짐 또한 그것이 무엇인지 궁금하구나."

황제가 심술궂게 큭큭 웃으며 말하자 늙은 환관은 어처구니가 없다는 표정을 지으며 다시 사당 입구로 돌아갔다.

황제는 그 행동을 보고 만족한 듯, 엄지로 앞을 가리키며 진시와 마오마오에게 가자는 뜻을 표했다.

또다시 입구로 들어갔다. 이번에는 진시가 선두에 서고, 그 뒤를 황제와 늙은 환관이 따랐다.

알고 보면 사실 아무나 들어가도 되는 것 아닐까 생각하며 마오마오는 맨 뒤에서 따라갔다.

맨 처음 방에 도달한 진시는 뒤를 돌아 마오마오를 쳐다보았다. 파랑, 빨강, 녹색. 세 개의 문이 늘어서 있었다.

"무엇을 선택하면 되지?"

마오마오는 눈을 가늘게 떴다. 간판에는 붉은 문으로 들어가지 말라고 쓰여 있었다. 마오마오는 가볍게 손을 뻗어 파란 문을 가리켰다.

진시는 그 말에 따라 파란 문을 열었다. 그곳은 황제가 맨 처음 골랐던 문이었다. 늙은 환관의 눈썹이 움찔했다.

다음 방에서 마오마오는 하얀 문을 골랐다. 늙은 환관의 눈썹이 또다시 꿈틀거렸다.

"흠, 짐이 골랐던 문과는 다르군."

황제는 수염을 쓰다듬으며 진시를 따라 하얀 문 안으로 들어갔다.

본래는 진시가 황제 앞에서 걷는 일은 무례한 일로 여겨지겠지만, 진시도 황제도 심지어 늙은 환관조차도 거기에 대한 반응은 딱히 없었다. 애당초 이 황제에게는 묘하게 장난기 넘치는 구석이 있었으니, 그런 배려를 딱히 달가워하지 않을 수도 있다.

그리고 마오마오는 다음 방, 또 다음 방으로 차례차례 나아갔다.

그리고 딱 열 번째 방에 들어가자,

「그대, 붉은 문을 선택하여라.」

간판에는 조금 이상한 문장이 쓰여 있었다.

문은 세 개 있었지만, 거기에 붉은 문은 없었다.

하얀 문, 검은 문, 녹색 문이 늘어서 있을 뿐이었다.

"이게 어떻게 된 일이지?"

진시가 곤혹스러운 목소리로 말했다. 그도 그럴 게 진시의 눈앞에 붉은 문은 없으니 말이다. 그렇기 때문에 마오마오는 이것이 마지막 질문이라는 사실을 알 수 있었다. 마오마오는 녹색 문을 가리켰다.

"저 문으로 들어가 보면 아실 겁니다."

그 말을 믿었는지 진시는 망설임 없이 녹색 문을 열었다. 그러자 복도가 나타나고, 그 너머에는 계단이 보였다. 뚜벅뚜벅 소리를 내며 계단을 올라가서 위에 있는 문을 열자 미지근한 바람이 불어 들었다.

일행은 사당의 옥상으로 나와 있었다. 후궁 전체가 다 보이는 높은 위치였다. 네모나게 만들어져 있는 공간은 마치 아래 세상을 내려다보는 듯한, 굉장히 품위 있는 구조를 갖추고 있었다.

늙은 환관이 입술을 일그러뜨렸다. 웃고 있는 건지 이를 드러내고 있는 건지 알 수가 없었다.

"축하드립니다. 올바른 길을 찾으셨군요."

늙은 환관은 슬며시 주위를 돌아보았다.

"먼 옛날, 왕모께 인정받은 자는 다음 대 왕이 되었습니다. 그 명칭은 언제부터인가 황제로 바뀌었지만요."

대대로 선택받은 자가 황제로서 맨 처음 하는 일은 이 사당에 올라와 연설을 하는 일이라고 했다. 당시의 건축 기술을 생각해 보면 이보다 더 높은 건물을 지을 수는 없었을 것이다.

"가끔 그 누구도 이 길을 통과하여 올라오지 못할 때도 있었습니다. 그때는 올바른 길을 선택할 줄 아는 비를 데려와 다시 한번 도전하곤 했지요."

늙은 환관은 몹시도 분한 듯한 표정으로 마오마오를 쳐다보았다.

"본래 올바른 피를 잇는 자가 해야 할 일인데, 이번에는 아무래도 엉뚱한 자가 성공하고 말았군요."

그것이 상당히 불쾌한 모양이었다.

'뭐야, 이 영감탱이.'

마오마오는 늙은 환관의 도발에 응했을 뿐이었다. 그런데 이번에는 또 성공했다고 화를 내다니, 뭘 어쩌란 말인가.

"그보다 이게 어떻게 된 일인지 짐도 알 수 있도록 설명해 주지 않겠는가?"

"주상씩이나 되시는 분께서 미천한 제게 설명을 구하시는 겁니까?"

황제는 도발에 응할 만큼 성격이 급하지 않았다. 진시도 눈살만 조금 찌푸렸을 뿐이었다.

"제 입으로 드릴 말씀은 아닌 것 같사옵니다. 그쪽에 있는 소녀에게 물으시지요."

환관은 마오마오에게 책임을 떠넘겨 버렸다.

"그렇다는데."

하지만 마오마오도 직접 말하기는 쉽지 않은 부분이었다. 그 점을 어떻게 얼버무려야 하나 고민하며 마오마오는 입을 열었다.

"그렇다면 좀 전에 제가 문을 선택한 기준에 대해 설명해 드리겠습니다."

마오마오는 맨 처음 파랑, 빨강, 녹색 문 중 파란 문을 골랐다. '붉은 문을 지나가서는 안 된다'고 쓰여 있었으니 녹색 문을 골라도 문제는 없었을 것이다. 보통은 둘 중 어느 것이든 상관없다고 생각하리라. 보통 사람이라면….

"하지만 어떤 사람들은 어느 쪽이 붉은색이고 어느 쪽이 녹색인지 구별하지 못합니다."

"구별이 안 된다고?"

진시가 고개를 갸웃거렸다. 황제 역시 마찬가지였다. 두 사람은 분위기가 완전히 다르지만 묘하게 그런 행동은 비슷해 보였다.

"네. 구별하지 못하기 때문에 확실하게 빨간색이 아닌 문을 선택하게 됩니다."

그것이 파란 문이었다.

파란 문과 녹색 문. 거기서 우선 대상을 반으로 줄일 수 있다.

"다음 문도 마찬가지입니다. 검은 문과 붉은 문을 구별하지 못할 경우 하얀 문을 고를 것입니다."

거기서 또 대상이 반으로 줄어든다.

얼핏 답이 두 가지인 것 같지만, 사실 답은 하나였다.

마지막 질문도 마찬가지였다. 하얀색과 검은색은 확실하게 구분이 가능하니 나머지 문이 답이라고 생각하면 된다. 나머지 하나가 붉은 문이 아니라 녹색 문이었던 것도, 거기까지 도달한 사람은 애당초 붉은색과 녹색을 구별하지 못하는 사람이라는 사실이 확실하기 때문이다.

마지막 문에서 2분의 1, 다음 문에서 4분의 1. 그리고 아홉 개의 문을 전부 통과하면 올바른 길을 선택할 수 있는 확률은 512분의 1이 된다.

"그러니까 도대체 그게 무슨 소리지?"

진시는 아직도 통 모르겠다는 표정으로 물었다.

"이 사당에 선택받은 자, 즉 왕모의 아이라는 말은 색을 구별하지 못하는 사람이라는 뜻입니다."

물론 모두 색을 구별하지 못한다는 말은 아니다. 개체차에 따라 선택을 실수하는 자도 있을 것이고, 선정 자체에 선발되지 못한 자나 반대로 우연히 뽑힌 자가 있었을지도 모른다.

하지만 그 후에는 새롭게 왕모에 가까운 피를 보충해서 원래대로 되돌려 놓으면 된다. 비를 사당에 들였던 것도 그런 이유였기 때문이리라.

"이 나라에는 드물지만 서방에는 선천적으로 빨간색과 녹색을 구별하지 못하는 사람이 일정 수 태어난다고 합니다."

아버지가 유학을 갔던 나라에서는 남자 열 명 중 한 명 정도의 비율로 그런 증상을 갖고 있다고 한다. 남자에 비해 여자의 빈도수는 낮다는 모양이다. 부모가 자식에게 물려주는 그 증상은 일상생활에 지장을 주긴 하지만 익숙해지면 별문제 없이 살아갈 수 있기 때문에, 의외로 주위에 그런 사람이 있어도 쉽게 눈치채기 힘들다.

늙은 환관이 아버지라면 바로 알았을 거라고 말했던 이유는 아마 이것이었던 모양이다.

"또한 색을 판단하지 못하는 대신, 그만큼 밤눈이 밝다는 이야기도 있습니다."

그 부분은 제대로 조사해 보지 않았기 때문에 사실 잘 모른다. 하지만 일상에 지장이 될 만한 성질을 갖고 있음에도 불구하고 이렇게 지금도 존재한다는 걸 보면, 그 외에 달리 뛰어난 성질도 물려받았을 가능성이 높다.

"건국 이야기 속에서 왕모는 칠흑 같은 어둠 속에서도 먼 곳까지 바라볼 수 있는 눈을 가졌다는 대목이 있었지요."

왕모는 먼 땅에서 찾아온 이방인이다. 그리고 본래 이 땅에는 없었던, 색채 판별에 어려움을 갖고 있는 사람이었다. 자신이 데려온 종자들과 함께 이 땅에 새롭게 이주해 사는 일은 그리 쉽지 않았으리라.

그때 생각해 낸 것이 혼인이었다. 이야기 속 왕모에게 남편은 없지만 사실은 그 땅에 먼저 살고 있던 민족의 수장을 남편으로 삼았던 게 아닐까. 지나치게 짙어지기 쉬운 피를 희석하기 위해, 멀리서 온 사람을 배우자감으로 우선시하는 일은 그리 드물지 않다. 게다가 수장이었다면 더욱 그 필요성이 우선되었을 것이다.

그렇다면 왕모를 시조로 삼으면서도 부계 승계가 이루어진 이유도 설명할 수 있다.

하지만 왕모, 또는 왕모와 함께 온 자들은 그것을 그리 달가워하지 않았다. 그래서 수장의 혈통을 이으면서도, 다른 식으로 왕모의 피를 물려주는 방법을 고안해 냈다.

그것이 바로 이 사당이었다.

그리고 실제로 벌어졌던 일들을 조금씩 왜곡해 나갔다. 먼 곳에서 온 신기한 기술을 가진 자가 있다면, 시간을 천천히 들여

차츰 그 민족의 중심이 되어 가는 일도 가능하다. 그 대뿐만 아니라 다음, 또 그다음 세대까지 이어서.

그리고 그보다 더 쉬운 방법이 있다면 문자로 남기는 일이 있다. 그곳에 있던 민족들은 모르는 문자를 이용하여 왕모의 이야기를 만드는 것이다. 그 당시를 아는 사람들이 모두 사라지면 그것이 진실로 남는다.

너무나 평화롭고도 장기적인 탈취였다.

'설마 그 정도까진 아니었겠지만….'

마오마오는 말하기 껄끄러운 부분을 제외하고 황제에게 나머지 사정을 설명했다.

듣다가 다소 얼굴색이 파래질 수 있는 부분도 있었겠지만 아마 황제는 너무 자세히 캐물으려 하진 않을 것이다. 그러지 말아 줬으면 좋겠다. 그냥 모르는 게 행복하다.

아버지였다면 하지 않을 말일 거라고 생각한 마오마오는 굳이 쓸데없는 말은 입 밖에 내지 않았다.

"즉, 짐에게는 왕모의 피가 흐르고 있지 않다는 말인가? 짐의 모친은 황제의 혈통이 이어지지 않은 태생이었도다. 할머니인 여제 폐하 또한."

그 질문에 마오마오는 고개를 가로저었다.

"이 사당은 가장 확실한 판별을 하기 위해 존재하는 장소일 뿐입니다. 사실 부모에게 그런 경향이 있어도 자식이 그 기질을 물려받지 않는 경우도 많습니다."

황제의 모친이 부정을 저질렀다면 또 이야기가 다르겠지만, 굳이 그런 말을 할 필요는 없다.

"게다가 피가 너무 짙어지면 그 폐해도 더욱 커집니다."

선제의 형제들은 모두 돌림병에 걸려 죽었다. 그 외에 가까운 혈통을 지녔던 사람들도 다수 목숨을 잃었다고 한다.

"사당의 선택을 받게끔 하기 위해, 그 혈통을 과시하려 했던 결과인지도 모릅니다."

마오마오의 설명이 끝나자 어딘가에서 박수를 짝짝 치는 소리가 들렸다.

늙은 환관이 손뼉을 치고 있었다.

"설마 이런 꼬마 계집아이가 정말로 수수께끼를 풀 거라고는 생각도 못 했습니다."

아까부터 느낀 거지만 은근히 무례한 환관이다.

"왕모가 이 땅을 다스릴 수 있었던 건 보기 드물게 현명한 사람이었기 때문이라고들 합니다."

당연히 그럴 것이다. 그렇지 않고서야 이런 짓을 하면서까지 자신의 혈통을 남길 방법을 찾아낼 수가 없다.

"아예 이참에 피를 더 옅게 하실 생각이 있다면, 이러한 자를 들이는 것은 어떠하온지요."

'뭐?'

이 망할 영감탱이가 지금 무슨 소리를 하는 거야, 하고 마오마오는 생각했다. 신고 있는 신발을 벗어서 집어 던지고 싶은 심정이었다.

"그것도 재미있겠지만 짐은 라칸을 적으로 돌리고 싶지도 않고, 무엇보다 가슴이 아직 5촌* 부족해서 말이야."

황제는 도대체 그 여우 같은 군사를 얼마나 불편하게 여기고 있기에 저러는 걸까. 게다가 뒷말은 정말이지 쓸데없는 참견이다.

"하지만 그것을 달갑게 여기지 않는 자들도 많을 것입니다."

늙은 환관이 적이 아득한 눈빛으로 마오마오를 바라보았다.

"조심하십시오."

"알고 있노라."

"아뇨, 주상은 잘 알고 계실 것입니다."

늙은 환관은 시선을 진시 쪽으로 돌렸다.

"조심하십시오."

진시는 입을 다물고 고개를 끄덕였다.

'도대체 이 인간 정체가 뭐지?'

단순히 황제가 몹시 총애하는 환관이 아니었던 걸까. 하지만 그걸 안다 한들 마오마오에게 무슨 좋은 일이 일어날 것 같지는

※5촌 : 약 15센티미터.

않았다.

'정체가 뭐든 무슨 상관이야.'

마오마오는 그냥 그렇게 생각을 정리해 버리기로 했다.

괜히 긁어 부스럼을 만들 필요는 없다.

하지만 후일 그것을 후회하게 되리라는 사실을, 지금의 마오마오가 알 길은 없었다.

마오마오는 기뻐하고 있었다. 엄청나게 기뻐하고 있었다.

그 뒤에서는 팔짱을 끼고 선 홍냥과 실눈을 뜬 잉화가 있었다.

"정말로 이곳을 쓰라는 말씀이시지요?"

마오마오는 홍냥의 안색을 살폈다.

"그래, 반성하도록 해."

홍냥이 흥, 하고 코웃음을 치는 데 반해 마오마오는 살짝 눈물을 글썽이기까지 했다. 심지어 살며시 홍냥의 손을 잡고,

"정말 고맙습니다."

하고 깊이 고개를 숙이며 감사 인사를 했다.

"응?"

"잠깐, 마오마오! 결국 아무 의미 없잖아요!"

홍냥과 잉화 두 사람이 곤혹스러워하는 가운데 마오마오는

의기양양하게 창고로 뛰어들었다.

오늘부터 이곳이 마오마오의 방이 된다고 한다.

"아무리 그래도 너무 심하지 않아, 잉화?"

구이위엔이 차를 따르며 말했다. 태평한 성격의 구이위엔은 잉화에게 차와 다과를 내밀었다.

"나도 그렇게 생각했는데, 이건 마오마오 잘못이야."

잉화는 입을 삐죽 내밀며 차를 홀짝였다. 오늘의 차는 서방에서 들여온 발효차로 달콤한 향기가 났다.

"내가 그렇게 얘기했는데 통 말을 안 들었단 말이야! 그렇게 하지 말랬는데 또 벌레를 모으잖아!"

잉화는 눈을 가늘게 뜨고 마오마오를 빤히 째려보았다. 그 때문에 홍냥에게 마오마오가 한 일들을 다 일러바친 모양이었다.

마오마오는 영문을 모르겠다는 듯 고개를 갸웃거렸다. 아무리 그래도 쓰러지는 건 너무 곤란했기 때문에 도마뱀 꼬리 모으는 일은 그만뒀는데 말이다.

"그게 무슨 말씀이신가요? 저는 그 이후로 그런 짓 안 했는데요."

마오마오가 진심으로 의아하다는 얼굴로 잉화를 쳐다보며 물었다.

"이상한 궁녀가 실실 웃으면서 후궁 안에서 벌레를 잡아 모으고 다닌다는 소문이 퍼졌단 말이야."

"……."

구이위엔도 마오마오를 물끄러미 바라보았다.

이게 무슨 일이란 말인가. 이건 오해다.

"저는 그런 짓 안 했어요."

마오마오는 당당한 태도로 말했다. 하기야 얼마 전에는 일이 있어서 할 수 없이 나방을 잔뜩 모으긴 했지만, 그건 좋아서 한 일이 아니며 그 이후로는 하지도 않았다. 도마뱀 꼬리도 안 모았다.

"풀을 모았으면 모았지 벌레는 안 모았다고요."

"그것도 그렇게 웃으면서 인정할 일은 아니잖아."

잉화와 구이위엔은 어처구니가 없다는 표정으로 대꾸했다. 이 두 사람은 최근 들어 겨우 마오마오의 본성을 알게 된 참이었다. 그리고 지금은 이쪽을 빤히 쳐다보고 있다.

'끄응….'

이건 마오마오의 말을 믿어 주지 않는 눈빛이다.

그런 일은 없었다. 왜냐하면 마오마오는 찾던 약초를 발견했을 때는 웃어도, 벌레를 찾아내서 웃은 일은 없었기 때문이다. 마오마오에게도 일단은 상식이라는 게 있다. 그 좁은 방에 벌레를 잡아서 키우기라도 했다가는 어떻게 될지 뻔하다. 이 한여름에 어떤 참상이 벌어질지 쉽게 상상할 수 있었다.

마오마오는 미간에 주름을 잡은 채 주먹을 부르쥐었다. 이것
은 좌시할 수 없는 사태였다.

하지만 마오마오는 그 소문의 주인공이 누구인지 짚이는 데
가 있었다.

"후에에? 요헤 히흐이 혼 헉 있냐호?"

샤오란은 입 안 가득 복숭아 찐빵을 베어 물며 중얼거렸다.

마오마오는 죽통에 든 감차를 마시며 고개를 끄덕거렸다. 두
사람은 평소와 마찬가지로 빨래터 뒤에서 간식을 먹으며 수다
를 떨고 있었다. 샤오란이 교습소에서 공부를 제대로 하고 있
는지 확인한 뒤, 글씨를 써 보라고 시키기도 했다. 결코 농땡이
를 피우고 있는 건 아니다.

"시스이라…. 걘 워낙 신출귀몰한 애라서."

샤오란은 입 안에 있는 것을 꿀꺽 삼키고 말했다. 최근 공부
를 열심히 한 덕분인지 다소 어려운 말도 쓸 줄 알게 되었다.

"저기, 요새 시스이 어디 있는지 알아?"

샤오란은 앉아 있던 통 위에서 뛰어내려, 우물가 근처에서 수
다를 떨고 있던 다른 궁녀들에게 다가가 물었다.

마오마오도 그 뒤를 따라갔다.

"그 이상한 애? 본 적 있는 것 같기도 하고 없는 것 같기도 하
고…."

샤오란이 말을 건 궁녀 삼인조는 샤오란에게는 인사를 했으나 마오마오가 다가가자 약간 경계하는 표정을 지었다.

마오마오와 이야기를 나눌 정도로 강심장인 궁녀는 샤오란이나 시스이 정도밖에 없었으니 당연한 일이다.

"있긴 있었는데."

"그치."

묘하게 애매한 말투였다.

"으응? 어디서 봤는데? 가르쳐 줘~"

낯가림이 없는 샤오란은 상대를 팔꿈치로 쿡쿡 찌르며 물었다. 하지만 세 궁녀들은 서로 얼굴만 마주 보며 대답을 망설였다.

아마 마오마오 때문에 그러는 모양이었다. 마오마오의 옷은 다른 궁녀들과 달랐다. 수수하고 움직이기 편한 옷이라는 사실은 똑같지만, 다른 궁녀들이 입고 있는 후궁에서 지급받은 옷과는 다르게 생겼다. 일정 직급 이상의 비에게 딸린 궁녀들은 비에게서 직접 옷을 받아 입기 때문이다.

그렇기 때문에 비의 처소에 소속된 궁녀인지 아닌지는 옷만 봐도 대강 알 수 있으므로, 이미 외견에서부터 어느 정도 벽이 생기게 된다.

'아차, 실수했네.'

마오마오는 그냥 멀찍이서 보고 있을 걸 그랬다고 후회했다.

궁녀들 중에는 비에게 소속되어 있는 시녀들에게 반항심을 갖고 있는 사람도 있고, 괜히 입을 놀렸다가는 곤란하다는 생각에 웬만하면 입을 다무는 사람도 있었다.

샤오란처럼 천진난만한 궁녀가 오히려 드물다.

자, 이제 어떻게 해야 하나.

과자로 낚아 볼까 했지만 아까 샤오란에게 갖고 있던 걸 다 줘 버렸다. 그 대용품이 될 만한 게 없을까 하고 마오마오는 품을 뒤져 보았다.

'오?!'

이거 괜찮은데, 하고 마오마오는 어떤 물건을 꺼냈다.

"자세한 이야기를 들려주시면, 내용에 따라서 이걸 드릴 수도 있어요."

매끈매끈 촉감이 좋은 천에서 희미한 향냄새가 났다. 용도는 손수건이지만, 천이 좋기 때문에 다른 무언가를 만드는 데 사용할 수도 있다.

얼마 전, 뺨에 상처를 입었던 마오마오에게 진시가 준 물건이었다. 사실은 나중에 의국에 가서 돌팔이 의관에게 팔아 치울까 생각하고 있었다. 돌팔이 의관에게 남색 취향이 있는 것 같지는 않았지만, 아름다운 환관의 소지품이라면 어느 정도 액수는 받아 낼 수 있을 거라고 생각했기 때문이었다.

"그건…."

"비단인 것 같더군요. 손수건 용도로는 쓰기 힘들겠지만."

마오마오가 말하자 궁녀 중 한 사람이 홀린 듯 다가와 손수건에 코를 들이댔다. 그러고는 눈을 커다랗게 떴다.

"이 향은 설마…?!"

마오마오는 하마터면 어처구니가 없다는 표정으로 그 궁녀를 쳐다볼 뻔했지만, 간신히 입만 움직여 웃는 표정을 만들었다.

"상상에 맡기겠습니다."

진시의 이름을 거론하면 오히려 상대가 더 수상하게 여길 거라고 마오마오는 생각했다. 이런 식으로 은근히 냄새만 풍겨 놓으면 상대가 알아서 자기 좋을 대로 상상을 해 줄 것이다.

코가 좋은 궁녀는 "이건, 설마… 아니, 그분의…." 하고 중얼중얼 혼잣말을 하고 있었다. 도대체 누굴 상상했는지는 모르겠지만 걸려들었다고 봐도 무방했다. 그 모습을 본 다른 두 궁녀들도 손수건에 코를 들이대고 킁킁 냄새를 맡았다.

마오마오는 손수건을 잘 접은 뒤 궁녀들을 향해 공손히 말했다.

"죄송하지만 이야기를 좀 들려주실 수 있나요?"

궁녀들의 이야기에 따르면 북측 잡목림 근처에서 시스이를 본 적이 있다고 했다.

마오마오는 궁녀들이 말한 그 장소에 가 보기로 했다. 그러고 보니 전에도 그곳에서 마주친 적이 있었으니, 알고 보면 시스이가 좋아하는 장소인지도 모른다.

마오마오는 나무 그늘에 털썩 주저앉았다. 한여름인 탓에 벌레 날갯짓 소리에 귀가 따가웠다. 맴맴 우는 매미 소리는 그나마 낫지만, 귓가에서 기분 나쁜 소리로 윙윙거리는 모기는 도저히 참을 수가 없어 몇 마리 때려잡았다.

'모기약을 가져올 걸 그랬나.'

쑥과 솔잎 새순을 불에 태우면 벌레 쫓는 효과가 있다. 아직 어린 링리 공주가 있기 때문에 비취궁에서는 항상 벌레 쫓기 대책을 강구하느라 바빴다.

숲 근처는 별로 관리가 안 되어 있는 듯 다양한 식물들이 여기저기에 나 있었다. 참억새가 보이고, 빨간 꽃이 무리 지어 피어 있는 곳도 있었다.

마오마오는 빨간 꽃 쪽으로 다가갔다.

'이런 곳에 있었구나.'

그것은 분꽃이었다. 나팔 모양의 분꽃은 해 질 녘이 다가옴에 따라 슬슬 봉오리를 피우려 하고 있었다.

마오마오는 한 송이 따서 꽃잎을 짓뭉갰다. 붉은 즙이 손끝을 물들였다. 어린 시절에는 자주 이렇게 놀곤 했다.

그리고 기녀들이 이 꽃의 씨앗을 따러 오던 일도 기억하고 있다. 씨를 가르면 안에는 백분 같은 하얀 가루가 들어 있다. 하지만 기녀들이 백분 대신 그것을 사용하지는 않는다.

마오마오는 지난번에 느꼈던 위화감이 떠올랐다. 전에 수정궁에서 일어났던 사건. 리화 비의 시녀장인 싱이 낙태약을 만들려 했던 일.

그 일이 생각났다.

맨 처음에는 싱에게서 아무런 향도 나지 않았다. 향유 중에는 유산을 유발할 위험이 있는 종류도 있으니, 자신이 비가 되기에 적합한 인재라고 생각했다면 싱이 최대한 그것을 몸에 지니고 다니지 않았던 일도 이해가 된다.

실제로 싱은 리화 비의 자리를 빼앗아 대신 들어가려 하고 있었다. 아이가 생기지 않으면 리화 비의 집안에서도 다른 자를 비로 세우려 할 테니 말이다.

그런데도 싱이 자신의 몸에 향을 묻혀 가면서까지 낙태약을 만들려 했던 이유는….

리화 비는 낙낙한 옷을 입고 있었다. 교쿠요 비와 마찬가지로 배를 조이지 않는 옷이었다.

그리고 예전보다 얼굴이 좀 통통해진 듯 보인 건 착각이었을까.

딱히 교쿠요 비 혼자만 황제의 총애를 받는 건 아니다. 그 가능성도 충분하긴 했지만, 마오마오는 아무 말도 하지 않았다.

그런 말을 해 봤자, 마오마오는 리화 비를 도와줄 입장이 아니니까 말이다.

위화감이 느껴졌던 건 그 창고 안에서 약을 만들 때 사용한 재료였다. 향유 같은 건 그저 돈만 있으면 누구나 대상에게서 사들일 수 있는 물건일 뿐이다.

거기까지는 알겠는데.

마오마오는 너무나도 이상하다는 생각이 들었다.

기녀들이 분꽃 씨앗을 모으는 이유는 그것이 태내의 아이를 떼는 약이 되기 때문이다. 그 외에도 꽈리나 모란, 봉선화, 작약, 그리고 수은 등을 달여 유산시키는 데 사용하곤 한다.

수은은 몰라도 다른 꽃들은 후궁 안에서 쉽게 손에 넣을 수 있는 재료였지만 싱이 달인 약에는 하나도 들어가 있지 않았다. 오히려 꽃을 이용하는 게 더 쉽고 간편한 방법이었을 텐데.

그래서 마오마오의 마음속에는 한 가지 의심이 생겨났다.

누군가가 싱에게 일부러 독에 대해 가르쳐 준 게 아닐까.

그리고 그 인물은 아직 후궁 안에 있는 게 아닐까.

진시에게는 어렴풋이 말을 흘리는 정도로밖에 이야기하지 않았지만, 아마 진시라면 철저하게 조사해 줄 것이다. 그 고집 세 보이는 시녀장이 과연 그리 쉽게 입을 열지가 관건이다.

문득, 시끄럽게 울려 퍼지던 매미 소리가 한순간 조용해졌다.

딸랑….

희미한 방울 소리가 울렸다. 그리고 그 소리와 함께 부스럭거리는 소리가 들렸다.

마오마오는 소리가 나는 쪽으로 시선을 돌렸다. 억새 덤불 속에서 커다란 무언가가 기어 오는 듯 보였다.

그것은 개구리처럼 펄쩍 뛰어오르며 팔을 활짝 벌리고 소리 높여 웃음을 터뜨렸다.

"잡았다아~!"

높은 목소리가 들려왔다. 샤오란처럼 아직 앳된 느낌이 남은 목소리였지만 그 주인은 키가 컸다. 그러나 활짝 웃음을 짓는 그 얼굴은 키에 비해서는 한참 어려 보였다.

목소리의 주인은 진심으로 기쁜 표정을 지으며 주먹을 쥔 손을 대나무로 만든 벌레 채집 상자에 넣었다.

'그나저나….'

풀숲속을 개구리처럼 펄쩍펄쩍 뛰어다니며, 실실 웃으면서 벌레를 잡는 소녀.

'저런 애랑 똑같은 취급을 받다니….'

마오마오는 솔직히 뜻밖이라고 생각했다. 그래도 자신은 저것보다는 좀 낫지 않을까.

마오마오는 이만큼 확인했으면 충분하다고 생각하며 잽싸게 그 자리를 벗어나려 했다.

하지만.

귓가에서 딸랑… 하는 방울 소리가 들렸다. 무슨 일인가 싶어 고개를 갸웃거리며 머리를 만져 보자 벌레가 앉아 있었다.

아까 그 방울 소리는 여기서 난 소리였던 모양이다.

거기까지는 좋았는데.

마오마오의 눈앞을 갑자기 사람 그림자가 덮쳤다.

"벌레~!"

높은 목소리와 함께 그 사람은 마오마오를 깔아뭉갰다.

마오마오를 덮친 사람은 놀란 표정으로 마오마오를 쳐다보고 있었다. 마치 다람쥐처럼 생긴 얼굴이라고 마오마오는 생각했다.

"좀 비켜 주면 좋겠는데."

마오마오는 그렇게 말했으나 소녀는 움직이려 하지 않고, 그저 마오마오의 머리 위에 손을 올려놓은 채 꼼짝도 하지 않았다.

왠지 몹시도 민망한 표정을 짓고 있었다. 마오마오는 대충 눈치를 챌 수 있었다.

"빨리 비켜 줘. 머리에 벌레 묻히고 다니고 싶진 않아."

소녀가 덤벼든 순간 콰직 소리가 났다.

뭔가 짜부라진 걸까. 더 말할 필요도 없다.

"미안해, 마오마오."

시스이는 쓴웃음을 지으며 천천히 마오마오의 몸 위에서 내려왔다.

차가운 우물물을 머리에 끼얹으니 속이 다 후련했다. 하지만 찜찜함까지 씻어 낼 수는 없었다.

소녀는 흠뻑 젖은 마오마오에게 손수건을 건넸다. 마오마오는 고맙게 받아 들고 뚝뚝 떨어지는 물방울을 닦았다.

소녀가 항상 들고 다니는 벌레 채집 상자 속에는 시커먼 색깔의 벌레 몇 마리가 들어 있었다. 벌레는 날개를 파르르 떨며 방울 같은 소리를 냈다.

"그 벌레를 잡으려고 했던 거야?"

"응."

시스이는 멋쩍어하면서도 반짝반짝 빛나는 눈으로 마오마오를 바라보았다.

벌레를 좋아한다는 사실은 예전부터 알고 있긴 했지만 정말이지 어지간하다.

그나저나 이제 어쩌지, 하고 생각하고 있는데 소녀가 마오마오의 손을 잡고 우물 뒤편으로 끌고 갔다. 나무 그늘 아래, 마침 딱 앉기 좋은 위치에 나무 상자가 놓여 있었다. 이곳에 앉으라는 듯 소녀는 상자를 툭툭 쳤다.

'……'

몹시 나쁜 예감이 들었다. 그리고 그것은 완벽하게 들어맞았다.

"그래서 말이야, 이 벌레는 동방의 어느 섬나라에서 자생하는 벌레인데, 날개를 파르르 떨어서 소리를 내는 종류야."

채집 상자를 들여다보며 소녀가 말했다.

"아마 교역품 속에 같이 딸려 들어온 아이가 도망쳐 나왔나 봐. 이 나라에서는 아마 자생하는 곳이 여기뿐일 거야. 그 나방처럼."

"그렇구나."

마오마오는 나른한 얼굴로 맞장구를 쳤다.

"색깔이 바퀴벌레랑 비슷하긴 하지만 전혀 다른 생물이니까 안심해도 돼."

마오마오는 그냥 묻지 말 걸 그랬다고 생각하며 다시 한번 손수건으로 머리를 벅벅 문질렀다.

소녀는 혀짤배기 목소리로 말꼬리를 길게 빼며 벌레 이야기를 거의 반 시간이나 줄줄이 늘어놓고 있었다. 이대로 가다가는 해가 지고 말 것이다. 마오마오는 이야기 사이사이에 끼어들며 그만 대화를 끝내고 돌아가려 했지만, 그럴 때마다 소녀가 계속 소맷자락을 잡아당기며 붙잡는 바람에 할 수 없이 계속 이야기를 들어 줘야 했다.

자신이 관심 있는 이야기라면 모를까, 전혀 관심이 없는 이야기라면 듣는 사람도 피곤하다는 말을 하고 싶었다.

'약 얘기라면 그나마 좀 나은데.'

그런 애매한 시간은 그 후 어처구니없이 끝났다.

딸그랑거리는 소리가 울려 퍼졌다. 마오마오는 좌우를 두리번거렸다. 드문드문 있던 다른 궁녀들도 마찬가지로 주위를 둘러보며 어디서 나는 소리인지 찾고 있었다. 그것은 남측으로 이어지는 문 쪽에서 나타났다.

좌우에 시녀와 호위 환관을 두 명씩 거느리고, 그 뒤에도 세 명씩 따라오고 있었다. 그중 한 명이 딸랑거리는 방울을 들고 있었고 그 중심에는 고급스러운 빛깔의 옷을 입은 여성이 걷고 있었다. 온화하고 자상해 보이는 그 여성의 얼굴은 마오마오도 낯이 익었다.

'황태후였던가?'

마오마오의 기억이 옳다면 그럴 것이다. 마오마오가 황태후를 봤던 건 작년 원유회 때 딱 한 번뿐이기 때문에 확실하진 않지만, 그 많은 사람들 중에서 후궁을 활보할 수 있는 사람은 얼마 되지 않는다. 애매한 기억을 더듬어 현재 상황을 파악한 마오마오는 저 인물이 황태후라고 판단했다.

그 아름다운 수염을 지닌 황제의 모친이라고는 상상할 수 없을 정도로 외모가 젊은 황태후는 딸랑딸랑 방울 소리를 울리며 걷고 있었다.

"어디 가시는 걸까?"

시스이가 나직이 말했다. 시스이는 어느샌가 건물 뒤에 숨어 무릎을 꿇고 있었다.

"왜 숨었어?"

"마오마오도 숨었잖아."

그렇게 말하면 할 말이 없다. 조건 반사라고 해야 할까, 마오
마오 역시 기둥 뒤에서 무릎을 꿇고 있었다. 다른 궁녀들도 하
나같이 깊이 고개를 숙이고 있었다. 자신보다 지위가 높은 사
람이 눈앞을 지나갈 때는 그렇게 하도록, 처음부터 교육을 받
았기 때문이다.

본래 마오마오도 진시와 가오슌 앞에서는 그렇게 해야 하지
만 최근 들어 자꾸만 잊곤 한다.

'안 되지, 안 돼.'

그런 부분에서는 선을 확실히 그어야만 한다. 마오마오는 고
개를 가로저으며 다음부터는 똑바로 해야겠다고 단단히 결심
했다.

"저긴 진료소 쪽 아닌가?"

시스이는 이마에 손을 짚고 황태후의 뒷모습을 지켜보고 있
었다. 황태후 일행은 정말로 진료소 쪽으로 향하고 있었다.

"진료소는 왜…?"

후궁 안의 비공식적인 장소에 굳이 황태후가 찾아갈 필요가
무엇일까, 하고 마오마오는 고개를 갸웃거렸다.

그러자 시스이가 그 답을 알려 주었다.

"원래는 황태후님이 시작한 곳이라고 들었어. 여제의 권력이 아직 강력할 때였으니까 공공연하게 하진 못했고, 지금도 그때 분위기 때문에 저렇게 조용히 꾸려 가고 있지만."

그렇다면 납득할 수 있었다. 황태후는 자애로운 사람이라고들 한다. 현 황제가 즉위한 뒤 새로 환관을 만들지 않게 된 것도, 노예 제도가 금지된 것도 다 황태후의 말에서 비롯된 일이라고 들은 적 있었다.

환관과 노예. 둘 다 큰 개혁이다. 인도적인 차원에서 보면 좋은 변화라고 느끼는 사람도 있겠지만 한편으로는 그것을 없앤 부작용도 크다.

노예제는 하나의 장사로 성립되어 있었다. 그런데 그것을 느닷없이 폐지해 버리면 무너지는 분야가 다방면에 발생한다. 게다가 노예의 범위를 어디까지로 봐야 할지도 문제다. 소나 말처럼 취급되는 확실한 노예라면 몰라도, 자신의 몸을 담보로 잡히고 돈을 빌린 경우 고용 계약과 유사한 형태로 노예가 되는 일도 있다. 그것까지 포함하면 현재 합법적으로 취급되는 기녀들 역시 노예로 볼 수 있다. 몇 년 전 각 기루의 할멈들이 얼굴이 새파래져서는 그런 이야기를 나누던 모습이 떠올랐다.

따라서 노예 제도는 겉으로는 없어진 것으로 되어 있지만, 이름을 바꿔 지금도 사회 속에 녹아들어 있다는 건 이미 주지의 사실이다. 그보다 더 자세한 사정은 마오마오도 그다지 관심이 없었기에 잘 모른다.

"나, 그만 가 봐야 해."

시스이가 채집 상자를 집어 들고 말했다.

"마오마오도 너무 농땡이만 피우면 야단맞을 거야."

"그건 그렇지만…."

황태후가 일부러 진료소를 찾아간 일은 얼마 전 수정궁 사건과 무슨 관계가 있는 게 아닐까 하는 생각이 들었다.

황태후가 이렇게 직접 나섰다면 앞으로 후궁 내 의료에 개혁이 일어날지도 모른다. 몰래 이야기를 엿듣고 싶긴 했지만 들키는 건 무섭고, 또 너무 늦게 돌아가면 홍냥에게 불벼락을 맞을 것이다.

'흐음….'

마오마오는 팔짱을 끼고 고민에 빠졌다. 하지만 최근 들어 계속 자신 때문에 화를 내기만 했던 다른 시녀들의 얼굴이 금세 떠올랐다.

"아무래도 그냥 가야겠다."

마오마오는 내키지 않긴 했지만 비취궁으로 돌아가기로 했다.

비취궁에 돌아오자마자 마오마오는 드물게도 청소를 아주 꼼꼼하게 하라는 지시를 받았다. 평소보다 훨씬 더 공들여 창틀을 닦으라는 말을 듣고 열심히 했지만, 합격을 받은 것은 보고를 세 번이나 한 후였다. 즉, 두 번은 불합격이었다는 뜻이다. 최근 들어 해이했던 자신의 태도에 대해 홍냥이 벌을 내리는 건가 생각했지만 다른 시녀들도 각자 최소한 한 번의 불합격은 받은 걸 보니 그렇지만도 않은 모양이었다.

'누가 오나?'

솔직히 이렇게까지 정성들여 청소를 하는 건 다른 비와의 식사나 다과회 자리가 있을 때뿐이다. 최근 들어서는 별로 그런 일이 없었고, 누군가를 부른다 해도 어느 정도 신용을 할 수 있는 비들에 한했다. 도대체 이렇게까지 야단스럽게 맞이할 만한 사람이 누구일까 궁금해하고 있는데 손님이 찾아왔다.

비취궁의 손님은 바로 황태후였다.

"오랜만에 뵙사옵니다, 안시安氏 님."

마오마오는 등을 곧게 펴고 미소를 지으며 인사하는 교쿠요 비를 보고 정말 대단하다고 느꼈다. 시녀장 홍냥을 제외한 다른 시녀들은 모두 위축되어 있는 가운데 교쿠요 비는 행동에 흐트러짐이 하나도 없었다.

황태후의 시선은 한순간 교쿠요 비의 배에 머물렀다가 금세 원래 위치로 돌아갔다. 이름은 안시라고 하는 모양이지만, 마오마오는 단 한 번도 불러 볼 일 없는 이름일 것이다.

'그렇구나….'

시어머니와 며느리 사이에 무슨 암묵적인 양해가 있는 모양이었다.

제법 의심이 많은 교쿠요 비가 이렇게 황태후에게 임신 사실을 알린 걸 보면 황태후가 상당히 신뢰할 수 있는 인물이거나, 아니면 피치 못할 사정이 있었거나 둘 중 하나다. 소문으로 들은 황태후의 인품을 있는 그대로 믿자면 전자라고 생각할 수 있겠지만 사실이 어떤지는 알 수 없다.

겉보기에 황태후는 굉장히 온화해 보이는 분위기를 풍겼다. 할머니의 등장에 링리 공주는 처음에는 낯을 가렸지만, 황태후가 자애롭게 대해 주자 금방 잘 따르게 되었다.

마오마오는 평소와 다름없이 독 시식을 할 예정이었다.

"넌 원래 진시 밑에서 일하던 시녀였지?"

황태후가 갑자기 한낱 독 시식 담당인 마오마오에게 말을 걸었다.

'어떻게 안 거지?'

그렇게 되묻고 싶었으나 그 말을 내뱉는 건 무례한 일이라는 사실을 알고 있었기에 마오마오는 그저 "네, 그렇습니다." 하고 고개만 숙였다.

"스이렌에게 들었단다. 부려 먹는 보람이 있던 아이가 다시 후궁으로 돌아가 버렸다고 말이야."

스이렌은 진시에게 딸린 초로의 시녀다. 만만치 않은 성격이라고 생각하긴 했지만, 설마 황태후와도 아는 사이였을 줄이야.

"스이렌은 옛날에 내 시녀이기도 했지."

그렇다면 납득할 수 있었다. 관리의 딸이 시녀가 되는 것도, 또 유모가 되는 것도 드문 일은 아니다.

그리고 황태후는 흘끗 교쿠요 비 쪽을 쳐다보았다. 눈치 빠른 교쿠요 비는 황태후가 무슨 말을 하려는지 알아차린 모양이었다.

"안시 님, 죄송하지만 잠시 공주를 재우고 와도 괜찮을까요?"

할머니와 놀다 지쳤는지 꾸벅꾸벅 졸기 시작한 링리 공주를 홍냥이 안고 있었다. 이미 젖은 뗀 지 오래지만 그래도 방에서 물러날 이유로는 적절해 보였다.

그리하여 두 사람은 마오마오만 남겨 두고 나가 버렸다.

"저 애는 정말 눈치가 빠르다니까."

황태후는 어처구니가 없다는 듯 말했다. 그 말투만 봐서는 시어머니와 며느리 관계라기보다는, 나이 차이가 많이 나는 친구 같은 느낌이 들었다.

마오마오는 어떻게 해야 좋을지 알 수가 없어 황태후의 눈치만 보며 가만히 서 있었다. 그 모습을 본 황태후가 의자에 앉으라고 권해 주었다.

"네가 다양한 문제들을 해결했다는 이야기를 들었단다."

황태후는 손바닥을 식히려는 듯 얼음이 든 유리잔을 집어 들었다. 얼음은 황태후가 가져온 선물이었다. 교쿠요 비는 몸이 너무 차게 식지 않도록 얼음을 입에 머금고 녹이며 그 차가움을 즐겼고, 공주는 얼음을 잘게 갈아서 그 위에 과즙을 끼얹은 간식을 맛있게 먹었다.

"저는 제가 갖고 있는 지식 중에서 상황에 들어맞는 부분을 제시한 것에 불과합니다."

마오마오에게 뛰어난 상상력은 없다. 우연히 알고 있던 것이 진상에 포함되어 있었을 뿐이다. 그렇게 생각하면 애당초 마오마오에게 지식을 전수해 준 아버지가 얼마나 박학다식할지도 짐작이 간다. 처음부터 아버지에게 물었다면 마오마오가 들인 시간의 반도 지나지 않아 해결되었을 것이다.

마오마오의 말투는 부정적으로 들릴 수도 있었다. 실제로 곁에 있던 황태후의 시녀는 얼굴을 찌푸렸다. 사십을 넘은 듯 보이는 시녀는 매우 노련한 분위기를 풍기는 사람이었다. 이 방에는 마오마오를 포함하여 그 세 사람밖에 없었다.

하지만 그 점을 미리 확실하게 짚고 넘어가지 않으면 마오마오는 마음이 불편하다. 자신의 능력을 과신하고 싶진 않았고, 그 점을 상대도 알아줬으면 했다. 성격이 긍정적이지 못하다는 소리를 들을 수도 있지만, 그것이 마오마오의 신조이니 어쩔 수가 없다.

"그래도 괜찮아."

황태후가 문득 눈을 내리깔았다. 부드럽고 다정해 보이던 눈길이 한순간 허무한 빛을 띤 듯 보인 건 착각일까.

"네가 아는 범위 내에서라도 좋으니, 조사해 주지 않겠니?"

뒤에 대기하고 있던 시녀가 황태후에게 눈짓을 했다. 황태후는 천천히 고개를 가로저으며 마오마오를 바라보았다.

"내가 선대 폐하께 저주를 건 걸까?"

황태후는 생각지도 못한 소리를, 끝에 의문 부호를 붙여 내뱉었다.

약사의 혼잣말

솔직히 선대 황제에 대해서는 한 번도 좋은 말을 들은 적이 없다. 우제愚帝, 혼군昏君, 여제의 꼭두각시 등 다양한 별칭이 있지만 후궁 안에서 가장 유명한 건 역시 어린 소녀를 좋아하는 변태적 취향일 것이다.

황태후와 현 황제의 나이 차가 열 살쯤 될까 말까 한다는 사실을 생각해 봐도 이는 결코 변명할 수 없는 사실이다. 하기야 세상에는 어린 아내를 취하는 사내가 더러 있긴 하다. 정략결혼도 있고, 개중에는 빚 때문에 팔려 가는 형태도 있다. 하지만 후궁에는 이미 묘령의 여성이 잔뜩 있는데 황제는 그중에서 고르고 골라 일부의 어린 소녀에게만 손을 댄 것이다.

두 번 말할 필요도 없는 소아성애자. 선제에 대한 견해는 그 이상도 그 이하도 아니다.

황태후는 저주라고 했지만, 마오마오는 황태후가 그런 기분이 드는 것도 당연하다는 생각이 들었다.

황태후의 배에는 현 황제를 낳았을 때 생긴 흉터가 고스란히 남아 있다. 아직 몸이 완성되지 않았던 황태후의 산도產道는 당시 매우 좁았기에 배를 갈라 아이를 꺼낼 수밖에 없었다. 그리고 그 출산을 돕기 위해 강제로 환관이 될 수밖에 없었던 아버지는 참 불행한 처지였던 셈이다.

그런 희생을 치른 덕분인지 황제는 건강하게 쑥쑥 자랐고, 황태후 또한 수술 자국이 남긴 했지만 그 후 다시 한번 출산에 성공했다. 그것이 왕제였다.

하지만 문득 그런 생각이 든다. 대단히 무례하기 짝이 없고, 만일 그 말을 입에 담았다간 목이 날아갈 수도 있는 생각 말이다.

왕제는 정말로 선제의 아들일까?

왕제의 연령은 마오마오보다 한 살 위다. 계산해 보면 왕제를 낳았을 당시 황태후의 나이는 서른 직전. 이쯤 되면 소아는커녕 소녀라고도 할 수 없는 나이다.

물론 그 점을 캐물을 생각도 없고, 알아 봤자 괜히 기분만 찜찜해질 거라고 마오마오는 생각했다.

황태후는 그 후 이렇게 말했다.

"가능하면 이곳 말고 다른 곳에서 이야기를 좀 했으면 싶구나."

그런 연유로 마오마오는 현재 후궁 밖으로 나와 있었다. 하지만 이곳 또한 내정 안이며, 주로 황제와 그 자식들 및 정실 비가 사는 구획이다. 현재 후궁에 상급 비는 여럿 있지만 정실 비는 없다.

물론 그런 곳에 마오마오 혼자 올 수 있을 리가 없다.

애당초 그럴 예정이었던지, 다과회라는 형태로 상급 비 네 명이 모이는 자리가 만들어져 있었다. 쓸데없이 일이 커진 셈이다. 방금 전 마오마오는 상급 비 중 한 명인 리슈 비를 발견했으나, 리슈 비는 너무 긴장해서 완전히 굳어진 채 무슨 꼭두각시 인형처럼 뻣뻣하게 움직이고 있었다. 마오마오는 저도 모르게 합장을 하며 심약한 비의 무운을 빌었다.

"도대체 무슨 생각이실까?"

잉화가 후우 한숨을 쉬며 말했다. 잉화는 평소보다 고급스럽지만 그렇게까지 화려하진 않은 옷차림을 하고 있었고, 마오마오도 마찬가지였다. 홍냥과 마오마오, 그리고 세 시녀들까지 모두 교쿠요 비를 따라 이 자리에 와 있었다. 빈 비취궁은 호위들 중 신뢰할 수 있는 환관들에게 맡겨 놓았다.

"그러게."

상급 비들에게는 각각 방이 하나씩 주어졌다. 그리 먼 거리를 이동한 것은 아니지만, 다과회는 여자들끼리 서로 허영을 겨루는 자리다. 따라서 상당한 양의 짐을 가지고 올 수밖에 없었기에 환관 세 사람이 양손에 가득 짐을 들고 있어야 할 정도였다.

그거면 충분하다고 생각했지만 리화 비는 다섯 명, 러우란 비는 여덟 명의 환관들을 데리고 온 모습을 보고 마오마오는 기가 막혔다. 참고로 환관 넷에게 짐 나르기를 맡긴 리슈 비의 시녀들은 굉장히 분한 표정들이었다.

배정받은 방은 환기가 잘되고 시원했으며, 과일음료와 여러 간식들이 준비되어 있었다. 마오마오가 먼저 한 입 먹어 보고 괜찮다는 사실을 확인하자 그제야 모두가 음식에 손을 댔다. 설마하니 독을 타진 않았겠지만 이건 어디까지나 마오마오의 의무다. 그리고 준비되어 있는 음식에 손도 대지 않는 건 실례였기 때문에 일단 맛을 보긴 했지만 역시 하나같이 좋은 것들뿐이었다. 싱싱한 포도는 차가운 지하수로 식혀 놓았는지 입 안에서 상큼하게 터졌다.

다과회까지는 아직 시간이 있었기에 교쿠요 비는 다들 편하게 있으라고 말해 주었다. 교쿠요 비도 꾸벅꾸벅 졸고 있었다. 임신 초기에는 툭하면 졸음이 온다고 하던데, 교쿠요 비의 경우에는 그것이 꽤 오래 이어지고 있었다. 머리 모양이 흐트러지지 않도록 앉은 채 눈을 감고 있었으나 편한 자세를 취하기 위해 둥글게 접은 이불을 의자에 깔고, 목 뒤에도 솜을 채운 주머니를 대고 있었다.

홍냥은 잠기운을 쫓을 물과 화장 고치는 도구를 야무지게 준비해 놓았다. 공주도 함께 자고 있어서 다행이었다.

아무튼 교쿠요 비가 임신했다는 사실을 알면서도 다과회에 초대하다니 도대체 황태후가 무슨 생각을 하는지 모르겠다고, 잉화는 말하고 싶은 모양이었다.

"아마 그런 부분은 다 배려를 해 주시겠지만, 아무래도 좀 그렇지."

이미 교쿠요 비가 임신했다는 것은 공공연한 비밀이 되어 있었으나 얼굴을 마주하고 차를 마시다 보면 별생각 없는 질문이 날아올 가능성이 있다.

'리화 비는 그럴 일 없을 테고, 리슈 비도 논외야.'

리화 비와 교쿠요 비는 서로 접점을 갖지 않으려 애쓰며 최대한 충돌을 피하는 중이었다. 리화 비는 자존심이 강하고 긍지 높은 사람이기 때문에 상대를 함부로 깎아내리는 일은 거의 없고, 교쿠요 비 입장에서도 혈통으로 따지면 더욱 고귀한 사람인 리화 비와 싸움을 하는 건 그리 현명한 선택이 아니다.

게다가 리화 비 또한 임신을 한 모양이라고 마오마오는 짚고 있었다. 교쿠요 비에게 그런 이야기를 꺼냈다가는 그 화살이 리화 비 자신에게도 충분히 돌아오리라는 사실을, 당사자는 잘 알고 있을 터였다.

리슈 비는 교쿠요 비 앞에서도 위축되어 있는 형편이니 큰 문제없을 것이다. 있다면 시녀들이 너무 나댈 수도 있다는 우려겠지만, 비들을 따라 다과회에 들어갈 수 있는 건 시녀장뿐이다. 예전에 독 시식 담당이었던, 리슈 비의 현재 시녀장은 그렇게까지 쓸데없는 소리를 할 만큼 건방지지 않다.

그렇다면 걱정스러운 건 도대체 어떤 성격인지 파악이 안 되는 러우란 비, 그리고 다과회를 개최한 의도를 도무지 알 수가 없는 황태후 두 사람이라는 말이 된다. 러우란 비로 말할 것 같으면 복장이 화려하다는 것 외에는 항간에 나도는 소문이 이상할 정도로 없다. 비교적 얌전한 리슈 비조차 독서를 하다가 코피를 흘리며 쓰러졌다는 등의 소문이 돌고 있는데 말이다. 마오마오는 그 이야기를 들으며 사람들이 그게 무슨 책인지는 너무 깊이 추궁하지 말아 줬으면 좋겠다고 생각했다.

"마오마오."

홍냥이 불렀다.

"무슨 일이세요?"

"오늘은 다과 독 시식은 안 해도 돼. 내가 할 테니까. 무슨 말인지 알겠지?"

"알겠습니다."

즉, 황태후가 내준 음식에 독은 없을 거라고 믿고 있다는 태도를 표하는 게 중요하다는 말이다. 그러므로 독 시식 담당을 굳이 옆에 붙여 놓는 건 곤란하다. 하지만 그랬다가 정말로 무슨 일이 벌어졌을 경우 도대체 누구의 책임이 되느냐는 문제가 발생하기 때문에, 타협안으로서 비와 같은 음식을 시녀장에게도 대접하게 되었다는 이야기다.

정말이지 번거롭기 짝이 없는 과정이다.

"그리고 황태후님께서 너한테 좀 도움을 받고 싶다고 하시는데."

홍냥은 미간에 살짝 주름을 잡은 채 마오마오를 빤히 쳐다보았다.

"설마 또 무슨 문제에 휘말린 건 아니지?"

"……"

말을 해도 좋을지 어떨지 마오마오는 알 수가 없었지만, 그냥 무언 자체가 대답이 된 모양이었다.

"뭐, 됐어. 어차피 또 말 못 할 일일 테니까. 단⋯."

홍냥이 마오마오에게 바짝 다가왔다. 마오마오는 저도 모르게 뒤로 물러서다가, 벽에 손이 닿았다.

"교쿠요 님을 배신하는 짓은 절대로 하지 마."

"⋯홍냥 님을 적으로 돌리고 싶진 않아요."

"그럼 됐어."

홍냥은 그렇게 말하고는 마오마오에게서 몸을 떼더니, 별일이다 싶을 정도로 다정한 미소를 지었다.

"나도 마오마오랑 좋은 관계를 유지하고 싶은걸."

"그러게요."

역시 교쿠요 비의 직속 시녀장은 다르다고 마오마오는 생각했다. 아무리 세 시녀들이 경계심 없이 태평하게 지내도, 이 시녀장이 있는 한은 안심해도 좋을 거라는 사실을 통감했다.

"그러면 따라오시지요."

마오마오를 부르러 온 사람은 지난번 황태후와 함께 왔던 중년의 시녀였다. 마오마오는 그 뒤를 따라갔다.

복도를 나아가다 보니 여섯 개의 궁이 보였다. 그리고 그것을 둘러싸듯 몇 개의 건물이 있었고, 창과 기둥의 배치로 볼 때 방이 세밀하게 나눠져 있으리라는 사실을 알 수 있었다.

"저쪽에 후궁이 생기기 전, 원래는 이곳이 후궁으로서의 기능을 했답니다."

"그랬군요."

마오마오의 의문을 이미 알고 있었는지 시녀가 말해 주었다. 여섯 개의 궁은 비들이 사는 방이었고, 안쪽 건물은 그 외의 궁녀들이 거주하는 장소였다고 생각하면 타당했다.

시녀는 그 후 아무 말 없이 계속 걷기만 했다. 궁과 궁 사이를 지나쳐, 안쪽 건물로 향하는 듯했다. 안에 인기척은 없지만 청소는 깨끗하게 되어 있었다. 마오마오는 저도 모르게 창틀을 손가락으로 훑어 보았지만 먼지 하나 묻어나지 않았다.

건물은 중앙 정원을 면하고 있었다. 고산수枯山水＊의 굵직한 자갈도 깨끗하게 청소가 되어 있는 흔적이 보였다. 시녀가 얼핏 그쪽을 미움 어린 눈길로 쳐다본 것 같았다.

"이곳입니다."

건물 중앙에 다른 곳보다 약간 큰 방이 있었다. 시녀는 천천히 그 문을 열었다.

문이 열린 순간 독특한 냄새가 마오마오의 코를 찔렀다. 저도 모르게 얼굴을 찌푸린 마오마오는 방 안을 들여다보았다. 깔끔한 방 안에는 기묘한 공기가 맴돌고 있었다.

침대 위에는 홑이불이 아무렇게나 걸쳐져 있었고, 반 정도는 바닥으로 흘러내린 상태였다. 탁자 위에는 붓이 여러 자루 놓여 있었고 바닥에도 몇 자루 굴러다녔다. 바닥에는 어째서인지 기묘한 얼룩이 나 있었다. 문득 벽을 돌아보니 살짝 누렇게 떠 있었다. 벽지는 발라져 있었다.

시녀는 문에서 한 걸음도 안으로 들어오려 하지 않았다. 아마 발을 한 걸음만 들여도 먼지가 춤추기 때문인 듯했다.

복도는 깔끔하게 청소가 되어 있었는데 방 안은 먼지로 가득 덮여 있었다. 이 안에 있던 사람의 흔적을 지우지 않으려, 아무도 방 안에 들어가지 않은 모양이었다.

"여긴 무슨 방인가요?"

※고산수 : 물과 식물을 사용하지 않고 산수를 표현한 동양의 정원 양식.

"선선대 황제 폐하 시절, 궁녀에서 하급 비빈으로 승격했던 분이 지내시던 곳입니다."

시녀는 차가운 눈빛 그대로 담담하게 말했다.

"여제라 불렸던 분의 방이며 선제께서 태어나셨던 장소이고, 또 돌아가셨던 장소이기도 하죠."

시녀가 왜 그렇게 미움에 찬 표정으로 말하는지 알 것 같았다.

시녀는 그 후 다른 장소로 옮겨, 마오마오에게 사정을 설명해 주었다. 인기척 없는 그 방에서는 창을 통해 황태후와 비들이 다과회를 하는 모습이 잘 보였다. 무슨 일이 생기면 바로 쫓아갈 수 있다.

선제와 여제는 말년에 들어 이 방에 틀어박히는 일이 많았다고 한다. 선제는 마음이 약해졌는지 마치 추억에 매달리기라도 하듯 이 방에서 통 밖으로 나오질 않았다.

여제가 죽은 후 선제는 그 뒤를 쫓듯 바로 숨을 거두었다. 그 방에서….

여제는 건강해 보였지만 이미 언제 가도 호상이라 해도 좋을 정도의 나이였다. 선제는 그 정도까지는 아니지만 다른 사람에 비하면 장수한 편이었다. 서민, 특히 농민들은 60이 넘으면 장수한 노인 취급을 받는다.

도대체 뭐가 저주라는 건지 마오마오는 알 수가 없었다.

"저주 같은 건 없다고 저도 말씀드렸습니다."

시녀도 차분한 표정으로 말했다.

하지만 황태후는 고개를 가로저었다. 자신이 저주한 거라고, 매일 밤 죽었으면 좋겠다고 생각했다고 말이다.

"저주에 걸렸다는 근거가 있나요?"

시녀는 한순간 낯빛이 어두워졌다. 짚이는 데가 있긴 있는 모양이었다.

"혼이 빠져나간 황제 폐하의 옥체는 1년 동안 영묘靈廟에 안치됩니다."

혹 무슨 일이 생겨 되살아나는 일도 전혀 없지는 없다. 마오마오는 만다라화를 이용해 보기 좋게 도망친 어느 관녀를 떠올렸다.

그런 의미도 있긴 하지만, 원래 이유는 죽기 전에 묘소가 완성되지 않았기 때문이라고 한다. 그렇게 해서 시간을 벌면 급히 공사할 필요는 없으니 말이다.

"그다음 해, 주상과 안시 님이 선제를 이장하기 위해 옥체를 맞이하러 갔는데…."

그 몸은 벌레에 먹히지도 않고 바짝 마르지도 않고 죽었을 때의 모습 그대로 남아 있었다고 한다.

마오마오의 눈썹이 파르르 떨렸다.

"즉, 썩지 않았다는 말씀이신가요?"

"네. 영묘는 여름에도 서늘한 곳이긴 하지만 그 점을 고려해도….."

얼음에 담가 두었다면 몰라도 상온에 시체를 방치해 놓으면 벌레도 꼬이고, 썩고, 비쩍 말라붙는다.

그런데 그런 일이 전혀 없었다고 한다.

"주상께서도 신기하다는 표정을 지으셨습니다. 정교하게 만든 인형과 바꿔치기 된 게 아닌가 하는 생각마저 드셨다고 합니다. 하지만 그것은 틀림없이 선제셨다고 합니다. 마찬가지로 선대 황태후님을 맞이하러 갔을 때는 그리 설명하기 힘든 모습이었다고 하지만, 오히려 그것이 보통이라고 합니다."

방금 전까지 의연했던 시녀가, 갑자기 겁을 먹은 듯했다.

'그렇구나….'

한마디로 시체가 썩지 않았다는 이야기였다. 이상하다고 느끼는 것도 당연한 일이다. 인간은 누구나 흙으로 돌아가게 된다. 그건 황제든 농민이든 마찬가지다. 태어난 입장은 다르지만, 만들어진 재료까지 다르다고 생각되지는 않는다.

"이제 곧 저 건물을 부술 예정입니다. 그러니 그때까지 조사를 끝내 주셨으면 좋겠군요."

선제가 승하한 지 6년쯤 되었던가. 그 유체는 머나먼 묘소에 안치되어 있고, 이제 선제의 추억이 짙게 드리워져 있는 곳은 이 건물밖에 없다고 해도 과언이 아니다. 건물을 부수기 전, 그 점을 확실히 해 두지 않으면 황태후의 불안도 해소되지 못하고 흐지부지 지나가게 될 것이다.

솔직히 마오마오는 짚이는 일이 한 가지 있었다.

"죄송합니다. 저 방 안에 들어가 볼 수 있을까요?"

"그건….'"

시녀가 독단적으로 판단할 수 있는 일이 아닌 모양이었다.

"알겠습니다. 물어보도록 하죠."

시녀는 창밖으로 펼쳐진 다과회 자리를 흘끗 쳐다보며 말했다.

그날 밤 마오마오는 비취궁으로 돌아가지 않고 오랜만에 진시의 처소로 향했다. 다음 날 다시 한번 그 먼지 쌓인 방에 가기 위해서였다. 일단은 황제에게 허가를 받아야 하겠지만, 황태후가 말해 주면 십중팔구 허락이 떨어질 것이다. 어느샌가 마오마오는 진시와 가오슌의 입회하에 들어가기로 이야기가 되어 있었다. 사이에 스이렌이 끼어 있기 때문이었을까.

솔직히 돌아가면 비취궁 시녀장이 어떤 반응을 보일지 무섭다고 마오마오는 생각했다.

'오히려 지금까지가 물렀던 편이지.'

홍냥은 시녀장으로서 교쿠요 비를 지켜야 하는 위치에 있다. 교쿠요 비 쪽에도 진시 쪽에도 붙지 않고, 툭하면 수정궁에도 드나드는 마오마오를 달갑게 여기지는 않을 것이다.

마오마오도 사실은 자신이 어떤 입장에 있는지 잘 모를 때가 있다. 적어도 교쿠요 비에게 해를 가할 생각은 없다. 그렇다고 다른 비들을 실각시키는 일을 돕지도 않을 것이다.

마오마오가 예전에 사용하던 방에는 이미 다른 사람이 들어가 있기 때문에 오늘 밤은 스이렌의 방을 빌리기로 했다. 그 초로의 시녀가 조금 무섭긴 하지만, 자신을 해코지하지는 않을 거라고 마오마오는 스스로를 타일렀다.

"자, 이걸로 갈아입으렴."

마오마오는 스이렌에게서 받은 수수한 옷으로 갈아입었다. 스이렌의 방은 진시가 사용하는 건물의 한구석에 있었고, 방 두 칸을 터서 쓰고 있었다. 마오마오의 잠자리로는 급히 간이식 침대를 가져다 놓았다. 비취궁의 시녀 방에 비하면 훨씬 훌륭한 방이었고, 귀여운 장식품들도 가득했다.

"저는 그냥 긴 의자에서 자도 상관은 없는데요."

"그런 곳에서 재우면 내가 자꾸 신경을 쓰게 되잖니."

방 주인이 그렇게 말하니 마오마오는 할 말이 없었다. 스이렌은 사치스럽게도 초를 환하게 밝히고 책을 읽고 있었다. 흔들리는 불빛 때문에 눈이 나빠질 것 같았지만, 즐거운 표정으로 책장을 넘기는 모습을 보니 말리기도 뭣했다.

"마오마오도 뭐 읽고 싶은 게 있으면 안쪽 방에 가서 찾아봐도 돼."

"알겠습니다."

책은 귀중품이니 읽을 수 있는 기회가 있으면 읽어 두는 편이 좋다. 자신이 보기에도 흥미 있는 책이 있으면 좋겠다는 생각을 하며 마오마오는 옆방으로 들어갔다. 침대를 놔둔 방이 귀여운 분위기로 통일되어 있는 데 반해 이곳은 수많은 물건들이 있었고, 그것들이 깔끔하게 정리 정돈되어 있었다. 책장은 방 모퉁이에 놓여 있었다. 마오마오는 불을 너무 가까이 들이대서 불이 붙지 않도록 조심하며 책장을 팔랑팔랑 넘겨 보았다. 그리고 탁 닫았다.

"……"

굳이 생각해 보지 않아도 스이렌과 마오마오의 취향은 상당히 다르다. 그 한마디만 해 둔다.

'이런 책을 읽다니, 상당히 젊은 취향인걸….'

그런 생각을 하며 침실로 돌아가려는데 문득 한곳에 놓여 있던 작은 고리짝이 눈에 들어왔다. 상당히 오래된 물건인 듯했지만, 녹색 바탕에 금실로 자수가 놓여 있었고 떫은 감물로 꼼꼼하게 칠해 놓은 듯했다.

"그게 궁금하니?"

스이렌의 목소리가 들려, 마오마오는 뒤를 돌아보았다.

"안심하세요. 훔치려는 건 아니에요."

"나도 알아."

스이렌이 깔깔 웃으면서 다가와 그 작고 낡은 고리짝을 집어 들었다. 그리고 옆방으로 가져가서는 뚜껑을 열고 내용물을 보여 주었다.

그 안에는 아이 장난감이 가득 들어 있었다.

"진시 님이 좋아하시던 물건이란다. 그 외에도 장난감이 많이 있었지만, 좋아하는 것만 골라서 가지고 노시곤 했지."

스이렌이 그리운 표정으로 목각 인형을 어루만졌다. 섬세한 세공이 되어 있는 그 인형은 손때가 묻어 살짝 가무잡잡해져 있었다. 더러움을 모르는 아기 손으로 만져서 이렇게 더러워질 때까지 열심히도 가지고 논 모양이었다.

스이렌은 그리운 미소를 지었지만, 그것은 어딘가 모르게 쓸쓸해 보이기도 하는 표정이었다.

"마오마오는 진시 님을 어떻게 생각하니?"

스이렌의 물음에 마오마오는 잠시 고개를 갸웃거렸으나 바로 대답이 튀어나왔다.

'신기한 약을 준다는 점에서….'

"좋은 상사라고 생각합니다."

"뭐 다른 뜻이 있는 거 아냐?"

마오마오는 어색하게 고개를 가로저었다.

"뭐, 좋아."

스이렌은 인형을 고리짝 속에 도로 넣어 두었다.

"이 장난감은, 사실 진시 님이 계속 이것만 가지고 놀아서 몰래 숨겨 둔 적이 있었어. 하지만 그랬더니 정말 어떻게 할 수 없을 정도로 엉엉 우시는 통에 가오슌이 새 장난감을 가져와서 어떻게든 달래 보려고 무척이나 애를 많이 썼지."

"왜 숨기셨나요?"

마오마오는 스이렌에게 물었다. 스이렌은 눈썹을 살짝 늘어뜨렸다가 슬픈 듯 미소를 지었다.

"한 가지에만 집착하면 눈에 그것밖에 안 들어오잖니. 그런 걸 허락받을 수 있는 입장으로 태어난 분이 아니거든. 싫어도 억지로 발돋움을 해서 성숙해져야만 했어. 그것이 진시 님의 어머님께서 바라신 일이니까."

"⋯⋯."

궁금했던 부분이 한 가지 해결된 느낌이었다. 계속 알고 지냄에 따라 진시가 점점 많이 보여 주게 된 어린애 같은 모습이 사실은 진시의 본질 중 하나였던 모양이었다.

억압된 환경에서 자라면 마음도 그 영향을 받는다고 한다. 적어도 진시의 마음이 어려진 것은 그 때문인지도 모른다.

그렇지만 주위에서는 온통 완벽하고 아름다운 환관으로만 취급하니, 정말로 기묘한 일이다.

마오마오는 고리짝 속을 가만히 들여다보았다. 그 속에는 접

흰 종이가 한 장 들어 있었다. 마오마오는 그것을 펼쳐 보았다.

"그건….."

사람 그림이 그려져 있었으나, 자세히 보기도 전에 스이렌이 재빨리 빼앗아 갔다.

"이런 곳에 섞여 들어가 있었구나. 버리라고 했는데."

혼잣말인 듯했다. 스이렌은 복잡한 표정을 지으며 종이를 다른 곳에 집어넣었다.

'뭐였을까?'

마오마오는 신경 쓰지 않기로 하고 다시 장난감 상자를 들여다보았다. 그중 하나, 장난감이라고 하기에는 상당히 원시적인 물건이 있었다. 돌 같은 물건인데 표면에는 광택이 있고, 선명한 노란색을 띠고 있었다.

"좀 만져 봐도 될까요?"

"그러렴."

"그런데 종이나 손수건 같은 건 없나요?"

"이거면 되겠니?"

마오마오는 스이렌이 내민 회지로 돌을 싼 뒤, 한쪽 눈을 감고 가만히 관찰했다.

"어디서 주워 온 걸까. 조약돌을 모으는 취미 같은 건 없었는데."

스이렌은 온화한 표정을 지었지만 마오마오의 표정은 굳어졌다.

"이것도 금세 압수하셨나요?"

"응. 어디서 주워 왔는지 모를 돌은 별로 청결하지 않잖니."

"그건 정답이네요."

마오마오는 돌을 그대로 회지에 싸서 고리짝 속에 집어넣었다.

"이건 독이니까요."

마오마오가 깊은 한숨을 내쉬며 말했다.

"그게 무슨 말이니?!"

스이렌은 새파래진 얼굴로 눈을 휘둥그렇게 뜨면서 드물게도 언성을 높였다.

"무슨 말이고 자시고 오히려 제가 묻고 싶은데요. 어쩌다 이런 걸 줍게 됐는지."

그렇게 말하던 마오마오의 머릿속에는 한 가지 가설이 세워졌다. 하지만 증거가 불충분했고, 그것을 말로 표현하기에는 확신이 필요했다.

"혹시 진시 님이 어렸을 때 내정에 들어갔던 적이 있지 않나요?"

"그래, 가끔….”

스이렌치고는 애매한 말투라고 느껴졌지만, 마오마오는 고개를 끄덕였다.

"애, 마오마오. 그게 뭐 어쨌다는 거니?"

"아뇨, 지금은 아무 말씀도 드릴 수가 없습니다. 하지만 내일이 되면 확실해질 테니 그때까지 기다려 주시면 안 될까요?"

스이렌은 무언가 하고 싶은 말이 있는 듯한 표정을 지었지만, 여기서는 그냥 입을 꾹 다물고 수긍하기로 한 모양이었다. 결국 스이렌은 아무 말도 하지 않고 침대에 누워 촛불을 껐다.

마오마오도 마찬가지로 간이침대에 누워, 불을 껐다.

다음 날 마오마오는 진시와 황태후가 입회한 가운데 문제의 방에 들어가게 되었다. 솔직히 마오마오는 자신의 예상이 빗나가게 된다면 곤란해질 게 뻔했으므로 일을 너무 키우고 싶진 않았지만 그것을 거부할 수 있는 입장은 아니었다.

마오마오는 공손히 고개를 숙인 뒤 먼지투성이의 방으로 들어갔다. 한 걸음 나서자 하얀 가루가 피어오르고 독특한 냄새가 코를 찔렀다. 곰팡이 냄새도 있긴 했지만 그게 전부는 아니었다.

바닥에 굴러다니는 붓은 조금 특이한 모양이었다. 하나같이 붓끝이 평평하게 잘려 있었다.

'역시 이건….'

"선대 주상께서는 그림을 그리는 취미가 있으셨던가요?"

마오마오의 질문에 모든 이가 얼굴을 마주 보았다. 의문 부호를 띄운 채 고개를 갸웃거리는 가운데 황태후만이 눈을 살짝 가늘게 뜨고 입을 열었다.

"딱 한 번, 그림을 그리신 적이 있단다."

오래된 기억을 더듬듯 황태후는 가슴에 손을 얹었다.

"사람들에게 알려지면 그림을 빼앗길 테니 여기서만 알고 있으라고 말씀하셨지."

그 말에 모든 이가 놀란 표정을 지었다. 특히 진시는 평소와 다름없는 표정을 지으려 노력했지만 손끝이 희미하게 떨렸다. 최근 들어 마오마오가 눈치챈 진시의 습관이었다.

혼군이라 비웃음을 당하며 여제의 꼭두각시 취급을 받았던 그 남자에 대해 마오마오는 사실 아무것도 모른다. 알려고 하지도 않았다. 하지만 지금은 황태후에게 부탁받은 저주의 정체를 푸는 데 필요한 일이었다.

"여기서 그림을 그리셨나요?"

아무도 반응하지 않았다. 그림을 그렸다는 사실도 다들 방금 전 처음 알았을 정도다.

"잘은 모르겠지만 이 방에서 지내게 되신 후로는 항상 같은 자가 곁에 있어 드렸다고 합니다."

황태후 직속 시녀가 그렇게 대답했다.

"그분을 바로 불러 주실 수 있으신가요?"

"아마 아직 일하고 있을 겁니다."

가오슌은 시녀의 이야기를 듣고 바로 부하를 보냈다.

"이 붓을 좀 만져 봐도 될까요?"

"그러렴."

황태후의 허락을 받은 마오마오는 붓을 집어 들고 그 끝을 만져 보았다. 붓끝은 생각보다 딱딱했다. 코를 들이대 보니 독특한 냄새가 났다.

마오마오는 바닥에서 반투명한 조각을 발견하고, 끓여서 굳힌 사탕 같은 그것을 빤히 들여다보았다. 바닥에도 띄엄띄엄 얼룩이 퍼져 있었다. 필사적으로 지우려 애쓴 흔적이 엿보이는 그 얼룩을 마오마오는 물끄러미 쳐다보았다. 문득 벽에 다가갈수록 얼룩이 늘어난 듯 보였다.

벽을 쳐다본 마오마오는 그것을 만져 보았다.

'?!'

생각보다 탄력이 느껴지는 통에 마오마오는 당황했다. 두툼한 종이를 사용한 걸까. 표면을 튼튼하게 만들기 위해서인지 염료 같은 무언가가 발라져 있었다. 방 안이 유난히 소박해 보였던 건 시간이 흐름과 함께 벽지가 누렇게 바랜 일, 그리고 아무런 무늬도 없는 단색 벽이라는 이유 때문이었으리라. 벽지는 방의 보온성을 높이기 위해 사용하지만, 장식의 목적도 크다.

마오마오는 벽을 빤히 바라보았다.

'혹시….'

마오마오는 선제의 저주라는 게 뭔지 대략 눈치를 챘다. 아마 그것이 틀림없을 거라고 생각했지만, 아무래도 그것 말고 또한 가지 아무래도 상관없는 무언가까지 알아낸 것 같은 기분이었다.

"데려왔습니다."

가오슌의 부하가 허리가 구부정한 노인을 데리고 왔다. 제법 연배가 있었으며, 관 속에 이미 한 발을 들여놓았다 해도 과언이 아닌 느낌이었다. 그런 노인이 바로 몇 년 전까지 고귀한 분의 방을 관리하고 있었다니 다소 위화감이 느껴졌다.

"너는…."

황태후는 노인을 보고 중얼거렸다. 노인은 눈을 가늘게 뜨고 천천히 고개를 숙였다.

"묻고 싶은 게 있는데요."

마오마오는 노인에게 물으려 했으나, 황태후는 천천히 고개를 가로저었다.

"이 사람은 예전에 공노비였단다."

그 말에 마오마오는 납득했다.

공노비란 국가의 노비, 즉 노예를 말한다. 몇 년 전까지 이 나라에도 있었던 제도이며, 열심히 일하면 노비에서 해방시켜 주는 일도 있기 때문에 일반적으로 상상되는 노예라기보다는 기녀가 계약 기간을 채우고 나가는 쪽에 더 가깝다.

하지만 그중에서도 유달리 심한 처우를 당하는 자가 드물지 않게 있었다.

"말을 못 하는 사람이야."

언어 장애가 있는 자를 일부러 골라 고용하는 일도 드물지 않다. 특히 주위에서 감시를 받으며 살아가야 하는 고귀한 신분의 사람이라면 더욱 그렇다.

"묻고 싶은 게 있는데요."

노인은 허리가 굽었지만, 시선만은 마오마오를 또렷하게 바라보고 있었다.

"이 방을 청소했을 때 혹시 그림은 나오지 않았나요?"

그 질문에도 노인은 아무런 반응을 보이지 않았다. 그저 마오마오를 빤히 쳐다보고 있을 뿐이었다.

"뭔가가 있었을 텐데요."

그 말에도 반응이 없었다. 저런 꼬마 계집애의 말 따위는 들을 가치도 없다고 생각하는 걸까.

'아니, 그건 아니야.'

마오마오는 노인이 무언가를 감추고 있다고 느꼈다. 주름진 손가락 끝이 파르르 떨리고 있었다. 아까의 진시와 비슷한 반응이었다.

그 시선이 한순간 벽 쪽으로 향하는 것을 마오마오는 놓치지 않았다.

'벽에 뭐가 있나?'

마오마오는 다시 한번 벽 쪽으로 다가가서 표면을 만져 보았다. 몇 번 쓰다듬는 사이, 마오마오는 무언가를 알아차렸다.

"이 벽지를 좀 뜯어 봐도 될까요?"

마오마오가 그렇게 묻자 데려온 노인이 반응했다. 저도 모르게 한 발 앞으로 나섰는지, 그 모습이 눈에 띄었다.

"뜯어 봐도 될까요?"

"그렇게 해서 뭔가를 알아낼 수 있다면."

어차피 조만간 이곳을 부술 예정이니 상관없다며, 황태후는 허락했다.

노인의 움푹 들어간 눈구멍이 마오마오 쪽을 향했다. 그러지 말아 달라는 듯.

'그럴 수는 없지.'

마오마오는 물과 솔을 준비해 달라고 부탁한 뒤 벽지를 적셨다. 그리고 원래부터 살짝 뜯겨 있었던 끄트머리를 붙잡고 천천히 벗겨 냈다.

벽지가 파스스 떨어져 나가는 가운데 모든 사람들이 놀란 표정을 지었다.

'어쩐지 탄력이 있더라니.'

벗겨진 벽지 밑에서 또 하나의 벽지가 나타났다.

"이건 뭐지?"

진시가 벽을 뚫어져라 들여다보았다. 그림 위로 벽지를 붙였는지 열화가 심하긴 했지만, 거기에는 단순히 벽에 난 얼룩이라고만 말하기는 힘든 무언가가 존재했다.

본래는 선명한 색채를 띠고 있었을 것으로 추정되는 그림이 나타났다. 중앙에는 성인 여성 같은 사람이 그려져 있었고, 어린 소녀들이 그 주위를 둘러싸고 있었다. 열화된 상태로도 그 그림에는 사람의 심금을 울리는 무언가가 있었다. 그림의 소재도, 기술도 중요하지 않았다. 그저 그 그림 속에는 그린 사람이 전하고 싶은 무언가가 담겨 있을 뿐이었다.

'본 적 있는 것 같은데.'

그랬다. 어젯밤 흘끗 보았던, 스이렌이 재빨리 빼앗아간 그 그림이었다. 인물을 그리는 방식이 매우 비슷했다.

마오마오에게 선제가 어떤 사람이었는지는 아무래도 상관없는 일이었다. 하지만 지금은 국가의 정점에 서 있었던 탓에 본래의 재능을 꽃피우지 못하고 죽은 사람이라는 생각이 들었다.

그 그림에는 그 정도의 힘이 있었다.

마오마오는 벽지를 다 벗기고 난 뒤 그림 표면을 관찰했다.

'역시….'

그림에는 노란 물감이 사용되었다. 선명한 노랑. 어젯밤 보았던 색과 비슷한 색깔이었다. 그랬다. 진시의 장난감 상자에 들어 있었던 바로 그 조약돌 말이다.

"이 그림물감은 아마도 비소와 같은 성분의 바위를 부숴서 만든 물건으로 보입니다."

웅황雄黃이라는 돌이 있다. 그것을 부숴서 만든 그림물감은 매우 선명한 노란색을 띠기 때문에 웅황색이라고도 불린다.

물감은 색을 내는 가루에 액체를 섞어서 만든다. 처음에 마오마오는 그것이 벽지에 사용되었고, 이 방을 사용하던 사람은 그 사실을 모른 채 지내는 바람에 그 가루가 몸에 배어들었을 거라고만 생각했다. 하지만 어린 진시가 웅황을 궁정 안에서 주운 일, 그리고 방에 떨어져 있던 붓의 형태가 특이하다는 사실 때문에 다른 가능성이 생겨났다.

어쨌거나 한꺼번에 많은 양이 입에 들어가진 않았을 테고, 오랜 시간이 지나는 동안 조금씩 몸에 스며들었을 것이다.

"비소에는 사물을 썩지 않게 하는 효능이 있습니다."

죽었을 무렵 선제의 전신에는 이미 비소가 퍼져 있었으리라. 의관들도 그 가능성을 알고는 있었겠지만 어디서 섭취했는지까지는 알아낼 수 없었다. 의관들은 황제의 행동을 제어할 수 없었다. 그저 식사에 독이 포함되어 있지 않았는지 확인할 뿐이었다.

황제로서 위에 서는 자가 그림 따위를 그리는 취미를 갖고 있다니, 하찮다고 여겨질지도 모른다. 적어도 주위에서는 그렇게 생각했으리라. 그래서 혼군으로 취급되던 그 남자도 취미를 공공연히 알리지 못하고 그저 이렇게 숨어서 그림을 그렸다. 아무 말 못 하는 공노비에게 방의 관리를 맡긴 건 그 때문이었으리라.

마오마오는 벽을 만져 보았다. 벽지 한 장을 벗겼는데도 아직 탄력이 느껴졌다. 아마 그림을 다 그리고 나서 다시 벽지를 겹쳐서 붙인 모양이었다. 이 밑에 몇 겹의 그림이 있을지 모를 일이다.

하지만 마오마오가 신기하게 여긴 것은 그림을 그린 도구였다. 벽지 표면에는 물감이 잘 묻도록 아교인지 뭔지가 발라져 있었다. 아까 바닥에 떨어져 있던 사탕 조각 같은 것은 아교였고, 그것을 녹여 물감을 만든 듯했다. 붓은 동물 털만 있으면 스스로도 만들 수 있지만, 이렇게 커다란 종이와 물감 재료가 될 만한 암석이 그리 많지는 않을 것이다.

마오마오는 흐릿해진 웅황색 그림 앞에 섰다. 여기 그려진 단 한 명의 성인 여성이 누구인지, 여기 있는 모든 사람들이 다 알고 있는 모양이었다.

선제는 성인 여성에게는 시선을 주지 않는 사람이라고 했다. 하지만 그와 동시에, 눈을 돌리지 않고는 견딜 수 없는 거대한 그림자가 선제의 뒤에 항상 드리워져 있었다고 했다.

'여제는 알고 있었겠지.'

자신의 자식이 황제에 어울리지 않는 그릇이라는 사실을. 그래서 권력을 자신에게 집중시켜서 지키려 했다. 우연히 황제의 지위를 손에 넣은 자식을 필사적으로 지켜 주었다. 그 때문에 자신이 여제라 불리게 된다 해도 개의치 않고.

자식을 위해 무엇이든 다 하려 했던 여제가 마지막으로 주었던 것이 이 장소와 그림을 그릴 도구였다는 사실은 너무나도 모순적인 일이 아닐 수 없었다.

마오마오는 그 말은 굳이 꺼내지 않고 조용히 방을 나선 뒤, 무언가를 확인하듯 예전에 공노비였던 노인을 바라보았다. 노인은 그저 눈을 감고 기도하듯 고개만 숙이고 있었다. 이 노인은 여제에게서 그림 그릴 재료를 받아다가 선제에게 전해 주는 역할을 했는지도 모른다. 거기에 독이 포함되어 있다는 사실은 노인도, 여제도 몰랐다.

반대로 황태후는 머리 위를 올려다보며 푸른 하늘 저편에 있을 누군가에게 묻고 있는 듯했다. 하지만 그렇게 보이는 건 자신이 다소 감상에 젖어 있기 때문인지도 모른다고 생각하며, 마오마오는 가볍게 고개를 가로저었다.

"제가 말씀드릴 수 있는 건 여기까지입니다."

마오마오는 그렇게 말한 뒤 천천히 고개를 숙였다.

○ ● ○

안시는 천천히 손을 뻗었다. 그리고 곳곳에 종잇조각이 붙어 있는 벽을 바라보며 자학적인 미소를 지었다.

마오마오라는 궁녀는 충분하고도 남을 정도의 답을 찾아 주었다. 오히려 몰라도 되는 부분까지 알려 주었다.

벽에 그려져 있는 중앙의 여성이 누구인지 안시는 알고 있었다. 흐릿해져도 그 존재감은 그림 속에서 여전히 건재했다.

자신은 누구일까. 이 주위에 있는 어린 소녀들 중 하나일지도 모르고, 이 중에 아예 들어 있지 않을지도 모른다.

자신 따위는 그저 스쳐 지나가는 존재 중 하나였으리라.

그렇게 생각하면 안시는 분노를 느꼈다. 안시는 자신의 배에 손을 짚고 그곳에 있는 흉터를 어루만졌다. 지금 자신이 국모로서 존재할 수 있는 건 이 상처가 있는 덕분이다. 사람들은 안시를 보고 자애롭다고 말한다. 또 한편으로는 너무 물러 터진 성격이라며 비웃음을 당하기도 한다. 선제의 손에 잘못 걸려 우연히 아이를 밴 어린 소녀라며 동정하는 목소리도 들렸다.

물론 그런 소녀도 있었을 것이다. 하지만 안시는 주상의 성벽에 대해 어느 정도 미리 이야기를 들었다. 아버지는 문관으로 안시는 첩의 자식이었는데, 동년배보다 초경이 빨랐다. 그리고 그런 것치고는 생김새가 앳됐다. 아버지는 안시를 안성맞춤인 도구로 이용했다.

안시는 눈을 감고 그날의 첫 만남을 떠올렸다.

일가친척 중에 환관이 있었던 덕분에 선제의 행동에 대해서는 미리 파악할 수 있었다. 선제는 며칠에 한 번 후궁을 방문하여 상급 비들의 처소를 둘러보곤 했다. 때때로 중급 비의 처소에도 들르긴 했지만 거기서 자고 가는 일은 없고, 어슬렁어슬렁 정원을 산책하거나 그냥 후궁을 나가 버렸다.

안시는 중급 비의 시녀로 들어갔다. 이 비는 안시의 이복 언니였는데, 아버지의 속내를 모르는 언니는 계속 주상이 자신의 처소에 찾아와 주기만을 기다리고 있었다. 그리고 기회는 생각보다 빨리 찾아왔다. 새로 들어온 중급 비들의 처소를 주상이 방문하게 된 것이다. 환관에게 이끌려 들어오는 주상이 썩 내키지 않는 기색을 띠고 있다는 사실은 어린 안시도 알 수 있었다. 하지만 그토록 흠모하던 주상의 마음을 사로잡고 싶었던 이복 언니는 그것을 파악하지 못했다.

직접적인 원인이 무엇이었는지는 모른다. 하지만 정신을 차리고 보니 이복 언니는 주상에게 세게 떠밀려 바닥에 쓰러져 있었다. 주상은 벽에 몸을 기대고 거기에 얼굴을 파묻고 있었다.

보통 이럴 때 시녀로서 해야 할 행동은 쓰러진 비를 달래거나, 아니면 무례한 행동에 대해 주상에게 잘못을 빌거나 둘 중 하나다. 하지만 안시의 행동은 달랐다.

"괜찮으신가요?"

이 또한 무례하다면 무례하다고 할 수 있는 행동이었다. 주위 환관들이 안시에게 물러나라고 말하며 밀어냈다. 안시는 자신이 이복 언니와 함께 벌을 받게 될 거라 생각했지만 그런 일은 없었다.

이복 언니는 그저 주상을 아주 살짝 건드리려 했을 뿐이었다. 꿈에서까지 나오던 후궁에서 만난 주상의 얼굴은 상상 이상으로 매력적이었다. 금이야 옥이야 하며 곱게 자란 이복 언니는 너무나도 들떠 있었다.

그에 비해 안시의 눈에는 고개를 숙인 주상의 표정이 보였다. 버들가지 같은 눈썹이 참혹하게 일그러져 있었고, 눈에는 눈물이 그렁그렁했다. 이복 언니가 건드린 부분이 왼팔이었는지, 주상은 마치 그 감촉을 잊으려는 듯 열심히 왼팔을 문질러 댔다.

그것은 결코 국가의 정점에 선 자의 표정이 아니었다. 그저 쓰러진 채 넋이 나간 중급 비가 두려워 어쩔 줄을 모르는 심약한 남자일 뿐이었다.

그리고 그 지나치게 소심한 남자에게 다가간 건, 야심에 찬 열 살짜리 여자아이였다.

시간이 흘러 안시의 외모는 더 이상 소녀의 모습을 띠지 않게 되었고, 선제는 안시를 만나고 싶지 않아 했다. 안시 또한 선제에게는 공포의 대상이 되어 버렸을 것이다. 이복 언니는 안시에 대한 질투로 미쳐 버렸다. 결국 하사되는 형태로 후궁을 나가긴 했지만 그 뒤에 어떻게 되었는지는 모른다. 몇 년 전 병으로 쓰러졌다는 이야기를 듣긴 했으나 이미 황태후가 된 안시는 아직 선제의 상을 치르고 있었던 탓에 그 장례식에 참석하지도 못했다.

그 후에도 자신과 마찬가지 사명을 가진 어린 소녀들이 후궁에 여러 명 들어왔다. 후궁은 점점 더 커지고, 세 개의 구획이 더 늘어났다. 선제가 즉위함과 동시에 세워진 곳이 바로 현 후궁의 남측 구역이다.

안시는 죽을 고비를 수도 없이 넘겼다. 그나마 다행이었던 건 임신한 아이가 남자아이였고, 여제가 손자의 존재를 인정해 주었다는 것이다. 예전에 어느 궁녀가 여자아이를 낳은 적이 있었는데, 선제가 자신은 그 궁녀를 모른다며 부정했기 때문에 궁녀는 아이와 아이 아버지로 추정되는 의관과 함께 추방되었다. 당시 그 의관은 그나마 거세를 면제받았지만, 그 후로는 의관도 거세가 의무화되었다.

이 배를 수술해 준 의관은 그 때문에 거세를 당했으니 정말이지 너무나 가엾은 일이다.

여기서 그림을 그리던 선제의 머릿속에는 언제나 어머니인 여제와 야심 없는 어린 소녀들만이 가득했을 것이다. 거기에 자신의 자리는 없다. 안시는 아마 선제에게 자신을 건드리려 했던 이복 언니와 같은 존재, 아니 그보다 더한 공포의 대상이 되었을 테니까.

둘째 아이를 보고 부정한 행위를 통해 낳은 아이라며 의심하는 자도 있다. '그럴 리가 없지.'라며 안시는 비웃었다.

그렇게까지 겁에 질린 선제의 모습은 한 번도 본 적 없었다. 여제의 꼭두각시로 살아가며 성인 여성을 무서워하고, 어린 소녀가 아니면 제대로 말도 걸지 못하던 한심한 남자. 그런 사람이 자신을 잊어버렸다는 사실을 안시는 용서할 수 없었다. 선제가 자신을 본 척도 하지 않고 지나쳐, 최근 마음에 들어 하는 놀이 상대에게로 가는 모습을 본 순간 그 마음은 완전히 폭발하고 말았다.

자신의 배에 난 상처를 강제로 들이대니 남자는 그저 용서만을 구할 뿐이었다. 안시는 그런 남자를 계속 괴롭혔다. 지금까지 선제가 손을 댔던 그 많은 소녀들의 괴로움에 비하면 댈 것도 되지 않는다며, 그 모든 상처들을 다 합쳐도 모자랄 만큼 괴로워하면 좋겠다며 잠자리에서 계속 저주를 걸었다.

지금까지 상처 입혔던 소녀들 중 그 누구보다도, 위대한 어머니인 여제보다도, 자신을 선제의 기억 속에 가장 깊이 박아 놓기 위해.

그 그림은 어떤 그림이었을까.

딱 한 번 선제가 안시를 그린 적이 있었다. 남몰래 혼자 붓을 놀리는 모습은 너무나 평화로워 보였다. 그 그림을 소중히 보관하긴 했지만, 안시는 결국 그것을 시녀에게 버리라고 했다.

이제 이 선제는 자신에게 필요치 않다. 안시가 선제에게 필요치 않은 존재인 것과 마찬가지로.

아이가 위험에 처할지도 모른다는 사실을 깨달은 순간 안시의 결단은 빨랐다. 아무리 부정한 자식이라 사람들이 손가락질하더라도, 바꿔치기한 아이라 해도 안시에게는 소중한 아이였다. 여태껏 뚜렷하게 알지 못했던 사실을 그때 처음으로 알게 되었다.

안시는 벽에 그려져 있던 그림에서 몸을 떼었다. 자신 곁에 늘 붙어 있던 시녀가 기다리고 있었다. 시녀는 그 옆으로 시선을 돌리며 때때로 어쩔 줄을 몰라 했다.

그곳에는 전혀 사람으로 여겨지지 않을 정도의 미모를 지닌 얼굴이 있었다. 안시조차 그런 감상을 품게 만드는 그 사람은 예전 누군가의 그림자를 얼굴에 간직하고 있었다. 이제 그 사람은 이 세상에 없고, 벌써 몇 십 년이나 지난 옛날 일이니 그 사실을 지적할 수 있는 사람도 얼마 되지 않는다.

"옛날에 그분이 저희 방에 오신 적이 있었죠."

"그래. 벌써 몇 년 전 일일까."

안시는 눈앞의 남자, 지금 모습으로는 진시라는 이름을 가진 사람에게 말했다. 십 수 년 전의 일이다. 그때의 선제는 이미 정신이 다 망가져 있었다. 이 건물에 틀어박힌 지 얼마 되지 않았을 때다. 그것이 누구 탓인지, 안시는 딱히 추궁하고 싶진 않았다.

금세 여제가 쫓아와 귀여운 외아들을 달래서 데리고 나갔던 일은 기억하고 있다.

"그때 저는 이런 것을 주웠습니다."

진시는 손수건으로 감싼 노란 결정을 보여 주었다.

"이것은 웅황이라는 물건이라고 합니다."

그 당시 이미 독에 몸이 갉아 먹히고 있었구나, 하고 안시는 생각했다. 그야말로 남의 일처럼 차가운 기분이었다.

"스이렌이 오늘 아침에 겨우 돌려주더군요."

아주 오랜 옛날 안시는 스이렌에게 말했다. 너무나 끈질기게 한 가지 물건만 갖고 논다면 그냥 빼앗아 버리라고 말이다.

그것이 얼마나 잔혹한 일인지도 모른 채 벌인 일이었다. 그 어린아이가 눈치를 살피며 자신을 올려다볼 때마다 안시는 저도 모르게 시선을 피했다. 자신은 너무나 심한 짓을 저질렀다.

그 때문인지 이 아이는 남들보다 빨리 어른이 되었지만, 마음은 여전히 아이 그대로였다.

"딱 한 번, 나도 그분의 그림을 본 적이 있는 것 같구나. 그림에는 어린 소녀가 그려져 있었고, 옅은 색이 칠해져 있었지. 이 색이 낯이 익은 건 그 그림을 봤기 때문이었던 모양이야."

분명히 버리라고 했던 그림인데, 스이렌이 몰래 숨겨 가지고 있었던 듯했다.

"황태후께서는 옛날부터 이 색의 옷을 즐겨 입으셨죠."

그냥 우연이다. 울금을 왕성하게 생산하던 친정에서 보내 준 옷에 주로 노란색이 많이 사용되었기 때문에, 그 후에도 습관적으로 노란 옷을 즐겨 입었을 뿐이다.

"정말로 저 그림 속 여성은 여제일까요?"

"나는 모르지."

"그때 그분은 무엇을 그렇게 전하고 싶으셨던 걸까요?"

"나는 모르지."

그런 건 모른다. 이젠 알 수도 없다. 알려 하지 않았던 건 안시의 선택이었다.

화제를 바꾸기 위해 안시는 다른 이야기를 꺼냈다.

"꽤 재미있는 궁녀에게 눈독을 들이고 있는 것 같더구나."

"제법 쓸 만한 자입니다."

진시의 말에 거짓은 없겠지만, 그것이 전부는 아니라는 사실 정도는 안시도 안다. 무시무시한 수라장을 뚫고 살아남은 경험은 진시와는 비교도 되지 않는다. 게다가 진시를 벌써 몇 년이나 지켜봤는지 모른다.

"그렇구나. 하지만…"

안시는 이 한마디는 해 둬야겠다는 표정으로 눈을 가늘게 떴다.

"마음에 드는 건 미리 감춰 두지 않으면 누군가가 먼저 채 가서 숨겨 버릴 거야."

안시는 그 말만을 남기고 자기 방으로 돌아갔다.

약사의 혼잣말

1 5 화 　 괴담

예전부터 계속 말이 나오던 새 궁녀들이 겨우 찾아왔다. 비취
궁에는 새롭게 세 사람이 들어왔다. 마오마오 이외의 다른 시
녀들과는 이미 얼굴을 아는 사이라고 했다.

'흐음.'

마오마오는 눈을 가늘게 뜨고 세 시녀들을 본 뒤 바로 생각했
다.

'얼굴과 이름을 일치시키기가 너무 힘든데.'

마오마오는 관심이 있는 것 외에는 기억력이 썩 좋지 않다.
그러므로 한동안은 새로 들어온 궁녀들에게 말을 걸기가 쉽지
않을 것이다.

뭐, 원래 자신은 그렇게 말수가 많은 편은 아니니 천천히 기
억하면 된다고 생각하고 고민을 끝맺었다. 그보다 더 큰 문제
는….

"마오마오, 이제 그만 네 방으로 돌아가도록 해."

잉화가 양손에 허리를 짚고 말했다.

"제 방은 여기라고 들었는데요."

마오마오는 비취궁 정원 한구석에 있는 창고를 벗어나지 않으려 발버둥치고 있었다. 그 안에는 조합 도구와 말린 약초들이 가득했다. 겨우 방에서 다 가지고 나온 참이었다.

"그냥 농담이잖아! 왜 진담으로 받아들이고 그래!"

잉화는 새로 들어온 아이들에게 도무지 좋은 본보기를 보일 수 없다는 이유로 화를 내고 있었다.

"아무 문제없으니 그냥 이대로 계속 쓸게요."

"안 된다고 몇 번을 말해! 봐, 다른 애들이 이상한 눈으로 쳐다보고 있잖아!"

이리하여 창고 기둥을 끌어안고 버티는 마오마오와 그런 마오마오를 잡고 끌어당기는 잉화의 우스꽝스러운 광경이 연출되고 말았다.

궁녀 둘이서 그런 짓을 하고 있으니 시녀장 홍냥이 입 다물고 가만히 있을 리가 만무했기에, 둘 다 사이좋게 주먹을 한 대씩 얻어맞았다.

결국 마오마오는 원래 방으로 돌아가게 되었다.

하지만 대량의 조합 도구와 약초들을 본 홍냥은 포기한 듯 주인인 교쿠요 비에게 이 사실을 보고했다. 재미있는 일을 좋아하는 교쿠요 비는 깔깔 웃으며 창고를 마음대로 써도 좋다고 허락해 주었다.

잘 때는 반드시 자기 방에 돌아가서 자야 했지만, 그 외에는 자유롭게 행동할 수 있었다.

마오마오는 교쿠요 비가 참 좋은 상사라고 생각했으나 잉화는 아무래도 불만을 지울 수가 없는 듯 뚱한 얼굴로, 잔뜩 신이 나서 창고에서 작업을 시작하는 마오마오를 지켜보고 있었다. 다과회도 끝났고, 저녁 식사 때까지는 달리 할 일도 없다. 새로 들어온 시녀가 셋이나 되는 덕분에 한 사람 한 사람의 일이 훅 줄었다.

'이러면 안 되지.'

잉화의 발언은 마오마오에게는 별로 달갑잖은 참견이긴 했지만 그래도 잉화가 마오마오를 생각해서 해 준 말이라는 사실은 틀림없었다. 새로운 궁녀들과 빨리 터놓고 지내게끔 하기 위해 그렇게 말해 준 것이리라. 오늘 간식 시간에도 유난히 마오마오와 세 신참 시녀들을 이야기에 끌어들이려 애썼고 말이다.

잉화는 그런 배려를 할 줄 아는 아가씨였다.

마오마오는 들고 있던 말굽버섯을 내려놓고 창고에서 슬며시 고개를 들어 잉화를 바라보았다.

"…죄송합니다. 제가 너무 제멋대로 굴었네요."

"아니야, 괜찮아."

말은 그렇게 했지만 잉화는 입을 삐죽 내밀고 있었다.

마오마오는 몸의 절반을 벽 뒤에 숨긴 채 잉화의 눈치를 보았다.

"…정말 괜찮다니까."

잉화는 벽을 사이에 두고 마오마오를 마주 보았다.

그리고….

"대신 오늘은 어딜 좀 같이 가 줘야겠어."

잉화는 마오마오의 손목을 덥석 잡고, 심술궂게 히죽 웃었다.

'이건….'

"오늘 밤에 한가한 건 나랑 마오마오 너뿐이거든! 마침 잘됐지!"

잉화는 무척이나 즐거운 표정으로 마오마오의 손을 잡고 마구 흔들어 댔다.

'당했다.'

마오마오는 긴 한숨을 내쉬며, 잇속 빠른 시녀를 바라보았다.

그날 밤 마오마오가 끌려간 곳은 후궁 북측에 위치한 어느 낡은 건물이었다. 한밤중에 밖에 나가는 일을 홍냥이 허락해 줄지 걱정이었지만, 의외로 허가는 쉽게 떨어졌다.

"가끔은 그런 곳에도 참가해야지."

'그런 곳이라는 게 뭐지…?'

도대체 뭘까, 의문을 품고 마오마오는 잉화를 따라갔다.

둘은 작은 사방등 불빛에 의지하여 밤길을 걸어갔다. 미적지근한 바람이 불어 께름칙한 기분이 들고, 귓가에서는 날벌레소리가 시끄럽게 울려 퍼졌지만 불평할 수는 없었다.

"자, 마오마오. 이거 걸쳐."

잉화는 입구에서 마오마오에게 얇은 천을 건넸다.

"덥지 않나요?"

"아냐, 금방 시원해질 거야. 자."

마오마오는 고개를 갸웃거리며 일단 시키는 대로 했다.

잉화가 입구 문을 똑똑 두드리자 안에서 궁녀 한 명이 나타났다.

"어서 와. 참가자 두 명?"

"네. 잘 부탁드려요."

"잘 부탁드려요."

마오마오도 잉화를 따라 고개를 숙였다. 맞이하러 나온 궁녀는 미소를 지으며 두 사람에게 작은 불빛을 하나씩 건네주었다. 대신 사방등은 끄라고 했다. 짙은 어둠 속에서도 아름다운 궁녀라는 사실은 알 수 있었으나, 후궁에 있기에는 다소 연배가 있어 보였다.

건물 안 역시 바깥과 마찬가지로 낡아 있었다. 오랜 세월을 거치며 낡아 왔다기보다는 사람이 살지 않게 되어 급격히 폐가가 되어 버린 느낌이었다. 최소한의 청소는 한 모양이었지만 곳곳의 문틀이나 문설주가 뒤틀리고 바닥이 삐걱거렸다.

"이곳은 예전 황제 폐하 때 사용하던 장소야."

지금의 후궁도 상당히 규모가 크지만 예전 황제 시대에는 궁녀가 더 많았다. 황제의 자식을 낳게 하기 위해 전국에서 여성들을 긁어모아 이곳에 가둬 두었다고 했다.

궁녀가 많이 줄어든 지금은 사용하지 않게 된 장소지만, 이렇게 가끔 쓸 때가 있다고 한다. 그리고 어디에 쓰는가 하면.

복도의 막다른 곳에 있는 커다란 방에 들어가니 이미 먼저 온 손님이 열 명 정도 있었다. 모두가 천을 뒤집어쓴 채 둥그렇게 둘러앉아 있었다. 한 사람 한 사람이 든 불꽃이 희미하게 너울거려, 왠지 모르게 음침하게 느껴지는 광경이었다.

한여름 밤에 무엇을 하고 있는가 하면….

이쯤 되면 대략 상상이 된다.

"자, 그럼 시작하지요."

입구에서 두 사람을 맞이해 준 궁녀가 말했다. 이 궁녀가 사회를 보는 모양이었다.

"여러분, 모두 이야기를 준비해 오셨나요?"

궁녀는 막대 조각으로 만든 제비를 내밀었다.

"오늘 밤은 간담이 서늘해지는 열세 가지 이야기를 한번 즐겨

봅시다."

히죽 웃는 그 얼굴은 너울거리는 불꽃 속에서 한층 더 으스스
해 보였다.

아무래도 이곳에서는 괴담회가 열리게 되는 모양이었다.

궁녀들은 동서남북으로 한 명씩, 그리고 그 사이에 두 명씩
자리를 잡고 앉아 있었다.

마오마오는 천으로 얼굴을 반쯤 가리며 간신히 하품을 꾹 참
았다. 첫 번째 이야기는 이야기하는 사람도 첫 순서라 긴장한
탓인지 영 횡설수설해서 별로 긴장감이 느껴지지 않았다. 이야
기 자체도 후궁 안에서 떠도는 소문 수준에 불과했기 때문에 딱
히 간담이 서늘해질 것도 없었다.

두 번째 사람의 이야기가 시작되려는 찰나 오른쪽에 있던 누
군가가 마오마오를 쿡 찔렀다. 잉화는 왼쪽에 앉아 있었다.

"안녕~"

"안녕."

최대한 낮춘 그 목소리는 무척 앳되게 들렸다. 머리까지 천을
뒤집어쓴 그 인물은 마오마오의 눈에도 낯이 익었다. 시스이였
다. 어둠 속에 앉아 있었기에 여태 알아차리지 못했다.

시스이는 졸려 보이는 마오마오에게 무언가를 건넸다. 어쩐
지 짭짤한 냄새가 난다 했더니 마른 오징어였다.

"먹을래?"

"응, 먹을래."

마오마오는 다리 하나를 받아 들고 소리 나지 않게 천천히 씹었다.

두 번째 이야기 역시 지극히 흔해 빠진 괴담이었다. 내용 자체는 딱히 특별할 것도 없었으나 첫 번째 사람과 달리 이야기하는 억양을 잘 조절해서, 무서워하는 사람도 몇 명 있었다. 옆자리의 잉화도 머리까지 천을 뒤집어쓰고 때때로 얼굴을 가리며 듣고 있었다.

그것만이라면 다행인데 심지어 마오마오에게 매달리거나 끌어안을 때도 있었다. 잉화는 작은 몸집에 비해 힘이 센 편이어서 가끔 목을 졸리기도 했다.

'겁이 많지만 괴담은 좋아하는구나.'

이런 성격은 드문 것도 아니다. 마오마오를 데려온 걸 보면 혼자 오기는 무서웠던 모양이다.

마오마오는 이런 식으로 여럿이 모여 이야기를 나누는 일을 썩 좋아하지는 않지만, 오락거리가 별로 없는 후궁 안에서는 어느 정도 인정받고 있는 행사인 모양이었다. 실제로 홍냥도 허락해 주었고, 시스이도 이 자리에 와 있다. 하지만 시스이의 경우에는 딱히 허락을 받지 않았어도 그냥 왔을 수도 있다고 마오마오는 생각했다.

그러다 보니 절반이 끝났다. 처음 들어왔을 때 받은 불빛은 이야기 하나가 끝날 때마다 하나씩 꺼지고, 반만 남았다. 일곱 번째 사람의 이야기가 시작되자 마오마오는 오징어 다리를 질겅질겅 씹으며 멍하니 들었다.

일곱 번째 사람은 창백한 얼굴을 너울거리는 불빛에 비추며 이야기를 시작했다.

○ ● ○

이건 내 고향에서 벌어진 일인데, 거기엔 아주 오래전부터 들어가서는 안 된다고들 하는 숲이 있어.

그 숲에 들어가면 저주를 받고, 유령이 와서 영혼을 잡아먹는다고 해.

하지만 어느 날 그 금기를 깬 사람이 있었어.

그 해에는 농사가 흉년이 들었대. 기근까지 오지는 않지만 어쩌다 가장이 죽은 집이 하나 있었어. 그 집에는 아이와 어머니만 남아 있었어.

이웃도 남을 도울 여유가 없어서 아이는 계속 쫄쫄 굶었대.

그러던 어느 날 그 아이는 뭐 먹을 게 없을까 하고 금기의 숲에 들어갔지.

아이는 생글생글 웃으면서 나무 열매를 잔뜩 따 가지고 집으로 가져갔어.

어머니에게 "그 숲에 들어가면 먹을 게 많이 있어."라고 말하면서 말이야.

어머니는 아이의 입을 막으려 했지만 이미 늦었어. 결국 촌장에게 불려 가서 절대로 금기의 땅에 들어가서는 안 된다고 야단을 맞게 되었지. 촌장에게 걸리면 두 번 다시 금기의 땅에는 들어갈 수 없게 돼. 마을에서도 따돌림을 받게 되고.

그래서 그 안에 아무리 먹을 것이 많아도 포기하는 수밖에 없었어.

그런데 그 후 이상한 일이 일어났어.

그날 밤 기묘한 빛이 흔들흔들 움직이며 그 모자의 집으로 향하는 모습을 본 사람이 있었던 거야.

그리고 다음 날 모자는 쓰러졌어.

마을 사람들은 저주를 두려워해서 다가가지 않았고, 결과적으로 그 모자는 죽게 되었지.

어머니는 아이가 죽고 자신도 숨이 끊어지기 직전에 이렇게 말했다고 해.

"있잖아, 좋은 거 하나 가르쳐 줄게."

웃으면서 무슨 말인가를 하려다가 그대로 죽고 만 거야.

결국 그 어머니가 무슨 말을 하려 했는지는 아무도 알 수 없었고, 지금도 그 숲은 금기의 장소로 전해져 내려오고 있어.

그래도 금기를 깨는 사람이 생겨나면, 그날 밤 도깨비불이 그 집을 찾아가서 집 안에 있던 사람의 영혼을 빼앗아 간대.

○ ● ○

'아아, 그렇구나.'

마오마오는 딱히 놀랍지도 않은 이야기를 묘하게 납득하면서 들었다. 무서운 **결말**도 아닌데 다들 겁을 먹은 채 듣고 있었다. 아마 분위기 때문에 그러는 모양이었다.

입 안에서 열심히 씹어 부드러워진 마른 오징어를 꿀꺽 삼키자, 시스이는 마치 그러기를 기다렸다는 듯 새로운 오징어를 내밀었다.

"묘하게 후련한 표정이네."

시스이가 목소리를 낮추고 말했다. 시스이 역시 마오마오와 마찬가지로 괴담에 겁을 먹지는 않은 듯했다.

"뭐, 그건 그래."

"왜 그러는데?"

"나중에 알려 줄게."

지금 여기서 비밀을 다 밝혀 버리면 흥이 식을 거라고 마오마오는 시스이를 달랬다.

세간에 떠도는 수많은 소문들에도 약간의 뿌리와 이파리는 있는 법이다.

차례차례 이야기가 이어지는 가운데 마오마오는 멍하니 듣기만 했다. 왼쪽 옆에 앉아 있던 잉화가 마오마오의 손을 꼭 잡고 있었고, 툭하면 끌어안으며 매달리곤 했다.

그러는 사이 바로 옆까지 차례가 돌아왔다.

마오마오는 졸린 눈을 비볐다. 어째서인지 나른하고 자꾸 잠이 왔다. 좁은 방 안에 열 몇 명이나 모여 있는 데다, 다들 체취를 신경 썼는지 향을 피우고 온 모양이었다. 코가 좋은 마오마오는 그 냄새에 살짝 취한 상태였다.

시스이는 머리까지 뒤집어썼던 천을 내리고 불을 얼굴 앞으로 가져왔다. 키에 비해 앳된 그 생김새는 예쁘장하긴 하지만 너울거리는 불꽃에 비쳐 묘한 박력이 느껴졌다.

"이건 머나먼 동쪽 나라의 이야기인데….."

앳된 목소리를 낮게 깔며 시스이는 이야기를 시작했다. 말투가 소녀에서 갑자기 노파로 바뀐 느낌이었다.

○ ● ○

어느 나라에 고명한 승려가 있었는데, 옆 나라 왕이 승하하여 그곳에 가서 공양을 드렸다. 그리고 돌아오는 길, 집에 가는 길

도중에 벌어진 일이다.

자신의 절에 가기 위해서는 산을 두 개 넘어야 했으므로 하루 안에 도착할 수 있는 거리가 아니었기 때문에, 승려는 중간에 하룻밤 묵어가기로 했다.

갈 때는 좋았다. 날씨도 맑아서 순조롭게 갈 수 있었고, 중간에 아는 승려가 있는 절에서 묵게 해 주었다.

'이거 실수했구먼.'

승려는 생각했다. 갈 때와 같은 길이었으나, 돌아올 때는 유난히도 다리가 무겁게 느껴졌기 때문이었다. 예정된 길을 3분의 2쯤 왔을 무렵 벌써 해가 저무는 통에 그날 밤 묵을 예정이었던 절에는 도착하지 못했다. 승려는 수행 중이기 때문에 딸린 종자도 없고 말도 없었다.

주위는 온통 억새밖에 없는 들판이었고, 멀리서 들개 우는 소리만이 들려왔다. 노숙을 하려 해도 혹시 들개 떼의 습격을 받을지도 모르는 상황이었다.

그렇게 다급히 걷던 승려의 눈에 문득 오래된 민가 하나가 들어왔다. 승려는 걸음을 서둘러 초가집으로 다가가 문을 두드렸다.

"여보시오, 안에 주인장 계십니까."

젊은 부부가 나왔다. 승려는 사정을 설명하고 혹시 헛간 한구석이라도 좋으니 하룻밤 재워 줄 수 없는지 물었다.

"어머나, 긴 여행을 하셔야 하는데 헛간에서 주무시면 너무 피곤하실 거예요."

젊은 아내는 승려를 극진히 대접했다. 이것밖에 없어서 죄송하다며 내준 가지와 오이는 굉장히 맛이 있었다.

그에 반해 젊은 남편은 수상하다는 표정으로 승려를 쳐다보았다.

어쩌면 당연한 일이었다. 젊은 부부의 집에 나그네가 이토록 뻔뻔하게 들어오다니 말이다.

승려는 가진 것이 별로 없었다. 최소한의 노잣돈밖에 가지고 나오지 않았다.

그런데도 부부는 승려를 손님으로 대접해 주고, 다른 방에 침상까지 마련해 주었다.

푹신한 이불을 고맙게 느끼며 승려는 자신이 뭐 해 줄 수 있는 게 없는지 고민했다.

그리고 자신이 할 수 있는 일은 독경 정도밖에 없을 거라고 결론을 내리고, 경을 외기 시작했다.

평소였다면 경을 한번 외기 시작하면 끝까지 집중할 수 있었는데, 오늘은 어째서인지 자꾸 바깥에서 나는 소리가 신경이 쓰였다.

억새가 바람에 나부끼는 소리 말고도 뭔가 방울 같은 소리가 났다.

벌레인가.

승려는 경을 외면서 귀를 기울였다.

그러자 그 방울 소리가 사람의 목소리라는 사실을 알 수 있었다.

"당신, 이제 어쩔 거야."

집주인 부부 중 아내의 목소리였다.

"어쩌긴 뭘. 할 수 없잖아."

방울 소리 같은 목소리는 남편의 목소리였다.

참 기묘한 목소리라고 승려는 생각했다. 하지만 한번 시작한 경을 멈출 수는 없었다.

"그러면 안 되지, 여보. 난 혼자 남기 싫어."

아내가 목소리를 높였다.

들리지 않는 척하려 했지만 승려의 귀는 다른 사람들보다 밝았다. 남의 대화를 엿듣는 건 좋지 않다고 생각하면서 승려는 경에 집중하려 했지만 자꾸만 그 목소리가 귀에 흘러 들어왔다.

"당신이 그럴 생각이어도, 나는 할 거야."

도대체 뭘 할 생각이지.

승려의 등골이 오싹해졌다.

독경을 중단하고 싸우는 두 사람을 말리러 가야 할까, 아니면.

아니, 경은 그만둘 수 없다. 그만두지 않는 편이 낫다. 어째서인지 승려는 그렇게 생각했다.

어째서일까. 온몸에 소름이 끼쳤다. 싹 밀어서 이미 오래전 반질반질해진 머리 가죽까지 오싹해질 정도였다.

도대체 이게 뭘까.

"그럼 한다."

일그러진 장지문이 삐걱거리며 열렸다.

여자가 번들거리는 눈빛으로 손도끼를 들고 서 있었다.

승려는 눈동자만 움직여 그쪽을 쳐다보았지만 입으로는 계속 경을 외고 있었다.

"이 중놈이 대체 어딜 간 거야."

여자는 부스럭부스럭 소리를 내며 승려의 앞을 가로질렀다.

하지만 승려의 존재는 알아차리지 못했다.

"어디 갔지? 도망갔나."

여자는 방을 나갔다.

길게 뻗은 그림자가 기묘한 형태를 띠고 있었다. 도저히 인간의 형상이라고 생각할 수가 없는 그 그림자가 또 하나의 기묘한 그림자와 겹쳐졌다.

"여보, 찾아보자. 찾아야 해. 안 그러면, 안 그러면…."

여자는 다급한 눈치였다. 뭐가 그렇게 급한 걸까.

"당신을…."

딸랑딸랑 방울 울리는 소리가 들렸다.

그 소리 뒤로는 버석버석 종이 구기는 듯한, 무언가를 씹는 소리가 났다.

씹는 소리가 계속 났다.

중은 그러는 내내 계속 경을 외고 있었다.

그리고 소리가 끝남과 동시에 밖으로 나갔다.

젊은 부부에게 인사도 하지 않고, 눈도 마주치지 않고 집 밖으로 나가니.

연갈색 벌레 날개가 떨어져 있었다.

딸랑, 딸랑.

억새밭 속에서 벌레 소리가 들리다가 그쳤다.

승려는 부스스 떨어져 있는 벌레 날개 앞에서 합장을 한 뒤 계속 경을 외면서 새벽까지 걸어갔다.

○●○

이야기를 할 때 목소리의 억양을 적절하게 조절하는 일이 얼마나 중요한지 마오마오는 충분히 느낄 수 있었다.

다들 시스이의 이야기에 푹 빠져 버렸다.

평소에는 앳된 말투로 혀짤배기 목소리를 내던 시스이였지만, 지금 이야기하는 어조는 완전히 다른 사람 같았다. 옆에서 보이는 불빛에 비친 얼굴도 마치 전혀 다른 사람처럼 느껴졌다.

'왠지 낯이 익은데….'

멍하니 그 옆얼굴을 지켜보고 있는데 시스이가 생긋 웃으며 마오마오를 보았다. 그러고는 들고 있던 불빛을 후 불어서 끈 뒤 기름과 심지는 한가운데에 놓여 있는 화로에 던져 넣었다.

"다음은 너야, 너."

시스이는 티 없이 해맑게 생긋 웃었다.

아, 그렇구나. 마오마오는 고개를 끄덕였다. 이런 자리에 와 있으니 자신도 그런 이야기를 한 가지는 해야 하는 입장이었다.

'무슨 이야기를 할까….'

솔직히 마오마오는 이런 괴담을 믿는 성격이 아니다. 따라서 딱히 재미있는 이야기도 생각이 나지 않았기에, 할 수 없이 옛날에 아버지가 해 주었던 이야기를 하기로 했다.

"몇 십 년 전의 일입니다. 무덤에 도깨비불이 출몰한다는 이야기가 있었습니다."

마오마오가 이야기를 시작하자, 잉화는 마오마오에게서 몸을 떼고 천을 얼굴에 둘둘 감은 채 눈만 빼꼼 내밀고 쳐다보았다.

"너무나 수상했기 때문에 용감한 젊은이들이 도깨비불의 정체를 밝히러 갔습니다. 그랬더니…."

잉화가 입술을 마구 우그러뜨리며 마오마오를 쳐다보고 있었다. 무서우면 귀를 막으면 될 텐데, 하고 마오마오는 생각했다.

안타깝게도 마오마오의 이야기는 그렇게까지 기대할 만큼 무서운 괴담은 아니었다.

"알고 보니 아무것도 아니었습니다. 같은 마을에 사는 남자가 무덤으로 걸어갔던 겁니다. 흔들리는 불빛을 보고 누군가가 도깨비불로 착각했던 거지요."

뭐야, 하고 잉화가 한숨을 내쉬었다.

"그 남자는 그저 무덤을 파헤치고 있었을 뿐이었습니다."

잉화의 이마가 마오마오의 어깨에 툭 부딪쳤다. 잉화는 마오마오를 물끄러미 바라보고 있었다.

"무덤을 파헤쳐?"

"네. 수상한 저주에 심취해 있었는지, 만병통치약이라 불리는 사람의 간을 으깨서 온몸에 발라…."

이번에는 잉화의 이마가 마오마오의 이마를 퍽 들이받았다. 마오마오는 이마를 문지르며 "이상입니다."라고 이야기를 끝맺었다.

다음은 잉화의 차례였으나 잉화 역시 횡설수설하다가 이야기를 끝내 버리고, 드디어 불빛은 마지막 하나만이 남았다.

두 사람을 처음 맞이해 주었던 궁녀가 마지막 불빛을 들고 있었다.

'그러고 보니….'

앉아 있는 궁녀들은 네 모퉁이에 한 명씩 있고, 그 사이에 두 명씩 있으니 전부 합쳐서 열두 명이 되어야 한다.

하지만 이 궁녀는 맨 처음에 '열세 가지 이야기'라고 말하지 않았던가. 그게 도대체 무슨 의미일까, 하고 마오마오는 생각에 잠겼다.

궁녀는 선대 황제 시절의 이야기를 했다.

지나치게 많이 늘어난 궁녀들 가운데 얼마 안 되는, 승은을 입은 어느 여자의 이야기였다.

왠지 머리에 통 들어오질 않았다. 눈앞이 어질어질했다.

마오마오는 멍한 기분으로 눈앞에 놓여 있는 화로를 바라보았다.

'어라?'

궁녀가 무언가 무시무시한 결말을 말하고 주위 사람들은 모두 부들부들 떨었지만 마오마오에게는 제대로 들리질 않았다.

"자, 그럼 열세 번째 이야기입니다."

궁녀가 다음 이야기를 진행하자는 듯, 마지막 심지를 화로 속으로 던져 넣으려 할 때였다.

마오마오는 자리에서 일어서서 꼭꼭 닫혀 있던 창문을 열어젖혔다.

"잠깐, 마오마오!"

잉화가 마오마오를 말리려 했으나 그런다고 말을 들을 마오마오가 아니었다. 갑자기 바람이 훅 불어 들어오자 궁녀들이 뒤집어쓰고 있던 천들이 펄럭펄럭 휘날렸다.

마오마오는 신선한 공기를 크게 들이마신 뒤 내쉬었다.

'머리가 멍해지는 게 당연하네.'

꺼진 불은 화로 속에 던져져 있었다. 거기에는 숯이 들어 있었고, 완전히 꺼지지 않고 심지에 남아 있었던 불이 거기에 옮겨 붙었다.

꼭꼭 밀폐된 좁은 방, 불완전 연소된 숯. 그 두 가지가 합쳐지면 어떻게 될까.

마오마오는 화로를 둘러싸고 앉아 있던 궁녀들 중 쓰러진 사람에게로 뛰어가 뺨을 찰싹찰싹 때리며, 신선한 공기가 있는 곳으로 데려갔다.

그 모습을 보던 잉화가 사태를 파악한 듯 마오마오를 도와주었다.

공기가 부족한 곳에서 불을 피우면 인체에 해로운 공기가 발생한다. 그 때문에 계속 머리가 멍했던 모양이다.

'너무 늦게 깨달았어.'

왜 더 빨리 알아차리지 못했을까 생각하면서도, 주최자에게 미안한 일을 저질렀다 싶었던 마오마오는 주최 궁녀 쪽을 돌아보았으나 거기에는 아무도 없었다.

"…아아, 얼마 안 남았었는데."

그런 목소리가 들렸으나 궁녀는 어디에도 없었다.

"저기, 아까 그 얘기 도대체 뭐야?"

결국 그렇게 괴담회가 흐지부지 끝난 뒤 시스이가 물었다.

잉화는 "걘 누구야?" 하고 고개를 갸웃거렸다. 시스이는 머리에 천을 뒤집어쓰는 게 마음에 들었는지 천을 벗지 않은 상태였다.

"아까 얘기?"

숲에 도깨비불이 나온다는 이야기 말이다. 나중에 가르쳐 주겠다고 한 말을 잊지 않았던 모양이다.

"금기의 숲이라는 건 미신일지도 몰라요. 하지만 들어가지 말라는 이유가 전혀 없다고는 할 수 없죠."

예를 들어 그 숲에 위험 요소가 가득할 경우도 있다. 숲에는 먹을 것도 많지만 동시에 그만큼 먹을 수 없는 것도 풍부하다.

만일 금기의 숲이라 불리게 된 이유가 거기에 있다면 어떻게 될까. 다른 땅에서 이주해 온 사람들이 많은 마을이었다면. 숲속에 있는 식량을 아무렇게나 채집해다 먹으면 안 된다. 그러다 몸이 상할 것이다. 그런 이야기가 세월을 거치며 '금기'가 되었을지도 모른다.

그리고 규칙을 잘 지킨 탓에 마을 사람들은 숲속에 있는 것

중 먹을 수 있는 게 무엇이고, 먹어서는 안 되는 게 무엇인지 구분하지 못하게 되었으리라.

그러면 이런 추측이 가능하다.

흉년이 들어 굶주리던 모자는 풍요로운 숲속에서 열매를 따다 먹으려 했다. 하지만 그것은 마을의 규칙을 어기는 일이 된다. 그래서 사람들 눈을 몰래 피해 숲에 들어갔다.

해 질 녘, 아직 밖에 해가 남아 있긴 하지만 주위에서 사람의 모습을 확인하기에는 어려운 시각이다. 모자는 그 짧은 시간을 이용하여 숲에 들어가 버섯과 나무 열매를 따 왔다.

그리고 해가 짐과 동시에 집에 돌아간다.

자신이 도대체 뭘 땄는지도 모르는 채로.

"화경버섯이라는 버섯이 있습니다."

느타리버섯과 비슷하게 생긴 버섯이다.

"겉으로 보기에는 아주 맛있게 생겼지만 독이 있고, 먹으면 배탈이 납니다. 다른 이름으로는 달밤독버섯月夜茸이라고도 하는데, 이 말 그대로 아주 독특한 특징이 있습니다."

이 버섯은 어두워지면 빛을 낸다. 그 모습은 굉장히 아름답다. 지나치게 아름다운 나머지 마오마오가 저도 모르게 뜯어서 입에 넣었다가 아버지가 쫓아와서 강제로 토하게 만들었던 것도 지금 생각하면 좋은 추억이다.

모자는 버섯이 빛을 내기 전에 채집하여, 그것이 빛을 낸다는 사실도 모르고 밤길을 걸어 집으로 돌아왔다. 바구니에서 새어 나온 빛은 멀리서 보기에는 도깨비불로 보였을지도 모른다.

그리고 집에 돌아와 불을 켜 보면 버섯의 빛은 사라진다. 불을 켜고 짐을 내려놓은 뒤 그것을 먹었다고 생각할 수 있다.

보통 사람이 먹었을 때는 죽을 정도까지는 아닌 독이라도, 영양이 부족하여 몹시 쇠약해진 사람이라면 어땠을까. 아이는 죽고, 모친도 죽었다.

그리고 모친이 마지막으로 전하고 싶었던 말은,

'숲에 들어가면 맛있는 버섯이 있어.'

였을지도 모른다. 자신들 모자를 살려 주지 않았던 마을 사람들에 대한 사소한 복수로서.

"그랬구나~"

시스이는 만족한 얼굴로 천을 팔랑팔랑 흔들었다.

"나는 이쪽으로 가야 해. 안녕~"

그러고는 마치 어린아이처럼 파닥파닥 뛰어가 버렸다. 남 이야기를 할 처지는 아니지만 성격이 정말 변덕스럽다고 마오마오는 생각했다.

"흐응, 별것 아니었네."

잉화는 방금 전까지와는 태도를 완전히 바꾸어, 작은 가슴을 당당하게 폈다.

"어차피 다른 얘기들도 알고 보면 다 그런 사정이 있을 거야."

"그럴 거예요."

마오마오와 잉화는 터벅터벅 걸어 비취궁으로 돌아왔다.

"어머, 생각보다 일찍 왔네."

홍냥이 두 사람을 기다리면서 혼자 바느질을 하고 있었다. 홍냥은 공주의 옷이 작아질 때마다 이런 식으로 바지런히 수선해서 품을 늘리곤 했다.

"네. 약간 소동이 벌어져서요."

"어머, 역시 그랬구나."

어째서인지 납득한 표정으로 홍냥이 말했다.

"작년까지 그 괴담회를 주최하던 궁녀가 죽었거든. 그래서 올해는 누가 물려받을지 걱정했었어."

홍냥은 바늘을 내려놓고 후우, 하고 한숨을 내쉰 뒤 어깨를 톡톡 두드렸다.

"눈치가 빠르고 성격도 좋은 궁녀여서 나도 꽤 신세를 많이 졌지. 결국 후궁에서 나가지 못한 채 끝나고 말았지만."

마오마오는 잉화의 얼굴을 쳐다보았다. 다부지던 그 얼굴이 점점 새파랗게 질려 갔다.

"저기, 그 궁녀는 대체⋯."

"⋯우리끼리만 하는 얘긴데, 사실 선대 폐하의 승은을 입은 사람이었어. 나는 이런 모임을 썩 좋아하진 않지만 다들 기대하고 즐거워하면서 찾아가는 자리인데 함부로 막기도 뭣하잖아. 그렇다고 그 궁녀가 죽은 바로 다음 해부터 갑자기 없애는 것도 난감하다고 생각하고 있었는데 마침 이어받아 주는 사람이 있어서 다행이야."

재봉 도구를 옻칠을 한 상자 속에 집어넣고, 홍냥은 하품을 하면서 침실로 들어갔다.

어쩐지 들은 적 있는 이야기인 것 같았는데, 생각해 보니 괴담회를 주최하던 궁녀가 이야기한 괴담과 비슷한 느낌이 들었다. 마오마오는 자세히 기억하고 있진 않지만 잉화의 안색을 보아하니 자신의 추측이 맞은 모양이었다.

'흠⋯.'

마오마오는 팔짱을 끼고 고개를 갸웃거렸다.

세상에는 영문 모를 일이 많이 일어나곤 한다.

일단 자신들이 열세 번째 괴담의 주인공이 되지 않아 다행이라고 생각하기로 했다.

하지만 그날 밤, 마오마오는 겁에 질린 잉화와 강제로 동침하게 되는 바람에 더워서 몹시 고생했다.

16화 ⦂ 피서지

용건이 있다며 부름을 받았기에, 마오마오는 거실로 향했다.

안에 들어가니 환관이 긴 의자에 느긋하게 앉아서 기다리고 있었다. 마오마오는 살짝 고개를 숙인 뒤 교쿠요 비 앞에 가서 섰다.

"교쿠요 님, 무슨 일이신지요?"

"네게 볼일이 있는 건 내가 아니란다."

교쿠요 비는 미지근한 과일음료를 마시고 있었다. 사실 교쿠요 비는 비싼 얼음을 띄운 시원한 과일주를 좋아했지만 임신 중이라 지금은 피하고 있었다. 옆에서는 홍냥이 부채를 부쳐 주는 중이었다.

"용건이 있는 건 나다."

여전히 아름다운 얼굴의 진시가 말했다. 가오슌도 홍냥과 마찬가지로 진시에게 부채질을 해 주고 있었다.

원래 이런 일은 더 아래에 있는 자가 하는 법이지만 이들 외에는 아무도 없는 걸 보니 늘 그렇듯 비밀스러운 이야기인 모양이었다.

"어떤 용건이신가요?"

마오마오의 말에 진시가 교쿠요 비를 보며 말했다.

"며칠간 돌려주셨으면 합니다."

무엇을 돌려 달라는 말인가 하니 아마도 마오마오를 뜻하는 모양이었다. '돌려 달라'고 말한 건 현재 마오마오의 입장이 진시가 교쿠요 비에게 빌려주는 형태로 되어 있기 때문이다. 마오마오는 교쿠요 비의 출산이 무사히 끝날 때까지 비취궁에 기거할 예정이었다. 마오마오는 후궁을 한 번 나간 적이 있으므로 사실은 되돌아올 수 없는 처지지만, 지금은 특별 처리로 되어 있기 때문에 여러모로 제약이 많다.

"어머나. 그럼 그동안 독 시식은 어떻게 하지요?"

교쿠요 비가 일부러 그러는 것처럼 과장스럽게 말했다.

"그 점은 걱정하지 않으셔도 됩니다. 대신 저희 시녀를 빌려드리겠습니다. 이 아이만큼은 아니지만 독에는 상당히 익숙한 인물입니다."

"신뢰할 수 있는 사람인가요?"

"엄격하시군요."

교쿠요 비는 심술궂은 미소를 짓고 있었다.

진시의 시녀라 하면 마오마오의 머릿속에 떠오르는 사람은 한 명뿐이다. 초로의 시녀 스이렌 말이다. 하기야 그 사람이라면 마오마오의 일 따위는 얼마든지 대신 해 줄 수 있을 것이다. 만만찮은 사람이라는 사실은 마오마오도 충분히 잘 알고 있다.

하지만 그러면 진시의 시중은 누가 들어 주는 걸까. 자애롭기만 한 할멈이 다 큰 어른인 도련님의 어리광을 한없이 받아 주고 있으니, 진시는 할멈이 없으면 옷 갈아입기 같은 사소한 일도 혼자 못 할지도 모른다.

"며칠이라면 어디 멀리 나가려는 건가요?"

"네, 사냥에 초대를 받았습니다."

"어머나, 참."

'사냥이라….'

사냥은 보통 상류 계급의 취미다. 매를 날려 사냥감을 쫓게 하는 사냥일까.

"시쇼 님께서 부르셔서요."

진시는 생긋 웃었지만 그 얼굴에 빈틈은 없었다.

'시쇼 님이라….'

시쇼는 러우란 비의 부친이라는 어느 고관의 이름이다. 왠지 수상쩍다는 느낌이 드는 건 기분 탓일까.

마오마오는 자신을 귀찮은 일에 끌어들이지 말아 줬으면 했다. 하지만 사냥을 나간다면 신선한 고기라도 혹시 얻어먹을 수 있는 걸까 하는 생각은 들었다. 사냥감은 사슴일까, 토끼일까. 도대체 뭘 잡으려는 걸까.

'기왕이면 토끼고기보다 토끼가 찧은 떡을 먹어 보고 싶은데.'

달에 사는 토끼는 절구로 약을 찧는다는 옛날이야기가 있다.

"그것참, 어울려 주기도 쉽지 않겠네."

"저희 쪽에도 여러모로 사정이 있어서요."

"그래서 우리 마오마오를 빌려 가고 싶다는 건가요?"

"네, 그 아이를 돌려받았으면 합니다."

교쿠요 비의 눈이 날카롭게 빛났다. 무언가 재미있는 것을 발견했을 때 늘 짓는 눈빛이었다.

"꼭 마오마오여야 하는 이유는 없지 않나요? 비취궁에는 마오마오 말고 다른 아이들도 많은데."

"아뇨, 그 아이를 돌려받기만 하면 그걸로 충분합니다."

어째서인지 진시와 교쿠요 비 사이에 불꽃이 튀는 듯 느껴지는 건 기분 탓일까. 마오마오는 일단 팔이 아파 보이는 홍냥을 대신하여 부채질을 하기로 했다.

"으음, 어떤 아이를 빌려주면 좋을까?"

"그러니까 그냥 그 아이를 돌려주시면 됩니다."

교쿠요 비는 눈을 가늘게 뜨며 키득 웃었다.

"후후후, 아까부터 계속 '그 아이'라고만 말하고 있네요."

"…그게 무슨 문제라도?"

진시의 얼굴이 살짝 일그러졌다.

"어때, 가오슌. 당신은 마오마오를 뭐라고 부르고 있지?"

교쿠요 비가 즐거운 표정으로 과묵한 종자에게 물었다.

"저는 샤오마오라고 부릅니다."

가오슌은 과묵한 성격치고는 마오마오에게 꽤 친근한 호칭을 쓰는 아저씨다. 가끔 의국을 찾아와서는 새끼 고양이와 놀며 장난을 치기도 한다.

교쿠요 비는 사냥감을 궁지에 몰아넣는 듯한 눈빛으로 진시를 바라보았다.

"그럼 당신은 평소에 마오마오를 뭐라고 부르고 있죠?"

"……."

"설마 마오마오ㅌㅌ라고 부르는 건 아니겠죠?"

진시가 불편한 표정을 짓다가 흘긋 마오마오 쪽을 쳐다보았다.

'그러고 보니 이름으로 불린 적이 한 번도 없네.'

마오마오도 새삼 깨달았다.

'딱히 뭐 그게 어떻다는 건 아니지만.'

그런데 진시가 왜 저렇게 거북한 표정을 짓는지 통 알 수가 없었다.

그런 마오마오를 보고 홍냥이 팔꿈치로 쿡쿡 찌르며 무슨 뜻을 전하고 싶어 했지만, 마오마오는 알아듣지 못했다.

아무튼 교쿠요 비에게 계속 찔끔찔끔 놀림을 당하면서 진시가 간신히 허락을 받아 낸 건 그로부터 반 시간 후였다. 덕분에 부채를 부치던 마오마오는 너무나도 팔이 아팠다.

　도성 북쪽에는 곡창 지대가 펼쳐져 있다. 서쪽에서 동쪽으로 흐르는 커다란 강이 있고, 시가지와 농촌이 점점이 흩어져 있다. 남쪽에서는 무논에 벼농사를 짓는 데 반해 북쪽에서는 수수와 보리를 많이 키운다. 그리고 그보다 더 북쪽으로 가면 숲이 있고, 그 너머에는 산악 지대가 있다.

　숲 너머 북쪽에는 자북주子北州가 펼쳐지며 황제의 직할지에서 멀어진다.

　도성을 중심으로 한 지역이 화주華州이고, 그 이외에는 커다란 주州가 세 개 있으며 그 틈을 메우듯 자잘한 주들이 십 수 개 있다. 자북子北이라는 이름을 보면 알 수 있듯이, 시쇼子昌라는 이름의 고관은 자북주 출신이다.

　"알고 있어?"

　바센이 잘난 척하는 말투로 설명하고 있었다. 바센은 항상 미간에 주름을 잡고 다니는 청년이며 마오마오보다 한두 살 나이가 많은 듯했다.

　'건국 얘기에서는 뭐라고 했더라….'

　마오마오가 사는 나라는 '리茘'라고 한다. 한 글자로 이루어진 단순한 국명은 오로지 그것만으로도 건국에 관한 이야기를 의미하고 있다.

'풀 초艸' 아래에 세 개의 '도刀'. '풀 초' 자는 '화華'라는 글자를 의미하며, 이것은 이 나라 황제의 시조를 가리킨다. 그것이 바로 이 나라 최초의 황제를 낳은 어머니 왕모다. '도'는 무인을 의미하는데, 세 명의 무인이 시조 곁에 있었다는 뜻이다.

자세히 말하면 더 복잡한 이야기가 잔뜩 있었던 것 같지만 마오마오는 하품을 하면서 듣고 있었기에 잘 기억이 나질 않는다. 간신히 기억하고 있었던 건 세 개의 '도' 사이에도 크고 작음의 차이가 있어서 아래 두 개의 '도'에 비해 위의 '도'가 더 크다는 부분이다.

그렇기 때문에, 성격이 뻔뻔한 현 황제가 시쇼 앞에서는 위세를 부리지 못하는 이유도 잘 알 수 있었다.

북北, 즉 위쪽의 큰 '도'는 현재 고관들을 불러 모아 사냥 같은 태평한 일이나 즐기려는 중이었다. 아무리 그래도 황제가 직접 오진 않았지만, 기라성 같은 면면들이 모여 있긴 하다.

눈앞에 있던 무관은 계속 그런 이야기를 설명하고 있었다.

현재 마오마오는 마차에 실려 덜컹덜컹 이동하는 중이었다.

마차 속도는 무척 느렸다. 한 시간 동안 겨우 3리*를 이동하

※3리 : 약 12킬로미터.

는 수준이었다. 말 교대와 휴식 시간까지 포함하여 벌써 한나 절도 넘게 마차를 타고 가고 있었다.

'엉덩이 아파.'

솔직한 심정을 털어놓고 상황 개선을 꾀하고 싶었지만 그래 도 지금 마오마오의 엉덩이 밑에는 나름 방석이 깔려 있었다. 다른 사람들 모두 같은 상황이기 때문에 불평해 봤자 아무 소 용도 없다. 마오마오는 입을 다물고 밖을 내다보았다. 평소와 다르게 머리를 묶고 있었기 때문에 머리가 조금 아팠다. 이렇 게 이동 시간이 길 줄 알았다면 차라리 머리를 나중에 묶어 달 라고 할 걸 그랬다고 후회하며, 마오마오는 어깨를 축 늘어뜨 렸다.

시쇼의 초대였다고는 하나, 역시 도성에서 자북주까지 가는 건 힘든 일이다. 하루 이틀 안에 집으로 돌아갈 수 있는 거리가 아니다. 시쇼 또한 도성 안에 기거할 곳을 마련해 놓고 있다.

자북주는 시쇼의 일족이 다스리는 곳이다. 그 일족은 건국 이 야기에도 나오는 오래된 가문이며, 그만큼 역사도 길지만 별로 좋은 소문이 있는 곳은 아니다.

마오마오는 딱히 큰 흥미도 없는 그 이야기를 한바탕 늘어놓 은 무관 바센은 설명을 끝내고 나서 팔짱을 끼고 입을 다물었 다. 그 상태로 계속 같은 마차를 타고 가고 있으니 한 마차를 탄 하관下官들이 지친 표정을 짓는 것도 당연한 일이었다.

아직 젊지만 지위는 높은 듯했다. 하관들은 상관 앞에서 잘 수가 없는 모양이다. 진시와 가오슌은 다른 마차를 타고 가고 있었다.

마오마오의 입 주위에는 침 자국이 조금 남아 있지만 이건 애교로 봐 줘야 한다.

그런 마오마오를 보고 바센은 혀를 찼다.

"왜 이런 계집애를 아버님은⋯."

'아버님이라고⋯?'

어쩐지 어디서 많이 본 얼굴이다 했더니, 이 남자는 사실 가오슌의 아들이었던 모양이다.

처음에는 환관인 가오슌에게 아들이 있다고? 하는 생각을 했지만, 다시 잘 생각해 보면 가오슌이라고 태어날 때부터 환관이었던 건 아니다. 연령으로 따져 보면 자식 한둘 정도는 있어도 크게 이상하지 않다.

그런 가운데 창밖으로 호수가 보이기 시작했다. 그리고 그 호수를 둘러싸듯 건물들이 세워져 있었다.

겨우 도착했다는 듯 바센이 끼고 있던 팔짱을 푸는 모습을 보고 다른 무관들도 안도한 표정을 지었다.

마오마오는 엉덩이를 문지르며 멍하니 거리를 바라보았다. 산을 배경으로 선명한 빛깔의 건물들이 늘어서 있었다. 물가인 만큼 커다란 버드나무들이 많았고, 돌바닥으로 이루어진 길도 아름다웠다. 수면에 건물들이 비쳐 마치 거울상 같은 모습을 연출하고 있었다.

피서지로 사용되는 장소이며 표고가 높고 기후가 시원하기 때문에 선제는 매년 이곳을 찾았다고 한다. 선제의 말년, 그리고 현 황제로 바뀐 이후로는 황족이 찾아오는 일이 없었던 모양이지만 관리는 확실하게 되어 있었다. 영지가 가깝기 때문에 시ㅋ 일족이 관리하고 있었다.

산의 경사면에도 건물이 보였다. 산비탈을 계단식으로 만들어 집들을 죽 세워 놓았는데, 경관을 망가뜨리지 않으려 조심하며 건물을 지은 모습이었다.

마차는 그 거리 안에서도 가장 훌륭한 건물 앞에 멈춰 섰다. 도성에 사는, 눈이 한껏 높은 사람들이 묵기에도 충분한 규모와 시설이었다. 그곳은 붉은 기둥이 눈에 띄는 3층짜리 건물이며 기와는 짐승 모양으로 조각이 되어 있었다. 저택 주위에는 해자가 파여 있었고 그 안에서 비단잉어가 헤엄치고 있었다.

회반죽이 칠해진 담장 속에는 드문드문 용이나 호랑이가 그려져 있었다. 미장이 직공들이 흙손으로 섬세하게 그려 넣은 모양이었다. 도성에서는 보기 힘든 장식이다.

마오마오가 그것을 물끄러미 들여다보고 있는데 옆에서 누군가가 쿡 찔렀다. 고개를 드니 바센이 자신을 째려보고 있었기에 마오마오는 얌전히 그 뒤를 따라가기로 했다.

안내받은 방으로 들어가니 진시가 늘어진 자세로 긴 의자에 드러누워 있었다.

가오슌과 진시의 방은 같은 건물 안에 배치되어 있었다. 이번에는 가오슌도 손님으로 불려 온 모양이었다. 그래서 바센이 진시의 시종으로 따라온 모양이라고 마오마오는 납득했다.

탁자 위에는 답답한 색깔의 천이 놓여 있었다. 그것은 두건이었다.

'그렇구나.'

지나치게 아름다운 것도 죄였다. 외출할 때 주위 사람들의 눈으로부터 얼굴을 가리기 위해 일부러 복면까지 써야 한다니 말이다. 하기야 이 남자가 미소만 지어 줘도 순진한 시골 처녀는 금세 마음을 빼앗겨 버릴 것이다. 정말이지 얼굴만 가지고도 어마어마한 민폐다.

이 방은 손님용 방이었는데, 저택 구조로 볼 때 최상급 손님을 맞이하는 용도라는 사실을 알 수 있었다. 실내 장식품도 가구도 모두 훌륭했기에 귀한 손님을 모시기에는 충분한 방이었다.

그나저나 이 방은 정말 덥네, 하고 마오마오는 생각했다. 창문은 전부 닫고 등롱도 켜 놓은 상태였다. 마오마오는 목깃을 풀고 싶었지만 그럴 수는 없었기에 꾹 참았다. 얼굴에 했던, 평소보다 짙은 화장도 점점 지워지고 있었다.

진시는 이미 가슴께까지 옷을 풀어헤치고 있었기에 마오마오는 무심코 오랜만에 짜부라져 죽은 개구리라도 쳐다보는 듯한 시선을 보내고 말았다. 방 안에 자신과 가오슌, 그리고 바센밖에 없기 때문인지 자꾸만 긴장이 풀어지려 했다.

진시의 얼굴에 수심이 드리워져 있는 듯 보이는 건 흔들리는 등롱 불빛 때문일까. 평소보다 훨씬 지친 얼굴로 보였다.

"여기서는 뭐라고 부를까요?"

바센이 가오슌에게 물었다.

"실내에서는 평소대로 해도 된다. 밖에서는 코센香泉이라고 불러라."

"알겠습니다. **코센** 님."

가오슌 대신 진시가 대답했다.

마오마오는 무슨 소리인지 알 수가 없어 고개를 갸웃거리며 가오슌 쪽을 쳐다보았다. 가오슌은 턱을 어루만지며 진시를 보았고, 진시는 눈을 가늘게 뜨고 마오마오를 보았다.

"무슨 특이한 취향이라도 있으신 건가요?"

"…아, 이건…."

가오슌이 무어라 대답하려 했지만 진시가 손을 저어 막았다.

"그 부분에 대해서는 내가 설명할 테니, 너는 끼어들지 마."

"그렇군요."

진시의 말에 가오슌은 고개를 숙였다. 그 부분이라는 게 뭘까, 마오마오는 고개를 갸웃거렸다.

"이번에는 가오슌 님도 진시 님과는 별도의 손님으로 오셨나 보네요."

본래 둘 사이에는 더 큰 격차가 있을 것 같은데, 방의 급 차이가 다소 날지언정 한 건물 안에 배치되었다는 건 조금 신기하게 느껴졌다.

"마馬 일족은 대대로 **코셴** 님의 일족을 섬기고 있다."

바셴馬閃이 어째서인지 살짝 화난 목소리로 대답했다. 뭔가 미심쩍다는 듯, 미간에 주름을 잡고 있었다. 이런 모습은 정말이지 가오슌과 똑 닮았다.

'호오, 역시 좋은 집안 출신인가 보구나.'

묘하게 납득한 마오마오는 고개를 끄덕였다.

그 모습을 본 바셴은 한층 더 의아한 표정을 지었다. 그리고 터벅터벅 가오슌 앞으로 걸어가,

"아버님, 어떻게 된 일인가요?"

하고 물었다.

가오슌은 다소 표정을 흐리며 진시에게 눈짓을 했다. 그리고 바셴의 팔을 잡아당기며 방 한구석으로 끌고 가서 수군수군 무어라 귓속말을 했다. 가오슌이 뭐라고 말하자 바셴은 놀란 얼굴로 마오마오를 쳐다보았다. 그러고는 가오슌에게 반론을 한

듯했지만, 가오슌은 입을 다물고 아들에게 주먹을 날렸다.

도대체 뭘 하고 있는 걸까, 하고 마오마오는 생각했지만 딱히 신경 쓸 일은 아니었기 때문에 일단 짐 정리나 하기로 했다.

일을 똑바로 하지 않으면 나중에 스이렌에게 야단을 맞는다. 그 초로의 시녀는 굉장히 무서운 사람이다.

사냥은 내일 나갈 예정이고, 오늘은 그냥 저택에 묵게 되었다.

정원에서는 밤의 연회가 벌어지고 있었으나 진시 일행은 밖에 나갈 기색을 보이지 않았다. 그저 문을 꼭 닫은 채 책을 읽거나 장기를 두며 시간을 보낼 뿐이었다.

방은 더웠지만 얼음을 받아 왔기에 조금 나았다. 파발마를 보내 빙고氷庫에서 얼음을 가져오게 하는 일은 한여름 최고의 사치였다.

마오마오가 지나치게 부러운 눈빛으로 얼음을 쳐다보았던 모양인지 가오슌이 슬그머니 작은 얼음 조각 하나를 건네주었다. 정말이지 사려 깊은 환관이다.

아예 저 창을 열어 버리면 좋겠다는 생각이 든 마오마오가 결국 물었다.

"왜 창을 열지 않는 건가요?"

가오슌에게 물었으나 대답을 한 건 진시였다.

"일단 저녁 식사 독 시식을 해 봐라."

그러면 알 거라고, 진시는 어처구니가 없다는 표정으로 말했
다.

저녁 식사가 날라져 오자 마오마오는 시키는 대로 반찬을 작
은 접시에 덜어서 평소와 마찬가지로 독 시식을 했다.

"……."

"이제 알겠지?"

진시는 어이없는 얼굴로 호화로운 식사를 바라보았다. 손수
레에 실려 온 그것은 식재료를 최대한으로 활용한 최고의 요리
로 보였으나.

"자라고기라니, 이것 참….."

자라고기. 자라란 한번 물어뜯으면 결코 놓지 않는 성질이 있
는 짐승이다. 그 생피는 정력제로 이용된다. 물론 고기에도 그
런 효과가 있을 것이다. 식전주도 한 모금 마셔 보니, 겉으로는
과일즙을 넣어서 상큼한 맛을 내는 척하면서 그 속에는 독한 무
언가가 들어 있었다.

식전주를 거쳐 전채, 반찬, 주식, 후식에 이르기까지 모든 요
리에 하나같이 정력에 좋은 식재료들이 잔뜩 사용되어 있었다.

가오슌은 말없이 짐 속에서 휴대 식량을 꺼내 식사를 준비했
다. 저렇게 화려한 요리가 눈앞에 가득 펼쳐져 있는데 그걸 무

시하고 검소한 저녁 식사를 하려는 모양이었다.

"안 드실 건가요? 독은 안 들어 있는데요."

"독이 없어도 그건 먹을 만한 음식이 아니야. 그나저나 넌 참 아무렇지도 않게 잘 먹는구나."

진시와 가오슌이 믿을 수 없다는 표정으로 이쪽을 쳐다보았다. 바센은 방 한구석에서 물을 끓이고 있었다. 더워 죽겠는데 말이다.

"굉장히 맛있는데요. 남기면 의심을 받을 테니 제가 먹어도 될까요?"

"마음대로 해."

진시는 만족스러운 표정의 마오마오를 보고는 눈을 가늘게 뜨며 입을 삐죽 내밀었다. 마오마오는 자라탕 국물을 맛있게 먹었다.

진시가 그 모습을 빤히 쳐다보았다.

"그거 맛있나?"

"네. 자라에는 별로 좋은 추억이 없지만 이건 맛있군요."

"추억이라니?"

진시는 조금 흥미가 생겼는지 자라탕이 든 그릇을 집어 들었다.

"딱히 대단한 일은 아닙니다만…."

마오마오는 어린 시절부터 양아버지 일을 도왔다. 시장에 가서 약재료를 사 오는 심부름도 한 적이 있었는데, 그 심부름을 갔다가 못된 어른과 마주쳤다.

허리끈을 풀고 옷 앞섶을 활짝 펼친 채 돌아다니는 노출광이 었다. 물론 속옷은 입지 않았다. 겨울에 자주 나타나곤 했는데, 저러고 다니면 춥지는 않은지 마오마오는 항상 의문이었다.

놀란 마오마오는 도망치려다가 저도 모르게 들고 있던 짐을 그 노출광에게 집어 던지고 말았다.

"그 짐이 바로 살아 있는 자라였는데, 그것이….."

"아, 됐다. 그만 됐어. 말 안 해도 돼."

진시는 그릇을 내려놓고 넋이 나간 표정을 지었다. 가오슌 부자도 마찬가지였다. 아무래도 우스갯소리에 실패한 모양이다.

'기녀들한테는 잘 먹혔는데….'

역시 좋은 집안 출신들과는 얘기가 안 통하네, 하고 마오마오는 생각하며 빈 그릇을 내려놓았다. 그나저나 요리가 아무래도 너무 아깝다.

"자라 말고 다른 것들도 다 맛있는데 정말 안 드셔도 괜찮으신가요?"

자신이 먹던 음식을 권하는 건 실례라고 생각했지만 마오마오 혼자 다 먹을 수 있는 양은 아니었다. 게다가 따뜻한 물에 불린 말린 고기와 찐 쌀을 말린 휴대 식량으로 남자 셋의 배를 다 채우긴 힘들어 보였다. 가오슌의 방에도 훌륭한 식사가 준비되어 있겠지만, 아마 같은 성분이 섞여 있어서 먹지 않는 모양이었다.

"…먹어도 되는 건가?"

진시가 마오마오에게 확인하듯 물었다.

"드십시오."

남기는 건 너무 아깝다고 마오마오는 생각했다.

"정말로 먹어도 되나?"

진시는 마오마오를 빤히 쳐다보았다.

왜 그렇게까지 묻는 건지 알 수가 없어 마오마오가 고개를 갸웃거리고 있는데 가오슌이 옆에서 끼어들었다. 어째서인지 고개를 설레설레 젓는 모습에, 진시는 마지못해 고개를 끄덕였다.

"난 됐다. 바센, 넌 먹어도 좋아. 아니, 오히려 먹어라."

"코셴 님께서 그렇게 말씀하신다면…."

바센은 황송한 듯 의자에 앉았다. 마오마오가 식전주 잔을 건넸다. 바센은 그것을 천천히 마셨다.

"맛이 좋군요."

"그럼 다행이군."

"하지만."

"하지만?"

바센의 움직임이 멈췄다. 코에서 피가 주르륵 흘러내렸다.

얼굴이 새빨개지고 무언가를 꾹 참는 듯한 기색이 떠올랐다.

진시가 얼굴을 들여다보자 바센은 몸을 파르르 떨었다.

"이 소녀는 왜 멀쩡한 겁니까?"

바센이 무시무시한 얼굴로 마오마오를 노려보았다. 무언가 몸속에서 솟구치는 충동을 억누르는 듯했고, 신체의 어떤 일부를 감추려는지 몸을 앞으로 숙이고 있었다. 젊다는 건 참 힘든 일이다.

"글쎄요, 왜냐고 물으셔도⋯."

원래 그런 체질이라고밖에 대답할 도리가 없다. 바센은 무언가를 꾹 참으며 비틀비틀 옆방으로 가려다가 그냥 픽 쓰러져 버렸다.

"어떻게 할까요?"

마오마오가 묻자,

"여기서 재워. 내가 이 녀석 방에 가서 잘 테니."

진시가 말했다. 맞은편에 시종이 쓰는 방이 있는데 이 방보다는 좁지만 자기에는 충분한 넓이다.

"진시 님, 이 녀석은 제가 방으로 옮겨다 놓겠습니다."

"너도 피곤하잖아."

"하지만⋯."

진시가 그렇게 말한다면 어쩔 수 없다며 가오슌은 그 말에 수긍하고, 아들을 천개 달린 침대에 눕혔다. 마오마오도 조금 힘을 보탰다. 덥고 답답해 보였기에 허리띠를 느슨하게 풀어 주니 혈색이 조금 나아졌다. 코피가 침대보에 묻은 걸 보니 조금 미안하게 느껴졌다.

진시는 바센의 방에 가서 자고, 마오마오는 가오슌의 방에 딸린 시종 방을 쓰기로 했다. 원래 여러 명이 쓰는 방이지만 마오마오 혼자 쓸 수 있게 된 건 가오슌의 배려인 모양이었다. 함께 왔던 다른 호위들은 모두 가오슌의 방으로 들어갔다.

마오마오는 방을 혼자 쓰다니 참 사치스러운 일이라고 생각했다. 방에는 목욕탕이 딸려 있어, 뜨거운 물에 몸을 담그니 마오마오는 조금 행복해졌다.

약사의 혼잣말

17화 : 사냥 전편

다음 날 진시 일행은 말을 타고 사냥터로 향했다.

진시는 귀찮다는 듯 복면을 쓰고 자신의 이름을 '코센'이라고 댔다. 계속 가명을 쓰려는 모양이었다.

복면을 쓰는 일 자체는 이해가 된다. 진시 같은 생김새의 사내가 주위를 어슬렁거리는 일은 그것만으로도 민폐다. 이곳은 궁정이 아니고, 여기 사람들은 진시가 환관이라는 사실을 모른다.

그나저나 저녁 식사 때 일도 그렇고 도대체 이 환관은 무엇을 숨기고 있는 걸까, 하고 마오마오는 생각했지만 굳이 캐묻지는 않기로 했다. 그런 상황에서 진시가 맨얼굴을 드러낸 채 돌아다니면 도대체 어떻게 될까. 유난히 창을 꽉꽉 걸어 잠갔던 것도 충분히 이해가 된다.

그런 연유로 마오마오는 마차를 타고, 사냥을 떠나는 일행의 뒤를 따라갔다. 마차에는 저택 하인들이 타고 있었고 장작과 냄비 등의 요리 도구들도 잔뜩 실려 있었다.

잡은 사냥감을 그 자리에서 요리해 먹는 게 주목적인 듯했다.

수수밭을 옆에 끼고 반 시간 정도 마차에 앉아 흔들리다 보니 산이 보였다.

거기서부터 걸어서 산을 오르길 한 시간. 도착한 장소는 고지대에 평평하게 펼쳐진, 전망 좋은 위치에 있는 어느 산장이었다. 주위에는 녹음이 우거져 있고 멀리서 물소리가 들렸다. 커다란 폭포가 있는 모양이었다.

하인들은 익숙한 태도로 시원시원하게 불 피울 준비를 했다. 하인들 중 몇 명이 항아리를 가지고 물을 뜨러 갔다.

마오마오는 뭐 도울 일이 없을까 생각했지만 주위를 둘러봐도 관리들을 따라온 종자들은 아무 일도 하지 않았다. 먼저 도착한 하인들은 임시로 세워 놓은 천막 안에 앉아 잡담을 하고 있었다. 귀인들이 식사하는 장소는 다른 곳에 있는 듯했다.

'아무 일도 안 하는 게 제일 무난하겠다.'

괜히 일을 도우려 나섰다가 쓸데없는 문제가 발생하는 일은 자주 있다. 하인들 입장에서도 마오마오가 가만히 있어 주는 편이 나을 터였다.

어슬렁어슬렁 돌아다니던 마오마오는 개를 발견했다. 그 옆에는 낯익은 사내가 있었다.

'개가 개를 데려왔네.'

대형 견, 즉 리하쿠였다. 왜 리하쿠가 이런 곳에 있는지 알수가 없어 마오마오는 고개를 갸웃거리며 다가갔다. 그리고 옆에 쪼그리고 앉았다. 리하쿠는 개의 배를 쓰다듬으며 놀아 주고 있다가 갑자기 누군가가 옆으로 다가오는 기척을 느끼고 의아한 듯 눈을 가늘게 떴다.

"안녕하세요?"

"안녕하세요."

"…응? 그 목소리는….."

혼자 손뼉을 한 번 친 리하쿠가 "아….." 하면서 고개를 끄덕였다.

"아가씨 아냐? 그동안 뭐 했어? 꼬까옷도 평소보다 예쁜 거 입었네."

"겨우 알아보셨네요."

아무래도 주근깨가 없고 옷이 다르면 못 알아보는 모양이었다. 여전히 무례한 인간이다.

"이런 데서 뭐 해?"

"저도 지명을 받아서요."

"호오. 고생이 많아."

깊이 생각하지 않는 건 리하쿠의 장점이다. 마오마오는 무심코 말을 걸긴 했지만, 사실 이런 곳에서 아는 사람을 만나는 건 곤란한 상황이 아니었나 하는 생각이 한발 늦게 들었다.

"사실은 나도 그래⋯. 누가 나를 지명하는 바람에 호위로 끌려오게 돼서⋯."

리하쿠는 왠지 잔뜩 부루퉁한 말투로 중얼거리며 개만 계속 쓰다듬었다. 개의 목에는 목사리가 둘러져 있었다. 종류로 볼 때 사냥개인 듯했다.

안타깝게도 이번 사냥은 매사냥이라 사냥개는 나설 차례가 없다. 그래서 이렇게 할 일 없이 쉬고 있는 모양이었다.

"나보고는 그냥 개나 보고 있으라잖아."

리하쿠도 지명을 받아서 온 것까지는 좋았지만, 지위가 더 높은 다른 호위들에게 밀려 쫓겨난 눈치였다. 최근 들어 쭉쭉 출세 가도를 달리고 있는 듯했으나 그러면 그만큼 반동도 거세진다.

리하쿠는 입을 삐죽 내밀었다. 토라져서 그런 건 아니었다. 휘휘 맥 빠진 바람 소리가 들리는 걸 보니, 스스로는 휘파람을 불고 있다고 생각하는 듯했다.

"휘파람은 못 부시네요."

"응. 그러니까 입 다물어."

마오마오의 머리를 콩 때린 리하쿠는 목깃 속에서 끈을 끄집어냈다. 그러자 긴 대롱이 나왔다. 피리였다. 리하쿠는 휘파람을 포기하고 피리를 입에 문 뒤 개를 향해 불었다. 그러자 사냥개가 벌떡 일어나 리하쿠를 빤히 쳐다보았다. 리하쿠는 짧은 소리와 긴 소리를 번갈아 불었다. 사냥개는 그 소리에 맞춰 앉았다 일어났다 했다.

"똑똑하네요."

"응. 상황에 따라서는 몇 리 밖에서도 소리를 듣고 뛰어오기도 해."

리하쿠가 피리를 짧게 세 번, 길게 네 번 불었다. 개는 리하쿠 앞에 앉아서 꼬리를 파닥파닥 흔들어 댔다.

"이렇게 똑똑한 놈을 두고 저런 게 더 좋다니…."

리하쿠가 하늘을 올려다보았다.

마오마오도 덩달아 하늘을 보았다. 파란 하늘에 검은 점 하나가 나타나더니, 그것이 활공했다.

산처럼 장애물이 많은 장소에서는 매보다 개를 이용하는 게 낫겠지만, 겉으로 보기에는 매사냥이 훨씬 멋있고 그럴듯하다. 마오마오 입장에서는 산토끼도 싫진 않지만 기왕이면 멧돼지 고기를 먹고 싶었다. 매로 멧돼지 사냥을 할 수는 없다.

이곳은 꽤 괜찮은 숲이라고 마오마오는 생각했다.

잡다한 나무들이 가득하다. 그런 곳에서는 보통 좋은 약초나 버섯이 나 있기 마련이다.

'들어가면 안 되겠지.'

몸이 근질거렸다. 마오마오는 흘끔 주위를 둘러보았다. 리하쿠는 개와 노는 데 정신이 팔려 있었다.

주위의 그 누구도 알아차리지 못할 것이다. 아니, 아무리 그 래도 그렇지. 그런 식으로 마오마오가 갈팡질팡하며 두리번거 리는 사이 해가 어느덧 바로 남쪽 머리 위까지 와 있었다.

고기를 굽는 맛있는 냄새가 풍겼다.

산장에서는 술잔이 오가고 있었다. 여자들이 구운 고기를 나 눠 주었다. 의자에 앉아 있는 관리들은 열 명 정도 되었고, 탁 자 위에는 그 외에도 다른 반찬들이 준비되었다.

실내에는 바람이 통하는 길을 만들어 놓았고, 발밑에는 물을 담은 통을 놓아두었다. 커다란 부채를 들고 있는 하인들도 배 치해 놓는 등, 여름 사냥의 가장 큰 문제인 더위를 극복하고 쾌 적한 환경을 만들기 위한 노력이 엿보였다. 원래 피서지로 사 용되던 곳이기 때문에 기후 자체는 서늘한 편이었지만 오늘은 해가 지나치게 쨍쨍하고 바람도 미지근한 탓에 유난히 덥게 느 껴졌다.

하인들이 열심히 요리를 날라 왔다.

매사냥으로 얻은 사냥감만으로는 식재료가 부족하기 때문에 다른 고기도 구웠다. 어차피 짐승 고기는 생선과 달라, 지금 막 잡은 게 가장 맛있다고 볼 수는 없다.

마오마오는 가오슌 뒤에 서서 멍하니 연회 광경을 지켜보고 있었다. 가오슌에게도 자리가 배정되어 있었고, 각각의 고관

뒤에는 시종과 시녀가 붙어 있었다.

'그러고 보니….'

방에 있을 때 외에는 가오슌이 진시와 함께 있는 일이 별로 없었다. 대신 바셴이 진시의 이런저런 시중을 들어 주고 있었기에 자연스럽게 마오마오는 가오슌 옆으로 가게 되었다.

늘어선 연회석의 가장 상석에는 이상한 남자가 앉아 있었다. 얼굴을 복면으로 가리고, 요리에는 전혀 손을 대지 않았다. 술역시 마찬가지였다. 뒤에서 바셴이 걱정스러운 표정으로 지켜보고 있었다.

'여기서도 쓰고 있어야 한다니 진짜 힘들겠네.'

마오마오는 마치 남의 일인 것처럼 바라보았다. 술을 따르는 여자들이 흘끔흘끔 복면을 쓴 남자, 즉 진시를 쳐다보았다. 아무리 수상한 복면을 쓰고 있는 자라 해도 이 중에서는 가장 윗사람이다. 웬만한 곳에서 일하는 것보다는 고관의 첩이 되는 편이 훨씬 더 안정적인 생활을 할 수 있다는 사고방식을 가진, 다부진 여자들이 모인 곳인 듯했다.

여자들만 추파를 던지는 게 아니었다. 옆에 있던 통통한 남자가 진시에게 무어라 귓속말을 하고 있었다. 은근한 방식이긴 했지만 말투가 다소 무례해 보이는 느낌이었다.

진시는 희미하게 떨면서 고개만 끄덕였다.

'저게 그 시쇼라는 남자인가?'

이름은 들어 봤지만 얼굴을 잘 모르고, 기억도 안 난다. 그러나 자리 위치로 볼 때 그렇게 생각하는 게 타당해 보였다.

'무슨 얘기를 하고 있을까?'

시쇼는 말 걸기를 포기하고 진시에게서 얼굴을 뗴었다. 진시의 손은 여전히 떨리고 있었다.

바센의 안색이 나빠졌다.

'무슨 말을 들었기에 저러지?'

아, 아니다. 하고 마오마오는 가오슌에게 귓속말을 했다. 진시의 성격은 잘 알고 있다. 친한 사람들끼리만 있을 때라면 모를까 그렇지 않은 곳에서 얼마나 훌륭한 겉모습을 유지하는지는 보장할 수 있다. 저런 태도를 취하는 건 이상한 일이다.

"아무래도 상태가 이상한데요."

하지만 가오슌은 고개만 가로저으며, 그저 아무 말도 하지 말라고 말할 뿐이었다.

화장실에 다녀오겠다며 진시가 자리에서 일어났다. 바센도 따라가려 하였으나 가까이 있던 고관에게 붙잡혔다.

가오슌이 마오마오의 소매를 잡아당겼다.

"이제 바꿔 줄 차례입니다."

가오슌의 말이 무슨 의도인지 마오마오는 알 수 있었다.

마오마오는 고개를 끄덕이고 나서 방 밖에 있던 다른 종자를

불렀다. 그리고 비틀거리며 걷는 진시의 뒤를 쫓아갔다. 진시
는 사람들 눈을 피해 산장 밖으로 나가, 나무들이 무성하게 우
거져 있는 쪽으로 걸어갔다.

마오마오는 그 뒤를 따라가야 했지만 그 전에 챙길 물건이 있
었다.

"이걸 좀 가져가도 될까요?"

마오마오는 물이 든 병을 집어 들고, 식사를 준비해 준 하인
에게 물었다.

"아, 네. 가져가세요."

하인은 상당히 바쁜지 마오마오 쪽을 돌아보지도 않고 대답
한 뒤 가 버렸다. 마오마오는 물병 속에 수저로 조미료를 퍼 넣
었다.

그리고 그것을 들고 숲속으로 들어갔다.

숲에 들어간 지 얼마 되지 않아 마오마오는 사람을 발견했다.
비틀거리던 그 사람은 나무에 기대어 서 있었다.

"지…."

진시 님, 하고 부르려던 마오마오는 입을 틀어막았다. 이유는
모르지만 진시는 이곳에서 가명을 쓰고 있다. 무슨 이름으로
불렸더라, 하고 생각하며 마오마오는 진시에게로 달려갔다.

"…너구나."

쉰 목소리가 복면 안쪽에서 들렸다.

"이걸 벗으세요."

마오마오가 복면을 벗기려 하자 진시는 필사적으로 저항했다.

"안 돼."

"왜 안 되나요. 여긴 아무도 없잖아요."

그런 곳을 찾아서 일부러 여기까지 왔을 터였다. 산장 안에는 혼자 있을 수 있는 곳이 없다. 진시도 산장 안의 방을 배정받긴 했지만 시녀들이 시중을 들기 위해 빈틈없이 대기하고 있었다.

"아니, 누가 올지도 몰라."

'아, 진짜 번거롭게 하네….'

마오마오는 비틀거리는 남자의 팔을 어깨에 걸치고 질질 끌고 걸어갔다.

"그렇게 남들 눈이 신경 쓰이면 안 보이는 곳으로 가면 되잖아요."

마오마오는 깊은 숲 안쪽으로 걸어갔다. 절벽이 보이고, 크고 멋진 폭포가 나타났다. 하얀 날개옷처럼 쏟아지는 물이 정말로 아름다웠다. 폭포수는 여러 단으로 나뉘어 줄지어 떨어지고 있었다. 위에서 봐도 그 광경은 압권이었다. 사람들이 여기서 물을 떠 왔을 것으로 추측한 마오마오는 강에 수건을 담갔다.

그리고 진시의 복면 속에 천을 밀어 넣고 얼굴을 식혀 주려던 그 순간이었다.

발밑의 지면이 푹 파였다. 퍼덕퍼덕 새들이 날아오르는 소리가 들렸다.

'?!'

진시가 곧바로 반응했다. 진시는 마오마오를 안고 그 자리를 벗어났다. 하지만 발밑의 흙은 또다시 파였다.

바람에 실려 유황 특유의 냄새가 났다.

"페이파飛發인가?"

진시가 비틀거리면서 중얼거렸다. 마오마오에게는 예상치 못한 사태였지만 진시는 생각보다 냉정했다. 페이파. 화약을 이용한 무기를 말한다. 사냥에 이용하는 경우도 있지만, 설마 이렇게까지 정확히 조준해 놓고 오발이라고 변명하긴 힘들 것이다.

진시는 한순간 생각에 잠겼다가 문득 마오마오를 안아 올렸다.

"미안하군, 조금 놀랄 거야."

진시는 마오마오를 안고 달리기 시작했다. 그리고 멋진 폭포 속으로 뛰어들었다.

'조금이 아니잖아!'

마오마오는 그렇게 투덜거리며, 진시에게 안긴 채 폭포로 떨어졌다.

약사의 혼잣말

호위 병사들이 다급히 뛰어다녔다. 고관들이 무슨 대화를 나누다가 때때로 귀찮다는 듯 바센 쪽을 쳐다보았다.

주인이 자리를 뜬 지 두 시간이 지났다. 화장실에 갔다고 생각하는 데에는 다소 무리가 있을 것이다.

자신도 따라갈 걸 그랬다고 바센은 생각했지만 너무 늦었다. 주인은 자신을 따라오지 말라고 했고, 아버지는 항상 데리고 다니던 하녀에게 무어라 지시를 내렸었다.

바센은 미간에 주름을 잡은 채 끙끙 신음했다. 그럴 때의 표정이 아버지를 닮았다는 소리를 자주 듣곤 했다.

아버지, 즉 가오슌은 무표정한 채 주위 상황을 방관하고 있었다. 지금 자신의 입장과는 다르게 가오슌은 제삼자이기 때문에, 주위 관리들과 비슷하게 행동하고 있었다.

제일 먼저 아버지와 의논하고 싶었지만 여기서는 아버지에게

다가갈 수 없다. 바센은 짜증나는 고관의 태도 쪽으로 신경을 돌리며, 주인이 도대체 어디로 갔을지를 생각해 보았다.

이미 부하들을 탐색에 내보내긴 했지만, 사실은 직접 찾으러 가고 싶은 심정이었다.

바센은 자신의 형식적인 역할에 진절머리를 내며 부하들의 보고를 기다렸다.

저택 하인의 말에 따르면 진시는 잠시 바람을 쐬고 오겠다며 밖으로 나갔다고 한다. 호위에게는 따라오지 말라고 했다지만 몸집 작은 시녀 하나가 물을 들고 그 뒤를 좇아갔다는 모양이다. 바센은 그 시녀가 누구인지 알고 있었다. 알고 있기 때문에 분명 뭔가가 있을 거라고 생각하고 기다렸다.

하지만 가만히 기다리기만 한 게 문제였다.

지금 이 자리에는 두 가지 분위기가 흐르고 있었다. 주인이 어디 갔는지 걱정하는 자들, 그리고 시녀와 단둘이 오랜 시간 자리를 비운 일을 비웃는 자들로 나뉘어 있었다. 전자는 몰라도 후자는 너무 어처구니가 없는 나머지 화가 날 정도였다.

그럴 리가 있겠냐고 콧김을 내뿜으며 야단을 치고 싶은 것을 꾹 참고 있었지만, 자연스럽게 두 발이 바닥을 쿵쿵 구르고 있었다.

연회석은 그런 애매한 분위기였던 터라 섣불리 파장도 하기 힘든 상황이었다. 이 자리의 주최자인 시쇼가 한마디 하면 분위기도 바뀌겠지만, 당사자는 불룩한 배를 끌어안고 홀짝홀짝 술만 마실 뿐이었다.

바센은 시쇼가 도대체 무슨 생각을 하고 있는지 모르겠다고 생각했다. 하기야 그런 인간이 아니었다면 지금의 지위에 오르지도 못했을 것이다. 그런 의미에서 한 수 위인 사람이 바로 군사 라칸이다. 그러나 라칸의 경우에는 주위 모든 사람들이 당사자에게 아무런 야심도 없다는 사실을 다 알고 있다. 괴짜라 불리는 라칸은 최근 들어 낙적으로 데려온 기녀에게 완전히 푹 빠져 있었기에 이번 사냥 자리에는 결석했다. 결석 자체는 그리 드문 일이 아니지만 그 괴짜에게 평범한 남자로서의 감성이 있었다는 사실에 궁정의 모든 사람들이 놀랐다.

하지만 시쇼는 이번 연회의 주최 당사자다. 무슨 일을 일으키기에는 다소 껄끄러운 입장이리라. 적어도 바센은 자신이 책임지는 자리에서 무슨 골치 아픈 일을 일으키고 싶지는 않다. 만일 무슨 일이 생긴다 해도 시쇼와는 정말 아무 상관도 없는 안건이지 않을까, 하고 바센은 생각했다.

그때 어떤 무관 하나가 급한 발걸음으로 바센에게 다가왔다. 체격이 탄탄하고 아직 젊은 남자였다.

"실례합니다."

무관은 그렇게 말하며 연회장으로 들어와 바센 앞까지 걸어왔다. 예의에 어긋나는 짓이라고 느끼긴 했지만 아무도 말리려 하지 않았다. 바센은 자신의 눈앞에 무릎을 꿇은 그 무관에게 고개를 들라고 했다.

"무슨 일이지?"

"……."

무관은 흘끔흘끔 주위를 둘러보더니 바센에게 천 하나를 건넸다. 찢어지고 흠뻑 젖은 천을 보고 바센은 바로 그게 무엇인지 알아보았다. 바센은 슬며시 무관의 얼굴을 들여다보았다. 사실 아버지의 안색을 살피고 싶었지만, 그것은 꾹 참고 천을 움켜쥐었다.

"그게 무슨…."

어떤 고관이 손을 뻗으려 했지만, 바센은 천을 숨기며 고개를 숙였다.

"제 주인의 옷입니다."

바센은 표정을 눌러 죽인 채 무관을 바라보았다. 무관은 고개를 숙인 채 입을 열었다.

"강가의 바위에 걸려 있는 것을 발견했습니다."

그 말을 들은 순간 주위가 술렁거렸다. 옷은 찢어져 있었다.

"근처에는 아무도 없었습니다. 그 너머는 급류였고, 엊그제 온 비 때문에 물이 많이 불어나 있었습니다."

낯부끄럽게도 시녀와 밀회를 나누고 있을 거라고 숙덕거리던 관리들의 얼굴이 단숨에 파래졌다. 이제 와서 '빨리 찾아봐!' 하고 소리를 질러도 이미 늦었다. 관리들이 연회장에서 썰물처럼 빠져나갔다. 남은 사람은 바센과 소식을 전해 준 무관, 그리고 시쇼를 포함한 몇 명의 고관뿐이었다.

무관은 뛰쳐나가는 관리들을 흘끔 쳐다보더니 자리에서 일어나,

"그럼 저도 다시 한번 이 천을 발견했던 장소를 찾아보러 가겠습니다."

그렇게 말하고는 밖으로 나갔다.

무관은 고개를 든 순간 히죽 웃었지만, 바센은 못 본 척했다.

바센은 부하 두 명을 연회석에 남겨 놓고 산장 밖으로 나갔다. 주인의 안부를 걱정하고 있던 관리들은 바센이 찾으라고 명령했을 때 이미 부하들에게 지시를 내린 뒤였으므로, 지금 당황해 어쩔 줄 모르는 자들은 하나같이 불순한 상상을 하던 인간들이었다.

바센은 관리들에게 말을 걸고, 대화에 적당히 맞장구를 치면서 주위를 둘러보았다. 아까 그 무관이 이번에는 개를 끌고 다가왔다. 개는 무언가를 찾는 듯 코를 킁킁 울리고 있었다. 사냥개인 듯했으므로 무슨 사냥감이라도 찾는 줄 알았더니, 어떤 관리 앞에 서서 마구 짖어 대기 시작했다.

"뭐, 뭐야?!"

느닷없이 짖어 대는 개 앞에서 관리는 표정이 굳어지고 말았다.

"앗, 죄송합니다."

"빨리 저리 데리고 가!"

관리는 짜증을 내며 개에게서 떨어지려 했지만 이번에는 개가 그 관리의 부하를 향해 짖었다. 두 사람은 사냥개 교육 좀 똑바로 시키라고 욕설을 퍼부으며 멀리 도망갔다.

반 시간쯤 탐색이 이어진 후 커다란 소리가 들렸다. 폭포의 용소 하류 쪽에 관리들이 모여 있었다. 거기에는 검붉은 무늬가 있는 찢어진 옷이 있었다. 그리고 거기에 부러진 화살이 꽂혀 있었다.

"이게 어떻게 된 일이지?"

바센이 묻자 발견한 자들은 모두 고개를 가로저었다. 찢어진 옷에 아까의 천을 대 보니 딱 맞았다. 붉은 얼룩은 물에 젖어 연해져 있었지만 누가 봐도 피라는 사실은 명백했다. 화살촉이 걸려 있던 부분에서 피가 흐른 것으로 보였다.

옷 주인은 주위 어디에도 없었다. 옷만 흘러 내려왔다면 상류에 있을 것이고, 옷만 이곳에 걸려서 남아 있는 거라면 하류에 있을 것이다. 강가에 젖은 흔적은 없었으니 이 위로 기어 올라왔다고 생각하기는 어렵다.

바센은 찢어진 천 조각을 보며 얼굴을 찌푸렸다.

"화살 좀 보여 줘."

하관은 시키는 대로 부러진 화살을 건넸다. 바센은 화살깃과 화살촉을 들여다보았다.

그리고 차례차례 모여든 관리들에게 화살을 보여 주며 말했다.

"죄송하지만 여러분들의 짐을 좀 확인해 봐야겠습니다."

화살깃에는 매의 깃털이 사용되었다. 매의 깃털은 고가품이기 때문에 이것을 쓸 만한 사람은 얼마 되지 않는다. 하지만 이번에는 매사냥이라는 이야기를 듣고 부적 삼아 매 깃털을 사용한 화살을 가져온 사람도 적지 않았다.

또한 그런 도구들은 전부 하나하나 솜씨 좋은 직공들이 만든 물건이다. 같은 장식을 싫어하는 상류 계급 사람이라면 아무리 소모품인 화살이라 해도 서로 다른 것을 사용하려 한다. 화살 깃과 화살촉, 그리고 화살대의 소재와 모양까지 고려하면 모든 사람들이 다 다른 물건을 갖고 있다고 생각해도 좋다.

관리들은 의심을 받았다는 사실에 불쾌한 표정을 지으면서도 할 수 없이 그 말을 따랐다. 각자의 마차에서 사냥 도구들이 전부 끌어 내려졌다. 누구나가 자기 짐 속에 그런 화살은 없다고 확신하는 모양이었다.

"…이게 어떻게 된 일이죠?"

바센이 싸늘한 목소리로 말했다.

"이게 뭐야?"

바센이 들고 있던 화살의 주인이 곤혹스러운 표정으로 말했다. 재무를 맡은 성쁥의 고관으로 이름은 루위엔魯苑이라 했던가. 아무튼 직함은 아무래도 상관없는 일이다. 고관은 쓸데없이 풍성한 수염을 휘날리며 화살의 존재를 부정할 뿐이었다.

"그런 건 내 물건이 아냐, 이건 뭔가 잘못됐어!"

루위엔은 손짓, 발짓으로 부정하며 고함을 질렀다. 주위가 술렁거리기 시작했다. 명백한 의혹의 눈길이 모였다.

하지만 바센이 들고 있던 부러진 화살과, 루위엔의 화살 통에 들어 있던 화살의 모양은 완전히 똑같았다.

"잘못됐다니 그게 무슨 말씀이신지요?"

"나를 함정에 빠뜨리기 위해 누군가가 짐을 바꿔치기했을 수도 있잖아!"

루위엔의 얼굴은 다급함으로 잔뜩 일그러져 있었다. 상당히 동요했다는 사실을 알 수 있었다. 예상치 못한 사태에 진심으로 당황한 듯 보였다. 부하들도 명백히 혼란스러워하고 있었다.

그 모습을 보고 주위에서도 놀란 모양이었다. 하기야 습격을 할 때 사용한 화살을 자기 짐 속에 그대로 놓아두는 건 너무나도 부주의한 일이다.

사냥개를 데려온 무관은 바센의 뒤에 선 채, 뭔가 말하고 싶은 게 있는 표정으로 앞만 빤히 쳐다보고 있었다. 바센 또한 천 조각을 뚫어져라 들여다보았다.

"그럼 혹시 바꿔치기 된 화살이 어딘가에 버려져 있을지도 모르겠군요."

바센은 산장 주위를 둘러보았다.

"강가는 대부분 다 찾아보았으니, 어쩌면 숲속에 버려져 있을 수도 있겠습니다."

그 말에 몸을 움찔하는 자가 있었다. 아주 희미한 움직임이었지만, 주의해서 지켜보고 있었다면 결코 놓칠 수 없는 순간이었다.

미끼를 덥석 물었어야 할 텐데.

"그럼 다 함께 갈라져서 찾아볼까요? 모두 갈 필요는 없고, 반은 저희 주인을 수색하는 데 남겨 놓았으면 합니다."

그 제안에 굳이 반대하는 자는 없었고, 루위엔과 그 부하들은 여전히 안절부절못하고 있었다.

바센은 후우, 하고 숨을 내쉬고 뒤에 서 있던 무관을 돌아보았다. 무관은 붙임성 있는 웃음을 띠고 있었다.

이 정도면 됐겠지.

바센은 고개라도 절레절레 젓고 싶다는 표정으로 찢어진 천을 다시 한번 들여다보았다.

거기에는 익숙한 글씨가 적혀 있었다.

○ ● ○

남자는 초조한 상태였다. 주위를 둘러보며 그곳에 누가 오지
나 않을지 전전긍긍하고 있었다. 들킬 리 없다고 아무리 생각
해도, 사람들이 모조리 나서서 수색을 하고 있으니 불안해질
수밖에 없었다.

설마하니 들키지는 않았을 거라고 생각하면서 남자의 몸은
자연스럽게 그 장소로 다가가고 있었다. 숲은 나뭇잎이 가득
쌓여 있고, 바닥은 부드러운 흙으로 이루어져 있다. 나뭇잎으
로 깔끔하게 덮어 놓았으니 한눈에 알아볼 수 있을 리가 없다.
하지만 개중에 까다로운 놈이 있어 나뭇잎을 헤치고 뿌리째 뽑
아 찾아낸다면 문제가 된다.

어떻게 할까.

남자는 당혹스러웠다.

왜 그런 게 그 자리에 있었을까, 그게 의아해서 견딜 수가 없
었다. 그 때문이었는지 남자는 평소보다 훨씬 더 어쩔 줄을 몰
라 했다.

그리고 목적지에 도착한 남자는 후우, 하고 한숨을 내쉬었다.
그리고 아까와 마찬가지로 아무것도 바뀌지 않은 지면을 보고
안심했다.

"그 자리에 뭐라도 있나요?"

젊은 여자의 목소리가 뒤에서 들렸다. 남자는 움찔하며 뒤를 돌아보았다. 젖은 머리카락의 소녀가 진흙으로 더럽혀진 천 꾸러미를 들고 있었다. 그 모습을 본 남자는 눈을 커다랗게 떴다.

"잠깐, 그건!"

남자는 손을 뻗으려 했으나, 굵직한 손이 뻗어 와 남자의 손목을 덥석 움켜잡았다. 그 굵직한 손의 주인을 쳐다보니 덩치 큰 무관이었다. 아까 개를 데리고 온 그 사내였다.

사냥개가 남자를 향해 짖어 댔다. 아까도 이 개는 자신을 보고 짖었다.

"왜 그렇게 개한테 미움을 받게 되셨을까요."

소녀는 차가운 눈빛으로 천 꾸러미를 꼭 움켜쥐었다.

"사냥에 개를 데려가지 않았던 건 이 때문이셨군요."

소녀는 천 꾸러미 속에서 페이퍼를 꺼내서 내보였다.

약사의 혼잣말

19화 ⦙ 사냥 후편

시간을 조금 거슬러 올라가, 진시와 마오마오가 폭포에 뛰어든 직후.

입술이 틀어막히는 답답함과 가슴을 꾹꾹 눌러 대는 엄청난 압박감이 교대로 느껴졌다. 마오마오는 "우욱…." 하고 분명치 않은 소리를 내며 쿨럭쿨럭 물을 토했다. 그리고 몸을 일으켜 오물과 함께 쏟아지는 것을 토해 냈다. 젖은 등을 문질러 주는 감촉이 느껴졌다.

그것이 잠시 이어진 후 마오마오는 겨우 침착을 되찾았다. 뒤에서 미안한 듯한 목소리가 들렸다. 상대는 거북한 듯 시선을 돌리고 있었다.

"헤엄을 못 치는 줄 몰랐다. 미안하다."

"…그 상태로, 헤엄을… 칠 수 있을… 리가 없지요."

마오마오는 새파래진 얼굴과 입술로 간신히 그 말만을 내뱉었다.

진시는 갑자기 마오마오를 안아 들고 절벽에서 뛰어내렸다. 그때 진시는 야무지게 도움닫기를 해서 지면을 박차고 뛰었다. 그러는 도중 페이파 소리가 얼핏 들린 것 같았다.

절벽 높이는 반 정* 정도쯤 되었다. 보통은 미쳤다고 생각할 수밖에 없다.

"이곳은 용소가 깊지. 잘만 뛰어내리면 물에 빠져 죽지 않는 한 그리 쉽게 죽진 않아."

"네, 물에 빠져 죽지만 않는다면요."

마오마오가 원망스러운 표정으로 쳐다보자 진시는 머쓱한 듯 시선을 피했다.

마오마오는 제자리에서 일어나 허리띠를 풀었다. 물을 잔뜩 머금은 옷이 무겁게 느껴졌다.

"뭐, 뭐 하는 거야?!"

"흉한 꼴을 보여 드리게 되어서 죄송합니다만 이대로는 감기에 걸릴 것 같습니다. 진시 님도 벗어 주셨으면 합니다. 옷의 물기를 짜야 하니까요."

마오마오는 그렇게 말하며 자기 옷을 비틀어 짰다. 옷이 아직

※반 정 : 약 50미터.

도 무거웠다. 이젠 뭐 아무래도 상관없다는 생각에 마오마오는 하의 치마와 속치마까지 다 벗었다. 옷을 벗자 약초가 묵직한 소리를 내며 떨어졌다. 다 젖어서 이젠 쓸 수 없겠네, 하고 마오마오는 한숨을 푹 내쉬었다. 아무리 그래도 위아래 속옷까지 다 벗을 수는 없으니 포기하기로 했다. 빈약한 갈비뼈라도 가릴 수 있다면 가리고 싶었다.

부스럭부스럭 벗어 던진 진시의 옷을 받아 든 마오마오는 그 것을 잡고 물기를 쭉 짰다.

"내 옷은 나중에 해도 되니 네 것부터 먼저 해."

진시가 묘하게 짜증 섞인 목소리로 말했다. 하지만 진시를 홀 랑 벗은 채로 내버려 둘 수는 없었기에 마오마오는 진시 옷부터 짰다. 그러자 진시가 마오마오에게서 옷을 빼앗아 들고 자기 손으로 물기를 짰다. 힘이 있으니 자신이 하는 것보다는 나으 리라는 생각에 마오마오는 그런 진시를 내버려 두고 자신의 옷 을 짜기로 했다.

아직 축축한 속치마와 치마를 다시 입은 마오마오는 겨우 주 위를 둘러보았다. 어두컴컴한 동굴 안이었다.

"여기가 어딘가요?"

"폭포 뒤다. 여긴 아무도 몰라."

"잘 아시는 것 같은데요."

"옛날에 여기서 놀아 주었던 어느 관리가 알려 주었지. 담력 시험용으로 가끔 사용되었다더군."

"그렇군요."

마오마오는 뭐 쓸 만한 것 없을까 하고 젖은 약초 다발을 뒤져 보다가, 그 속에서 찾아낸 죽순 껍질로 싼 작은 꾸러미를 진시 앞에 내밀었다. 흑맥문동 잎을 풀자 안에는 찐 머위가 들어 있었다. 여러 겹으로 둘둘 싸 놓은 덕분에 속은 별로 젖지 않았다.

"변변찮은 것이라 죄송하지만 드시지 않으시겠습니까?"

짭짤하게 간을 해 놓았기 때문에 젖었어도 맛에는 큰 지장이 없을 것이다. 하지만 귀인에게 권하기에는 너무나 하잘것없는 음식이긴 하다.

"무슨 약인가?"

"아뇨, 진시 님께는 소금이 부족한 것 같아서요."

약이 아니라, 마오마오 자신이 심심할 때 먹을 간식으로 가져왔다. 오늘 아침 식사에 나온 반찬이었는데 맛이 마음에 들어 하녀에게 부탁하여 포장해 달라고 했던 음식이었다.

"소금?"

마오마오는 진시를 쳐다보았다. 지금은 상태가 많이 좋아진 듯했지만 아까는 계속 비틀거리고 있었다. 마오마오가 가져온 물병은 아까 폭포에 떨어질 때 놓치고 말았다. 그 속에 든 것은 장과 설탕을 섞은 물이었다.

"이렇게 더운 날 그런 복면을 쓰고 다니면 체온을 조절하기도 힘듭니다. 나른하고 머리가 아프시진 않으신지요."

그것이 바로 진시의 상태가 이상했던 원인이었다. 복면을 쓰고, 제대로 식사도 하지 않고 수분도 섭취하지 않으며 돌아다니면 몸 상태가 나빠질 수밖에 없다. 고작 물 좀 안 마신다고 무슨 문제가 있을까 싶지만 그 때문에 죽는 경우도 있다.

아까 물속에 뛰어든 덕분에 일사병은 모면한 모양이었지만 그래도 만일을 대비하여 소금을 좀 섭취해 두는 편이 좋다. 그래서 마오마오는 머위를 권했다.

"그랬군."

진시는 손가락 끝으로 머위를 집어 들고 입에 넣었다. 생각보다 맛이 그렇게 이상하지는 않은 듯, 진시는 주저 없이 머위를 계속 먹었다.

그때 문득 한심한 소리가 동굴 안을 가득 울렸다. 소리의 출처는 마오마오의 배였다. 할 수 없는 일이다. 마오마오는 소식하는 편이지만 그만큼 소화도 빠르다. 게다가 아랫사람들의 식사는 고관들이 다 먹고 난 후에 이루어진다.

진시가 자기 입을 가리며, 집어 들었던 머위를 마오마오의 입 앞으로 들이밀었다.

마오마오는 저도 모르게 잇몸을 다 드러내면서 상대를 노려볼 뻔했다. 물론 중간에 참아 내긴 했다.

"감사히 먹겠습니다."

마오마오는 다소 부루퉁해진 얼굴로 머위를 직접 집어 들어 입에 넣었다. 진시는 할 수 없이 들고 있던 머위를 자기 입으로 가져갔다. 죽순 껍질만 남자 진시는 자기 손가락을 핥았다. 묘하게 어린애 같은 동작이라고 생각하며 마오마오는 죽순 껍질을 치웠다.

"아까 그건 도대체 무엇이었을까요?"

마오마오는 조심스럽게 물었다.

"페이파*였지. 그리 틈을 두지 않고 쏜 걸 보니 범인은 복수일 가능성이 높다."

페이파. 그것은 전쟁에 사용되는 무기지만 한 발 쏠 때마다 매번 화약과 탄환을 채워 넣고 불을 붙여야만 한다.

그래서 진시는 숲에 몸을 감추지 않고 절벽에서 뛰어내린 모양이었다. 숲에 들어가는 건 상대의 품속으로 뛰어드는 일이나 마찬가지다. 몇 명이 있을지 모른다면 더더욱 그렇다.

'도대체 무슨 원한을 산 거지.'

자신까지 끌어들이지는 말아 달라고 하고 싶은 심경이었지만, 솔직히 표적이 될 만한 곳으로 진시를 데려간 건 마오마오 자신이었으니 뭐라고 할 말이 없다. 물론 숲속에 들어간 시점

※페이파 : 권총.

436

에서 이미 표적이 될 가능성은 충분했으므로 불가항력이었을지도 모르지만, 그래도 어쨌든 산장에서 멀리 떨어진 곳으로 간 것 자체가 문제였다.

마오마오는 그 부분을 미안하게 여기며 주위를 둘러보았다. 폭포 뒤쪽이었기에 물소리가 상당히 시끄러웠다. 동굴은 전체적으로 습하고, 이끼가 잔뜩 끼어 있었다. 곳곳에 작은 동물들의 뼈가 널려 있는 것을 보니 여기까지 오긴 했지만 밖으로 나가진 못했던 모양이었다. 안쪽으로 들어가니 한층 더 어두컴컴해졌다. 하지만 문득 바람이 불어오는 것이 느껴졌다.

"이곳에 동굴이 있다는 사실을 알고 계셨다면 어떻게 나갈 수 있는지에 대해서도 알고 계시나요?"

마오마오가 진시에게 물었다.

"그냥 용소를 헤엄쳐서 나가면 되지."

"…저는 어려울 것 같습니다."

헤엄치는 데에는 별로 자신이 없다. 아까 빠져 죽을 뻔했던 걸 보면 뻔한 일이다.

"동굴 안쪽 천장에 구멍이 있어. 그리로 가면 산장 근처의 동굴로 이어지는 길이 나온다."

담력 시험을 하러 들어온 사람은 대부분 누군가가 그 위에서 끌어 올려 주었다고 한다.

"가오슌 님은 알고 계시고요?"

그 물음에 진시는 시선을 피했다.

"가오슌은 내가 이런 곳에서 노는 걸 싫어했어."

가오슌의 눈을 피해 몰래 들어와 놀았던 모양이었다. 끄응.
마오마오와 진시 사이에 무거운 분위기가 드리워졌다.

"바센이라면 아마 알고 있겠지만, 바로 알아차려 줄지가 문
제로군."

가오슌과 다르게 바센은 다소 고지식한 사람이다. 어떻게 알
릴 수 있는 방법이 없을까.

아마 아까 진시를 노리고 쏜 자들은 용소 근처를 찾고 있을
것이다. 진시의 체력이라면 헤엄쳐서 건너지 못할 것도 없지만
그래도 위험한 건 사실이다.

마오마오는 어두컴컴한 동굴 안으로 들어갔다. 바람이 천장
에서 휘휘 불어 들어오고 있었다. 여기서 큰 소리를 질러 사람
을 부르면 어떨까 생각했지만 진시가 고개를 가로젓는 걸 보니
안 될 모양이었다.

"웬만큼 가까이 다가가서 소리를 지르지 않으면 안 들려. 하
루 종일 소리를 질러 대다 보면 혹시 누가 들을 수도 있겠지만."

마오마오는 흐음, 하고 고개를 갸웃거렸다. 그러다 문득 무언
가를 떠올리고 마오마오는 엄지와 검지를 입 안에 집어넣었다.

그리고 휘파람을 불었다. 한참이나 불어 보았지만 아무런 반
응도 없었다.

'일이 그렇게 잘 풀릴 리가 없지.'

마오마오는 혼자 수긍하고 천장의 구멍을 올려다보았다.

천장까지의 높이는 그렇게까지 높진 않았다. 9척* 정도일까. 진시의 키를 보니 6척*은 되지만 펄쩍 뛰어서 올라가기에는 조금 부족하다.

마오마오의 의도를 알아차렸는지 진시가 마오마오를 빤히 쳐다보았다. 입 밖으로 내진 않았지만 체중을 가늠해 보고 있는 모양이었다.

"안 됩니다."

마오마오가 앞질러 말했다. 아마 진시가 밑에 서고 그 위에 마오마오가 올라가면 손이 닿지 않을까 생각한 모양이었다. 하지만 마오마오의 입장상 그건 안 될 일이다. 아무리 어쩔 수 없는 사정이라고는 하나 진시를 밟고 올라섰다는 사실을 스이렌에게 들키면 어떻게 될지 모른다.

"네가 밑에 깔리는 것보다는 훨씬 나을 것이다. 넌 못 버텨."

"하지만…."

"올라가."

진시가 그렇게 말하면 어쩔 수가 없다.

마오마오는 뚱한 표정으로, 쪼그리고 앉은 진시의 앞에 가서

※9척 : 약 270센티미터.
※6척 : 약 180센티미터.

섰다. 목마를 타라는 모양이었다. 할 수 없이 마오마오는 진시의 어깨에 올라앉았다. 젖은 머리를 체면상 아주 살짝 붙잡자 진시가 자리에서 일어섰다.

"살을 조금 더 찌우는 게 어때?"

"지금 하실 말씀은 아닌 것 같습니다."

어두컴컴해서 잘 보이진 않았지만 손을 더듬어 보니 천장이 만져졌다. 축축하고, 곳곳이 미끌미끌했다. 손톱을 세우고 어렵사리 손가락으로 움켜쥐어 붙잡은 마오마오는 진시의 어깨에 발바닥을 댔다.

"해 볼 만한가 보군."

"네….."

그리고 몸을 일으키려던 순간이었다. 매끄러운 눈망울을 지닌 생물이 마오마오의 머리 위에 올라앉았다. 그리고 개굴, 하고 울면서 마오마오의 이마에서 펄쩍 뛰어올랐다.

'개구리인가?'

그 정도로 놀랄 만큼 간이 작은 건 아니었지만 집중력을 잃기에는 충분했다. 필사적으로 몸을 지탱하려던 마오마오의 손이 미끄러졌다.

"앗!"

엉거주춤 일어서 있던 마오마오의 자세가 무너졌다. 다리는 여전히 진시가 붙잡아 주고 있었기에, 마오마오는 비틀대다 진시 쪽으로 계속 주르륵 미끄러져 내려갔다.

"자, 잠깐!"

휘청휘청 몸이 흔들렸다. 진시는 빨리 손을 놓았으면 좋았을 것을 계속 마오마오의 다리를 꽉 붙잡고 있었다.

그 결과.

미끄러운 이끼가 가득 낀 지면 위에서는 균형을 잃기가 너무나 쉽다. 두 사람은 한심할 정도로 보기 좋게 맨땅에 나가떨어지고 말았다.

"……."

아프진 않았다.

대신 축축한 맨살이 마오마오의 뺨에 딱 달라붙어 있었다. 미지근하다는 느낌이 들 정도로 적절한 온기를 지닌 그것에서는 쿵쿵 뛰는 고동이 느껴졌다.

마오마오의 몸은 꽉 붙잡힌 상태였다. 두 개의 커다란 팔이 등을 감고 마오마오를 끌어안고 있었다. 희미하게 남은 향냄새가 마오마오의 코를 간질였다.

마오마오의 심장 고동 또한 커졌다. 이렇게나 몸이 밀착되어 있으니 그 소리도 들릴 터였다. 하지만 몸을 떼려 해도 뗄 수가 없었다. 피가 정신없이 온몸을 도는 가운데 마오마오의 머리는 어떤 것에 집중되었다.

'이게 뭐지?'

마오마오의 왼손은 두 개의 신체 부위 사이에 낀 상태였다. 그 손바닥 위에 물컹거리는 무언가가 닿아 있었다. 개구리가 깔렸나 했지만, 아까 그 개구리라고 하기에는 크기가 상당히 달랐다. 게다가 천을 사이에 둔 촉감이 느껴졌다. 진시의 옷 속에 개구리가 들어갔나 싶었던 마오마오는 저도 모르게 손가락을 움직여 확인하려 했다.

"음?!"

진시가 신음했다. 심장 고동이 한층 더 크게 펄떡 뛰었다. 마오마오가 고개를 들자 진시의 턱이 보였다. 입술을 꽉 깨물고 무언가를 꾹 참고 있는 눈치였다.

옷 속의 개구리가 아직 살아 있는지 무언가가 꿈틀거렸다.

"미, 미안하지만 그 손을 좀 치워 줬으면 좋겠는데. 자, 자꾸 만지지 말고."

진시가 횡설수설하는 말투로 중얼거렸다. 진시는 마오마오에게서 고개를 돌리고 있었다. 돌린 얼굴에는 어째서인지 식은땀이 흐르고 있었다. 미간에 주름을 잡고 있는 것이 굉장히 괴로워 보였다.

"만져요…?"

마오마오는 반사적으로 왼손에 힘을 꽉 주었다. 진시의 표정이 더욱 굳어졌다. 문득 마오마오는 자신의 손이 놓인 장소를 내려다보았다. 그곳은 진시의 배꼽 아래 부근이었다.

"……."

그곳에는 본래 있을 리 없는 것이 있었다. 그런 장소에 손을 대고, 심지어 움켜잡기까지 하다니 파렴치하기 짝이 없는 짓이리라. 하지만 그것은 있을 리가 없고, 있어서는 안 되는 것이다. 진시는 환관이다. 후궁에 있는 관리인 이상 그것은 당연한 일이다.

하지만 실제로 있으니 어쩔 수가 없다.

'?!'

살며시 손을 뗀 마오마오는 힘이 빠진 진시의 팔을 밀어내고 일어나려 했다. 하지만 허리가 바짝 붙어 있었던 탓에 진시를 깔고 앉은 상황이 되어 버렸다.

진시는 앞머리를 쓸어 올리며 후우, 하고 한숨을 내쉬었다. 그리고 마오마오를 바라보았다.

"어떤 의미에서는 품을 좀 덜었군."

수심이 깃든 아름다운 천녀 같은 얼굴. 하지만 이자는 천녀가 아니다. 미소 하나로 나라조차 무너뜨릴 수 있을 정도의 미모를 가졌지만 이자는 여자가 아니다.

그리고 남자의 상징을 버린 환관도 아니었다.

마오마오가 깔고 앉았을 때 벗겨졌던 진시의 얇은 옷 속에 군살은 없었다. 그것은 훌륭하게 단련된 탄탄한 육체였다. 이목구비는 천녀처럼 아름답지만 그 육체는 훈련된 무인이나 다름

없었다.

사실은 환관이 아니었는지도 모른다. 오히려 그런 가능성을 아예 생각해 보지 않았던 게 더 이상할 정도였다.

아니, 어쩌면 자신은 무의식적으로 그것을 알아차리지 않으려 애썼을 수도 있다.

"네게 할 말이 있다. 이번에 널 데려온 건 그 때문이야."

마오마오는 귀를 막고 싶었다. 이 이상 들어서는 안 된다는 사실을 마오마오는 순간적으로 깨달았다. 하지만 귀를 막으면 그것을 들키고 만다.

후궁 내에 환관이 아닌 사내가 있다. 그것이 공공연히 밝혀지면 어떻게 될까. 만일 그 사내가 비에게 손을 대어, 황제가 아닌 남자의 씨앗이 섞이게 된다면.

마오마오는 눈을 가늘게 떴다.

'제발 아무 말도 하지 마. 그런 귀찮은 일에 날 끌어들이지 마!'

지금까지도 진시에게 실컷 이용만 당했다. 크건 작건 하나같이 다 귀찮은 일들뿐이긴 했지만 그래도 어느 정도는 참아 줄 수 있었다.

그러나 이건 예외다.

알아 버리면 무덤까지 갖고 가야 하는 비밀이 생긴다.

'무덤에 들어갈 때까지 계속 옆에 있고 싶진 않아!'

그래서 마오마오는….

"죄송합니다. 개구리를 깔아뭉개서 죽였나 봅니다."

무표정한 얼굴로 그렇게 말했다.

"개구리…."

진시의 표정이 굳어졌다.

그걸로 충분하다, 무슨 짓을 해서라도 그걸로 밀고 나가야겠다고 마오마오는 생각했다.

"네, 개구리를요. 죄송합니다. 아까 위에서 개구리가 떨어지는 바람에 저도 모르게 자세가 무너져 버렸습니다. 어디 다치신 데는 없으신가요?"

물컹거리던 그 감촉은 개구리다 개구리, 하고 마오마오는 스스로를 타일렀다.

"아니, 개구리는…."

"죄송합니다. 저를 감싸 주셨군요. 지체하지 말고 빨리 여기서 나가도록 하시죠."

마오마오는 자리에서 일어나려 했지만 진시가 손을 놓아주지 않았다.

"진시 님, 좀 놓아주시면 안 될까요?"

"누가 개구리라는 거야?"

진시는 마오마오의 허리를 여전히 붙잡은 채 상반신을 일으켰다. 결과적으로 마오마오는 진시의 무릎에 앉은 채 서로 마주 보는 자세가 되고 말았다. 두 다리를 벌리고 상대의 무릎 위에 앉아 있는 모습은 별로 바람직한 상태는 아니다.

얼굴을 대담하게 들이대는 진시 때문에 마오마오는 한순간 움찔할 뻔했다. 하지만 여기서 패배하면 안 된다.

마오마오도 지지 않겠다는 듯 진시를 마주 보았다. 코앞 두 치* 거리까지 가까워졌다.

"개구리가 아니면 그것은 무엇이었습니까?"

그건 개구리다, 그건 개구리야, 하고 마오마오는 계속 마음속으로 중얼거렸다. 왼손에서 느꼈던 그 물컹거리는 감촉은 개구리다. 개구리 외의 그 무엇도 아니다. 개구리라니, 기분이 나쁘다. 마오마오는 무심코 치마에 손을 벅벅 문질러 닦았다.

"개구리는 더 작을 텐데?"

진시가 한 치 더 마오마오에게 얼굴을 들이밀었다.

"아뇨, 요즘 계절에는 **그럭저럭** 큰 개구리도 많습니다."

"그, 그럭저럭⋯."

진시가 주춤했다. 왠지 충격을 받은 표정이었지만 마오마오는 물러서지 않고 얼굴을 더욱 바짝 들이댔다. 코와 코가 거의 맞닿을 만한 거리에서 얼굴이 멈추었다.

"네, 그럭저럭 큰 개구리입니다. 그럭저럭 큰 개구리가 아니라면 도대체 그럭저럭 큰 무엇이란 말인가요?"

※두 치: 약 6센티미터.

사실은 그럭저럭 큰 수준이 아니긴 했지만 여기서는 그냥 그 럭저럭 수준으로 해 두자. 그럭저럭이면 충분하다.

"아니, 잠깐. 손은 왜 닦고 있어?"

진시는 어째서인지 충격을 받은 얼굴이었다.

"아뇨, 개구리를 만졌으니 기분이 나쁘잖아요."

"뭐가 기분이 나쁘다는 거야. 개구리로 담근 술을 마시고 싶 다고 툭하면 중얼거리던 게 누군데?"

"개구리는 점액을 내뿜잖아요."

"누가 점액이라는 거야!"

몇 초, 아니 몇 십 초 동안 두 사람은 서로 노려보았다.

먼저 움직인 건 진시였다. 진시는 입술을 잔뜩 일그러뜨리더 니 슬며시 눈길을 돌렸다.

'이, 이겼나?'

마오마오는 눈을 돌린 진시를 쳐다보고는 후우, 하고 한숨을 내쉬었다.

뭐든 지나치게 많이 알면 못쓴다. 자기 분수에 맞게, 하녀 신 분이 어울리는 마오마오는 아무것도 모르는 채로 살아가는 편 이 좋다. 무슨 일이 일어나든, 상사가 무슨 짓을 저지르든, 마 오마오는 그저 '저는 아무것도 모릅니다'라고 말할 뿐이다.

마오마오는 앞으로도 그 자세를 바꿀 생각이 없다. 진시와 마 오마오는 고관과 하녀, 그 이상도 그 이하도 아니며 그런 사이에 필요 이상의 비밀을 둬서는 안 된다.

마오마오는 겨우 풀어진 진시의 두 팔 사이에서 탈출하여 몸을 일으키려 했다. 그 순간이었다. 몸이 툭 떠밀렸다. 긴장이 풀렸던 마오마오의 몸은 그대로 땅바닥에 자빠지고 말았다.

고개를 들어 올려다보니 진시가 있었다. 진시의 몸이 휘청 흔들리더니 마오마오의 몸을 덮쳐눌렀다. 눈동자가 촛불처럼 흔들렸다.

"그렇군."

진시는 혼자 중얼거리더니 천천히 마오마오의 무릎 뒤쪽을 손으로 들어 올렸다. 아까보다 더욱 망측한 자세가 되었다.

"확인해 보지그래?"

진시가 굳은 표정으로 물었다.

마오마오의 온몸에 소름이 쪽 끼치고 온몸에서 두꺼비처럼 비지땀이 줄줄 솟아났다. 뒤늦게 도발이 너무 지나쳤다는 후회가 솟구쳤다.

진시는 또 진시대로 한순간 주저하는 표정을 지었다. 수 초, 수십 초, 두 사람 다 그냥 멈춰 있는 상태였다.

그러더니 진시가 무언가 각오를 굳힌 듯 입술을 깨물고는 몸을 움직였다.

진시의 얼굴이 천천히 다가왔다.

'발로 걷어차야 하나?'

마오마오가 혼란에 빠진 채 그런 생각을 하고 있을 때였다.

"…뭐지?"

진시가 지극히 짜증스러운 표정으로 위를 올려다보았다. 출구에서 무슨 소리가 나는 것 같았다.

짐승 우는 소리 비슷한 것이 위에서 들려왔다.

"……."

마오마오가 조심스럽게 손가락을 입에 넣고 휘익, 하고 휘파람을 불어 보았다.

그러자 "멍멍!" 하고 개 짖는 소리가 났다. 다시 한번 마오마오가 손가락으로 휘파람을 불자 머리 위 구멍에서 털 뭉치 같은 것이 떨어졌다. 그것은 진시의 등에 직격했다. 허리를 꾹 누르고 몸을 웅크린 진시의 밑에서 마오마오는 간신히 기어 나왔다. 털 뭉치는 리하쿠와 놀던 사냥개였다. 마오마오는 털 뭉치를 안아 들고 온몸을 쓰다듬어 주었다.

"이봐, 어떻게 된 거야~? 왜 갑자기 달려 나가고그래~?"

왠지 태평하게 들리는 똥개의 목소리가 울려 퍼졌다.

진시는 등을 어루만지며 천장을 올려다보았다.

마오마오는 살았다고 생각하며 목청이 터져라 리하쿠의 이름을 불렀다.

"도대체 무슨 일이 있었기에 그렇게 된 거야?"

도저히 이해가 안 된다는 듯 리하쿠가 말했다.

리하쿠는 밧줄을 가져와, 마오마오와 진시를 끌어 올려 주었다. 진시의 말대로 천장 구멍은 산장 근처의 동굴로 이어져 있었다.

"…게다가 네가 왜 이분하고 같이 있는 건데?"

리하쿠는 마오마오의 귀에 소곤소곤 귓속말로 물었다. 리하쿠가 말하는 '이분'이란 복면을 쓴 진시를 말하는 모양이었다. 리하쿠라면 진시의 얼굴을 본다 해도 아무 생각이 없을 테니 별로 문제가 안 되겠지만, 그래도 만일을 위해서일까.

"설명하기 힘들다고밖에 말씀 못 드리겠네요."

마오마오의 애매한 대답에 리하쿠는 고개를 갸웃거렸지만, 진시라는 높은 분과 관련된 일이었기에 그 이상 자세히 캐묻지는 않았다. 마오마오는 그저 용소에 떨어져서 동굴로 피신했다는 것만 설명했다.

"여기에 내가 있다는 사실을 절대 입 밖에 내면 안 될 것이야."

진시가 동굴에 주저앉은 채 말했다. 복면 너머로 들리는 말이었고 심지어 말투마저 딱딱했기에 마치 평소와는 다른 사람처럼 들리는 목소리였다.

"분부대로 하겠사옵니다."

리하쿠가 공손히 고개를 숙였다.

진시가 입 다물고 있으라고 한 건 상대의 동향을 파악하기 위

해서인 듯했다. 하지만 가오슌과 바센에게도 알리지 않는 이유
는 뭘까.

리하쿠의 무릎 위에는 공을 세운 사냥개가 앉아서 꼬리를 흔
들며 리하쿠를 올려다보고 있었다. 리하쿠는 개의 머리를 쓰다
듬으며 말린 고기 조각을 조금씩 먹여 주었다.

마오마오는 문득 개를 쳐다보았다. 자신의 휘파람 소리를 듣
고 이리로 달려와 준 걸 보니 귀는 밝은 모양이지만….

"…이 개에게 혹시 무슨 교육을 시키셨나요?"

"교육? 토끼 굴을 찾아낼 수 있도록 교육하긴 했는데."

리하쿠는 마오마오에게는 평소와 다름없는 태도를 취했다.
사냥개가 코를 킁킁거리며 마오마오에게 가까이 다가왔다. 애
교도 있고 똑똑한 개였다.

마오마오는 흘끔 진시 쪽을 쳐다보았다. 아까 그 일도 있었기
에 영 눈을 마주치기가 불편했다. 하지만 할 말은 해야만 했다.

"지… 코센 님."

마오마오는 진시가 가명을 쓰고 있었다는 사실을 떠올렸다.
아직 복면을 쓰고 있는 이상 이 이름을 쓰는 편이 나을 듯했다.

"뭐지?"

복면 너머로 들리는 목소리는 차갑기 그지없었다. 아까 마오
마오가 약을 잔뜩 올리는 바람에 화가 난 모양이었다. 그렇지
않고서야 그런 짓을 할 리가 없다.

설마 그런 행동을 취할 줄은 몰랐다고 말하면 너무 무책임하겠지. 잘 생각해 보면 진시는 그 일에 대해 얼버무리려 하지 않았다. 오히려 마오마오에게 설명을 해 주려 했던 게 아니었을까.

하지만 마오마오는 알기 싫은 나머지 말도 안 되는 소리를 늘어놓으며 도망치려 했다. 그러니 진시가 그 말을 듣고 격노하는 것도 당연한 일이다. 자신의 몸에 그토록 자신을 갖고 있는 사내다. 그 몸에 붙어 있는 개구리 역시 아주 훌륭하고 당당한 모습을 띠고 있으리라.

마오마오는 어떻게 말해야 하나 고민했지만, 결국 할 말은 해야 했다.

"어쩌면 아까 발포한 인물을 찾아낼 수도 있을 것 같습니다."

마오마오는 그렇게 말하며 사냥개의 머리를 어루만졌다.

그리고 아까의 이야기로 이어진다.

마오마오는 흙투성이 천 꾸러미를 풀었다. 그 속에는 아직 화약 냄새가 나는 페이파가 세 자루 있었다. 마오마오는 페이파를 한 번도 본 적이 없으나 생각보다 크기가 작아서 놀랐다. 그리고 마오마오뿐만 아니라 진시와 리하쿠까지도 눈을 둥그렇게 떴다.

아마도 이 나라에는 아직 보급되지 않았을, 이국의 최신식 물건이라고 했다. 지금까지 있었던 도화선으로 화약에 불을 붙여

총알을 발사시키는 종류가 아니라 독특한 형태를 지닌 금속 부분에서 불꽃을 튀기며 불을 붙이는 복잡한 모양이었다. 진시도 리하쿠도 한 번도 본 적이 없다고 했다. 그 구조를 이해한 것도 한 발 쏘아 보고 대충 감으로 짐작한 것에 불과했다.

최신형 페이파는 코를 들이대니 독특한 냄새가 났다. 썩은 달걀 같은 그 냄새는 결코 기분이 좋지는 않았다. 화약은 보통 숯과 초석硝石과 유황을 섞어 만든다. 거기에 불을 붙여 폭발시키면 그 특유의 냄새가 퍼진다. 너무나도 냄새가 강렬한 탓에 저도 모르게 코를 틀어막고 싶어지게 된다.

만일 사냥 중에 그런 것을 사용했다면 코가 밝은 사냥개는 바로 반응했을 것이다. 실제로 리하쿠가 데려온 사냥개는 화약 냄새를 맡게 해 주자 바로 이 페이파를 찾아냈다. 이 부근에서 페이파를 사용하는 사냥은 보통 잘 벌어지지 않는다. 원래 페이파는 명중의 정확도가 떨어지고, 장애물이 많은 산속에서 사용하기에는 불편한 도구다.

이번에 그런 무기를 이용하여 진시를 노린 이유는 아마 그것이 최신형 페이파였기 때문이었으리라. 시험 삼아 쏘아 보니 착화 방식이 독특하다는 건 물론이고, 비거리와 명중 정확도가 올라갔다는 사실도 알 수 있었다. 그래도 남자는 진시를 맞히지 못했지만.

리하쿠가 남자의 팔을 꺾고 몸을 찍어 눌러 제압했다. 리하쿠는 심지어 남자가 혀를 깨물지 못하도록 재갈까지 물리는 기민함마저 발휘했다.

"괜히 그 아저씨들만 의심받게 해서 좀 미안한걸."

진범에게 속은 척하기 위해서는 누군가를 미끼로 쓰는 게 가장 빠른 방법이었다. 진시의 지시로 비교적 눈치가 없고 눈에 띄게 반응할 것으로 예상되는 고관이 선택되었다.

이미 이 진범의 동료, 아니 그 위에 있는 고관과 그 부하들은 언제든지 체포할 수 있도록 주시하고 있다. 이제 남은 일은 이 남자를 데려가 눈앞에서 죄를 명확히 자백시키는 일뿐이다.

사냥개는 리하쿠의 주위를 빙빙 돌며 뛰어다니고 있었다.

"그래, 너도 잘했다."

한 손으로 남자를 포박하며 리하쿠는 개를 칭찬해 주었다. 누가 범인인지는 이미 짐작하고 있었다. 페이파를 발사하면 몸에 화약 냄새가 들러붙게 되고, 아무리 냄새를 지워도 사냥개의 코를 속일 수는 없다.

마오마오는 페이파를 다시 천으로 둘둘 말아 들고, 죄인을 끌고 가는 리하쿠의 뒤를 따라갔다.

약사의 혼잣말

종 장

이번에도 여전히 뒷맛은 찜찜했다. 예전 스이레이 사건 때도 그랬지만 완전히 해결하지 못한 채로 사건이 끝나는 건 정말이지 불쾌한 일이다. 하지만 그 때문에 애가 닳아 봤자 자신이 할 수 있는 일은 없다는 사실을 마오마오는 잘 알고 있었다.

가오슌은 오늘 밤 연회에 참석했다. 호수 위에 배를 띄워 만든 연회석이었기에 호위 인원은 최소한으로 줄였고, 마오마오는 연회에 가지 않고 남아 있었다. 그래서 지금은 방에 들어와서 밤바람을 쐬고 있다.

'그 페이퍼의 모양….'

최신식이라고 했다. 서방에서 온 물건이라고 추측되었다.

'서방이라….'

황제의 비 자리를 노리고 왔던 특사들이 떠올랐다. 그러고 보니 그 특사들이 슬그머니 방을 빠져나가 무슨 짓을 했을 수도 있다. 전에 가오슌이 말했던 임신 이야기처럼 그 배 속에는 태아가 아니라 무슨 간계가 꿈틀거리고 있을지도 모른다. 어쩌면 특사들이 그 미모를 이용해 관리들을 농락한 게 아니었을까 싶기도 했지만, 또 다르게 생각할 수도 있다.

그 어떤 나라든 최신형 무기를 원하지 않는 곳은 없다. 하지만 국가와 국가 사이에서 그런 장사를 하게 되면 결국은 전쟁이 터진다. 특사들의 나라 입장에서도 대놓고 장사를 할 수는 없다. 하지만 궁정을 통하지 않고 뒤에서 그런 것을 팔고 있었는지도 모른다.

'생각보다 위험한 다리를 건너고 있었던 걸까?'

아니, 아니면 더 큰 뒷배가 있었던 걸까.

오늘 체포된 관리가 어디까지 자백할지, 아니 애초에 어디까지 알고 있었는지는 모르는 일이다. 하지만 싹을 빨리 잘라 버리는 게 나을 것 같다고 마오마오는 생각했다.

타인의 행복까지 바랄 만큼 마오마오가 착하지는 않지만 주위가 평온해야 자신 또한 평온하게 살 수 있다는 사실 정도는 잘 알고 있다.

그만 슬슬 자야겠다, 하고 장막을 치고 있는데 콩콩 문을 두드리는 소리가 났다. 마오마오는 저도 모르게 몸을 움찔하고, 까치발로 살금살금 걸어 다가가 문을 아주 조금만 열어 보았다. 문 너머에는 지금 제일 만나고 싶지 않은 사람이 서 있었다.

가오슌은 현재 연회에 나가 있다. 바센도 그랬으리라. 그런데 이 남자는 왜 혼자 여기에 와 있는 걸까.

"열기 싫으면 안 열어도 된다."

그 아름다운 목소리는 다소 풀이 죽어 있는 듯 들렸다. 문틈으로 진시가 등을 돌리고 벽에 기대어 서 있는 모습이 보였다.

"많이 놀라게 한 것 같군. 미안하다."

"……."

마오마오는 아무 말 없이 진시와 마찬가지로 벽에 등을 돌린 채 기대고 섰다. 아주 살짝 열린 문 틈새를 통해 진시의 긴 한숨 소리가 들렸다. 머리를 벅벅 긁는 소리, 짜증스러운 듯 신발로 바닥을 걷어차는 소리, 고개를 마구 흔들어 대고 있는지 머리카락이 벽을 스치는 소리까지 났다.

얼굴이 보이지 않아도 어떤 표정을 짓고 있을지는 뻔했다. 마오마오에게 무슨 말을 하려다가, 어떻게 말해야 좋을지 알 수가 없어 고민에 빠진 모양이었다. 그것은 마오마오도 마찬가지였다.

마오마오는 고개를 절레절레 저으며 콧등을 긁었다.

"괜찮습니다. 저야말로 정말 죄송했습니다."

심지어 '그럭저럭'이라는 소리까지 연발하고 말았다. 진시도 당연히 화가 날 것이다. 상대가 마오마오인데도 불구하고 그런 도발까지 할 정도였으니 말이다.

진시가 문 너머에서 끙끙 신음하는 소리가 들렸다.

'무슨 생각을 하고 있을까?'

마오마오는 사람의 심리를 읽는 데 둔하다. 애당초 그렇게까지 관심도 없었고, 그런 식으로 성장하지 못했던 이유도 있다. 갓난아기일 때는 녹청관 사람들의 보살핌을 받았지만 기녀들은 결국 일이 우선이기 때문에 혼자 방에 방치되어 있었던 적도 있다고 한다. 울어도 사람들 일이 끝날 때까지는 아무도 자신을 돌봐 주지 않는다는 사실을 일찍이 알았는지, 마오마오는 울지도 않는 갓난아기였다고 들었다.

그것이 원인인지 어떤지는 모르지만 마오마오는 자신에게 향하는 상대의 호의에도 악의에도 둔했다. 수정궁에서 괴롭힘을 당해도 아무렇지 않았던 건 그 때문이었던 모양이다. 물론 그게 좋다는 건 아니지만, 싫은 마음이 남들보다는 훨씬 작다.

"……."

그래서 마오마오는 진시에게 뭐라 말해 줘야 좋을지 알 수가 없어 또 입을 다물고 말았다. 최선을 다해 머리를 짜내며 할 말을 찾을 뿐이었다.

"저는 그 무슨 말도 하지 않겠습니다. 제게 진시 님은 진시 님이실 뿐입니다."

저도 모르게 가명을 잊고 말을 내뱉어 버렸다가, 이러면 안

460

된다는 생각에 고개를 마구 가로저었다. 하지만 이것이 바로 마오마오의 정직한 본심이었다.

'**알**이 있는가 없는가의 차이지.'

딱히 자신이 볼 일도 없으니 아무 상관없다고 생각하자.

"네게 나는 그냥 나란 말이지."

기쁜 것 같기도 하고 섭섭한 것 같기도 한, 무어라 설명하기 힘든 목소리였다. 진시는 부스럭부스럭 무언가를 뒤지기 시작했다. 그리고 열린 문 틈새로 손을 뻗었다. 마오마오는 저도 모르게 몸을 돌렸다가 한 발짝 물러섰다.

"…경계하지 않아도 된다. 그냥 이걸 주고 싶을 뿐이니까."

진시는 문틀 위에 천으로 싼 무언가를 살그머니 올려놓았다. 뭘까, 하는 생각에 마오마오는 손을 뻗었다. 손끝이 진시의 손에 닿았다. 그것은 정말로 눈 깜짝할 사이였고, 손은 체온을 느낄 틈도 없이 떨어져 나갔다.

"이걸 주면서 같이 말해야겠다고 쭉 생각했었다. 웅담을 먼저 줘 버리긴 했지만."

진시는 진지한 목소리로 말했다.

마오마오는 이게 뭘까 하고 천 꾸러미를 풀어 보았다. 안에는 노란 돌이 들어 있었다.

"네게 폐를 끼치게 될지도 모르겠지만, 알고 있었으면 했다."

진시는 억누른 목소리로도 뚜렷하게 말했다.

'이, 이건….'

"이번 여행에 데려온 것도 사실…."

띄엄띄엄 토해 내듯 최선을 다해 말하고 있었지만….

'우, 우….'

"우황!!!"

마오마오에게는 들리지 않았다.

마오마오는 벌떡 일어나 고함을 질렀다.

꿈에까지 나왔던 비약이 바로 눈앞에 있었다. 눈이 촉촉하게 젖어 들고 심장이 격렬하게 뛰었다. 숨이 헉헉 거칠어졌다.

마오마오는 문을 활짝 열었다. 순간적으로 당황한 진시가 몸을 뒤로 젖혔다.

"감사합니다!"

마오마오가 고개를 꾸벅 숙였다.

"그래. 겨우 손에 넣어서… 잠깐! 문 닫지 마! 아직 얘기가 안 끝났….'

마오마오는 문을 쾅 닫고 빗장을 질렀다. 그 누구에게도 방해받고 싶지 않았다.

한쪽 다리로 선 마오마오는 춤을 추듯 빙글 돌아, 소의 담석을 사랑스럽게 바라보았다. 입술이 또 이상하게 일그러진 채 후히히, 하고 움찔거렸다.

밖에서 문을 쿵쿵 두드리는 소리가 났지만 지금 눈앞에 있는

우황에 비하면 너무나도 사소한 일이었다.

낮에 진시가 했던 행동이 다 날아가 버릴 정도로 반가운 물건이었다. 심장 소리가 너무나도 크게 울려 퍼지는 바람에 주위 소리가 하나도 들리질 않았다. 마오마오는 우황에 뺨을 비비며 침대로 뛰어들었다.

그리고 버릇없이 두 다리를 마구 흔들어 대며 침대보 위에 내려놓은 우황을 검지로 쿡쿡 찔러 댔다.

이것을 보기만 해도 최소한 한 달 정도는 잠도 안 자고 쉬지도 않고 계속 일할 수 있을 것 같은 기분이었다. 물론 그런 기분이 든다 뿐이지 실제로 그렇게 했다가는 죽겠지만 말이다.

진시가 환관인지 아닌지 따위는 아무래도 상관없었다. 어쨌거나 마오마오는 그 문제에 참견할 생각은 없다. 하지만 이런 걸 받아 놓고 고마움을 느끼지 않을 정도로 매정하진 않다.

언젠가 진시가 비밀이 폭로되기 직전의 상황에 내몰려 궁지에 이르게 되면 쫓아가서 도와줘야겠다고 생각했다.

'그때는 반드시….'

진짜 환관으로 만들어 주리라.

마오마오가 그런 결의를 하는 줄도 모른 채 밖에서는 계속 문을 두드리는 소리가 났지만, 마오마오의 귀에 그것은 잡음으로밖에 들리지 않았다.

○ ● ○

낮 연회는 주빈이 돌아온 뒤 바로 끝이 났다.

무사한 진시의 모습을 본 관리들은 노골적으로 아첨을 하기 시작했다. 아까는 농담이라면서 시녀와 밀회라도 하러 간 모양이라고 어처구니없이 비웃던 자들이라고는 생각할 수 없는 모습이었다.

가오슌은 진시의 지친 기색이 신경 쓰였지만, 지금의 자신은 그럴 입장이 아니었기에 고개를 가로저었다. 아들 바센에게 그 역할을 맡기긴 했지만 잘하고 있는지 알 수가 없었다.

환관 '진시'의 종자인 '가오슌'이 이곳의 주빈과 친밀한 태도를 보일 이유는 없다. 자신은 어디까지나 주인인 '진시'를 대신하여 이 자리에 참석한 것에 불과하다.

지나치게 눈에 띄는 행동은 삼가는 편이 좋다.

의심을 받았던 루위엔은 무죄가 밝혀지자 분노했지만, 성격이 단순한 덕분에 지금은 다시 밤 연회에 참석하여 분위기를 만끽하고 있었다. 겉으로는 주빈이 변덕을 부려 잠시 연회 자리를 떴다가 무사히 돌아온 것으로 되어 있으나 사람들은 이미 다 알고 있을 것이다. 중간에 어떤 관리의 일행이 사라졌다는 사실을 말이다. 그리고 그들은 앞으로 공공의 면전에 나타날 일이 없으리라는 것도.

최신형 페이파에 대해 자세한 사정을 알아내야 하지만, 그 방법에 대해서 가오슌은 그냥 모르는 것으로 해 두는 편이 평화로울 것이다.

게다가 지금의 가오슌은 할 일이 따로 있다.

오늘 밤 연회는 연못에 배를 띄우는 등 상당히 무대에 공을 들였다. 마셔도 마셔도 끝이 나지 않는 술과 아름다운 여자들이 가득한 그곳은 그야말로 주지육림을 그대로 재현해 놓은 모습이었다.

가오슌은 어이가 없었다.

아무리 그래도 자신은 **환관**이다. 여자에게 정신이 팔릴 일도 없고, 오히려 정신이 팔리면 큰일이 난다. 아들 바센을 낳은 여자, 즉 아내를 생각하면 손가락 하나 까딱조차 할 수가 없다.

당사자인 아들로 말할 것 같으면 뱃멀미인지 술인지 여자 향기인지 아무튼 무언가에 취해서 배 위에 축 늘어져 있었다. 가오슌은 저놈 아직 멀었구나, 하는 생각에 한숨을 내쉬었다.

"환관에게는 별로 재미가 없는 자리겠구먼."

계속 술만 마시는 가오슌에게 관리 하나가 다가왔다. 이 배에는 자기 아들보다도 젊은 여자들이 가득하다.

"참 힘들겠소. 여제의 분노를 샀다는 이유로 그런 처우를 받게 되다니."

술 때문에 입이 가벼워졌는지 관리는 상대를 비웃듯 말했다.

그렇다. 가오슌은 '마馬'로 시작하는 이름을 가졌으면서도 여제의 노여움을 사, 궁형*에 처해지게 되었다. 그리고 예전의 이름을 버리고 '가오슌'이라는 새 이름을 얻었다. 겉으로는 그런 식으로 되어 있다.

　하지만 연회석에서는 환관이 아니라 마 일족의 사람 취급을 받는다. 그것이 현재 가오슌의 입장이었다.

　"그건 다 끝난 일입니다. 게다가 달구경하면서 마시는 술은 상당히 맛이 좋군요."

　가오슌은 그렇게만 말하고 하늘을 올려다보았다. 아름다운 반달이 떠 있었다. 귀 따가운 남자들의 자기 자랑과 여자들의 높은 목소리만 없었다면 그럭저럭 즐거웠을 것이다.

　"그나저나 그 아름다운 환관이 참석하지 않았다는 건 조금 아쉽소이다."

　아름다운 환관이란 당연히 진시를 가리키는 말이다. 그리고 그것은 현재 자기 방에서 쉬고 있는 높은 분을 가리키는 것은 아니었다.

　"이번에는 복면을 쓰신 분이 오셨으니까요. 표면상으로는 감기에 걸린 것으로 되어 있습니다."

　"하하, 그렇게 아름다운 얼굴로 참가했다가는 그것만으로도

※궁형 : 중국에서 행하던 오형(五刑) 가운데 하나. 죄인의 생식기를 없애는 형벌이다.

주위의 빈축을 살 거요."

절대 복면을 벗지 않는, 그 어떤 높은 분은 어린 시절 얼굴에 화상을 입고 그 이후로 계속 자기 방에만 틀어박혀 지낸다고 알려져 있다. 아무리 더워도 결코 사람들이 보는 앞에서는 복면을 벗지 않는다.

"어쨌거나 오늘 밤 연회에는 참석 안 하시는 모양이지요. 그 분도 많이 피곤하신 것 같으니."

"그런 모양입니다."

가오슌은 감정을 드러내지 않으려 애쓰며 맞장구를 쳤다.

밤의 연회는 주빈 없이 진행되었다.

가오슌은 수면에 술을 뚝뚝 떨어뜨리며 그 파문을 멍하니 바라보았다. 빨리 끝났으면 좋겠다고 생각했다. 상태가 이상한 건 주빈 하나뿐만이 아니었다. 가오슌의 종자로 따라온 소녀의 눈치도 이상해 보였다.

평범한 소녀가 주빈과 함께 움직이다가 목숨의 위협을 받았다면 겁을 먹고 떠는 게 당연하다고 생각할 수 있겠지만, 그 소녀는 그렇게 담이 작지 않다. 게다가 생명의 위협 때문에 간담이 서늘해졌다는 인상은 아니었다.

소녀는 언제나 은근히 무례한 태도로 주빈을 대했으나 아까는 다소 어색한 눈치였다.

혹시 털어놓은 걸까.

그 똑똑한 소녀라면, 앞으로 자신의 처지에 대해 생각해 보고 그런 태도를 취하는 것도 이상하지 않다. 오히려 잘 아는 사이가 아니라면 소녀의 태도 변화를 알아차리기는 어려울 정도였다. 그 부분에 대해서는 합격점을 주고 싶었다.

  앞으로 주빈에게 일어날 수 있는 일에 대처할 수 있도록 그 사실을 알려 둘 필요는 있었다. 소녀에게는 미안하지만 그만큼의 이용 가치는 있다. 나중에 무슨 큰일이 일어났을 때, 사용할 수 있는 비장의 패는 최대한 많은 편이 좋다. 그것이 때로는 비정하다는 평가를 듣게 되더라도 달게 받아들이는 수밖에 없다.

  "그래서야 황제 폐하께서도 걱정하실 텐데요. 이번 일도 어떻게 하실지 모르겠구려."

  관리는 손끝으로 턱수염을 만지작거리며 한숨을 내쉬었다. 사실 누가 무슨 짓을 저질렀는지에 대해서는 함구하게끔 다들 암묵적으로 양해를 나눈 상황이었다. 그 말을 굳이 꺼내는 일은 별로 영리한 일이 아니지만, 술자리라 경계심이 흐려진 모양이었다.

  "그게 동궁이 된다면…."

  '그것'이라는 말에서 경의는 느껴지지 않는다.

  그도 그럴 것이다. 거의 방에서 나오지 않고, 공공장소에 나올 때는 항상 복면을 쓰는 황제의 아우가 정사를 볼 수는 없을 거라고 모든 사람들이 생각하고 있으니 말이다.

이번 매사냥 연회의 주빈은 왕제였다.

연회에 모인 고관들은 하나같이 흥미 본위로 찾아온 게 분명했다. 좀처럼 밖에 나오지 않는 왕제를 구경할 수 있는 기회이니 말이다. 물론 그 맨얼굴은 아직 보지 못했지만.

그리고 불손한 놈들이 동궁을 해코지하려 한 걸 보고 간담이 서늘해진 게 틀림없었다. 지금도 주빈이 없는 채로 연회가 무리 없이 이어지고 있는 것도, 어떤 의미에서는 그 울분을 푸는 자리이기 때문인지도 모른다.

도대체 어떤 인물인가, 그것을 알아보는 일이 필요하다고 생각하는 건 당연한 일이다.

그리고 이 관리는 동궁을 무능하다고 판단한 모양이었다. 어설프기 짝이 없는 상황 수습에 대한 반응은 둘로 갈려 있었다. 무능하다고 단정한 자들, 그리고 조금 더 추이를 지켜보기로 결심한 자들.

전자를 선택한 이 관리가 환관인 가오슌에게 굳이 말을 건 이유는 따로 있었다.

"작년 황자님께서 돌아가신 후, 혹시 회임을 하신 비전하는 없으신가?"

본론은 이거였구나, 하고 가오슌은 생각했다.

누가 임신을 했는가. 그것은 어느 비인가. 태어날 아이는 딸인가, 아들인가. 거기에 따라 궁중의 세력도는 크게 바뀐다.

가오슌은 천천히 고개를 가로저었다.

"안타깝게도 모르겠습니다. 물론 후궁에는 비전하들이 매우 많으시니, 그중 누군가가 회임을 하셨을 수는 있겠지요."

"그렇군. 그렇다면…."

관리는 정자 쪽을 흘끗 돌아보았다. 거기에는 퉁퉁한 몸집의 고관이 서 있었다. 손님들이 연회를 즐기고 있는지 지켜보고 있는 모양이었다. 연회의 주최자, 시쇼였다.

이곳에 다른 상급 비들의 친족은 없다. 시쇼가 주최하는 연회라 그런 듯했다.

잠시 아첨할 상대를 물색하던 관리가 이윽고 자리를 뜨자, 가오슌은 한숨을 내쉬며 술병의 술을 따랐다.

주빈 진시, 아니 '카즈이게츠華瑞月'는 지금쯤 뭘 하고 있을까 생각하며 가오슌은 아름다운 달을 안주 삼아 술을 마셨다.

카즈이게츠. 이 나라에서 화華라는 글자가 맨 앞에 오는 이름을 가진 사람은 흔하지 않다. 지금 현재는 단 두 명밖에 없다.

한 명은 이 나라를 다스리는 황제, 그리고 다른 한 명은 황제의 동복 남동생이었다.

약사의 혼잣말 3권 마침

약사의 혼잣말 [3]

2019년 2월 10일 초판 발행
2024년 2월 10일 2쇄 발행

저자	휴우가 나츠
일러스트	시노 토우코
옮긴이	김예진

발행인	정동훈
편집인	여영아
편집 팀장	황정아 김은실
편집	노혜림

발행처	(주)학산문화사
등록	1995년 7월 1일
등록번호	제3-632호
주소	서울특별시 동작구 상도로 282 학산빌딩
편집부	02-828-8838
영업부	02-828-8986

ISBN 979-11-348-1431-1 04830
ISBN 979-11-348-1428-1 (세트)

값 9,000원